dtv
premium

Herbert W. Franke

Flucht zum Mars

Roman

Deutscher Taschenbuch Verlag

Originalausgabe
April 2007

www.dtv.de
Ein Projekt der AVA international GmbH Autoren-
und Verlagsagentur, Herrsching
Umschlagkonzept: Balk & Brumshagen
Umschlagbild: Darren Winter
Satz: Fotosatz Reinhard Amann, Aichstetten
Gesetzt aus der Sabon 10,75/13
Druck und Bindung: Kösel, Krugzell
Gedruckt auf säurefreiem, chlorfrei gebleichtem Papier
Printed in Germany · ISBN 978-3-423-24600-2

Vorspiel

Es ist dunkel und ruhig ... Keine Bewegung, keine Veränderung, über lange Zeit hinweg ... Waren es Tage, Wochen, Monate, Jahre? Wo sich nichts regt, steht die Zeit still ...

Doch in der Welt gibt es keinen Stillstand, in den Bereichen der Elementarteilchen und Quanten, wo sich die Realität in Mathematik auflöst und der Zufall eingreift, regt sich immer etwas, und diese Regungen können sich jederzeit verstärken, in die Umgebung hinein wirken, in den Makrokosmos, in den Bereich des menschlichen Vorstellungsraums, und dadurch Bedeutung gewinnen.

In dem engen, abgekapselten Raum war es der stete Puls der Atomuhr, der dafür sorgte, dass die Zeit allem Anschein zum Trotz weiterlief. Solange nichts da ist, was darauf reagiert, hat das keine Folgen. Aber schon von Anfang an war der Schalter gestellt, die Laufzeit vorherbestimmt.

Und nun ist die Marke erreicht ...

Die Speicher senden Kaskaden von Impulsen aus, Schaltelemente leiten sie zu den logischen Elementen, wo die Daten verarbeitet und die Entscheidungen getroffen werden.

Sensoren aktivieren ihre Membranen, ihre Fühler, ihre lichtempfindlichen Zellen. Messgeräte tasten die Umwelt ab und wandeln Zahlen in Daten um. In Speichern werden sie verglichen, mit anderen Daten verknüpft, zu Sinnhaftigkeit verdichtet. Signale laufen durch Leiterbahnen und auch durch den leeren Raum, erreichen Relais, die Geräte in Funktion setzen: Bildschirme werden hell, Lautsprecher summen, Zeiger schlagen aus. Und einige Signale wandern auch durch die Haut der Menschen, durch die Stränge ihrer Nerven, bis zu den Synapsen in den Gehirnen, bis zum Bewusstsein, wo sie zum Handeln aufrufen.

Wie von Geisterhand beschworen erscheint nun ein Muster, rote, grüne und blaue Punkte, ein samtiges Licht, das frei im Raum schwebt.

Die Wartezeit ist vorbei, das Abenteuer beginnt …

Mars, erster Tag

Natürlich war Alf die Situation vertraut: Beginn einer Reise, Ankunft, erste Eindrücke, noch schwer einzuordnen, Irritationen, Widersprüche, die Atmosphäre spannungsgeladen ...

So fangen Geschichten an. Spannende Geschichten, Reiseberichte, Abenteuer, Kriminalfälle. Gelegentlich sogar wahre Geschichten.

Er kannte sie aus vielen Romanen, Filmen und Erlebnisspielen – als Leser, als Zuschauer, als Beobachter von außen. Die Ouvertüre, Signal für das Publikum, noch rasch die Tüten mit getrockneten Tomatenscheiben und Zwiebelschnitten zu holen, die Schüsseln mit getrockneten Nüssen, die Tabletts mit gekühlten Getränken. Sich nun gemächlich niederlassen, entspannen. Zuschauer wie er.

Doch diesmal war der Zusammenhang ganz anders. Er war kein passiver Zuschauer mehr. Die Situation vertraut, doch das Erlebnis neu. Alf empfand es mit dem ganzen Leib: Er spürte sein Herz schlagen, Hitze seinen Körper durchlaufen. Die Nachricht kündigte mehr an als eine Stunde passiver Unterhaltung, weitaus mehr: Sie war das Zeichen für den Beginn des großen Abenteuers.

Wie seine sieben Gefährten war er noch zu keiner physischen Aktion fähig. Gerade dass er die Augen öffnete, blinzelte, die Umgebung zu erkennen versuchte ... Sein Körper war von einer mit Sensoren gespickten und von Drahtgeflecht und Mikroröhren durchzogenen Kunststoffhülle umgeben, und nur ein schmales Glasfenster vor den Augen ließ die Sicht nach außen frei.

Alf war jetzt hellwach und doch nicht fähig, sich zu befreien. Erst allmählich stellte sich das Körpergefühl ein. Das

Erste, was ihm bewusst wurde und ihn zur Initiative zwang, war der Druck auf der Blase. Es war eine Herausforderung, sich seiner Starre zu entwinden, die Liegestatt zu verlassen, und unwillkürlich versuchte er sich aufzurichten. Natürlich gelang es nicht, denn er steckte fest im Anzug, und dieser war auf der Unterlage befestigt. Doch seine vergeblichen Versuche dauerten nur einen Moment, dann erinnerte er sich, dass für einen solchen Fall die integrierte Recyclinganlage zuständig war. Und so ließ er den Dingen ihren Lauf und durfte erleichtert in das Kissen zurücksinken. Noch eine kurze Frist, um liegen zu bleiben, sich anzupassen ...

»Die Phase der negativen Beschleunigung geht zu Ende. Noch zehn Sekunden, neun, acht, sieben ...« Alf war diese Stimme vertraut, auch während der drei Monate Unterricht und Training hatte sie Anweisungen gegeben, präzise und teilnahmslos. Als sie bei null angekommen war, verschwand der Andruck, den man der gewohnten Gravitation zuschreiben mochte, der aber eine Trägheitswirkung war. Von einem Moment zum anderen spürte er kein Gewicht mehr, und trotz aller Trainingseinheiten im Parabelflug stellte sich das flaue Gefühl eines ungebremsten Fallens ein.

»Wir nähern uns dem Ziel, in zehn Sekunden beginnt das Landemanöver.« Und wieder begann die Stimme mit dem Abzählen der Sekunden. Dann war erneut Druck zu spüren, zuerst nur leicht, doch bald auf ein Vielfaches der Erdanziehung verstärkt. Die Richtung der an ihm zerrenden Kraft wechselte nun mehrfach innerhalb kürzester Zeit – ein Rucken und Schütteln, das Alf einmal in die Unterlage presste, das andere Mal in die Höhe riss. Während der letzten Trainingswochen hatten sie Stunden in den Zentrifugen verbracht, doch das, was er jetzt empfand, überstieg die Eindrücke der Übungsstunden beträchtlich, und Alf fühlte Übelkeit in sich aufsteigen. Er kämpfte dagegen an – erfolgreich, sein Unbehagen blieb im Rahmen des Erträglichen.

Doch es schien ärger zu werden: Denn nun veränderte sich die Bewegungsrichtung nicht nur nach oben und unten, sondern zusätzlich auch nach rechts und links ... eine kaum erträgliche Beanspruchung, die glücklicherweise nur kurz andauerte. Dann endlich wurde es ruhig, der Andruck war immer noch ungewohnt stark, doch er wirkte – wie es sein sollte – in Richtung Boden.

Es war die Gelegenheit, sich zu erholen, den Kopf zu drehen und einen Blick auf die Gefährten zu werfen. Inzwischen war der Raum in dämmriges Licht getaucht, doch nun wurde es plötzlich heller, das Licht kam vom großen Bildschirm, dem Ersatz für ein Aussichtsfenster. Und darauf erschien nun eine weiße Scheibe, so hell, dass sich die Augen erst darauf einstellen mussten, nur allmählich schälte sich aus dem blendenden Flimmern etwas hervor, das sich zu erkennen gab: eine rötlichbraune Kugel, die etwa ein Drittel der Sichtfläche einnahm und sich langsam in die Bildfläche hineinschob. Zugleich erschienen von Schatten gesäumte Hügelketten, tiefe dunkle Täler und aufgeworfene Kraterringe.

Kein Zweifel, es war der Mars.

Der Anblick des roten Planeten rief Erinnerungen wach, Erinnerungen an die Aufgabe, an das Ziel der Expedition, an die Gefährten der weiten Reise. Drei Monate waren sie im Trainingslager zusammen gewesen, hatten einander kennengelernt, zumindest insoweit, dass sie sich ein oberflächliches Bild voneinander machen konnten. Ob diese Erfahrungen für die nächsten Tage reichen würden, wenn es darum ging, zusammen die schwere Prüfung zu bestehen?

Alf merkte, dass er wieder zu Kräften kam, körperlich und auch geistig. Sein kritisches Bewusstsein meldete sich: Befanden sie sich wirklich schon am Zielort, mitten im Geschehen, oder gehörte diese Szene, die sie eben erlebten, noch immer zur Ausbildung? Die virtuell vermittelten Eindrücke waren so nahe an der Realität gewesen, dass sich die Unterschiede verloren. Aus dem Lager heraus, als unförmiges Bündel verschnürt, war ihm kein Blick zur Seite gestattet. Doch als er nun seine Aufmerksamkeit auf die leisen Geräusche richtete, die aus seinem Helmlautsprecher drangen, konnte er Atemzüge, Räuspern und unterdrücktes Husten hören.

Und ehe er seinen Zweifeln weiter nachhängen konnte, ertönte auch schon eine Stimme, die er als jene von Ramses erkannte.

»He, seid ihr alle wach? Habt ihr es gehört? Wir sind angekommen. Ist euch das klar? Dieser Ball da auf dem Schirm, das ist der Mars.«

Die Antwort ließ nicht lange auf sich warten, es waren mehrere, die durcheinanderriefen.

Dann wieder die Stimme von Ramses: »Stopp, Leute. Das macht keinen Sinn. Ich schlage vor, dass ich der Reihe nach abfrage, vielleicht schläft doch noch einer. Hallo, Alf?«

»Ich bin wach, es geht mir gut.«

»Henrich ...«

Die Antwort kam sofort: »Alles okay.«

Auch die anderen meldeten sich prompt, Gijon, Cassius, Linette und Sylvie, nur Gilbert musste wieder einen Scherz daraus machen – er tat so, als wäre er noch benommen, und bat um den Zimmerservice, der ein kräftiges Frühstück bringen sollte. Ist er wirklich so ein heiteres Gemüt, fragte sich Alf, oder hat er eine Karriere als Komiker im Auge? Was wusste er schon darüber, welche Erwartungen und Hoffnungen die anderen mit diesem Unternehmen verbanden?

Nun flogen ein paar Scherzworte hin und her, doch es wurde rasch still, als sich das Bild auf dem Schirm änderte. Die Gegend war nun aus schrägem Winkel heraus erkennbar, sie wanderte langsam nach oben.

Die ersten visuellen Eindrücke gewannen die Insassen des Raumschiffs durch eine Projektion, und nach dem, was man ihnen beigebracht hatte, würden sie auch künftig auf diese

Art der Sicht angewiesen bleiben. Die altmodischen Luken waren aus Sicherheitsgründen recht klein. Einer fremdartigen Welt überantwortet, aber stets durch technische Filter von ihr isoliert. Und trotzdem empfanden sie die Bilder, die sich ihnen offenbarten, anders als sonst: stärker, nachhaltiger, zwingender.

»Aufgepasst, ihr Schlafmützen, wir setzen zur Landung an«, rief einer von ihnen, und tatsächlich war zu erkennen, dass sich der Ausschnitt langsam verengte. Der Eindruck, den der Bildschirm vermittelte, wurde durch das Gefühl eines sanften, ganz langsam stärker werdenden Andrucks bestätigt.

Das Manöver dauerte erheblich länger, als sie angenommen hatten, dafür sahen sie immer genauer, was sie dort unten erwartete: eine wüste Gegend, manchmal bergig, manchmal eben, besonders auffällig das Ringmuster der Krater. Zuletzt erschien eine gelbrote Ebene, aus der sich hier und dort Dünen erhoben. Schlagartig wurde es finster – das Schiff war in die Schattenzone eingetaucht, so dass von der weiteren Annäherung an den Boden nichts zu sehen war.

»Es wird bald wieder hell«, sagte Alf. »Wir bewegen uns in westliche Richtung und holen den vergangenen Tag ein.«

Der Landeplatz, schon vor Anbruch der Reise auf Grund der Karten ausgewählt, wurde mit Radar angepeilt, und das Echobild der elektromagnetischen Wellen war genauer als der den Menschen vorbehaltene Sichteindruck. Der Scheinwerfer hatte sich automatisch eingeschaltet, und so huschte nun ein Lichtfleck über einen leicht holprig anmutenden, aber sonst ziemlich ebenen Boden. Da und dort lagen ein paar Steine herum, sonst gab es keinerlei Hindernisse. Diese Ansicht bot sich einige Minuten lang, bis ein letzter Stoß aus den Düsen den Flugkörper zum Aufbäumen brachte, worauf er einen oder zwei Meter absackte und auf schwankenden Stelzfedern aufsetzte.

Das Raumschiff war gelandet! Diesen Augenblick hatte Alf sich vorher schon oft ausgemalt, was konnte er ihm noch Unerwartetes bieten, und nun erlebte er die Ankunft zu seiner eigenen Überraschung doch mit Staunen und Ergriffenheit.

Auf dem Bildschirm flimmerten Ziffernreihen auf und verschwanden ebenso schnell – der vorgeschriebene automatische Check aller wichtigen Instrumente, die Überprüfung der maßgebenden physikalisch-chemischen Größen. Dann klickten die Verschlüsse der Riemen, die die Menschen so lange festgehalten hatten, und sie versuchten sich aufzurichten – was nur mit größter Anstrengung gelang. Der vorangegangene Tiefschlaf forderte seinen Tribut. Doch jede der erst so mühsamen Bewegungen trug zur Belebung bei, und bald hatten sie sich in ihren Liegen aufgerichtet, einige blieben noch sitzen, andere versuchten aufzustehen.

Jetzt blinkte auf dem Bildschirm ein grünes Licht. Die Durchmusterung war beendet, die Situation geprüft und für in Ordnung befunden worden, und das bedeutete, dass die Ankömmlinge nun endlich ihre Anzüge ablegen durften. Sie klappten ihre Liegen zurück, verstauten die zusammengefalteten Hüllen in den Fächern an der Decke, und bald saßen sie auf den Bänken beisammen, die längs der Wände ausgeklappt worden waren. Sie waren gepolstert, eine beachtliche Annehmlichkeit, die man ihnen während des Trainings vorenthalten hatte, und in den Stoff waren Klettstreifen eingewebt, die besseren Halt gewähren sollten. Ein befreiendes Gefühl, das sie wohl alle ähnlich empfanden: von den Hüllen erlöst zu sein, an die sie sich zwar schon gewöhnt hatten, die sich aber auf die Dauer doch als recht lästig erwiesen. Vor allem war es die geringe Schwerkraft, rund 30 Prozent von jener der Erde, die sie ihre Situation als dauernden Schwebezustand empfinden ließ, als hätten sie einen leichten Rausch – was keineswegs unangenehm war. Als sie später ihre Rationen auspackten, merkten sie allerdings, dass die ungewohnten physikalischen Bedingungen auch ihre Tücken hatten, denn beim Hantieren mit den Paketen, in denen die Nahrungsmittel verstaut waren, kostete es sie Mühe, die einzelnen Teile herauszunehmen und an die richtige Stelle zu rücken. Ein Glas stieg zur Decke empor, Bestecke glitten über die Tischplatte und fielen zu Boden – sie mussten sich erst daran gewöhnen, alles Bewegliche weniger kräftig als sonst anzufassen.

Erstaunlich, dachte Alf, er hatte nicht erwartet, dass man die verringerte Schwerkraft so gut simulieren konnte. Und daran schloss sich die Frage an, warum man sie nicht schon während des Trainings mit diesen Verhältnissen vertraut gemacht hatte. Doch wahrscheinlich war das nicht so wichtig, mit diesen Schwierigkeiten wurde man bald fertig, sie gaben Gelegenheit zu Gelächter und verstärkten die belebende Wirkung, die von der neu gewonnenen Leichtigkeit ausging. Und all das wurde durch den anbrechenden Tag noch unterstrichen ... es war zwar nur wenig Licht, das durch die kleinen Luken ins Innere drang, aber dafür konnte man die Außenwelt viel lebensechter auf dem Bildschirm beobachten – der Effekt hatte eine überraschend starke Wirkung: als hätte jemand die Theaterbeleuchtung voll eingeschaltet, und das von der Bühne abgestrahlte Licht fand nun seinen Widerschein im Zuschauerraum. Das alles war eindrucksvoll, aber eigentlich nichts Besonderes. Das Besondere daran war etwas anderes: die Farbe des Himmels. Er war rot!

Anbruch des Tages! Und Anbruch eines erlebnisreichen Unternehmens! Es war wie das Zeichen zum Beginn – und sie nahmen es mit einem besonderen Glücksgefühl auf. Zwar hatte keiner etwas dazu beigetragen, sie hatten sich einfach auf die vorbereiteten Systeme und Programme verlassen, waren mitgetragen worden von einer auf Automaten beruhenden Technik, und doch spürte jeder von ihnen Genugtuung, als wäre ihm eine besondere Leistung geglückt.

Ihre Mahlzeiten waren von Beamten des Amtes für Ernährung und Medizin zusammengestellt worden und enthielten vermutlich eine besondere Mischung aus Kräfte spendenden Konzentraten, mineralischen Bestandteilen, Spurenelementen, Ballaststoffen. Dazu kamen noch Präparate der Pharmazie, deren Wirkungsweise für Laien nicht durchschaubar war. Diese Kombination ergab nicht gerade ein Festessen für Feinschmecker, doch vermutlich hatte die lange Ruhezeit den Appetit angeregt, und so aßen und tranken alle mit Genuss. Und danach stand die Frage im Raum: »Was ist für heute geplant?«

»Am besten, wir brechen so bald wie möglich auf«, sagte Gijon, »wir wollen doch keine Zeit verlieren.«

»Du hast es aber eilig«, erwiderte Henrich. »Vorher gibt es doch noch einiges zu tun.«

»Vor allem anderen sollten wir uns in der Zentrale melden«, meinte Ramses. Er trat ans Pult, schaltete den Sender ein und sprach ins Mikrophon: dass sie gut angekommen seien. »Ich nehme an, dass man uns Anweisungen gibt.«

»Auf die Antwort werden wir eine Weile warten müssen«, sagte Gijon. »Inzwischen können wir ja schon mit den Vorbereitungen anfangen.«

Damit erinnerte er seine Kameraden an die Routinen, die sie bei den Vorbereitungen eingeübt hatten. Zwar hatte die Automatik ihren Check positiv beendet, doch gab es einiges, was nur die Menschen selbst prüfen konnten.

»Die Anzüge«, sagte Alf. »Wie müssen prüfen, ob sie in Ordnung sind, und zwar draußen, in der dünnen Atmosphäre und in der Kälte.«

»... und ausprobieren, wie man sich mit ihnen bewegt«, warf Sylvie ein. Sie erinnerte sich an die Erlebnisse beim Essen, an die Folgen der verminderten Schwerkraft. Etwas Ähnliches konnte ihnen bei den ersten Schritten über die Marsoberfläche auch passieren.

Ramses stimmte zu. »Richtig, doch da draußen gibt es ja noch anderes zu tun, bevor es richtig losgeht. Die Förderung von Wasser beispielsweise, die Geräte sind ja auf dem Mars noch nie eingesetzt worden. Und auch den Reaktor sollten wir einmal probeweise in Gang setzen.«

Sein Vorschlag stieß zwar nicht gerade auf begeisterte Zustimmung, doch schließlich waren sich alle darüber einig, dass man sich vor dem Aufbruch mit den wichtigsten technischen Verrichtungen in der Praxis vertraut machen musste.

So schlossen sie ihre Mahlzeit ab und schlüpften widerwillig in die hinderlichen Hüllen. Es war ein wichtiger Teil des Trainings gewesen, sich an die Anzüge zu gewöhnen, und sie hatten sie viele Stunden hindurch anbehalten müssen, während sie alle möglichen Aufgaben lösten. Das waren zur Erprobung der Anzüge absichtlich bereitete Hindernisse gewesen. Dagegen waren die Menschen hier, auf dem Mars, auf die Anzüge angewiesen, wenn sie das Raumschiff verlassen wollten.

Eigentlich waren es viel mehr als wärmende Hüllen: Es waren raffiniert ausgeklügelte Lebenssysteme, die für die Aufrechterhaltung des Luftdrucks, für atembare Luft, für eine wohlausgewogene Wärmeregulation und für manches andere sorgten. Dazu kam noch ein Kraftverstärker für Notfälle. Die nötigen Hilfsaggregate waren zwar Platz sparend und überraschend leicht gebaut, doch alles zusammengenommen ergab sich ein voluminöser Packen, der die freie Bewegung erschwerte.

Es dauerte nicht lange, und sie standen neben dem Schiff versammelt. Gilbert war der Schnellste gewesen, offenbar hatte er den Ehrgeiz, als Erster den Marsboden zu betreten, und niemand verwehrte es ihm. Die Schleusenkammer war klein, und so dauerte es nicht lang, die Luft hinauszupumpen und anschließend wieder hineinzuleiten. Dann öffnete sich die innere Tür, und der Nächste war an der Reihe, das Schiff zu verlassen und seinen ersten Schritt auf dem Roten Planeten zu tun.

Währenddessen konnten die Zurückgebliebenen Gilbert durch die Luken hindurch bei den ersten Gehversuchen auf der Marsoberfläche beobachten – ein erheiterndes Schauspiel, denn er war recht wackelig auf den Beinen. Doch dann erhob er sich mühsam – und riss die Arme triumphierend hoch. Jetzt war es klar: Er wusste sehr gut, dass er Zuschauer hatte, und chargierte wie ein Schmierenkomödiant.

Bald waren alle ins Freie getreten, und so merkte jeder am eigenen Leib, dass es nicht so einfach war, mit der verminderten Schwerkraft fertig zu werden. Selbst aufrecht dazustehen musste geübt werden, und bei den ersten Schritten sah keiner besonders elegant aus. Immer wieder verlor der ein oder andere den Boden unter den Füßen, doch glücklicherweise befanden sie sich gerade auf einer mit lockerem Sand bedeckten Stelle, und so bestand wenigstens keine Gefahr, die Anzüge zu beschädigen.

Jedenfalls stellten alle fest, dass sie sich schnell den ungewohnten Bedingungen anpassten, dass sie an Standfestigkeit gewannen, sich an die veränderte Sichtweise gewöhnten, sich mit zunehmender Sicherheit bewegten und auch das Tempo ohne Schwierigkeiten erhöhen konnten. Während einige noch mit Bewegungsübungen beschäftigt waren, wandten andere ihre Aufmerksamkeit der Umgebung zu. Immerhin war es Neuland, auf dem sie sich befanden.

Alf sah sich den Boden etwas genauer an. Er war mit Sand bedeckt, der aus millimetergroßen Körnchen bestand, und als Alf einige davon in der Handfläche seines Handschuhs zu sammeln versuchte, stieg Staub auf, der von einem bisher unbemerkt gebliebenen Luftzug davongetragen wurde ...

Alf musste schmunzeln, als er seinen Denkfehler bemerkte:

Es war natürlich kein Luftzug, sondern eine Strömung der dünnen Marsatmosphäre. Vorsichtig, um nicht allzu viel von den feinen Massen aufzuwirbeln, grub Alf ein wenig tiefer in die Oberflächenschicht hinein und stellte fest, dass sie sich schon nach fünf Zentimetern verfestigte. Er stieß auf gerundete, leicht miteinander verbackene Steine, denen es zu verdanken war, dass man hier trotz der überdeckenden Sandfläche soliden Untergrund unter den Füßen hatte und nicht in lockere Massen einsank. Jetzt war ihm verständlich, warum man diese langweilige Ebene als Landeplatz ausgesucht hatte.

Alf spürte eine Berührung am Ärmel, zugleich hörte er eine Stimme im Lautsprecher. »Dort drüben ... ich habe etwas gefunden, komm mit!« Es war Linette, die ihn ein Stück in die Wüste hinausführte. Dort blinkte etwas am Boden: kleine Steinchen, die aus einer grünlich-gelben glasigen Masse bestanden und über den Sand gestreut schienen.

»Interessant«, sagte Alf. »Ich glaube, ich weiß, was das ist ...«

Es war ein Ruf von Ramses, der die beiden von Linettes Fund ablenkte. Als sie sich versammelt hatten, fragte Gijon: »Steigen wir jetzt wieder ein?«

Ramses schüttelte den Kopf, doch dann fiel ihm ein, dass diese Geste von den anderen kaum zu bemerken war. »Noch nicht«, sagte er. »Wir haben doch noch einiges vor – schon vergessen?« Seinem Tonfall war Tadel anzumerken.

Es stimmte ja, es gab noch etwas für die Energie- und die Wasserversorgung zu tun. Sowohl der Reaktor wie auch das Bohraggregat waren nur von außen zu erreichen, schließlich wurden sie auch nur im Freien eingesetzt. Die kalte, mit Sonarenergie gezündete Fusion, die die Energie für das Aufladen der Akkus spendete, erzeugte eine starke Neutronenstrahlung, und deshalb musste die Anlage mindestens 50 Meter außerhalb der Reichweite von Menschen aufgestellt werden. Gilbert, der sich bei technischen Aufgaben als recht geschickt erwiesen hatte, entriegelte den Verschluss des Frachtraums an der Außenseite, und die Schutzbedeckung faltete sich zusammen und glitt nach oben. Henrich und Ramses traten vor und hoben den Reaktor heraus. Er stand auf Rädern, die Ballonreifen mussten erst aufgepumpt werden. Dann aber konnten sie ihn wie einen Handwagen über den Boden ziehen, und was sich bei ihren Übungen als äußerst Kräfte zehrend erwiesen hatte, fiel jetzt infolge der verminderten Gravitation doch erheblich leichter.

Auch die anderen Vorbereitungen gingen störungsfrei vonstatten, schließlich hatten sie diese Dinge ja lange genug geübt. Das Kästchen mit den Akkus stand bereit und war im Nu mit den Anschlüssen des Reaktors verbunden. Dann zogen sie sich zurück, und Gijon gab über Funk den Ultraschallimpuls aus, der die Kernfusion einleitete. Nun brauchten sie nur noch zu warten, nicht mehr als 10 oder 15 Minuten, um sich vom Erfolg des Versuchs zu überzeugen. Der Prozess verlief ordnungsgemäß, die Akkus ließen sich aufladen. Die Geräte funktionierten also, und sie konnten sie wieder zusammenpacken und verstauen.

Nun war das Bohraggregat an der Reihe.

»Gibt es denn hier Wasser?«, fragte Henrich. Er wandte sich an Gilbert, denn dieser hatte sich schon während der Trainingszeit auffällig oft mit den Geräten zur Wasserförderung beschäftigt und galt in der Gruppe als Experte.

»Der Platz ist nicht als Wasserstelle angegeben«, sagte er, »aber wenn man tief genug gräbt, stößt man früher oder später immer auf Eis führende Schichten, und das genügt uns ja hier, um die Funktion des Geräts zu überprüfen.«

Henrich wollte am liebsten unverzüglich mit dem Versuch beginnen, doch Gijon mischte sich ein. »Bisher haben wir kaum Wasser verbraucht – die Vorratsbehälter sind voll. Ich glaube, wir können uns die Erprobung sparen.«

Das kam bei den anderen gut an, die offensichtlich keine Lust hatten, sich weiter mit langwierigen Vorbereitungen zu befassen.

»Dann können wir ja wieder einsteigen«, schlug Linette vor, die sich in ihrem Anzug sichtlich unwohl fühlte. Schon während der Trainingszeit war sie durch schicke Kleider aufgefallen.

Ramses stellte fest, dass die Mehrheit einverstanden war, und verzichtete auf Protest, und auch Alf fügte sich.

Die Evakuierung des Schleusenraums ließ sich nicht beschleunigen, und auch die Zeit des Aufenthalts in der Kammer ließ sich nicht verkürzen. Im Inneren wurden die Anzüge abgesprüht und so vom Staub befreit. Die ölige Flüssigkeit enthielt Desinfektionsmittel für den Fall, dass es hier auch Bakterien geben sollte, gegen die man sich schützen musste. Dann musste unverbrauchte Luft in die Druckkammer eingeleitet werden, und erst danach ließ sich die Außentür öffnen.

Es dauerte eine Viertelstunde, bis alle durchgeschleust waren. Ramses war der Letzte, und als er innen ankam, sah er, dass sich Alf bereits seines Anzugs entledigt hatte und am Schaltpult saß. So streifte auch er rasch die Hüllen ab und trat zu ihm. »Hat sich jemand von der Erde gemeldet?«, fragte er. Doch die Nachrichten, die auf dem Bildschirm auftauchten, waren alt und überholt, in den letzten Stunden waren keine mehr eingetroffen.

»Das ist merkwürdig«, sagte Ramses, »ich habe doch dringend um Antwort gebeten. Es sieht fast so aus, als wenn die Verbindung unterbrochen wäre.« Die anderen hatten die vergeblichen Versuche verfolgt, und allmählich dämmerte es ihnen, dass sich damit eine unangenehme Situation andeutete. Sie waren es gewohnt, über jeden nötigen Schritt unterrichtet zu werden, und das war es auch, was ihnen ein Gefühl der Sicherheit gab, aber auch eine gewisse Unbekümmertheit – man würde sie bestimmt darauf aufmerksam machen, wenn es etwas Wichtiges zu tun gab. Doch was würde geschehen, wenn die Anweisungen ausblieben?

»Das hat sich sicher jemand ausgedacht, um die Sache interessanter zu machen«, meinte Henrich.

Darauf begann eine Diskussion, die aber bald unterbrochen wurde: durch einen Hustenanfall – es war Linette, die sich etwas zurückgezogen hatte und auf ihrem Platz auf der Bank saß. Sie kämpfte mit rotem Gesicht gegen den Kitzel im Hals an, doch er überwältigte sie immer stärker.

Sylvie hatte ein Saugfläschchen mit Wasser gefüllt und forderte Linette auf, einige Schlucke zu nehmen. Doch es nützte nichts – kurze Zeit darauf setzte der Husten wieder ein.

Alle standen ratlos um Linette herum. »Was hast du da?«, fragte Gilbert, dem aufgefallen war, dass Linette etwas in eine Papierserviette Eingewickeltes in der Hand hielt, das sie bei aller Abwehr gegen den Hustenanfall nicht losließ. Nun wurden auch die anderen aufmerksam, und Sylvie ergriff Linettes Hand und holte das kleine Bündel heraus. Sie entfaltete das Papier: Da lagen vier oder fünf jener glasig durchsichtigen Steinchen, die Linette draußen gefunden hatte – vielleicht ein bisschen größer als jene, die sie Alf gezeigt hatte.

»Was ist das?«, fragte Sylvie. »Woher hast du das?«

Obwohl Linette immer noch Mühe hatte zu sprechen, gelang ihr eine leidlich verständliche Antwort. »Dort draußen … da gab es eine ganze Menge davon …« – sie deutete auf die Steine – »sie sind so hübsch …«

»Und da hast du einige mitgenommen«, stellte Gijon fest. Er streckte die Hand nach dem Häufchen aus.

»Halt, fass das nicht an«, sagte Sylvie mit erhobener Stimme, und sie fügte zu Linette gewandt hinzu: »Vielleicht sind diese Dinger an deinen Schwierigkeiten schuld.«

»Lass sehen«, verlangte Alf. Aus dem Werkzeugkasten holte er eine Plastiktüte und nahm damit die Steine auf, indem er sie darüberstülpte, ohne sie zu berühren. So hielt er sie auf der flachen Hand, und alle drängten sich um ihn, um sie in Augenschein zu nehmen.

Alf trat an das Kommunikationspult und schob das Tütchen mit den Steinen vor das Objektiv, das normalerweise die Bilder der davor sitzenden Menschen aufnahm. Er stellte den Zoom auf starke Vergrößerung. »Da klebt Staub daran«, sagte er, und Sylvie fügte hinzu: »Vielleicht hat sie etwas davon eingeatmet.«

Die Gefährten blickten einander betroffen an.

»Vielleicht ist der Staub in die Luft geraten ...«

»Wirf das Zeug wieder hinaus ...«

»Vielleicht haben wir uns Bakterien eingefangen ...«

»Bakterien sind gar nicht nötig – ein bisschen Nanostaub genügt. Und den soll es hier ja geben.«

Inzwischen war Alf ohne weitere Erklärungen ans Schaltpult getreten, und schon hörten sie das Geräusch der Pumpen, die die Luft umwälzten und durch die Filter pressten – zur Reinigung, die jetzt angeraten war. Dann bat er Sylvie um ein Desinfektionsspray, mit dem er die Steine und das Tütchen besprühte.

Ramses trat an Linette heran und packte sie am Arm. »Was hast du dir dabei gedacht?«, herrschte er sie an. »Willst du uns alle vergiften?«

»Lass sie los!«, sagte Sylvie und drängte ihn sanft, aber entschieden zurück. »Das bringt doch nichts!«

»Bodenloser Leichtsinn!«, schimpfte Gijon. »Sie hat die Steine in die Außentasche gesteckt und mit hereingeschmuggelt. Und dann hat sie die Tasche ohne jede Vorsichtsmaßnahme geöffnet, um sich die Klunker anzusehen.«

Linette, die sich inzwischen ein wenig gefasst hatte, sah sich angegriffen und sagte kleinlaut: »Aber sie sind doch so hübsch.«

»... tatsächlich sind sie sogar recht wertvoll«, mischte sich Alf ein. »Ich habe davon gelesen: Es sind Stücke von Gestein, das durch Meteoriteneinschläge aufgeschmolzen wurde. So etwas kommt auch auf der Erde vor, ich glaube irgendwo in der Sahara. Nun haben wir es auch auf dem Mars gefunden, eigentlich eine schöne Entdeckung! An Einschlägen von Meteoriten herrscht ja hier kein Mangel ...«

»Das ist ja fein«, sagte Gilbert, »wenn wir den Schatz nicht finden, dann nehmen wir eben einige dieser Steine mit.«

Die anderen hatten im Moment keinen Sinn für seine Scherze.

»Glaubst du, dass wir etwas davon eingeatmet haben? – dass es uns geschadet hat?« Es war Henrich, der die Frage stellte; unwillkürlich hatte er sich an Sylvie gewandt, die damit als Ansprechstelle für medizinische Problemfälle anerkannt war.

»Ich glaube nicht«, antwortete sie. »Aber es sollte uns daran erinnern, dass wir vorsichtig sein müssen.«

Auch Alf versuchte, Henrich zu beruhigen. »Ich lasse die Pumpen noch einige Zeit laufen«, sagte er. »Ich glaube nicht, dass allzu viel in die Luft geraten ist, denn dann würden wir ja alle husten.«

Etwas unschlüssig darüber, was nun zu tun war, setzten sie sich auf die Bänke, und der schweigsame Cassius holte einige der kleineren, für Zwischenmahlzeiten bestimmten Päckchen aus dem Wandschrank und bot Süßigkeiten an. Er begann eifrig zu essen, während die anderen keinen rechten Appetit zu haben schienen.

»Vielleicht war das ein inszenierter Zwischenfall«, sagte Gijon in die Stille hinein. »Es ist doch nicht anzunehmen, dass sie uns mit Bakterien verseuchen wollen.«

Alle verstanden, wen er meinte: die Organisatoren des Spiels, nach deren Vorschriften es ablaufen sollte.

Sylvie schüttelte den Kopf. »Inszeniert? Das glaube ich nicht. Sie konnten schließlich nicht wissen, dass sich Linette für diese Scherben interessieren würde.«

»Versuchen wir doch noch einmal, mit der Erde Kontakt aufzunehmen«, meinte Gilbert, und er setzte sich ans Schaltpult. »Wenn es ein unbeabsichtigter Zwischenfall ist, dann müssen sie uns einen Rat geben, was zu tun ist.« Er sprach einige Sätze ins Mikrophon, bat um Hilfe, machte die Sache dringlich.

»Und was tun wir, wenn wieder keine Antwort kommt?«, fragte Gijon. »Wenn man uns im Stich lässt?«

Gilbert stand auf, zuckte die Schultern. »Vielleicht steht darüber etwas in den Betriebsvorschriften?«

Alle redeten durcheinander, doch Gijon beendete das Stimmengewirr, indem er mit der flachen Hand auf die Platte des Klapptisches schlug. »He, ihr vergesst wohl die Situation! Ihr wisst, dass alles mitgeschnitten wird! Schluss mit dem Gerede – wir müssen das Spiel mitspielen.«

»Ich bitte mir ein wenig Rücksicht auf die Zuschauer aus«, rief Gilbert, und es blieb offen, ob er es ernst meinte.

»Warum sollen wir besondere Rücksicht nehmen, wenn sie uns so hängen lassen?«, beschwerte sich Cassius. »Es werden doch sowieso nur Ausschnitte gesendet. Sie können ja herausschneiden, was sie wollen!«

»Aber sie dürfen uns nicht in Gefahr bringen«, sagte Linette mühsam zwischen zwei Hustenanfällen.

Henrich war der Unterhaltung mit spöttisch verzogenem Gesicht gefolgt. »Du wirst doch nicht annehmen, dass die uns wirklich auf den Mars geschickt haben«, sagte er. »Natürlich haben sie das behauptet, aber wer glaubt schon daran! Es ist eine perfekte Simulation.«

»Meinst du?«, fragte Gilbert. »Es hat doch schon mehrere Erlebnisspiele gegeben, bei denen man die Teilnehmer tatsächlich in gefährliche Situationen gebracht hat – denkt nur an die Sache mit dem versunkenen Schiff!«

»Das war ganz schön gruselig«, bemerkte Cassius, »dabei hat sich einer die Schulter gebrochen.« Aber niemand wollte jetzt auf die Erlebnisse der Crew mit Muränen und Kraken eingehen.

»Eine Unterwasserlandschaft – da gibt es keine technischen Probleme«, sagte Sylvie. »So etwas macht man im Schwimmbecken. Pflanzen aus Plastik, eingeblendete Fische ... Aber beim Mars? Verminderte Schwerkraft, Strahlung, Vakuum ... das lässt sich nicht so leicht simulieren.«

»Es gibt mir auch zu denken«, sagte Alf. »Akustische und visuelle Erscheinungen kriegt man so hin, dass niemand mehr unterscheiden kann, ob sie echt sind oder simuliert. Aber mit der Schwerkraft sieht das anders aus: Man kann sie nun einmal nicht beeinflussen. Deshalb bin ich ziemlich sicher, dass wir tatsächlich auf dem Mars sind.«

Einige Sekunden lang herrschte nachdenkliches Schweigen. Dann wandte sich Sylvie an Ramses und fragte: »Was meinst du?«

Ramses kniff die Augen nachdenklich zusammen. Dann antwortete er zögernd: »Ich bin mir nicht sicher. Die Simulationen werden immer raffinierter. Und was die Schwerkraft betrifft – vielleicht hat man dafür eine Methode gefunden. Aber«, er wirkte jetzt sicherer, »eigentlich braucht es uns nicht zu kümmern, wir müssen uns so verhalten, als wäre es der echte Mars – so einfach ist das. Und damit erübrigt sich jede Diskussion. Wir sollten uns nicht von sinnlosen Zweifeln beirren lassen. Es ist spät, der Tag war anstrengend, und ich meine, wir sollten an die Nachtruhe denken.« Damit war der Streit zunächst einmal zu Ende, allerdings war er damit noch längst nicht entschieden.

Ein Blick zu den Luken ließ erkennen, dass es draußen dunkel geworden war – offenbar hatte sich die Dämmerung rasch vollzogen. Jetzt erst wurde ihnen bewusst, dass schon ein ganzer Tag vergangen war.

Alf schaltete den großen Bildschirm ein und richtete den Fokus hinauf zum Himmel. Es war irgendwie beruhigend, dass sich dabei dieselben Sternbilder zeigten, wie sie auch von der Erde aus zu beobachten waren. Nur die Zahl der Lichtpunkte schien sich vervielfacht zu haben, sie standen so dicht, dass kaum ein Platz zwischen ihnen leer blieb. In diesen Anblick versunken, dem sich keiner entziehen konnte, ließen sie das Bild einige Zeit auf sich wirken. Doch dann mahnte Ramses, mit den Vorbereitungen zur Nachtruhe zu beginnen. Wegen der Enge des Raums war das mühevoller, als es sich anhörte, und auch die Zeit, die sie für die Abendtoilette brauchten, zog sich in die Länge, da sich in der abgetrennten Kabine stets nur eine Person aufhalten konnte.

Auch Linette hatte sich aufgerafft und war einige Zeit im Waschraum verschwunden, doch immer wieder drang ihr unterdrücktes Husten hervor. Sylvie hatte inzwischen im Medikamentenschrank nach einem Arzneimittel gesucht und auch ein Fläschchen mit einer Lösung gefunden. Sie verrührte einige Tropfen davon in Wasser und wartete, bis sich Linette wieder blicken ließ.

»Geht's dir ein wenig besser?«

»Der Hustenreiz hat nachgelassen, aber ich fühle mich ziemlich mies.«

»Trink das«, verlangte Sylvie und deutete auf das Fläschchen mit den Tropfen. »Morgen ist es sicher vorüber.« Sie selbst schien nicht daran zu zweifeln.

»Könnte es ansteckend sein?«, fragte Henrich.

»Jeder sollte darauf achten, ob er irgendwelche Anzeichen spürt«, riet Ramses.

Endlich hatten alle auf ihren Liegen Platz genommen, und auf ein Händeklatschen hin verdunkelte sich die Beleuchtung bis auf trübes Dämmerlicht.

Wie alle anderen empfand es Alf als angenehm, die Nachtruhe in frisch gereinigter Unterwäsche verbringen zu können, ohne den Anzug mit seinen Sensoren und Messinstrumenten und dem Äderwerk der Klimaanlage. Hier im Inneren des

Schiffs brauchten sie sie nicht, nur während des künstlichen Schlafs der Reise hatten sie die Anzüge aus Sicherheitsgründen anbehalten müssen.

Alf hatte erwartet, dass er rasch einschlafen würde, doch diese Hoffnung erwies sich als trügerisch. Alle möglichen widerstrebenden Gedanken gingen ihm im Kopf herum, und stets dann, wenn er das Gefühl hatte, endlich einzudämmern, riss ihn eine Art Reflex in den Wachzustand zurück: Es war wie ein böser Traum, der ihm das unangenehme Gefühl vermittelte zu schweben – wahrscheinlich lag es an der verminderten Schwerkraft.

Das führte ihn wieder zu der Frage zurück, ob sie sich in einem perfekt angelegten Simulationsraum befanden oder doch auf dem Mars, wie man es ihnen ja mitgeteilt hatte. Aber was bedeutete das schon? – Selbstverständlich hatte man allen anderen Gruppen, die bisher bei den Abenteuerspielen mitgewirkt hatten, dasselbe erzählt, ob es nun stimmte oder nicht. Schließlich sollten sich alle so verhalten, als hätten sie es mit echten Schwierigkeiten und Gefahren zu tun.

Aber sprachen einige der Unannehmlichkeiten, mit denen sie schon zu tun gehabt hatten, nicht für einen echten Aufenthalt auf dem fremden Planeten? Schließlich hatte Alf sich ja mit dem Mars schon beschäftigt, als alle anderen noch nicht wissen konnten, dass das Los auf sie fallen würde. Einige von ihnen schienen die ihnen ausgehändigten Lehrprogramme nur flüchtig durchgesehen zu haben – das war aus den Gesprächen klar hervorgegangen. Alf traute sich deshalb ein besseres Urteil darüber zu, ob eine Panne, mit der sie es zu tun hatten, eine beabsichtigte Schwierigkeit oder ein realer Zwischenfall war.

Viel hatten sie ja noch nicht erlebt, aber der Husten, den sich Linette zugezogen hatte, gab ihm zu denken. Er erinnerte sich, dass er einiges über die Marsoberfläche gelesen hatte.

Dass es auf dem Roten Planeten Staubstürme gab, war schon lange bekannt, und das konnte ja nur der Fall sein, wenn die Teilchen so fein waren, dass sie von der dünnen Atmosphäre getragen wurden. So tauchte in diesem Zusammenhang der Ausdruck ›Nanostaub‹ auf, und irgendwo war auch die Rede davon gewesen, dass diese feinsten Teilchen bei den Raumfahrern Allergien auslösen konnten, wenn sie in ihre Lungen gerieten. Sollte das die Ursache für Linettes Beschwerden sein? An einer anderen Stelle hatte er aber auch einiges über Bakterien gelesen, die in den Bodenschichten des Mars leben konnten oder unter dem Schutz von Felsbrocken. Diese Gefahr schien nicht besonders groß zu sein, da die harte Strahlung, die den Boden traf, alles organische Leben, darunter auch die Mikrowesen, abtöten würde, wenn es sich ins Freie wagte. Aber, so dachte er weiter, konnte es nicht sein, dass diese Lebewesen irgendeinen Schutzmechanismus entwickelt hatten, der sie vor den verderblichen Einflüssen der Strahlung bewahrte?

Natürlich war diese Frage nur sinnvoll, wenn sie sich tatsächlich auf dem Mars befanden ... Er grübelte lang darüber nach, wie man dieses Problem lösen könnte, und kam schließlich darauf, dass eine solche Möglichkeit einfach nicht bestand. Alles, was über die Sinnesorgane aufgenommen wird, kann auch manipuliert werden. Natürlich gab es Indizien dafür und dagegen, aber eben keine Gewissheit. Die einzige Hoffnung auf eine Antwort bestand darin, dass die Initiatoren dieser Spiele irgendetwas übersehen hatten, was als eindeutiger Hinweis aufzufassen war; es galt also, in den kommenden Tagen auf jede Kleinigkeit zu achten, die man vielleicht zur Aufklärung nutzen konnte.

Dieser Entschluss schien ihn etwas zu beruhigen, und als er ihn gefasst hatte, dauerte es nicht mehr lange, und er schlief ein.

Presse/dig Dok386-207nGZ-558734

Bekanntlich waren am Beginn des ostwestlichen Krieges beide Seiten bemüht, ihre wertvollsten Kulturgüter vor der Zerstörung durch Kriegshandlungen zu schützen. Das meiste davon wurde später wieder aufgefunden und ist seither in Museen und Schauräumen ausgestellt. Einiges allerdings blieb bis heute verschollen. Bei der Archivierung von Dokumenten aus der Zeit vor Beginn des Goldenen Zeitalters kam es nun kürzlich zu einer überraschenden Entdeckung.

Beamte der Dokumentationsstelle für historische Reminiszenzen waren auf einen elektronisch gespeicherten Schriftsatz gestoßen. Er war auf ungewöhnliche Weise codiert, doch gelang es schließlich, ihn zu entschlüsseln. Unter anderem enthielt er ein Verzeichnis jener besonders wichtigen Objekte, die damals von den Chinesen in einer Geheimaktion auf den Mars gebracht worden waren, vor allem Nuklearwaffen, intelligente Raketen und Militärroboter.

Weiter fanden sich dort auch nähere Angaben über eine als ›Festung‹ bezeichnete Station, die Spitzenpolitikern und Militärs nach einem eventuell verlorenen Krieg als eine Art Refugium dienen sollte. Dadurch wollten sie sich den damals üblichen Anklagen und Verurteilungen durch die Siegermächte entziehen.

Die Existenz einer solchen Station war bereits gerüchteweise bekannt, nicht allerdings ihre Lage auf dem Mars, der nach Einstellung der Raumfahrt nach dem Krieg nicht mehr besucht wurde. Völlig neu dagegen ist die Erkenntnis, dass dort einige der wertvollsten Kulturgüter der Menschheitsgeschichte versteckt liegen, darunter auch ein Satz von Jadewürfeln, der als kaiserliches Siegel diente, und eine Drachenrobe, das Zeichen der Kaiserwürde. Diese Altertümer sind von unschätzbarem Wert und galten zwei Jahrhunderte hindurch als verschollen.

Henrich

Sie hatten ihn in einer Zelle eingeschlossen, und er wartete auf das Urteil. Eigentlich hatte er nichts zu befürchten, denn seine Gene waren in Ordnung, aber wer weiß – vielleicht war seinerzeit, bei der pränatalen Untersuchung, etwas übersehen worden. Vermutlich hatten sich inzwischen die Untersuchungsmethoden verbessert.

Er machte sich über die Folgen Gedanken, die die Entdeckung einer fehlerhaften Sequenz für ihn haben könnte. Gewiss, er würde den Status eines Nichtangepassten erhalten, doch da gab es immer noch Unterschiede – behandlungswürdig oder nicht, psychische Therapie oder Operation, Bewegungsfreiheit oder Internierung ... Doch größer noch als seine Angst war der Ärger darüber, dass man ihn, dem ja den Gesetzen entsprechend kein Unrecht vorzuwerfen war, so behandelte. Dieser freche Schwindel, mit dem man das Publikum betrog und den er aufgedeckt hatte, gehörte nun einmal an die Öffentlichkeit gebracht, das war sogar seine Pflicht als Staatsbürger, und anderes war ihm nicht vorzuwerfen.

Eigentlich hatte alles ganz harmlos begonnen. Er war in die Spielhalle hinuntergegangen, die im Keller seines Hauses den Bewohnern zur Verfügung stand, und wie immer hatte er sich an eine der Konsolen gesetzt, die dem Cockpit eines hochklassigen Geländewagens nachgebildet waren. Das war seine Spezialität: eine Rallye durch eine wilde, mit Hindernissen gespickte Landschaft; manchmal ging es durch eine sandige Wüste, ein anderes Mal über eine Karsthochfläche und dann wieder über arktisches Eis.

Von Anfang an hatte er bemerkt, dass es diesmal gut lief. Schon nach der Hälfte der Strecke befand er sich an vierter

Stelle, und wenn er die Fahrweise jener drei Konkurrenten, die noch vor ihm lagen, genauer beobachtete, dann räumte er ihnen wenig Chancen ein: Zwar hatte ihnen ihre riskante Fahrweise zu den vorderen Plätzen verholfen, aber früher oder später würden sie dafür büßen müssen. Und da hatte es auch schon einen erwischt – in einer Kurve, die heimtückischerweise in ihrem Verlauf immer enger wurde, war der violette Rennwagen an die Felswand geprallt und liegen geblieben. Man hätte es voraussagen können – Henrich kannte dieses Hindernis sehr gut, es tauchte in allen Versionen des Spiels auf, im Eis, im Sand und auf den Felsen, und er hatte dort schon rechtzeitig zu bremsen begonnen, als der andere noch aufs Gas stieg.

Nun waren noch zwei vor ihm, und er stellte mit leichter Unruhe fest, dass er allmählich zurückfiel. Doch er ließ sich nicht verleiten, das Tempo zu erhöhen, und er musste tatsächlich über fünf Minuten warten, ehe er seine Chance bekam. Er brauchte nichts dazu zu tun – der Fahrer auf dem zweiten Platz wurde ungeduldig, versuchte an den Widersacher vor ihm heranzukommen, und als das gelungen war, drängte er ihn zur Seite ... mit dem Erfolg, dass sich beide überschlugen und ausschieden. Und so konnte Henrich als Sieger über die Ziellinie fahren.

Zum ersten Mal hatte er die Rallye gewonnen! Er würde den ausgesetzten Preis bekommen, immerhin über 2000 Credits, doch viel wichtiger war ihm die Einladung auf die Ehrentribüne des Autodroms beim Großen Rennen am kommenden Wochenende.

Natürlich genoss er es, der Veranstaltung als VIP beizuwohnen, mit Vergnügen setzte er die Schirmmütze auf, die man ihm beim Eintritt in das geschlossene Areal der Tribüne geschenkt hatte – damit sah er absolut professionell aus. Und er genoss die Leckerbissen und die Getränke, die hübsch uniformierte Mädchen austeilten. Vor allem aber konnte er von der vordersten Reihe aus die Vorstellung der Stars verfolgen, Männer, die sich real betätigten und nicht nur in der synthetischen Welt des Computerdesigns.

Nachher mischte er sich unter die Gäste und hielt nach Prominenten Ausschau. Längere Zeit hielt er sich am Souvenirladen auf und kaufte sich einen Overall, wie ihn die Rennfahrer trugen. Natürlich wählte er den mit der Nummer 1 – den Anzug von Rikko.

Für ihn war es ein besonderes Erlebnis, das er auskostete, als wäre es der Höhepunkt seines Lebens. Und nachher, als es vorbei war und die Ehrengäste mit dem Sieger plaudern durften, gelang es ihm sogar, von Rikko Gonzales ein Autogramm zu bekommen.

Er ließ sich auch nicht aus der Fassung bringen, als er neben sich eine Stimme hörte, die sich abfällig äußerte: »Der Typ übertreibt wieder einmal maßlos – man könnte meinen, dass er wirklich etwas geleistet hat.«

Henrich blickte zur Seite und sah einen Mann im dunkelbraunen Anzug der Gästebetreuer. Er verkniff sich eine böse Entgegnung, tat stattdessen interessiert, und als der andere bereitwillig antwortete, lud er ihn zu einem Drink ein. Von der Terrasse aus hatten sie einen guten Blick hinunter auf das Gelände, das hier, am Rand der Stadt, mit erheblichem Aufwand errichtet worden war. Eigentlich unterschied es sich nicht allzu sehr von den Schauplätzen der Computerspiele, nur dass es real war, die Hindernisse aus Beton geformt, die Geländeformen mit Baggern einer Berg- und Talregion nachempfunden.

Es war etwas schwül, die Sonne hatte den Nachmittag hindurch die Veranda aufgeheizt, und sein neuer Bekannter – seinen Namen hatte er nicht verstanden – hatte seine Jacke über die Lehne des Sessels gehängt. Und an den Kragen dieser Jacke war das Schildchen geheftet, das zugleich als Erkennungszeichen wie auch als Schlüssel zum Eingang in die inneren

Regionen des Rennplatzes diente. Das war die Gelegenheit, auf die Henrich gewartet hatte. Als sich der Angestellte abwandte, um einige Worte mit einem Bekannten zu wechseln, und nicht aufpasste, griff er hinüber zur Jacke und zog die Plakette ab.

Sein Gesprächspartner hatte nichts bemerkt, und als sie sich schließlich voneinander verabschiedeten, zog sich Henrich eilig ins Treppenhaus zurück, wo er eine unscheinbare, ins Innere führende Tür gesehen hatte. Er wollte unbedingt einen Blick auf die echten Autos werfen, und es würde ihm nichts ausmachen, wenn sie ihn dabei erwischen sollten.

Die von der Sperre aus seiner Plakette abgerufene Codefrequenz führte dazu, dass sich die Tür von selbst öffnete, und Henrich trat ein. Er hatte sich schon vorher eine Übersicht über das Gelände verschafft, und so wusste er recht gut, welchen Weg er einschlagen musste. Dort drüben waren die Garagen, und sie schienen nicht besonders bewacht zu sein – zumindest war kein Mensch zu sehen.

Er trat in eine dunkle Ecke und streifte die neu erworbene Rennfahrerkluft über. Nun sah er wirklich wie ein Profi aus.

Wenige Minuten später war Henrich am Ziel seiner Wünsche: Er konnte sich frei im Gelände bewegen, ohne dass ihn jemand aufgehalten hätte, und dann stand er vor dem Gefährt des Siegers, dem orangefarbenen Rennwagen, einem Wunderwerk der Technik, das schon vom Anblick her die Kräfte verriet, deren es mächtig war. Es trug noch die Spuren, die das Rennen hinterlassen hatte: tiefe Kratzer an der linken Seitenwand, Zeugnisse eines abgewiesenen Überholversuchs – Henrich erinnerte sich gut an diese Szene –, und einige Beulen, die von herumfliegenden Autoteilen eines Gegners herrührten, der einen anderen gerammt hatte.

Henrich ging um das Fahrzeug herum und blieb schließlich stehen, um einen Blick ins Cockpit zu werfen – und zuckte zusammen. Denn das, was ihm da klar wurde, war kaum zu glauben: dass in diesem Wagen niemand sitzen und lenken konnte. Die Armaturen nur angedeutet, keine Schalthebel, keine Druckknöpfe, die Messinstrumente aufgemalt – das mochte von außen genug sein, um den Eindruck von Echtheit zu erzielen und die Zuschauer zu täuschen. Doch hier, aus der Nähe … Kein Zweifel: Dieses Auto wurde ferngesteuert, wie vermutlich alle anderen auch. Das mitreißende Rennen programmiert, die atemberaubenden Szenen beabsichtigt, der Sieger vorher festgelegt! Das Ganze eine Inszenierung, die Zuschauer hinters Licht geführt.

Unschlüssig trat Henrich ein paar Schritte zurück, als wollte er zu dem, was vor ihm lag, auf Distanz gehen. Plötzlich schrak er zusammen: Da hinten, in der dunklen Ecke … lag da nicht ein Mensch? Henrich trat näher – ein orangeroter Dress, ein Helm, darunter ein Gesicht, die obere Partie vom Glasschirm verdeckt, ein Mann mit schmalem Lippenbart. Er lag regungslos da, ein wenig zusammengekrümmt … schlief er? Nein, seine Augen standen offen – und jetzt erkannte Henrich ihn auch: Es war niemand anderer als Rikko. Wie war er hierher geraten? Was war mit ihm passiert?

Und wieder zögerte Henrich, irgendetwas stimmte nicht – dieser starre Blick … und dann stellte sich die erschütternde Erkenntnis ein, dass er vor einer Puppe stand, das Gesicht nichts anderes als eine Maske, die Augen Glaskugeln, die Barthaare angeklebt – es war das Gesicht von Rikko Gonzales. Der berühmte Rennfahrer – als Dummy!

Henrich brauchte eine Weile, um sich von diesen unerwarteten Erkenntnissen zu erholen. Dann wurde ihm bewusst, dass er sich nun erst recht nicht erwischen lassen durfte, das könnte ihm übel bekommen. Rasch fand er in die Gegenwart zurück. Er verließ die Garage, und es gelang ihm, sich voll zu konzentrieren, um wieder zurück ins Stadion zu finden und dabei in Deckung zu bleiben.

Er atmete auf, als er wieder an der Tür stand, durch die er

hereingekommen war; sie ließ sich von innen ohne weiteres öffnen.

Noch immer waren die Ränge mit Besuchern gefüllt, die nun Gesänge anstimmten, um ihre Idole zu feiern. Wenn alles normal verlaufen wäre, hätte sich Henrich ihnen angeschlossen, doch unter den gegebenen Umständen wollte er nichts davon hören. Weil er jetzt nicht unter Menschen sein wollte, verzichtete er darauf, die U-Bahn zu benutzen, die sicher voller Fans war, die sich über das Rennen unterhielten, und ging zu Fuß nach Hause.

Er versuchte, seine Erkenntnis in Ruhe zu verdauen, und ließ sich die Erlebnisse der letzten drei Stunden noch einmal durch den Kopf gehen. Jetzt verstand er auch, was der Angestellte nach der Pressekonferenz mit seiner abfälligen Bemerkung gemeint hatte: Es gab keinen Rennfahrer Rikko Gonzales, dieser war nichts anderes als ein Phantasieprodukt, dessen Rolle in der Öffentlichkeit ein Schauspieler übernahm. Die Autos von einer Zentrale aus ferngesteuert, das Ganze nichts entscheidend anderes als das Spiel, das er im Keller seines Hauses spielte ...

Aber alles Grübeln half ihm nichts, er wurde seine Empörung nicht los. Als Henrich die Autogrammkarte von Gonzales in der Jackentasche fühlte, zog er sie heraus und zerriss sie in kleine Schnipsel, die er auf dem Weg verstreute.

Das alles hatte sich vor zwei Wochen ereignet.

Und nun saß er in einer Zelle des Sicherheitsdienstes und sann wieder einmal über das Geschehene nach. Warum hatte er sich nur eingemischt? – Er hätte sich schließlich denken können, dass eine solche Inszenierung eines öffentlichen Spektakels nur mit dem Einverständnis der Regierungsstellen möglich war, er hätte schweigen sollen und sein normales Leben weiterführen, obwohl ihm etwas Entscheidendes gefehlt hätte: seine Begeisterung für den Rallyesport, der ihm bisher so viel bedeutet hatte.

Aber er hatte eben geglaubt, diesen Betrug aufdecken zu müssen. Er hatte im Bekanntenkreis davon gesprochen, eine Beschreibung des Schwindels mit angeschlossener Beschwerde im Netz veröffentlicht und sogar das Redaktionsbüro eines Informationscenters aufgesucht, um seine Geschichte an den Mann zu bringen – allerdings mit dem Ergebnis, dass ihm niemand glaubte, ja, dass man ihn sogar auslachte, wie einen jener wirrköpfigen Nichtangepassten, denen man das Gedächtnis gelöscht hatte ...

In einem letzten Versuch wandte er sich an den Referenten für Sportveranstaltungen im Kulturamt und verlangte, seine Beschwerde bei der nächsten Sitzung mit Barbie Brain zur Sprache zu bringen, doch sein Antrag wurde abgewiesen: Es handele sich nicht um eine Sachfrage, sondern um ein ethisches Problem, das nicht in die Kompetenz der vernetzten Intelligenz fiele.

Schließlich gab er seine Bemühungen auf, und es schien, als wäre die Sache auf diese Weise folgenlos im Sand verronnen – bis er eines Tages von zwei Sicherheitsleuten abgeholt und ins Zentrum des Ordnungsdienstes gebracht wurde.

Henrich musste noch lange in seiner Zelle ausharren, bis er in einen Raum geführt wurde, der fatal an eines jener Verhörzimmer erinnerte, wie man sie in historischen Kriminalfilmen manchmal zu sehen bekam. Da gab es sogar jene Apparate, mit denen man das Gedächtnis von Tätern und Zeugen dazu anregen konnte, sich an Vergessenes zu erinnern – Kästen, aus denen Leitungen mit Elektroden heraushingen, und Bügel mit Ultraschallsendern, die man auf die Köpfe der Befragten setzte, um sie mit gezielten Impulsen zu stimulieren. Es war wie in einem Femegericht: Vor Henrich, etwas erhöht auf einem Podium, saßen drei grau gekleidete Personen, und er saß eine Stufe tiefer allein in der ersten Stuhlreihe des Saals. Die übrigen Plätze waren leer.

Die in der Mitte sitzende Frau klappte den in die Tischplatte eingelassenen Bildschirm hoch, so dass sie von dort etwas ablesen konnte, was Henrich nicht sah. »Wir haben bei der Analyse Ihres Genpools keine Fehler feststellen können«, sagte sie. »Sie gehören also zu jenen Fällen, bei denen die Ursache für die Verhaltensstörungen ungeklärt bleibt. Wir verzichten deshalb zunächst auf therapeutische Maßnahmen. Sie kommen also glimpflich davon: Bis auf Widerruf wird Ihnen der Status eines Nichtangepassten ersten Grades zugesprochen. Ab heute sind in Ihrem Personalbogen die Kennung NAP1 und Ihr Erkennungscode eingetragen. Ihre Bewegungsfreiheit wird eingeschränkt: Künftig ist es Ihnen verboten, die Grenzen Ihres Wohnbezirks zu verlassen.«

Die Beamtin hielt ihm seine I-Card entgegen, und er erhob sich, nahm sie in Empfang. Er blickte die Karte an. Äußerlich war ihr nicht anzusehen, dass sich etwas geändert hatte. Und doch war jetzt einiges entscheidend anders.

Einen Moment lang war Henrich still, und als er etwas sagen wollte, merkte er, dass die drei Beamten schon im Begriff waren, den Raum zu verlassen. Für Fragen oder Proteste war ihm keine Gelegenheit geblieben. Offenbar war er entlassen und durfte selbst sehen, wie er aus dem Gebäude kam.

Personenbeschreibung und Einstufung (Auszug)

Henrich Allister, Genpool ohne nachweisbare Abnormitäten

Anpassungswert: 27

Phänotyp: leptosom

Größe: 176 cm, Gewicht: 73 kg, Pigmentierung: hell, Haarfarbe: fahlblond, Augenfarbe: grau

Intelligenzbereich: 75 – 80

Von den Standardwerten abweichende Eigenschaften:
> leicht erregbar
> zaghaft
> Neigung zu Pedanterie
> übersteigertes Rechtsgefühl

Charakteristische Eigenschaften:
> gute Reaktionsfähigkeit
> nachdenklich

Die weiteren Befunde in den Grenzen des Normalen

Auffällig geworden durch die Verbreitung falscher Tatsachenbehauptungen sowie üble Nachrede betreffend Beamte des Kulturamts

Eingestuft als NAP1

Mars, zweiter Tag

Es war nicht die erste Nacht gewesen, die die acht Auserwählten in beengten Verhältnissen verbracht hatten, schon während der Vorbereitungen hatten sie eine ganze Woche lang in einer Raumschiffattrappe eingeschlossen gelebt, und trotz der Unbequemlichkeit, die sich unter diesen Umständen nicht vermeiden ließ, hatten sie die Nächte gut verbracht. Hier auf dem Mars aber war das etwas anderes: Alle hatten schlecht geschlafen. Es mochte an der geringen Schwerkraft liegen, aber auch an der Tatsache, dass nun der Ernstfall eingetreten war. Zwischen Spiel und Wirklichkeit besteht eben ein Unterschied, selbst wenn es sich um eine simulierte Wirklichkeit handelt.

Als sich Alf am Morgen aus seinem dösenden Zustand löste und sich aufrichtete, sah er Ramses am Schaltpult sitzen, und das weckte seine Neugier – vielleicht würden sie heute etwas Neues, etwas Richtungweisendes erfahren. Er ging zu seinem Gefährten nach vorn und erkundigte sich nach Neuigkeiten, doch Ramses wehrte ab. »Später«, sagte er. »Lass mir noch ein bisschen Zeit.«

Auch gut, dachte Alf. Nun hatte er das Bedürfnis nach einer warmen Dusche.

Er musste ein wenig vor dem Waschraum warten, und bald kam auch Sylvie hinzu.

»Linette geht es besser«, berichtete sie, »doch Henrich fühlt sich krank. Er klagt über Hustenreiz, aber ich bin mir nicht sicher ... Ich habe den Eindruck, dass er sich sein Unwohlsein nur einbildet.«

»Kann man sich Unwohlsein einbilden?«, erwiderte Alf. »Wenn du dich schlecht fühlst, dann fühlst du dich schlecht, ob das nun eingebildet ist oder nicht.«

Sylvie stutzte ein wenig – das war eine Bemerkung, über die man lange streiten konnte. Dann lächelte sie, und Alf lächelte zurück. Sie verstanden einander.

Aus einem Impuls heraus bot Alf Sylvie an, ihr bei der Morgentoilette den Vortritt zu lassen, doch sie nahm es nicht an.

Eine halbe Stunde später waren die Liegen zurückgeklappt, und sie saßen an der schmalen Kunststoffplatte, die als Tisch diente. Auch Linette war dabei; sie wirkte noch ein wenig angegriffen, war aber ansonsten schon wieder recht munter. Henrich dagegen sah leidend aus; er hustete und betupfte immer wieder seine Nase. Sylvie bot ihm Tabletten an, und er schluckte einige davon, doch das Frühstück schien ihm nicht zu schmecken.

»Der Mann ist völlig gesund«, sagte Sylvie leise zu Alf, der neben ihr Platz genommen hatte. »Ich habe ihm ein Placebo gegeben. Bei solchen Typen wirkt das gut.«

Dann meldete sich Ramses zu Wort, er hätte etwas mitzuteilen.

»Ich habe eine Nachricht von der Station vorgefunden ...«

Er wartete, bis alle zuhörten, und sah in erwartungsvolle Gesichter. »Freut euch nicht zu früh: Es ist keine Antwort auf unsere Meldung. Ich lese vor:

Mitteilung an das Team MARS MISSION. Mit der Landung auf dem Mars hat das Erlebnisspiel begonnen. Wie bereits mitgeteilt, besteht die Aufgabe darin, die in der sogenannten Festung gelagerten Insignien der letzten chinesischen Kaiserdynastie zu bergen und auf die Erde zurückzubringen. Der Weg ist von den Beteiligten selbst festzulegen, doch findet ihr im Nanospeicher unter ›Dokumente‹ ausreichend Kartenmaterial. Während der Dauer des Spiels ist die Verbindung zwischen Mars und Erde unterbrochen, die Besatzung hat ihre Aufgabe ohne Hilfe von außen durchzuführen. Diese Nachrichtensperre wird aufgehoben, sobald uns die Meldung über eine positive Lösung der gestellten Aufgabe erreicht.

Diese Mitteilung wurde nach der Landung automatisch ausgegeben. Ende.

Die Mitteilung über eine Nachrichtensperre kam überraschend. Zwar hatten sie schon beim Vertragsabschluss über ihre Mitwirkung am Spiel ihr Einverständnis mit vielerlei Bedingungen erklärt und durch ihre Unterschrift besiegelt, und da war die Rede davon gewesen, dass sie ihre Aktivitäten ›selbstständig‹ abzuwickeln hätten. Doch jetzt löste diese Nachricht Unruhe aus – in der neuen Umgebung gewann sie eine ganz andere Bedeutung.

Bevor eine nutzlose Diskussion einsetzen konnte, sagte Ramses: »Ich gebe zu, das klingt ein wenig schroff, aber es besagt nichts, was uns nicht bereits bekannt ist. Wir sollten uns nicht davon beirren lassen, sondern alles daran setzen, unser Ziel zu erreichen.«

Das hinderte seine Gefährten natürlich nicht daran, Fragen zu stellen und Bedenken zu äußern.

Alf hörte sich das eine Weile an, dann sagte er: »Das hat doch keinen Sinn, jetzt müssen wir in den sauren Apfel beißen. Etwas anderes bleibt uns ja gar nicht übrig. Wahrscheinlich wird es nicht immer leicht sein, aber schließlich waren doch alle ganz scharf darauf mitzumachen.«

Cassius nickte. Er richtete sich in seinem Sitz auf; er sah ungewöhnlich entschlossen aus. »Schluss mit dem Geschwätz, wir verlieren nur Zeit. Wir müssen endlich los, das ist alles.«

»Bravo Cassius«, sagte Gilbert. »Das musste einmal ausgesprochen werden. Du solltest die Leitung übernehmen. Denn es stimmt ja: Wir müssen endlich aktiv werden. Machen wir uns auf den Weg. Wo müssen wir hin?«

»Ich kann es dir auf der Landkarte zeigen.« Ramses griff hinter sich zum Schaltpult, holte einen farbigen Reliefplan hervor und breitete ihn auf der Tischplatte aus. »Das habe ich mir schon ausdrucken lassen. Wir sind ein ganzes Stück von unserem Zielort entfernt. Aus Sicherheitsgründen – der

Landeplatz muss eben und frei von Hindernissen sein, deshalb diese Wüste. Unter dem Sand liegt eine feste Gesteinsschicht, die das Raumschiff trägt. Sonst wäre das Risiko bei der Landung zu groß, und unsere Reise wäre beendet, bevor sie begonnen hätte.«

»Früher gab es auf dem Mars doch eine Andockstation«, wandte Alf ein.

»Und da wartet jemand auf uns«, sagte Sylvie und blickte Alf ein wenig spöttisch an.

»Das ist doch wieder ein Trick, um uns Schwierigkeiten zu machen«, rief Henrich.

Gijon mischte sich ein: »Das wissen wir eben nicht, daran ist nichts zu ändern, und wir müssen uns damit abfinden. Schwierigkeiten gehören nun einmal zum Spiel. Das Publikum erwartet, dass etwas Aufregendes geschieht. Du hast dir die Sache doch wohl nicht als Spaziergang vorgestellt! Die Suche nach dem Schatz ist nur ein Vorwand.«

»Weißt du etwas darüber, wo die Sachen versteckt sind? Wie sind sie aufbewahrt?«

»Wahrscheinlich steht da irgendwo ein Koffer im Sand«, warf Gilbert ein. Einige lachten, andere forderten ihn auf, seine Witze zu unterlassen.

Alf wartete, bis sich die Gemüter beruhigt hatten, dann bat er Ramses, etwas über die Fahrt zu sagen, die vor ihnen lag. »Hier gibt es ja keine Straßen. Ist wenigstens ein Weg eingezeichnet?«

»Den Weg müssen wir uns selbst suchen. Die Koordinaten der Station sind uns bekannt. Wir wissen also, welche Richtung wir einschlagen müssen. Das Problem liegt im weglosen Gelände – unsere Reliefkarte stammt aus der Pionierzeit der Marsforschung. Sie ist sicher nicht sehr genau. Aber immerhin hilft sie uns, größere Hindernisse, Gebirge oder Schluchten, zu vermeiden.«

»Und wie weit ist es?«

»Luftlinie? Rund 100 Kilometer.«

Die Zuhörer sahen einander an. 100 Kilometer – war das viel oder wenig?

Ramses versuchte die benötigte Zeit abzuschätzen. »Wir könnten in drei oder vier Tagen dort sein.«

Drei oder vier Tage ... das hörte sich nicht so schwierig an. Schließlich hatten sie ein Transportmittel zur Verfügung, denn das Raumschiff ließ sich auch als Raupenfahrzeug gebrauchen. Sie würden zwar weitere lange Stunden im Inneren hocken müssen, doch letztendlich war es die bequemste Art, um weiterzukommen. Auf diese Weise führten sie alles mit sich, was sie brauchten: Lebensmittel, Wasser, Werkzeuge. Zwischendurch konnten sie Pausen einlegen, um sich ein wenig Bewegung zu verschaffen. Man hatte ihnen erklärt, dass körperliche Aktivitäten notwendig waren, als Vorbeugung gegen die Verkümmerung der Muskeln und den Knochenschwund, und dafür war sogar ein Gymnastikprogramm zusammengestellt worden. Aber es schien gewiss auch reizvoll, sich gelegentlich ein Stück vom Raumschiff zu entfernen, um sich in der Gegend umzusehen. Zur Ausrüstung gehörten schließlich auch noch kleine, aufblasbare Zelte, in denen sich die Temperatur und der Luftdruck einstellen ließen. Sie ermöglichten es, die Nächte außerhalb ihrer fahrbaren Unterkunft zu verbringen.

Während der Trainingszeit hatte man ihnen gezeigt, was zu tun war, um den Flugkörper in ein Fahrzeug umzuwandeln. Es gab dabei nicht allzu viel zu tun – was nötig war, besorgte die Automatik. Allerdings ließ sich die Transformation nur vollziehen, wenn sich niemand im Inneren befand. So mussten sie wieder einmal ihre Anzüge anlegen und sich durch die Schleuse zwängen – eine unangenehme und zeitraubende Prozedur, ohne die aber Menschen auf dem Mars nun einmal nicht auskamen.

Endlich waren sie alle im Freien. Sie traten ein paar Schritte zurück und warteten auf das Schauspiel, das sich vor ihren Augen vollziehen sollte.

Alf hatte das Steuergerät an sich genommen, ein kurzer Blick auf die Einstellungen, und er drückte auf die Tasten – er hatte sich die Reihenfolge der Schritte gut eingeprägt.

Eine halbe Minute lang geschah gar nichts, und diejenigen unter ihnen, die zu Ungeduld neigten, setzten schon zu kritischen Bemerkungen an, dann aber begann ein merkwürdiges und sehenswertes Schauspiel: Das Raumschiff schien zum Leben zu erwachen, einige seiner Teile bewegten sich scheinbar willkürlich, Metallflächen klappten aus und falteten sich in anderer Lage wieder ein, das Heck, vom übrigen Körper durch eine Einschnürung getrennt, löste sich völlig und kippte nach hinten, so dass es nun hoch aufgerichtet dastand. Es enthielt die Ladeeinheit, vor allem aber auch eine Startvorrichtung, die ihnen die Wiederkehr zur Erde ermöglichen würde. Dazu gehörten auch die in Kisten verpackten Lithiumbriketts, der Treibstoff für den Fusionsprozess. In der Tat war es unnötig, alle diese schweren Teile auf die Reise mitzunehmen, und so begnügten sie sich mit einem kleinen Vorrat an fusionsfähigem Material. Andererseits beobachteten sie den Vorgang mit gemischten Gefühlen, denn von jetzt an war in einer Notsituation keine rasche Flucht mehr möglich.

Der letzte Teil der Transformation betraf die Raupen, auf denen sich das Gefährt bewegen sollte. Es war eine Fortbewegungshilfe, die seinerzeit, vor mehr als 200 Jahren, bei der Erforschung des Planeten erprobt worden war und sich bewährt hatte. Das Besondere daran war, dass die einzelnen Glieder der Raupe aus aufblasbaren, kissenartigen Teilen bestanden, so dass zu den Vorteilen der metallischen Panzerkette jene des Ballonreifens hinzukamen.

Zur Vorbereitung der letzten Phase der Verwandlung mussten die bisher untätigen Zuschauer noch einmal eingreifen. Es galt, den Kompressor aufzubauen und jenen Zusatzteil anzuschließen, der die Aufgabe hatte, die dünne Marsatmosphäre in die Ballonglieder zu pumpen und dabei so weit zu verdichten, dass sie das Gewicht des Fahrzeugs tragen konnte. Damit war alles Nötige vorbereitet.

Es mutete wie Zauberei an, als sich die Tragekissen mit dem aus der Marsatmosphäre stammenden Kohlendioxid füllten und sich der zunächst noch am Boden aufsitzende zylindrisch geformte Körper langsam und schwerfällig anhob. Es sah aus, als ob es ihm Mühe bereitete, und dieser Eindruck verstärkte sich, als abschließend auch noch ein Zittern durch den Rumpf des Fahrzeugs lief. Das Ungewöhnliche dieser Verwandlung wurde zusätzlich dadurch verstärkt, dass alles lautlos vor sich ging – selbst von den hart arbeitenden Kompressoren, die Staubfontänen aufwirbelten, war nichts zu hören.

»Wisst ihr, dass die Transformationstechnik ursprünglich für Spielzeug entwickelt wurde?«, fragte Alf, und er war ein wenig enttäuscht, weil sich niemand dafür interessierte. Nur Sylvie zwinkerte ihm etwas spöttisch zu, und Alf beschloss, solche belehrenden Bemerkungen in Zukunft zu unterdrücken.

Zuletzt klappte auch noch die Leiter aus, die zur Schleuse führte – als wäre es eine Einladung, nun wieder in dieses auf raffinierte Weise verwandelte Transportobjekt zu steigen. Doch es war kein reiner Luxus, denn um die Fahrt auch in unebenem Gelände möglich zu machen, lag die Einstiegstür ungewöhnlich hoch, die Unterseite hatte nahezu einen Meter Abstand vom Boden, und ohne Leiter wäre das Betreten schwierig geworden.

Alle diese Prozeduren nahmen mehr Zeit in Anspruch, als die Besucher von der Erde vermutet hatten, doch dann saßen sie endlich fahrbereit auf ihren Stühlen und wurden Zeugen einer letzten Veränderung: Als Ramses am Steuerpult das Zeichen zum Abfahren gab, erweiterten sich die Rahmen der Seitenluken, und so gewannen sie einen erfreulich umfassenden Ausblick auf die Umgebung. Hier hatten sie es bequem wie in einem Aussichtsbus und freuten sich darüber, dass sie endlich starten konnten. Ein leichtes Schleifen und Rucken – und es ging los.

Einige Zeit widmeten sie sich der Aussicht, doch außer dem endlosen Sandmeer war nichts zu sehen. Das beeinträchtigte die Stimmung jedoch nicht. Die frühere Unsicherheit war verschwunden, die Bedenken hatten sich zerstreut ... mit den Anfangsschwierigkeiten waren sie gut fertig geworden, und alles Weitere konnte sie nicht schrecken.

Da die Umgebung nicht viel Sehenswertes zu bieten hatte, kam bald eine unbeschwerte Unterhaltung auf. Es war fast wie früher beim Training, denn trotz der Unterschiedlichkeit der Charaktere verstanden sie sich gut und waren zu einem richtigen Team geworden. Alf stellte es mit Genugtuung fest, denn insgeheim hatte er befürchtet, dass es zu Meinungsverschiedenheiten und Streit kommen könnte.

Es war ihm bei früheren Erlebnisspielen aufgefallen, die er aufmerksam und kritisch verfolgt hatte: Die Veranstalter stellten die Crew gern so zusammen, dass es zu Spannungen zwischen den Mitwirkenden kommen musste. Auf Grund der Anteilnahme der Zuschauer, die sich mit diesem oder jenem identifizierten, ließ sich so das Interesse an den Sendungen steigern.

Hatten sie also einfach Glück gehabt, oder war das ein weiterer Hinweis darauf, dass dieses spezielle Spiel vom Üblichen abwich? Dann aber schalt Alf sich selbst einen unverbesserlichen Miesmacher, der auch in der besten Suppe ein Haar fand. Er nahm sich vor, die Dinge so zu nehmen, wie sie sich ergaben, und damit zufrieden zu sein, dass er selbst sein spezielles Ziel bereits erreicht hatte: bei diesem Spiel mitmachen zu dürfen – etwas Besonderes zu erleben. Mehr erwartete er nicht. Weder der Gewinn noch der Ruhm konnten ihn reizen.

Im Übrigen ließen sich auch Linette und Henrich von der guten Stimmung anstecken und schienen ihre Leiden vergessen zu haben.

Der Einzige, der sich an der munteren Unterhaltung nicht beteiligte, war Cassius. Er saß in der letzten Reihe links, wahrscheinlich einfach deshalb, weil er sich nicht rasch genug nach einem besseren Platz umgesehen hatte. War er darüber verärgert? fragte sich Alf, dem das aufgefallen war. Doch Cassius hatte sich auch während der Trainingstage als schweigsam erwiesen, er schien überhaupt nicht gern zu sprechen. Seine etwas finstere Miene konnte allerdings auch einen anderen Grund haben, denn ihm gegenüber saß Linette, sie hatte sich den Platz neben Gilbert ausgesucht und den Arm um dessen Schulter gelegt. Und immer, wenn Cassius einen Blick in ihre Richtung warf, verdüsterte sich seine Miene. Sollte sich hier eine Auseinandersetzung anbahnen?

Ein Ruf von Sylvie riss ihn aus seinen Grübeleien. »Seht doch, da vorn, dieser schwarze Streifen ...«

Tatsächlich, weiter vorn, genau in Richtung ihrer Fahrt, erhob sich etwas am Horizont ... und schon nach wenigen Minuten war zu erkennen, dass es eine Reihe von Hügeln war, die die Eintönigkeit der Wüste unterbrach.

Ramses schaltete den großen Bildschirm auf ›Bildoptimierung‹, so dass sich eine weitaus bessere Sicht ergab als bisher. Man brauchte nur den Zoom zu betätigen, und da erschien die zerklüftete Gegend, auf die sie zufuhren, auch schon aus der Nähe und plastisch beleuchtet – unabhängig davon, wo die Sonne wirklich stand.

»Das macht Lust zu wandern«, bemerkte Gilbert.

Auch den anderen war die Abwechslung willkommen, und nur Henrich wies darauf hin, dass es schwierig sein könnte, mit dem Raupenfahrzeug über die Berge zu kommen.

»Wie lange wird es dauern, bis wir dort sind?«, fragte Sylvie.

»Es geht gut voran«, antwortete Ramses. »Wir sind schon weiter gekommen, als es den Anschein hat. Die Oberfläche ist stärker gekrümmt als jene der Erde; das, was hinter dem Horizont liegt, taucht erst auf, wenn man schon ziemlich nah dran ist.«

Alle blickten gespannt auf die Bergkette, und Ramses kam ihrer Neugier entgegen, indem er den Blickwinkel wechselte, so dass der vergrößerte Teil des Bildes durch das Panorama wanderte. Als er wieder herauszoomte, um zur Übersicht zurückzukehren, bot sich ihnen ein merkwürdiger Anblick: Der Horizont schien sich als helle Linie unterhalb des Gebirgsstocks fortzusetzen, und davor lag eine dunkle, in merkwürdiger Weise bewegte Fläche.

»Na so was, da liegt ein See«, sagte Cassius, und auch die anderen konnten ihr Erstaunen nicht verbergen.

»Flüssiges Wasser gibt es hier nicht mehr«, sagte Alf nachdenklich. »Es muss eine Täuschung sein ... ich schätze, eine Fata Morgana.«

Sie beobachteten, dass der dunkle Fleck der Spiegelung – wenn es eine war – seine Begrenzung manchmal ruckartig veränderte. Gelegentlich vergrößerte er sich, dann wurde er so schmal, dass man ihn kaum erkennen konnte. Kurze Zeit später, als sie noch etwas näher herangekommen waren, zerfloss er in mehrere Teilstücke und war dann überraschend schnell verschwunden.

Es dauerte noch 20 Minuten, bis sie den Rand des Gebirges erreichten. Dort hatte das Sandmeer eine Art Bucht gebildet, in die sie ein Stück hineinfuhren, doch schon bald hielten sie vor einem Wall aus senkrecht aus dem Untergrund herauswachsender Felsspitzen.

Bisher hatten sie die Steuerfunktion der Automatik überlassen können, doch während der letzten Wegstrecke hatte sich Ramses ans Pult gesetzt und auf Handsteuerung umgeschaltet. Er dirigierte das Vehikel ein wenig zur Seite, dorthin, wo die angrenzende Felspartie flacher war. Sie begann mit einer Stufe, deren Höhe Ramses wohl etwas unterschätzt hatte, denn als das Raupenfahrzeug darauf stieß, gab es einen dumpfen Schlag, und der Vorderteil bäumte sich so stark auf, dass die Passagiere von ihren Sitzen rutschten. Dann aber zog das Heck nach, das Fahrzeug stand wieder einigermaßen waagrecht, und so fuhren sie über leicht ansteigendem Untergrund weiter auf die noch ein ganzes Stück entfernten Felswände zu, die sich – soweit man erkennen konnte – zu einer Schlucht zusammenschlossen.

»Ich schlage vor, dass wir eine Pause einlegen«, sagte Ramses, und er fügte hinzu: »Hier sollten wir uns mit Wasser versorgen, nach den Radarechos müsste unter uns eine Eis führende Schicht liegen.«

Er bekam von allen Seiten Zustimmung, doch wahrscheinlich war es eher der Wunsch, sich die Beine zu vertreten, als die Bohrung nach Wasser, die Ramses' Vorschlag so attraktiv erscheinen ließ.

Cassius war der Erste, der die Schleuse betrat, und die anderen überließen ihm gern den Vortritt. Doch als die Meldung kam, dass alles in Ordnung sei, drängte sich Ramses vor, und die Übrigen warteten ungeduldig, bis sie an der Reihe waren. Endlich hatten sie alle wieder Marsboden unter den Füßen und empfanden Spannung und Neugierde, wie sie wohl jeder empfindet, der in unbekanntes Gelände vordringt. Diese Gegend war doch weitaus eindrucksvoller als die eintönige Wüste.

Sie schwärmten ohne langes Überlegen auf den Berghang zu. Dabei machte es sich rasch bemerkbar, dass man sich hier vorsichtiger bewegen musste als im Sand. Der Boden war von Rissen und Spalten durchzogen, es gab kniehohe Stufen zu überwinden, dazwischen lagen aber auch sandgefüllte Mulden, deren Tiefe nicht abzuschätzen war. An einer Stelle musste Henrich sogar die anderen zu Hilfe rufen, weil er einzusinken drohte wie in einem Sumpf und sich allein nicht mehr befreien konnte.

Ramses mahnte zur Vorsicht, doch dann wurde er durch begeisterte Rufe unterbrochen. Es war Gijon, der ein Stück über eine schräge Wand hinaufgeklettert war und nun auf einem kleinen Podest stand. »Unglaublich! Das sieht phantastisch aus. Solche Formationen gibt es auch dort, wo ich geboren bin. Ich kann über die ganze Wüste hinwegsehen. Dort drüben sind wieder Berge.« So begeistert hatten sie den Gefährten noch nie erlebt.

Gern wären sie ihm gefolgt, doch sie gaben den Versuch bald auf, denn die Kletterei erwies sich als schwierig und schweißtreibend.

»Wir sollten nicht zuviel Zeit verlieren«, mahnte Ramses. »Schließlich wollen wir uns ja auch noch um das Wasser kümmern.«

»Ist das wirklich nötig? Wir haben ja doch noch fast die Hälfte des Vorrats«, wandte Gilbert ein, und auch die anderen schienen die vorgeschlagene Maßnahme für überflüssig anzusehen. Ramses war schon an die hintere Seitenwand getreten, um das Bohraggregat zu entnehmen, doch niemand machte Anstalten, ihm zu helfen, und so verzichtete er auf weitere Bitten und Mahnungen und fügte sich der Mehrheit. Er gab den anderen noch etwas Zeit, sich umzusehen, und auch dann kostete es ihn einige Mühe, sie zur Rückkehr in das Fahrzeug zu bewegen.

Ramses und Alf hatten sich auf einen Felsbrocken gesetzt und sahen zu, wie die anderen ausschwärmten. Plötzlich hörte Alf eine leise Stimme, und er musste sich konzentrieren, um sie zu verstehen. »... das Mikrophon etwas leiser ... dann können uns die anderen nicht hören.«

Es war die Stimme von Ramses, und Alf folgte seiner Bitte. »Worum geht es?«

»Ich mache mir Gedanken, die anderen nehmen die Sache

nicht ernst. Ich habe den Eindruck, dass du der Einzige bist, der begreift, um was es geht.«

»Was meinst du? – Dass die meisten noch an eine Simulation glauben?«

»Ob Simulation oder nicht, das steht nicht zur Debatte. Jedenfalls müssen wir uns den Umständen entsprechend verhalten. Wenn uns das Wasser ausgehen sollte, dann wird uns niemand helfen.«

Ramses glaubt auch nicht an eine Simulation, dachte Alf, aber warum gibt er es nicht zu? Er sagte: »Für mich steht fest, dass wir uns auf dem Mars befinden, und ich verhalte mich dementsprechend. Aber du hast doch sowieso das Kommando übernommen, und du wirst auch respektiert. Was also kann ich tun?«

Ramses schien kurz zu zögern. »Es wäre nützlich, wenn du mir ein wenig helfen würdest, die Leute zur Vernunft zu bringen – zum Nutzen von uns allen.«

Alf merkte, dass sich Cassius und Linette näherten, und stimmte kurz entschlossen zu: »Na gut, ich will dir helfen.«

Ramses schien damit zufrieden zu sein, und gleich darauf war seine Stimme wieder in gewohnter Lautstärke zu hören: »Alle zurückkommen! Wir müssen weiter, es wird höchste Zeit, einen Weg durch das Gebirge zu finden.«

Als die Mannschaft vollzählig im Fahrzeug saß, trat eine neue Frage auf: Welche Richtung sollten sie einschlagen?

Ramses hatte schon darüber nachgedacht. »Die gerade Linie nach Süden, der wir bisher gefolgt sind, ist durch die Berge versperrt. Es gibt zwar einige enge Täler, doch aus der Karte kann man nicht ersehen, welche Strecke sich für unser Fahrzeug eignet. Wir müssen uns also selbst danach umsehen.«

»Vielleicht sollten wir ein Stück zurückfahren«, schlug Alf vor, »auf die Sandebene hinaus, von dort hat man eine bessere Übersicht.«

Die anderen stimmten ihm zu. Sie beschlossen, erst nach

Westen zu fahren – vielleicht weil dort die Sonne noch hoch am Himmel stand und die Gegend von dieser Richtung aus gesehen freundlicher aussah. Aber im Grunde genommen kam es nicht darauf an, denn die Karte sagte nichts über die Beschaffenheit der Wege aus. Osten oder Westen – die Chancen standen gleich.

Diesmal nahm Cassius den Platz am Steuer ein. Man hatte den Eindruck, dass ihm das lieber war, als untätig herumzusitzen.

Tatsächlich hatten sie aus der Ferne eine bessere Übersicht und fanden einige Taleinschnitte, die sich zur Weiterfahrt anboten. Kurzerhand entschieden sie sich für den Größten, es blieb ihnen nichts anderes übrig als zu hoffen, dass sie auf dieser Strecke ihrem Ziel näher kommen würden.

Offenbar hatten sie richtig gewählt, denn die Fahrt ging auf der nur mäßig ansteigenden Talsohle unbehindert voran. Entspannt konnten sie auf dem großen Bildschirm verfolgen, wie die Landschaft gemächlich auf sie zuwanderte. Doch so gemütlich ging es nicht weiter, auf dem Weg erschienen Steinbrocken, zuerst noch locker verteilt, dann aber als dichter Belag. Das Fahrzeug wurde kräftig geschüttelt, die Insassen hatten Mühe, sich auf ihren Sitzen zu halten. Cassius reduzierte das Tempo.

Die Wände der Schlucht rückten eng zusammen – die Szene verdunkelte sich. Nur ganz oben noch ein Streifen roten Himmels … Vom Boden her ein Rütteln und Holpern, Knirschen und Schleifen. Das Fahrzeug bäumte sich auf, dann neigte es sich gefährlich zur Seite …

Dann plötzlich totale Nacht. Die Lichtkegel der Scheinwerfer bewegten sich ziellos auf der Bildfläche. Die Wände der Schlucht oben geschlossen – nur vorn ein rosafarbener Schimmer. Licht am Ende des Tunnels …

Wieder im Freien. Ein tiefes Tal, der Boden zunächst eben, jedoch von Rinnen durchfurcht. Dann eine Fahrt steil aufwärts über knirschende Platten aus Lava. Endlich wieder fester Boden. Steinspitzen und Rippen, da und dort größere Felsblöcke.

Plötzlich traten die Felsen auseinander, die Landschaft öffnete sich. Einige atmeten tief auf – als befänden sie sich im Freien. Offenbar hatten sie eine Passhöhe erreicht.

Mit dem Wechsel auf die Südseite der Gebirgskette hatte sich das Landschaftsbild von Grund auf verändert: Da breitete sich eine durch Vulkanismus geprägte Gegend aus, der Boden bestand aus Lava, fahlgelbe und schwarze Massen, in fließender Bewegung erstarrt. Aus der Ferne schien der Untergrund glatt, doch aus der Nähe betrachtet bestand er aus rissigen, vielfach durchlöcherten Schichten mit Oberflächen, die wie Flechtwerk anmuteten. Glücklicherweise gab es nur wenige größere Klüfte und Spalten, die zu Umwegen zwangen.

Es ging in leichter Neigung bergab, der Untergrund bestand aus anthrazitfarbenem Fels, er sah aus wie abgeschliffen, auf irgendeine Weise auf Hochglanz poliert.

Sie fuhren einige Minuten eben und ruhig dahin und gelangten dann auf eine Rampe, von der aus die Aussicht nach unten frei war. Sie hielten an. Von hier aus konnten sie sich endlich wieder eine Übersicht über das Gelände verschaffen.

Ramses versuchte, auf der Marskarte ihren Standort zu finden, was ihm schließlich auch gelang. »Wenn die Karte stimmt, dann sollten wir von hier aus nach Süden weiterkommen. Zunächst über eine steinbedeckte Ebene, später über Lavafelder. Dort ist eine Hochebene zu überqueren, und dann beginnt schon der Anstieg zu unserem Ziel: diesem mächtigen Vulkan dort drüben ... keine Sorge, er ist längst erloschen. An seiner Gipfelregion am Kraterrand haben die Chinesen ihre Festung gebaut.«

Die Fahrt war anstrengend gewesen, die durchgerüttelten Passagiere nutzten die Pause, um sich von den Sitzen zu erheben und sich etwas zu bewegen. Einige versuchten es sogar mit gymnastischen Übungen nach dem ihnen vorgegebenen Programm, das sie bisher sträflich vernachlässigt hatten.

»Können wir nicht Rast machen?«, erkundigte sich Linette. »Von der Rüttelei bin ich richtig seekrank.«

Gilbert trat auf sie zu und hielt sie an der Taille fest: »Du wirst doch nicht umkippen!«

Linette kicherte und entzog sich ihm – mit einer sehenswerten Schlangenbewegung aus der Hüfte heraus.

So weit man es überblicken konnte, schien die vor ihnen liegende Strecke keine weiteren Schwierigkeiten zu bieten, und so konnten sie die Steuerung wieder der Automatik überlassen. Mit Hilfe der Radarabtastung war es möglich, den günstigsten Weg zu bestimmen, und es hatte den Anschein, dass vorderhand auch die unangenehme Rüttelei zu Ende war.

»Wir fahren noch ein Stück«, sagte Ramses, doch sie ließen ihn noch eine Weile warten, ehe sie wieder ihre Plätze eingenommen hatten.

Henrich übernahm die Kontrolle. Er setzte sich in den Sitz am Steuer und drückte auf den Startknopf.

Inzwischen hatte Linette ihren Sitz mit dem von Gilbert getauscht, so dass sich Cassius neben sie setzen konnte. Nun sah er gelöst, ja geradezu vergnügt aus. Und noch etwas fiel Alf auf: Jetzt war es Ramses, dem das nicht zu passen schien. Er blickte sich verstohlen um und schien verärgert. Als er sich beobachtet sah, wandte er den Blick rasch nach vorn.

Natürlich war das bergige Gelände nicht mehr so eben wie die Wüste, und die Steuerautomatik wechselte öfter die Richtung. Doch von diesen Manövern war nicht viel zu bemerken, sie bewirkten lediglich ein leichtes Schaukeln, dazu geeignet, sie in den Schlaf zu wiegen. So wurde es bald wieder still, die meisten gaben sich gern ihrer Müdigkeit hin, nur von den beiden Hintersitzen her war leises Getuschel zu hören – die dunklere Stimme von Cassius und die helle von Linette.

Alf achtete nicht weiter darauf, er döste für kurze Zeit ein, wachte bald wieder auf und geriet in jenen seltsamen, nicht unangenehmen Zustand zwischen Wachen und Träumen, in dem man in andere Räume und Zeiten hinüberwechselt. Als er wieder einmal erwacht war, brauchte er etwas Zeit, um sich zurechtzufinden. Zunächst glaubte er, in seinem Wohnzimmer zu sitzen ... War er im Fernsehstuhl eingeschlafen, wie es ihm bei Wiederholungen alter Filme manchmal passierte? Oder befand er sich im Trainingszentrum – war er während einer Unterrichtsstunde eingenickt, während auf der Projektionswand Simulationen von Marslandschaften zu sehen waren – so oft wiederholt, dass sich der Schlaf schwer unterdrücken ließ? Erst etwas später, fast schlagartig, begriff er, dass er sich wirklich in einem sanft schaukelnden Fahrzeug befand, das ihn durch eine fremdartige Gegend trug, und dass es auch keine Unterrichtsstunde war, sondern echtes Erleben.

Alf war nun wieder hellwach. Er richtete sich auf und rieb seine Nackenmuskeln, die ihn schmerzten. Den Gesprächsfetzen, die er auffing, entnahm er, dass man sich für eine Essenspause rüstete, danach sollte wieder ein Aufenthalt im Freien folgen. Keiner hatte etwas einzuwenden. Der Platz, den sie gefunden hatten, lag inmitten einer romantisch anmutenden Umgebung; auf der einen Seite steil ansteigende Bergwände, auf der anderen Seite eine aus mehreren Teilen bestehende Düne. Ihre Grate verliefen in abenteuerlich gekrümmten Formen, von denen jetzt, im Licht der schon tief stehenden Sonne, schwarze Schatten ausliefen.

Nach Süden hin öffnete sich das Tal, man blickte über eine leicht abfallende Sandfläche auf ein weites Hügelland hinab. Zwischen den kegelförmigen Erhebungen lagen Reihen von Mulden, gefüllt mit Sand, dessen Ton in Rot überging, und dort, wo das Sonnenlicht nicht mehr hindrang, schien sich ein dunkles Meer zu erstrecken.

So reizvoll es war, sich diesen Eindrücken zu überlassen, so gab es doch Wichtigeres zu tun. Es war nun höchste Zeit, die Wasservorräte zu ergänzen, und auch die Akkus mussten aufgeladen werden.

Eine Weile später standen alle im Freien, und obwohl sie natürlich auf die Schutzanzüge nicht verzichten konnten, empfanden sie diese jetzt nicht mehr als so störend wie früher – alles eine Frage der Gewöhnung.

Gemeinsam gingen sie ein Stück den Hang hinauf, was nicht ganz einfach war, denn die lockeren Massen rutschten unter ihren Füßen ab, und auch der aufgewirbelte Sand beeinträchtigte die freie Bewegung. Er wurde von einem schwachen Bodenwind getragen, von dem zwar nichts zu spüren war, doch konnte man die Richtung, in der sich die dünne Atmosphäre bewegte, an Wirbeln von dünnem Staub erkennen.

»Wir sollten versuchen, unsere Arbeiten noch vor dem Einsetzen der Dunkelheit abzuschließen.« Es widerstrebte Alf, die anderen aus ihrer Verzauberung herauszureißen, doch schließlich hatte er Ramses versprochen, die Gefährten wenn nötig an ihre Aufgaben zu erinnern. Die meisten seiner Schicksalsgenossen folgten ihm ohne Widerspruch.

Sie hatten die Arbeiten auf zwei Gruppen verteilt. Eine beschäftigte sich mit dem Fusionsreaktor, die Übrigen wollten sich nach Wasser umsehen. Beides ging jetzt schon recht flott voran. Aus den Seitenfächern des Fahrzeugs holten sie ihre Geräte und suchten nach geeigneten Plätzen. Zum Aufladen der Akkus genügte es, eine einigermaßen ebene Stelle weit genug vom Fahrzeug entfernt auszuwählen, die Bohrung nach Wasser erwies sich schon als etwas heikler. Ramses verkniff es sich, darauf hinzuweisen, dass er schon am Tag zuvor eine Ergänzung der Wasservorräte vorgeschlagen hatte. In tieferen Lagen wäre dies tatsächlich leichter gewesen, und wie sie nun bei den ersten Versuchen merkten, musste man hier schon ziemlich tief graben, um an Eis führende Schichten heranzukommen. Sie setzten einen Bohrroboter ein, der einen dünnen Schlauch hinter sich herzog und mit Hilfe seines Hygrometers die Richtung steigender Feuchtigkeit wählte; so sollte er sie an die ergiebigsten Stellen heranführen. Die angezeigten Werte ließen zu wünschen übrig – selbst als sie das Ende des Schlauches und damit die maximal erfassbare Entfernung vom Bohraggregat erreicht hatten, blieb die Konzentration noch enttäuschend gering. Das bestätigte sich dann, als die Pumpe zu laufen begann: Es war nur ein dünnes Rinnsal, das sich da in den Sammelbehälter ergoss – um gleich wieder zu gefrieren.

»Ich glaube, wir sollten das Ding während der Nacht laufen lassen«, schlug Sylvie vor.

»Für den heutigen Abend ist noch genug Wasser da«, meinte Ramses, »und bis morgen wird hoffentlich genug zusammenkommen.«

Sie hatten noch über eine Stunde Zeit bis zum Sonnenuntergang, und sie nutzten sie, um sich die Gegend genauer anzusehen. Nicht nur die Landschaft selbst war bemerkenswert, sondern auch manches Detail: Da gab es bizarr geformte Steine, glasartige Brocken, die nicht mehr das helle Gelb der Funde aus der Ebene aufwiesen, sondern nur an den Rändern transparent und im Inneren undurchsichtig schwarz waren. Da und dort fanden sie Krusten an der Unterseite von umgedrehten Steinen, die wie vertrocknete oder gefrorene Flechten aussahen. Vielleicht hatten sie damit die Reste eines inzwischen längst verstorbenen Marslebens gefunden, aus einer Zeit, als es hier noch primitive, dem Mikrobereich zugehörige Pflanzen und Tiere gab. Schade, dass man sich heute nicht mehr für Wissenschaft interessiert, dachte Alf.

Nach und nach kamen sie zurück, und Alf bemerkte, dass Cassius aus einem Seitenfach an der Außenwand des Fahrzeugs eines der zu Paketen verschnürten Zweimannzelte herausgeholt und sich dieses, ein paar Gehminuten vom Raupenfahrzeug entfernt, zurechtgelegt hatte. Es brauchte nur noch entfaltet und aufgepumpt zu werden. Der Stoff bestand aus einem Material mit minimaler Wärmeleitfähigkeit, und er war so fest, dass er sich bis zum Druck einer Atmosphäre ohne weiteres aufpumpen ließ. Diese Zelte waren für den Fall vorgesehen, dass sich die Crew aus irgendeinem Grund längere Zeit von ihrem Fahrzeug entfernen musste.

Cassius und Linette setzten die Pumpe an – ein kleines Aggregat, das speziell zum Aufblasen der Zelte vorgesehen war. Man konnte beobachten, wie sich die Hülle mit Luft füllte, bis das Zelt prall dastand. So fragil es auch wirkte, so bot es doch genügend Schutz. Wenn man die in die Stoffschichten integrierten Heizlamellen einschaltete, konnte man nach einer geringen Wartezeit im Inneren den Anzug ablegen und es sich auf der Matratze bequem machen.

Ramses hatte den beiden bei ihren Vorbereitungen zugesehen und trat nun heran. »Was soll das? Wollt ihr hier draußen bleiben?« Sein Tonfall klang gepresst.

»Wir wollen die Zelte ausprobieren«, antwortete Linette.

»Dann lasst sie eben über Nacht draußen stehen. Sie schützen nicht so gut gegen Strahlung wie die Metalldecke unserer Wohneinheit. Sie sind für Notfälle da und nicht zum Vergnügen.«

Cassius hatte Linette beiseitegeschoben, war einige Schritte vorgetreten und hatte sich vor Ramses aufgebaut. Der Jüngere überragte den Älteren fast um einen Kopf – man hatte einen Spezialanzug für ihn vorbereiten lassen müssen.

»Du hast uns gar nichts zu sagen.« Er sprach so bedächtig wie immer, aber mit drohendem Unterton. »Du bist nicht unser Boss, wir haben alle gleiche Rechte. Oder hat jemand etwas dagegen?«

Alle hatten dem Wortwechsel folgen können, doch keiner hatte Lust, sich in den Streit einzumischen. Allerdings, ohne es auszusprechen, hatten sie sich schon alle über den Befehlston von Ramses geärgert.

Einen Moment lang war es still, dann drehte sich Ramses um und ging zum Fahrzeug zurück. Dort blieb er stehen, drehte sich um und rief in unerwartet munterem Tonfall: »Aber zum Essen werdet ihr doch hereinkommen!«

Als Antwort bekam er ein Gemurmel zu hören, das man als Zustimmung auslegen konnte.

So begann wieder einmal der lästige Einstieg durch die Schleuse. Alf war unter den Ersten gewesen, die hereingekommen waren, und kramte nun in seiner Tragetasche, in der sich die wenigen Gegenstände befanden, die sie als persönliches Hab und Gut mitnehmen durften. So nebenbei nahm er wahr, wie einer nach dem anderen eintrat, auch Linette und Cassius waren bereits da, und schließlich kam auch Ramses herein.

Wie schon die Tage zuvor kümmerte sich Gijon um das Essen, er steckte die vorgekochten Lebensmittel in die Mikrowelle, und bald verbreitete sich ein verlockender Duft. Sylvie teilte Getränke aus, und Gilbert schaltete den Soundrecorder ein. Die sanften Stimmen der Marietta-Puppets, die derzeit in den Charts an erster Stelle lagen, tönten durch den Raum.

Wie es schien, waren alle zufrieden, und auch Ramses, den Alf unauffällig beobachtete, schien die Auseinandersetzung mit Cassius vergessen zu haben. Nach dem Essen sprachen sie nicht nur über ihren Aufenthalt auf dem Mars, sondern auch über aktuelle Vorkommnisse auf der Erde und private Belanglosigkeiten. Allmählich wurden sie mit ihrer Situation vertraut.

Schon nach kurzer Zeit verabschiedeten sich Cassius und Linette, die anderen winkten ihnen zu, einige grinsten, andere taten so, als wenn nichts wäre, und auch Ramses hielt die beiden nicht auf. Man hörte die Geräusche der Schleuse, das

Fauchen der Pumpen und das Glucksen der Desinfektionsflüssigkeit, dann das leise Schleifen, als sich die Klappe draußen öffnete. Dann glomm das grüne Licht auf, und auch Linette, die als Zweite an der Reihe war, verschwand im Schleusenraum.

Natürlich gab es ein Thema, über das sie sich gern unterhalten hätten, doch jeder von ihnen zögerte, damit herauszukommen. Schließlich sagte Gilbert: »Was sagt ihr zu unserem Pärchen? Ein lauschiges Plätzchen auf dem Mars – das muss ja sehr romantisch sein.«

»Die kümmern sich überhaupt nicht darum, dass sie unter ständiger Beobachtung stehen. Wahrscheinlich ist das, was sie dort treiben, schon zehn Minuten später auf der Erde zu sehen.«

Jetzt kamen Bemerkungen von mehreren Seiten.

»Solche Szenen sind verboten, das ist eine Verletzung der Vorschriften. Die beiden werden vor die Kommission geladen werden.«

»Das glaubst du doch selbst nicht! Solche Einlagen sind doch gerade das, worauf die Zuschauer warten.«

»Vielleicht versuchen die beiden nur, auf sich aufmerksam zu machen.«

»Das glaube ich nicht, die handeln einfach gedankenlos.«

»Man sollte ein ernstes Wort mit ihnen reden!«

»Wozu soll das gut sein? Das ist ihre Privatsache und geht uns eigentlich nichts an.«

Sie diskutierten noch eine Zeitlang weiter, doch nach einer Weile verloren sie das Interesse an dem Thema und wandten sich anderen Dingen zu. Bald kam die Unterhaltung wieder in Gang; aus Cola-Pulver und Wasser mischten sie sich ein Getränk, das nicht nur Alkoholgeschmack aufwies, sondern auch eine leicht euphorisierende Wirkung hatte. Es war eine Spezialanfertigung für diese Reise, und es hatte die besondere Eigenschaft, dass der Geschmack beim Genuss größerer Dosen bitter wurde, so dass niemand daran dachte, mehr als die empfohlene Menge Pulver in die Flüssigkeit zu rühren.

Es war ein wenig laut geworden, und so merkten sie nicht gleich, dass von außen jemand an die Wand des Fahrzeugs klopfte. Kurz darauf leuchtete die rote Lampe an der Schleuse auf, und einige Minuten später erschien Linette.

Sie schälte sich aus ihrem Anzug. Sie sagte nichts, offenbar war es ihr unangenehm, irgendwelche Erklärungen abzugeben. Cassius dagegen, der etwas später aus der Schleuse trat, versuchte seinen Ärger gar nicht erst zu verbergen.

»Dieses verdammte Zelt«, schimpfte er. »Es verliert Luft, lässt sich nicht mehr richtig aufpumpen. Und auch die anderen sind defekt. Gut, dass wir es geprüft haben.«

»Vielleicht hast du etwas falsch gemacht«, ließ sich Ramses hören, doch Cassius bedachte ihn nur mit einem bösen Blick und antwortete nicht.

»Setzt euch doch zu uns, wir haben es uns hier ganz gemütlich gemacht.« Henrich wies auf die zwei frei gebliebenen Plätze und schob ihnen zwei Gläser und zwei Päckchen Cola-Konzentrat hinüber.

Die beiden zögerten, und dann winkte Linette Cassius zu und sagte: »Na, so setz dich schon ... da ist halt nichts zu machen.«

Jetzt waren sie wieder vollzählig, aber eine ungezwungene Unterhaltung kam nicht mehr zustande. Sie lauschten noch einige Zeit der Musik, dann zogen sie sich einer nach dem anderen in ihre Kojen zurück, und außer mehr oder weniger lauten Atemzügen war nichts mehr zu hören.

Cassius

Sie hatten Cassius als ›gewaltsam‹ eingestuft, was er als ungerecht empfand. Gewiss, er hatte die Anlagen zerstört, aber das war sein gutes Recht als Benutzer gewesen. Und er hatte seine Gegner niedergeschlagen, aber die hatten ja schließlich den Kampf gewollt. Jetzt war er in einem engen Raum eingesperrt, der bis auf einen Stuhl, der viel zu klein für ihn war, leer stand. Cassius traute sich nicht, sich draufzusetzen, er wollte keine weitere Sachbeschädigung riskieren. So lehnte er an einer Wand und wartete auf die Entscheidung.

Freilich, wenn er es genau überlegte, dann hätte er bei der Aktion im Fitnesscenter Cat-Power etwas schonender vorgehen können. War es Übermut gewesen oder einfach der Wille, seinem Freund Hank zu helfen? Wahrscheinlich beides zusammen.

Natürlich hatte es Spaß gemacht, die eigenen Kräfte zu zeigen, und die alten Geräte des Cat-Power-Clubs eigneten sich prächtig dafür. Es war aber auch Mitleid mit Hank, das ihn auf die Idee gebracht hatte, den Club zu besuchen. Einige Straßen weiter befand sich nämlich Hanks Fitnesscenter, das Leo, der Besitzer von Cat-Power, als Konkurrenz ansah und sich dementsprechend verhalten hatte. Das, womit er sich dagegen wehren wollte, kann man milde gesagt als Abwerbung bezeichnen, aber die Methoden waren schon ein wenig seltsam. Öfter wurden die Besucher von Hanks Etablissement angepöbelt und beim Eintreten behindert, und mehrmals waren Männer unter den Besuchern, die zunächst ganz harmlos aussahen und ganz manierlich Eintrittskarten lösten, dann aber im Trainingssaal mit Randale anfingen. Sie nahmen sämtliche Geräte in Beschlag und ließen keinen anderen heran, verstreuten das Magnesia zum Einstauben der Handflächen auf dem Boden und gossen Limonade darüber. Und einiges mehr.

Hank hatte Cassius sein Leid geklagt, und so beschlossen sie, selbst einmal einen Besuch bei Cat-Power zu machen. Die Folgen waren verheerend, obwohl Cassius die Geräte nicht anders verwendet hatte als die anderen Gäste auch – nur dass er ein wenig mehr Kraft eingesetzt hatte. So waren schon nach wenigen Minuten die Federn aus dem Muskeltrainer gerissen, die Stangen mit den Gewichten verbogen, die Halterungen aus der Laufmaschine gebrochen und die Pedale des Fahrradsimulators abgeknickt.

Schon kurz nachdem Cassius mit seinen Übungen begonnen hatte, fand sich eine Menge von Zuschauern ein, die ihn anfeuerten. Dann kam der Besitzer angerannt, und hinter ihm der Türsteher, doch Cassius schob beide in die Sauna, brach den Türknopf innen ab und schlug die Tür von außen zu.

Nach getaner Arbeit ging er mit Hank in die Disko, um den geglückten Gegenschlag zu feiern, und als ihnen auch noch Hedy und Myriam Gesellschaft leisteten, war für einen angenehmen Ausklang des Abends gesorgt.

Am nächsten Morgen standen drei Uniformierte vom Sicherheitsamt vor Cassius' Tür. Der eine fuhr ihm mit einem Scanner über das Gesicht und verglich dann die Merkmale mit einigen Daten aus seinem MiniLog. Er nickte. »100 Prozent Übereinstimmung. Sie wurden von der Videoüberwachung aufgenommen. Sie sind unter dem Namen ›Cassius‹ bekannt. Gestern haben Sie sich einer Straftat schuldig gemacht. Kommen Sie mit!«

Es bedurfte keiner weiteren Aufforderung, denn die vier Besucher hatten unauffällig ihre Schockpistolen auf Cassius gerichtet, und so blieb ihm nichts anderes übrig, als ihnen zu folgen.

Ein paar Stunden später saß er im Laboratorium des Ermittlungsdienstes; ein grau gekleideter Beamter nahm ihm gegenüber Platz und sagte: »Ich mache Sie zunächst darauf aufmerksam, dass unsere Unterredung überwacht wird ... das nur, um Sie von unüberlegten Handlungen abzuhalten.«

»Was wirft man mir vor? Wenn einige von den Geräten, die im Cat-Power-Center herumstehen, kaputt sind, dann liegt das nicht an mir. Ich habe sie ganz normal benutzt, sie sind einfach zu schwach ausgelegt. Billiges Zeug!«

Der Ermittler sah ihn ausdruckslos an. »Da gibt es doch einige ernstere Dinge, die etwas weiter zurückliegen. Sehen wir uns zunächst einmal die Statistik an ... es geht um einige bisher ungeklärte Fälle von Körperverletzung. Die Betroffenen haben sich in der Klinik behandeln lassen und merkwürdige Erklärungen abgegeben – dass sie Treppen hinuntergefallen seien, sich im dunklen Keller gestoßen hätten und so fort. Bis wir einen Mann aufgriffen, der mit einer schweren Gehirnerschütterung unter einem Brückenpfeiler lag. Er hatte Verletzungen, die den schon vorher registrierten entsprachen. Der Mann wurde behandelt und verhört, und dabei ergab sich, dass er an einem verbotenen Boxkampf teilgenommen hatte. Sein Gegner, der ihn so übel zugerichtet hatte, war unter dem Namen Cassius bekannt. Es besteht der Verdacht, dass Sie der besagte Cassius sind.«

Cassius versuchte zunächst zu leugnen, doch er sah bald ein, dass man genügend Material hatte, um ihn zu überführen.

Er hatte gegen ein Gesetz verstoßen, das die Ausübung gefährlicher Sportarten untersagte, und dazu gehörten eben auch Boxkämpfe. Doch hatte sich ein kleiner Kreis von Personen zusammengefunden, die den Reiz persönlich ausgetragener Auseinandersetzung kennen lernen oder auch genießen wollten und nicht mit den Simulationen zufrieden waren, wie sie die digitalen Medien boten. Und Cassius, das konnte er nicht leugnen, hatte schon einige Male Turniere organisiert – und auch selbst daran teilgenommen. Die meisten der Verletzten, die sich in der Klinik behandeln ließen, hatten ihre blauen

Flecken und Brummschädel ihm zu verdanken. Da gab es leider nichts zu leugnen.

Cassius wurde als NAP3 – Nichtangepasster dritten Grades mit eingeschränkter Bewegungsfreiheit – registriert, er musste sich einer Therapie unterziehen, doch er hatte die Aussicht, im Erfolgsfall seine Freiheit wiederzugewinnen.

Personenbeschreibung und Einstufung (Auszug)

Hugh Smitty, genannt Cassius, Genpool weist unspezifische Abnormitäten auf

Anpassungswert: 19

Phänotyp: athletisch/pyknisch (Mischtyp)

Größe: 192 cm, Gewicht: 118 kg, Pigmentierung: hellbraun, Haarfarbe: weißblond, Augenfarbe: grün

Intelligenzbereich: 60–76

Von den Standardwerten abweichende Eigenschaften:
> neigt zu Spontanreaktionen
> löst Probleme durch körperlichen Einsatz
> wenig anpassungsfähig

Charakteristische Eigenschaften
> bedächtig
> gute Reflexe
> schweigsam

Die weiteren Befunde in den Grenzen des Normalen

Mehrfache Beteiligung an verbotenen Sportarten unter Inkaufnahme von Verletzungen seiner Gegner, auffällig geworden durch zerstörerische Aktivitäten in einem Kraftsportzentrum, möglicherweise in Zusammenhang mit dem Konsum von Alkohol

Eingestuft als NAP3

Mars, dritter Tag

Am nächsten Tag wurden sie von trübem Sonnenschein geweckt, der durch die Luken ins Innere drang – am Abend zuvor hatte keiner an die Vorschrift gedacht, sie wegen möglicher kosmischer Stürme nachtsüber zu schließen. Von seiner Liege aus schaltete Ramses den großen Bildschirm ein, und da konnten sie die Marslandschaft im strahlenden Sonnenschein sehen, darüber den merkwürdigen blassroten Himmel. Angeblich war die Intensität des Sonnenlichts auf dem Mars deutlich geringer als auf der Erde, doch ihre Augen hatten sich so schnell angepasst, dass es niemandem mehr auffiel. Je nach Temperament begannen einige mit der Morgentoilette, andere nutzten die Zeit, um noch ein wenig zu dösen.

Cassius schien sich über Nacht beruhigt zu haben; wie schon die Tage zuvor war er einer der Ersten, die sich fertigmachten. Dann wandte er sich den Vorräten zu, holte das Geschirr aus der Reinigungszelle und begann den Tisch zu decken. Als er Kaffee zubereiten wollte, fand er nur noch einen kleinen Rest Wasser im Behälter, und so blieb ihnen nichts anderes übrig, als hinauszugehen, um das über Nacht hochgepumpte Wasser hereinzuholen. Alf übernahm diese Aufgabe, und Henrich kam mit ihm.

Der Behälter war gefüllt, die Heizschlangen am Boden des Gefäßes hatten ihre Aufgabe getan und das Wasser flüssig gehalten.

Alf wandte sich an den Gefährten. »Am besten, du bringst das Wasser gleich hinein«, sagte er. »Ich verstaue inzwischen die Anlage.«

Die Arbeit war schnell erledigt, und so blieb Alf noch Zeit, etwas zu prüfen, was ihm seit gestern durch den Kopf ging.

Bisher schien nämlich keiner von den anderen an die defekten Zelte gedacht zu haben, aber Alf hatte diese Episode nicht vergessen. Er überzeugte sich, dass keine der Außenkameras auf ihn gerichtet war, dann trat er an das Fach heran, in dem die Zelte noch so lagen, wie sie Cassius hineingeworfen hatte.

Alf brauchte nicht lange zu suchen, bis er den Fehler entdeckte: Schon beim ersten Zelt, das er sich vornahm, saß das Ansatzstück für die Ventile nur locker im Gewinde, und das genügte, um die Luft austreten zu lassen. Denselben Defekt stellte Alf auch an den anderen Zelten fest. Er zog die Ventile fest, dann legte er die Zelte zurück und schloss den Deckel.

Ein bemerkenswertes Ergebnis, denn so eine Dichtung konnte sich nicht von selbst lockern. Wer mochte dahinterstecken? War Ramses so etwas zuzutrauen? Alf wollte keinen Unschuldigen verdächtigen, aber unwillkürlich hatte er sofort an Ramses gedacht. War dieser am Tag zuvor, als sie sich zum Essen in den Transporter begaben, nicht als Letzter draußen gewesen? Und hatte er sich nicht recht verärgert über Cassius' und Linettes Eskapaden gezeigt? Dann fiel Alf noch etwas ein, was seinen Verdacht bestätigte: War es nicht verdächtig, dass sich Ramses nicht um die defekten Zelte gekümmert hatte, nachdem Cassius davon erzählt hatte? Sonst störte ihn doch alles, was nicht in Ordnung zu sein schien.

Freilich, das war noch kein Beweis, und es blieb offen, wer der Missetäter war, aber es bestärkte Alf in seiner schon früher gefassten Meinung, dass man Ramses nicht trauen durfte. Sehr nachdenklich trat er dann in die Schleuse. Er nahm sich vor, zunächst über seine Überlegungen zu schweigen.

Als er in das Innere des Fahrzeugs kam, überraschte man ihn mit einer unangenehmen Nachricht: Das Wasser, das Sylvie in die Kanne gegossen hatte, war trüb und schmeckte bitter.

»Und außerdem riecht es ekelhaft«, beschwerte sich Linette, als sie an der Kanne schnüffelte. Sie schüttelte sich.

»Ich will prüfen, ob es trinkbar ist«, sagte Sylvie. Sie kramte im Medizinschrank und holte das handtellergroße Chemolyse-Gerät heraus. Sie tauchte die Sonde mit den Nano-Sensoren in das trübe Wasser und las das Ergebnis auf dem Minidisplay unter der Lupe ab. Dann sagte sie: »Im Prinzip ist es nicht schlimm, das Wasser ist genießbar, der Geschmack rührt nur von einigen wenigen unschädlichen Verbindungen her, vor allem Bittersalz.«

Alf hatte den Eindruck, dass Ramses etwas dazu bemerken wollte – und aller Wahrscheinlichkeit nach sollte es ein Hinweis darauf sein, dass er ja schon am Vortag darauf bestanden hatte, die Wasservorräte zu ergänzen. Um keinen neuen Missmut aufkommen zu lassen, sagte er daher: »Wir werden halt wohl oder übel ein paar Stunden mit dieser Brühe auskommen müssen. Wenn es auch nicht gut schmeckt, so kann es doch unseren Flüssigkeitsbedarf decken.«

»Ist nicht noch etwas Limonade da?«, fragte Linette kleinlaut.

»Wir haben Pulver zum Auflösen«, erklärte Gilbert. »Willst du es versuchen?« Und er bot Linette eine Tasse mit der trüben Brühe an.

»Man könnte das Wasser mit einem Kaffeefilter reinigen«, sagte Gijon. »So bekommen wir den braunen Schlamm heraus. Aber am Geschmack lässt sich wahrscheinlich nichts ändern.«

Die Mitglieder des Teams sahen nicht gerade erfreut aus, doch es blieb ihnen nichts anderes übrig, als sich damit zufrieden zu geben.

»Auf jeden Fall sollten wir uns möglichst bald mit sauberem Wasser versorgen«, sagte Sylvie. »Können wir es hier in der Nähe nicht noch einmal versuchen?«

»Ich halte es für besser, damit zu warten, bis wir von den Bergen herunterkommen«, sagte Ramses. «In tieferen Lagen ist die Chance größer.«

»Und was sollen wir jetzt trinken?«, fragte Henrich. »Ich habe Durst.«

Linette kramte im Vorratsschrank und holte ein paar Flaschen heraus. »Wie wäre es mit *Sekt Lite*«, sagte sie. »Den wollten wir eigentlich für die Abschlussfeier aufheben. Aber in einem Notfall ...«

Es wurde beschlossen, dass das ein Notfall war, und der Sekt trug dazu bei, die Stimmung etwas zu verbessern.

»Also dann ab ins Tal!«, rief Gijon, als Hunger und Durst gestillt waren.

»Wir können die Steuerung wieder der Automatik überlassen«, meinte Ramses, »doch einer von uns sollte sich ans Steuerpult setzen, um gegebenenfalls eingreifen zu können.« Er blickte in die Runde, und als niemand darauf reagierte, ließ er sich selbst auf dem Fahrersitz nieder.

Die Fahrt führte in eine landschaftlich beachtenswerte Gegend. Zu beiden Seiten in mehreren Etagen übereinandergesetzte Felsformationen, rechts ein Steinfeld in schwarzen und roten Farben, vor ihnen turmartig aufragende, über dem Sockel eingeschnürte Erhebungen, die wie Pilze aussahen.

Das langgestreckte Tal, durch das sie sich bewegten, wechselte öfter die Richtung, so dass die Aussicht in die Ferne zeitweise unterbunden war, doch blieb zu hoffen, dass sie der Weg ohne große Hindernisse bis in die Niederungen führen würde, denn es sah so aus, als befänden sie sich in einem ausgetrockneten Bachbett.

Es dauerte über eine Stunde, bis sich die Berghänge verflachten und die Strecke immer mehr in eine Ebene auslief. Zunächst ging es noch über flach liegendes Gestein, die glatte Oberfläche glänzte in der Sonne. Dann endlich erreichten sie eine weite, mit Sand bedeckte Fläche. Ramses ergriff das Steuer und führte das Fahrzeug zwischen einigen aufragenden Felsen hindurch, dann brachte es zum Halten.

»Wenn es irgendwo Wasser gibt, dann hier«, bemerkte er.

Es sah aus, als wollte er noch eine Erklärung folgen lassen, doch er ließ es sein.

Ramses hatte sich nicht geirrt. Sie konnten sogar auf das Echolot verzichten, es genügte, drei der flexiblen Bohrröhren aneinanderzusetzen, und dann kam die positive Anzeige: Wasser!

Würde das lebenswichtige Nass auch sauber sein? Es vergingen ein paar bange Sekunden, doch dann durften sie aufatmen: Das, was da in einem kräftigen Rinnsal in den vorgeheizten Behälter rann, war durchsichtig und rein. Sie sahen, wie von unten, wo das Gefäß von einer Heizspirale umgeben war, Blasen aufstiegen, und dann füllte sich der Luftraum mit Dampf. Inzwischen hatten sich Ramses und Alf davon überzeugt, dass die Akkus noch ausreichend aufgeladen waren – es war also nicht nötig, den Reaktor in Gang zu setzen.

Die beiden standen ein wenig abseits von den anderen beisammen.

»Damit ist das Problem gelöst«, sagte Ramses. »Das hätte auch schiefgehen können.«

»Bisher haben wir Glück gehabt«, antwortete Alf. »Doch die Leute müssten doch eigentlich bald von selbst darauf kommen, dass diese Umgebung echt ist.«

»Lass ihnen doch die Illusion«, meinte Ramses und gab damit zu, dass er auch nicht mehr an eine Simulation glaubte.

Es vergingen einige Sekunden, während sie die Klappe in der Bordwand schlossen, hinter der die schweren Geräte und Werkzeuge verstaut wurden. Dann sagte Alf: »Sollten wir es den anderen nicht mitteilen?«

»Ich bin mir nicht sicher, ob wir damit etwas Gutes tun. Im Moment sind sie alle noch völlig unbeschwert. Damit wäre es dann leider aus.«

Sie unterbrachen das Gespräch, da einige ihrer Gefährten näher kamen. Sie hatten sich in der Umgebung umgesehen und wollten wissen, wie es weitergehen sollte.

»In zehn Minuten fahren wir los. Wenn ihr wollt, könnt ihr schon einsteigen.«

Alf hatte den anderen den Vortritt gelassen, und auch Sylvie hatte es nicht eilig gehabt. So war es an ihnen, das Bohraggregat auszubauen, es wieder zu verstauen und die Wasservorräte ins Fahrzeug zu bringen.

Sie sprachen dabei nicht viel, doch als alles erledigt war, wandte sich Sylvie mit leiser Stimme an Alf: »Mir kommt dieses Unternehmen sehr merkwürdig vor. Glaubst du noch an das Märchen mit dem Erlebnisspiel?«

»Da habe ich auch meine Zweifel. Was ist dir aufgefallen?«

»Du weißt doch, wie es bei den Spielen zugeht. Da gibt es ein Abenteuer nach dem anderen, meist mehr oder weniger harmlose Zwischenfälle. Und es gibt persönliche Beziehungen, Liebeleien, Flirts, Eifersucht und Streit.«

»Vielleicht kommt das noch«, warf Alf ein, und durch das Sichtfenster hindurch konnte Sylvie erkennen, dass er ein wenig spöttisch lächelte.

»Du meinst Cassius und Linette ...« Sie stockte, ging dann aber nicht weiter darauf ein. »Unsere Situation bietet wenig Möglichkeiten für solche Spielchen. Schau uns doch an: Meist stecken wir in diesen schrecklichen Anzügen – das macht es auch für die Zuschauer schwer, Partei zu ergreifen und Punkte zu verteilen. Aber auch sonst ist unsere Handlungsfreiheit eingeschränkt. Alles spielt sich auf engstem Raum ab – was für Abenteuer kann es da schon geben? Von der schönen Landschaft allein werden die Zuschauer bald genug haben.«

Alf zog die Schultern hoch. »Wenn es überhaupt gesendet wird.«

»Du stimmst mir also zu?«, fragte Sylvie. »Das bedeutet aber, dass sich unsere Situation geändert hat. Es könnte gefährlich werden.«

»Jedenfalls bin ich sicher, dass wir uns wirklich auf dem Mars befinden. Doch erklären kann ich es auch nicht.«

Beide schwiegen eine Weile, dann fragte Sylvie: »Und was soll das Ganze?«

»Ich habe keine Ahnung, aber ich werde schon noch draufkommen.«

Sylvie trat so nahe an Alf heran, dass sie ihm durch das Glas der Helme hindurch ins Gesicht sehen konnte. »Sagst du es mir, wenn es so weit ist?«

So nahe waren sie sich noch nie gewesen. Alf blickte direkt in ihre merkwürdig hellen Augen, in denen er Angst zu erkennen glaubte. Plötzlich hatte er den Wunsch, Sylvie zu schützen. »Ich werde es dir sagen«, flüsterte er.

Jetzt mussten sie sich beeilen, um die Wasserbehälter durch die Schleuse zu bringen. Was würden ihre Gefährten davon halten, wenn sie sich unnötig lange hier draußen aufhielten?

Das geförderte Wasser befand sich in vier Behältern, Sylvie war mit zweien davon in der Schleuse verschwunden, und so ergab sich für Alf noch eine kurze Wartezeit. Er stand unschlüssig herum und ließ den Blick über die Wüste wandern. Die Durchquerung des Wüstenstreifens würde nicht so viel Zeit beanspruchen wie jene des ersten Tages. Der Sand unterschied sich ein wenig von den ihnen schon bekannten Formationen. Er bestand aus stecknadelkopfgroßen Körnchen, dazwischen ein wenig Staub, der bei jedem Schritt als Wolke aufstieg.

Nichts Besonderes, so schien es – und doch hatte sich irgendetwas verändert. Jetzt schaute sich Alf konzentriert nach allen Seiten um, und da merkte er, was es war: Der Himmel war trüb geworden, als hätte sich Nebel über das Land gesenkt … Sollte es sich tatsächlich um aus Wassertröpfchen bestehenden Nebel handeln? Das widersprach allem, was er über den Mars gelesen hatte. Wieder eine Frage, der er gern näher nachgegangen wäre; nun gut – vielleicht ließ sich das Rätsel ein anderes Mal klären.

Sie hatten eine Zwischenmahlzeit zu sich genommen und

fuhren nun schon die zweite Stunde über die Sandebene. Dem in der Ferne auftauchenden Gebirge hatten sie sich bereits deutlich genähert, in einer halben Stunde würden sie die Felsregion erreicht haben.

Die Gegend war so eintönig, dass sie die Lenkung der Automatik überlassen konnten, und niemand schenkte der Umgebung besondere Beachtung. Doch plötzlich schien es, als ob sich der Bildschirm eintrübte, und kurze Zeit später, kaum dass sie auf das Phänomen aufmerksam geworden waren, war die Sicht völlig unterbunden. Durch die Luken war nichts mehr zu sehen, und auch der große Bildschirm blieb trüb. Selbst als sie die Scheinwerfer anstellten, zeigte sich nur ein diffuser Lichtfleck.

Es dauerte noch ein oder zwei Minuten, bis sie ein leises Rütteln an ihrem Fahrzeug feststellten, und dann, höchst überraschend und unglaublich, war auch etwas zu hören: ein gedämpftes Rauschen, das mit merklichen Vibrationen ihres Transporters auf- und abschwoll.

Ramses fiel auf, dass sich ihr Fahrzeug noch immer vorwärts bewegte, als wäre nichts geschehen, und stoppte die Fahrt. Offenbar konnte man sich auch nicht immer auf die Automatik verlassen.

»Was hat das zu bedeuten?«, fragte Linette. »Sicher nichts Gutes!«

»Das könnte unangenehm werden«, antwortete Alf; er hatte nicht damit gerechnet, dass sich das Rätsel so rasch lösen würde. »Dass es auf dem Mars Sandstürme gibt, ist schon seit langem bekannt, selbst mit den alten Teleskopen, von der Erde aus, hat man sie beobachtet. Man sollte es nicht glauben ... diese dünne Atmosphäre ...«

Linette unterbrach ihn: »Ist es gefährlich?«

»Das ist wohl anzunehmen«, meinte Gijon.

»Hier in der Wüste sind wir dem Sturm voll ausgesetzt«, sagte Henrich. »Am Rand des Gebirges gibt es geschützte

Plätze – können wir nicht einfach so schnell wie möglich weiterfahren?«

»Ich will einmal sehen, was uns das Radar verrät«, kündigte Ramses an. Er setzte sich ans Pult und schaltete um ... das, was man da zu sehen bekam, ließ zu wünschen übrig: unten als hellerer Streifen der Boden, darüber eine gleichmäßig graue Fläche. Manchmal lösten sich daraus strähnenartige Wolken, die in heftiger Bewegung begriffen waren und meist ebenso rasch wieder im trüben Grau verschwanden.

»Ich hätte nichts dagegen, mit der Automatik weiterzufahren«, meinte Gilbert. »Sollten wir einem Hindernis näher kommen, können wir ja sofort stoppen.«

»Hier zu warten hat keinen Sinn«, meinte auch Gijon.

Wahrscheinlich ging es den beiden vor allem darum, dieser beunruhigenden Situation, in die sie nun geraten waren, möglichst schnell zu entgehen. Es waren archaische Gefühle, die sich da bemerkbar machten: eine klaustrophobische Angst, eingeschlossen in einem Strudel von entfesselter Energie, die sich Raum zu schaffen versuchte, indem sie alles aus dem Weg zu räumen trachtete, was sich ihr entgegenstellte.

Die aufragenden Berge, die sie zuletzt schon recht nah gesehen hatten, versprachen einen gewissen Schutz vor den anstürmenden Massen. Dementsprechend waren alle einverstanden, und so fuhren sie wieder los. Sie waren schweigsam, hielten die Köpfe ein wenig eingezogen, als fürchteten sie, an ein Hindernis zu prallen oder in einen Abgrund zu stürzen. Aber es schien immer noch besser, als sich dem Sturm als Spielball zu überlassen.

Auf dem großen Bildschirm waren immer noch die massiven streifenförmigen Wolken zu sehen, die alles verdunkelten, was dahinterlag. Glücklicherweise schien der Untergrund weiterhin eben zu bleiben, auch von Hindernissen war nichts zu bemerken, doch die seltsamen Geräusche an der Außenwand, Erschütterungen, Vibrationen, hin und wieder ein Knistern und Kratzen – das alles entfachte eine schwer erträgliche Unruhe ... die Insassen zogen die Köpfe ein, als fürchteten sie, ihr Gefährt könnte jeden Moment zerdrückt werden.

Wie lange dauerte diese blinde Fahrt? Das erste Anzeichen für eine Verbesserung der Lage kam vom Bildschirm: Noch immer flogen die Wolkenfetzen auf sie zu, doch dazwischen tauchten nun öfter hellere Flecken auf, zunächst verschwommen, dann deutlicher, mit scharfen Konturen: Felsen, die ihren Weg säumten. Und irgendwo weiter hinten die Andeutung schräg ansteigender Felswände. Sie schienen aus dem dichten Sandnebel geradezu herauszuwachsen, und es war nicht klar, ob sich die Sicht verbesserte, weil der Sturm an Stärke verlor, oder ob es die Berge waren, die sie vor dem Sand schützten.

Die Hindernisse, die ihren Weg säumten, rückten dichter aneinander, die Automatik war immer wieder zu Ausweichmanövern gezwungen, so dass keiner der Insassen mehr beurteilen konnte, in welche Richtung sie sich bewegten.

Als sich das Fahrzeug dann auch noch über Felsbarrieren hinüberarbeitete und dabei oft in bedenkliche Schräglagen geriet, stellte Henrich die bange Frage, ob man sich wirklich weiterhin auf die Automatik verlassen sollte. Nach einer kurzen Diskussion beschlossen sie, auf der nächsten horizontalen Bodenpartie zu stoppen und auf eine Besserung der Sicht zu warten.

Doch ein kurzes Stück danach, an einer Stelle, wo sie wieder einmal schief in ihren Sitzen hingen, kamen sie nicht mehr weiter, standen mit einem Mal still. Trotzdem gab es weiterhin scheuernde und schleifende Geräusche, die Raupen drehten durch. Und wie zur Bestätigung war jetzt auf dem Bildschirm ein Schriftzug aufgetaucht: In roter Schrift blinkte das Wort ›Störung‹.

Da sich eine der Raupen immer noch bewegte, stoppte

Ramses den Antrieb, und damit war endlich auch Schluss mit den unangenehmen Lauten, die sie fürchten ließen, die ballonartigen Kettenglieder könnten platzen.

Ramses versuchte, eine der seitwärts ausgerichteten Außenkameras so zu drehen, dass man den Unterteil des Fahrzeugs und damit auch die steckengebliebene Raupe im Radarbild sehen konnte, doch es gelang ihm nicht – der Spielraum des Gelenks an der Halterung war zu gering.

»Im Moment bleibt nichts anderes übrig, als abzuwarten, bis sich das Wetter gebessert hat. Dann müssen wir nachsehen, was da draußen passiert ist.«

So waren sie zur Untätigkeit gezwungen. Die nächsten Minuten vergingen mit einer fruchtlosen Diskussion darüber, welche Schäden entstanden sein könnten und wie lange man warten sollte, bis man die betroffene Stelle von außen zu begutachten versuchte.

In eine kleine Gesprächspause hinein sagte Sylvie, die sich nicht an der Diskussion beteiligt hatte: »Mir scheint, dass es draußen heller wird, der Sturm legt sich.«

Das war eine erfreuliche Nachricht – im Eifer der widerstrebenden Meinungen hatten sie nicht auf den Bildschirm geachtet, und nun, als sie sich ihm zuwandten, fanden sie Sylvies Beobachtung bestätigt. Das verbesserte die Stimmung fast schlagartig.

»Eigentlich haben wir Glück gehabt«, sagte Alf, »ein solcher Sturm hätte auch einige Tage lang anhalten können.«

»Das Wetter liefert also auch hier, auf dem Mars, einen ergiebigen Gesprächsstoff«, flüsterte Alf Sylvie zu, doch er wurde gleich wieder ernst und warf die Frage auf, ob man es wagen konnte, das Fahrzeug zu verlassen. Gijon beendete die darauf folgende Debatte dadurch, dass er sich anbot, zunächst einmal allein hinauszugehen. »Ich will mir einen Überblick über die Lage verschaffen«, sagte er. »Wenn alles in Ordnung ist, kommt ihr nach.«

Er wartete die Reaktion der anderen nicht ab, sondern begann, seinen Anzug anzulegen. Dann verschwand er in der Schleuse.

Nach den üblichen zwei Minuten meldete er: »Ich bin jetzt draußen. Hier hat sich Sand angesammelt, es ist etwas mühsam durchzukommen.«

Tatsächlich, durch die Luken war etwas Undefinierbares auszunehmen, ein milchiger Brei aus Staub oder Nebel – es gelang dem Sonnenlicht nicht ganz, den aufgewirbelten Staub zu durchdringen, doch die Sicht verbesserte sich rasch.

Endlich konnten sie das, was Gijon beschrieb, auch im natürlichen Licht beobachten: Er selbst war im Blickfeld der vorderen Kamera zu sehen, wie er sich durch die vor dem Bug zusammengeschobenen Sand- und Staubmassen hindurchkämpfte ... dann verschwand er wieder aus dem Blickfeld, und nur seine schnaufenden Atemzüge waren zu hören. Einmal tauchte er geisterhaft im Blickfeld der Seitenkamera auf, und gleich darauf erscholl wieder seine Stimme: »O weh, das sieht nicht gut aus. Der rechte Raupenzug ist in eine Spalte geraten, einige der Glieder sind zerschnitten.« Man hörte weiterhin ein Schleifen, unterbrochen von dumpfen Schlägen, dann wieder seine Stimme: »Das Fahrzeug steckt unter einem überhängenden Felsblock fest, nach vorne geht es nicht mehr weiter. Wir müssen den Block beiseiteschaffen und die Raupe aus dem Spalt hebeln. Dann müssen wir versuchen, ein Stück rückwärts zu fahren, und uns nach einem anderen Weg umsehen.«

»Meinst du, dass uns das gelingt?«, fragte Henrich.

Eine Weile blieb es still, dann die zögernde Stimme von Gijon: »Schwer zu sagen ... Kommt doch heraus, ihr müsst es euch selbst anschauen.«

Jetzt wollte keiner mehr im Inneren bleiben, sie legten ihre Schutzanzüge an und verschwanden einer nach dem anderen in der Schleuse.

Bald standen sie an der rechten Seitenwand, ihre betroffenen Gesichter verbargen sich hinter den Sichtscheiben, an denen sich Staub niederschlug. Glücklicherweise hatte der Konstrukteur der Anzüge an eine solche Möglichkeit gedacht und an der Unterseite der Ärmel einen Bürsteneinsatz angebracht, mit dem sich das Glas reinigen ließ.

Nun sahen sie den Schaden in voller Deutlichkeit. Es war so, wie es Gijon beschrieben hatte, und es bestand kein Zweifel daran, dass es harte Arbeit sein würde, alles wieder in Ordnung zu bringen. Das schwierigste Problem bereitete der über das Dach und die Seitenwand gekippte Felsblock, den man unbedingt zur Seite räumen musste, ehe man mit den Versuchen beginnen konnte, den Transporter wieder in Fahrt zu setzen. Er war so schwer, dass sie ihn auch mit vereinten Kräften nicht aufheben konnten, und Cassius machte schließlich den Vorschlag, das Hindernis mit dem Laser in kleine Stücke zu schneiden.

Wie alle größeren Werkzeuge, die im Freien gebraucht wurden, war auch das große Lasersystem in dem von außen erreichbaren Gepäckraum untergebracht: in einem Gehäuse, das sich auf einem Fahrgestell bewegen ließ. Das erwies sich als schwieriger, als es zunächst ausgesehen hatte. Der unebene, felsige Boden erschwerte den Transport, und sie mussten alle Kräfte und dazu noch eine Portion Geschicklichkeit aufbringen, um das Wägelchen zur beschädigten Seitenwand des Fahrzeugs zu bringen. Dazu holten sie noch einen vollständig aufgeladenen Akku heran, denn der Laser brauchte eine Menge Energie.

Gilbert und Gijon hatten sich beim Umgang mit den Geräten am tüchtigsten erwiesen und übernahmen deshalb das Kommando. Dazu kam Cassius, der zwar nicht viele Worte verlor, aber überall zugriff, wo man seiner Kraft bedurfte.

Er war es auch, der das Handstück des Lasers übernahm, um die Schnitte durchzuführen. Beim Training hatten sie den

Umgang mit dem Laserstrahl schon geübt, doch hier, in der freien Wildbahn, war das weitaus schwieriger als auf der Erde. Cassius musste peinlich darauf achten, dass er mit dem sengenden Strahl keinen von seinen Kameraden erfasste, und zudem war die Sicht auch noch vom Staub behindert, der sich noch immer in der Atmosphäre hielt. Das brachte allerdings auch einen Vorteil mit sich: Der an sich unsichtbare Laserstrahl wurde als gleißender Strich sichtbar – das Werkzeug sah aus wie eines der von Science-Fiction-Filmen her bekannten Lichtschwerter.

Sie hätten es als beeindruckendes Schauspiel auffassen können, wie sich der Strahl ins Gestein hineinfraß, wie die Funken stoben und schmale Fontänen von Dampf in verschiedene Richtungen ausgestoßen wurden. Das alles ging zwar lautlos vor sich, doch hatte jeder eine gute Vorstellung von der gewaltigen Energiemenge, die da umgesetzt wurde. Der Prozess ließ den Boden erzittern – es war durch die Schuhe hindurch an den Füßen zu spüren.

Eine heikle Aufgabe stand ihnen noch bevor: die abgelösten Teile des Felsens kontrolliert abzuheben und zu entfernen. Sie schleppten sie zu einem neben dem Weg ansetzenden Hang und stießen sie hinunter.

In überraschend kurzer Zeit hatten sie etwa die Hälfte des Felsbrockens abgetragen und waren inzwischen an jene Stelle herangekommen, wo dieser auf dem Fahrzeug aufsaß.

Gilbert sah sich die Situation noch einmal an. »Wenn wir dieses Stück hier oben noch ablösen könnten, sollte sich der Rest beiseitestemmen lassen. Dann ist das Fahrzeug frei.«

Cassius schaltete also den Laser noch einmal ein, und alle traten zur Seite, um sich aus der Gefahrenzone zurückzuziehen.

Linette stand ein wenig weiter von den anderen entfernt, so dass sie den ganzen Arbeitsplatz überblickte, und deshalb war es auch sie, die plötzlich aufschrie: »Vorsicht, dort oben ... der Stein bewegt sich!«

Die Warnung kam zu spät. Von unten war nicht zu erkennen gewesen, dass weiter oben noch lose Felsblöcke lagen. Einer der größeren glitt zunächst langsam, dann mit zunehmender Geschwindigkeit abwärts ... alle sprangen zurück, um sich in Sicherheit zu bringen. Auch Gilbert, der am nächsten neben Cassius gestanden war, versuchte es, doch er blieb an einer Felszacke hängen und stürzte zu Boden. Der Stein war zwar schon am Boden aufgeschlagen, doch er glitt noch ein Stück abwärts und erfasste Gilbert an der Hüfte. Gilbert blieb bewegungslos liegen. Zweifellos war er verletzt.

Es ging allen durch Mark und Bein, als ein wehes Stöhnen durch die Lautsprecher zu hören war – aber immerhin war es ein Zeichen, dass Gilbert noch lebte.

»Er ist eingeklemmt«, rief Cassius und zeigte auf die bewusste Stelle: Dort waren Teile von Gilberts Anzug unter den abgerutschten Block geraten. Cassius bückte sich zu dem Verunglückten und begann an ihm zu zerren, doch Sylvie hielt ihn zurück: »Sei vorsichtig, beschädige den Stoff nicht!«

Cassius ließ vom Verletzten ab und postierte sich so neben ihm, dass er die Ränder des Felsbrockens erfassen konnte. Er ging leicht in die Knie und versuchte, ihn anzuheben ... zuerst schien die Mühe vergeblich, dann bewegte sich der Stein ein paar Millimeter in die Höhe ... das war nicht viel, aber es genügte, um den Verunglückten vorsichtig hervorzuziehen.

Sylvie kniete neben ihm nieder. »Gilbert, kannst du mich verstehen? Hörst du mich?«

Und dann kam ganz leise, kaum verständlich, eine Antwort: »Es hat mich erwischt ... an der Hüfte ... es tut scheußlich weh.«

»Wir müssen ihn unverzüglich hineinbringen«, riet Ramses, doch Henrich und Cassius waren schon dabei, ihn zur Materialschleuse zu tragen. Gijon zwängte sich neben den

Verletzten in den Verschlag, um ihn zu stützen, während Sylvie die Personalschleuse benutzte, um Gilbert möglichst rasch zu helfen.

Die Übrigen, die sichtlich noch unter dem Eindruck des Unglücksfalls standen, setzten sich auf einen Felsvorsprung oder ließen sich kraftlos in den Sand fallen.

Nur Ramses blieb stehen und begutachtete die Situation. »Trotz allem müssen wir versuchen, das Fahrzeug wieder flottzumachen«, mahnte er, und natürlich hatte er Recht – alle sahen es ein. Sie versuchten ihre Erschütterung, aber auch ihre Anteilnahme zu unterdrücken, überwanden ihre Erschöpfung und machten sich an die Arbeit.

Es war eine heikle Aufgabe, den noch immer an der Seitenwand des Fahrzeugs lehnenden Felsbrocken wegzuschieben, doch es gelang ihnen wider Erwarten gut – sie brauchten ihn ja auch nicht allzu weit zu bewegen, schon ein Abstand von zwei Handspannen genügte, um das Fahrzeug zu befreien.

Als es endlich so weit war, dass man einen Versuch wagen konnte, waren sie mit ihrer Geduld und mit ihren Kräften am Ende. Sie ließen sich nicht mehr zurückhalten und versammelten sich vor der Schleuse, um möglichst rasch ins Innere des Fahrzeugs zu kommen.

Dort hatte man inzwischen Gilbert auf sein Lager gebettet. Sylvie saß neben ihm. »Eine Rissquetschwunde«, erklärte sie, »nicht gerade bedrohlich, aber sehr unangenehm und schmerzhaft.«

Sie hatte die Wunde mit Stammzellenextrakt behandelt. Außerdem hatte sie Gilbert eine Injektion gegeben, ein Beruhigungs- und Schmerzmittel. Er lag still, die Augen geschlossen, nur gelegentlich zuckte ein schmerzlicher Ausdruck über sein Gesicht. Die Nachricht, dass er nicht lebensgefährlich verletzt war, wurde mit Erleichterung aufgenommen, sie ruhten sich ein wenig aus, waren aber dann bereit, noch einmal hinauszugehen, um alle größeren Gesteinstrümmer wegzuräumen, die noch im Weg lagen.

»Ich schlage vor, dass die beiden Frauen im Innern bleiben. Sylvie kümmert sich um Gilbert, und Linette setzt sich ans Steuer.« Linette machte große Augen, aber wie die anderen hatte auch sie beim Training Fahrübungen am Simulator gemacht und ihre Prüfung bestanden. Die Männer wurden alle draußen gebraucht. Sie zögerte kurz, hatte aber dann nichts einzuwenden und machte sich an die Arbeit.

Trotz ihrer Müdigkeit griffen die Männer entschlossen zu, und so wurden sie überraschend schnell fertig. Ramses sah sich noch einmal um, dann wandte er sich wieder an Linette. »Es ist so weit, du kannst jetzt starten.«

Es geschah, wie er es vorgeschlagen hatte. Zuletzt verstauten sie auch noch das Laser-Aggregat, dann stand dem angekündigten Versuch nichts mehr im Weg.

»Dann los!«

Gleich darauf setzte sich der Transporter mit einem Ruck in Bewegung, Staub wirbelte auf und unterband die Sicht zum Boden, aber offenbar fanden beide Raupen genügend Halt, um das Fahrzeug in Gang zu bringen. Schon nach kurzer Zeit hatte es sich von der Unglücksstelle fortbewegt, es holperte über eine mit vielen Höckern versehene Felspartie. Die Männer, die noch immer draußen waren, folgten dem Fahrzeug und beobachteten die Bewegung der Raupen – sie schienen in Ordnung zu sein. So kamen sie ungefähr drei Dutzend Meter weit, bis Ramses das Zeichen zum Stoppen gab.

»Das ist ja gut gegangen«, kommentierte er. »Bravo, Linette. Wir kommen jetzt hinein.«

Bevor Alf an der Reihe war, warf er noch einen Blick zum Unglücksplatz zurück – wo eine Stätte der Verwüstung zurückgeblieben war. Der Sand war aufgewühlt und wies durcheinanderlaufende Schleifspuren auf, und am Hang darunter lagen noch die zerkleinerten Teile des Blocks, deren vom Laserstrahl geglättete Oberflächen matt in der Sonne blinkten ...

Jene, die sich draußen betätigt hatten, waren mit ihren Kräften am Ende. Sie hatten sich in ihre Sitze sinken lassen und wirkten apathisch. Der Zwischenfall hatte Nachdenklichkeit und Betroffenheit hinterlassen. Erst nach und nach erholten sie sich, doch das hinter ihnen liegende Erlebnis wirkte in ihnen nach – der Schrecken saß ihnen noch in den Gliedern.

»Was sollen wir tun?«, fragte Linette

Ramses zog die Schultern hoch. »Es hat keinen Sinn, hier stehen zu bleiben. Je schneller wir unsere Aufgabe erledigen, umso besser auch für den Verunglückten.«

»Wir können doch nicht so tun, als wäre nichts gewesen, und einfach weitermachen«, sagte Henrich.

Gijon nickte ihm beipflichtend zu. »Gilbert muss möglichst schnell in ein Krankenhaus, er braucht ärztliche Pflege.«

Henrich verbarg seinen Ärger nicht. »Ein Skandal, dass man uns hier solchen Gefahren aussetzt! Warum hilft uns denn niemand? Man muss Gilbert aus dem Spiel nehmen.«

»Das Spiel muss abgebrochen werden!«, rief Cassius.

»Und wie sollen wir das machen?«, fragte Ramses. »Wie ihr wisst, ist die Verbindung unterbrochen.«

»Ich verstehe das einfach nicht«, meinte Henrich. »Eigentlich brauchen wir uns um solche Störungen nicht zu kümmern, das müsste von der Station aus geschehen. Ich dachte, die beobachten uns ständig. Da kann ihnen doch nicht entgangen sein, was passiert ist.«

»Da bin ich nicht so sicher«, erwiderte Alf. »Gewiss wird alles automatisch mitgeschnitten, aber vermutlich wird es nicht gleich zur Erde gesandt, sondern gespeichert. Erst wenn wir zurückgekehrt sind, holen sie die Aufzeichnungen aus dem Speicher. Dann werden sie überarbeitet und geschnitten – und danach als Life-Sendung verkauft.«

»Wir müssen um Hilfe rufen«, verlangte Linette.

»Du hast es noch immer nicht begriffen: Niemand wird uns helfen«, widersprach Ramses gereizt. »Du weißt doch, was wir unterschrieben haben: keine Verbindung zur Station. Damit waren wir einverstanden, du genauso wie die anderen. Wir sind völlig auf uns selbst gestellt ...«

Linette hatte nicht zugehört. Sie stand auf, ging einige Schritte im Fahrzeug hin und her, suchte etwas an der Wand, an den Schirmen der Lampen, an den Klappdeckeln der Fächer ...

Dabei geriet sie sichtbar in Erregung. »Wo sind sie denn, die versteckten Kameras? – die Mikrophone?«, schrie sie. Sie stellte sich an das Steuerpult, dem Monitor zugewandt, und drückte die Sprechtaste: »Hallo, hört ihr uns? Ihr müsst uns helfen! Einer von uns ist schwer verwundet, habt ihr das nicht begriffen? Zum Teufel – tut doch etwas!« Mehr und mehr steigerte sie sich in einen Anfall von Hysterie hinein, und Ramses trat hinter sie, legte ihr die Hand auf die Schulter und zog sie an sich. »Beruhige dich, Linette, das hat keinen Sinn ...«

Kurze Zeit war es still, dann sagte Henrich: »Ich habe eine Idee. Wie war es doch vereinbart? Die Verbindung zur Erde bleibt solange stillgelegt, bis wir den Fund des Schatzes melden. Dafür haben wir ja ein Codewort bekommen; wenn wir es senden, wird der Kontakt wieder aufgenommen. Ich schlage vor, genau das sollten wir tun – dann müssen sie sich melden.«

Linette war nicht recht im Bilde. »Aber wir haben den Schatz doch nicht gefunden!«, wandte sie ein. Sie hatte sich wieder beruhigt, sah aber niedergeschlagen aus.

»Das spielt doch jetzt keine Rolle – Hauptsache ist, dass wir um Hilfe rufen können. Was sagst du dazu, Ramses?«

Ramses zuckte zusammen, als wäre er aus tiefen Gedanken erwacht. »Ja, das klingt logisch. Wir können es versuchen ... wenn es nichts nützt, so kann es doch nicht schaden.«

Er stand seufzend auf und setzte sich ans Steuerpult. Er schaltete den Sender ein, gab das Kennwort ein und ließ noch eine kurze schriftliche Meldung folgen:

Schatz gefunden, Mission erfolgreich beendet. Erbitten sofortige Kontaktaufnahme – wir hatten einen Unfall, einer von uns ist schwer verwundet.

»Jetzt brauchen wir nur noch ein wenig Geduld«, meinte er.

Schlagartig hatte sich die Stimmung verbessert – es bestand wieder Hoffnung.

Wie lange war die Wartezeit? »Mehr als 20 Minuten kann es nicht dauern«, hatte Ramses erklärt.

Ob sie wollten oder nicht – sie mussten sich zur Ruhe zwingen. Es fielen nur wenige Worte, alle konzentrierten sich auf ein akustisches Signal, das da kommen sollte, und wären fürs Erste schon mit einem Knacken aus dem Lautsprecher zufrieden gewesen. Dann waren die 20 Minuten um, und so vergingen noch einmal fünf Minuten, und noch einmal ...

Im Laufe der Zeit verdüsterten sich die Mienen, und dann wurde es Gewissheit: Es gab niemanden, der ihnen antwortete.

Diese Einsicht ließ die Stimmung auf den Nullpunkt sinken. Einige blickten reglos vor sich hin, andere starrten auf den großen Bildschirm. Dort war immer noch die Landschaft mit den fantastischen Felsformen zu sehen. Es war die Landschaft, die sie noch vor einem Tag als großartig empfunden hatten. Nun kam sie ihnen abweisend und fremd vor.

»Leute, nehmt euch zusammen!«, rief Ramses. »Es hat doch keinen Sinn, hier tatenlos herumzusitzen. Wir haben eine Menge zu tun. Ich schätze, die Akkus sind schon ziemlich leer, und außerdem sollten wir unsere Wasservorräte auffrischen. Es ist schon spät, wir sollten uns an die Arbeit machen.«

Endlich schienen es alle begriffen zu haben – sie mussten dafür sorgen, dass sie auch die nächsten Tage überlebten. Sie rafften sich auf und taten, was nötig war. Merkwürdigerweise tat ihnen die Arbeit gut, das Unbehagen milderte sich ein wenig. Und schon kurze Zeit später hatten sie im Wagen ihre Plätze eingenommen und fuhren los.

Der Weg führte langsam höher, im Großen und Ganzen war es nicht schwer, die Richtung einzuhalten. Infolge der üblen Erfahrung des Vormittags verhielt sich Ramses besonders vorsichtig, und wenn sie an Stellen kamen, wo man nach verschiedenen Seiten weiterkommen konnte, hielt er lieber an, statt aufs Geratewohl weiterzufahren. Dann stieg einer aus, erklomm die nächste Anhöhe und suchte die günstigste Fortsetzung aus.

Nach drei Stunden kamen sie auf eine felsige Hochebene. Hier oben hatte sich kein Sand halten können, die Gegend sah aus wie leergefegt, der Wind jagte über den Boden, der ihm keine Hindernisse entgegensetzte. Es war an den Staubschwaden zu erkennen, die wie Peitschenschnüre flatterten. Die letzten Reste des erlöschenden Sandsturms ...

Der Boden, über den sie fuhren, war von flachen Steinen bedeckt – keine Gefahr also, dass die Hüllen der Ballonglieder erneut beschädigt werden könnten. Dann wechselten die Steine zu kugeligen Formen, die meisten nicht viel größer als Golfbälle, einige jedoch so groß wie Fußbälle. Jetzt kamen sie nicht mehr so gut voran, immer öfter kamen die Raupen von der Bahn ab, das Fahrzeug drehte sich oder holperte über kurze Strecken dahin. Ramses musste das Steuerrad hin- und herreißen, um die unkontrollierbaren Abweichungen auszugleichen.

Als sich die Sonne dem Horizont näherte, war es Zeit für das Nachtlager, und sie blieben einfach an einer beliebigen Stelle stehen – die eintönige Landschaft wies keine geschützten Plätze auf.

Es kam kein Widerspruch, die Willenskraft der Teilnehmer war weitgehend erloschen. Es bedurfte aufmunternder Worte von Ramses und Alf, um die anderen zum Handeln zu bringen. Mit langsamen Bewegungen, als wären sie betäubt, standen sie auf und machten sich für die Schleuse bereit. Nur Sylvie kündigte an: »Ich bleibe bei Gilbert.«

Erst als sie draußen angekommen waren, erwachten ihre Lebensgeister, und sie begannen ihre Arbeit, die notwendigen Handgriffe gingen schon fast automatisch vonstatten.

Alf hatte den Bohrer in Funktion gesetzt, und zu seiner angenehmen Überraschung stieß er bald auf eine Eis führende Schicht, die er anzapfen konnte. Das Gefäß füllte sich rasch, und so blieben sie an der Bohrstelle stehen, um darauf zu warten, dass sie es gegen ein leeres austauschen konnten.

Linette war näher gekommen und sah ihm zu. Wie schon in den letzten Stunden hatte sie einen Gesichtsausdruck, als befände sie sich in einem ständigen Zustand des Erstaunens.

»Bist du wirklich der Meinung, dass wir uns auf dem Mars befinden?«, fragte sie.

»Es besteht kein Zweifel daran«, antwortete Alf.

»Und wir sind wirklich so weit fort von der Erde?«

»Derzeit rund 180 Millionen Kilometer, doch die Entfernung ist nicht konstant. Es hängt davon ab, welche Positionen Erde und Mars gerade auf ihren Ellipsenbahnen haben.«

»So weit sind wir durch den Weltraum geflogen! Ich dachte, es gibt keine Raumschiffe mehr.«

Alf war es eigentlich müde, das zu wiederholen, was ihnen im Unterricht schon ausführlich genug beigebracht worden war, aber dann bemühte er sich doch, Linette die Situation verständlich zu machen.

»Wir haben ein altes Raumschiff benutzt, das über 200 Jahre im Museum stand. Du kannst dich selbst davon überzeugen: An der Seitenwand des Steuerpults klebt noch ein Archivzettel, der das bestätigt.«

»Und während wir geschlafen haben, sind wir zum Mars geflogen«, sagte Linette, die langsam zu begreifen begann.

»Während des Kälteschlafs erlischt das Zeitgefühl«, erklärte Alf. »Wenn man wieder erwacht, weiß man nicht, wie lange man geschlafen hat. Bei uns waren es fast 300 Tage. Du wirst ja bemerkt haben, wie lange wir gebraucht haben, um wieder zu Kräften zu kommen.«

»Ein Glück, dass wir zur richtigen Zeit aufgewacht sind.«

»Das lässt sich steuern«, erklärte Alf, »und zwar mit dem Hormon HPc. Es sorgt dafür, dass wir einschlafen und während des Schlafs keinen Schaden erleiden. Sobald die Konzentration im Blut vermindert wird, erwachen wir wieder. Das veranlasst das automatische Versorgungssystem in den Kabinen.«

Linette sagte eine Weile nichts, dann trat sie an Alf heran und lehnte sich an ihn. »Du weißt so viel«, flüsterte sie.

Sie waren durch die Schichten der Raumanzüge getrennt, und doch hatte Alf plötzlich den Eindruck, dass er die Wärme ihres Körpers spüren konnte. Das Gefühl war angenehm, und er musste sich überwinden, um sie sanft zurückzuschieben. Er sagte: »Du brauchst keine Angst zu haben, wir werden das schon schaffen.«

Das Wasser in den Gefäßen schien sauber zu sein, doch erst im Inneren des Fahrzeugs würden sie es prüfen können. Unter dem Eindruck der Kälte war es rasch gefroren, und so konnten sie mit vier in Folie verpackten Eisstücken ins Fahrzeug zurückkehren.

Inzwischen war die Nacht hereingebrochen, doch zum

Schlafengehen war es noch zu früh. Wieder begann eine aufgeregte Unterhaltung, bis Sylvie mahnte: »Seid ein wenig leiser, ich fürchte, Gilbert geht es nicht gut.«

Sein Schlaf war unruhig geworden, und kurz danach öffnete er die Augen und wälzte sich hin und her, so weit es die Gurte an seiner Liegestatt zuließen. Und dann begann er auf einmal zu sprechen, es war leise, doch verständlich. Alle lauschten ...

»Auf dem Mars ... ja, wir befinden uns auf dem Mars. Ich habe gehört, wie ihr darüber gesprochen habt. Aber ich weiß es schon lang ...« Wieder versuchte er sich umzudrehen, doch dann stöhnte er laut auf.

»Er hat starke Schmerzen«, sagte Sylvie. »Ich werde ihm noch eine Injektion geben.«

Gilbert hatte es gehört, und er hob abwehrend die Hand. »Nein«, ächzte er, »lass mich ... Ihr müsst es auch wissen ... auf einmal ist mir alles klar ...«

Sylvie versuchte, ihn zu beruhigen: »Streng dich nicht so an, du kannst es uns später sagen«, sagte sie, doch Gilberts Gesichtsausdruck verzerrte sich, als hätte er Angst, und dann sprach er mühsam weiter: »Das ist kein Spiel ... der Mars ...« Die Anstrengung übermannte ihn, und er blieb ein paar Sekunden heftig atmend liegen. Dann sprach er weiter: »Ihr wisst doch ... früher hat man Verbrecher deportiert ... in fremde Länder geschickt ... auf Inseln.«

»Aber es gibt doch keine Verbrecher mehr«, warf Linette ein.

»Keine Verbrecher ... aber Kranke ... Außenseiter ... Nichtangepasste ... ich bin nicht angepasst ... und ihr seid es auch nicht – gebt es doch zu!«

Jetzt lag er mit geschlossenen Augen da, bewegungslos, und man konnte den Eindruck haben, dass er sich von einer schweren Last befreit hatte ...

Sylvie näherte sich ihm mit dem Injektionsspray. Das Geständnis schien ihn die letzte Kraftreserve gekostet zu haben, denn er wehrte sich nicht mehr, als ihm Sylvie das schmerzstillende Mittel einsprühte.

Sie hatten alle zugehört, einige verwundert, andere betroffen.

»Was hat er nur gemeint?«, fragte Henrich.

»Er spricht im Fieber«, rief Gijon aufgebracht, »er phantasiert!«

Nach einer kurzen Pause durchbrach Ramses die Stille. »Nehmt diese Sache nicht so ernst, es ist doch offensichtlich Unsinn. Deportationen gibt es schon seit mehr als 1000 Jahren nicht mehr! Heute behandelt man psychische Abartigkeit genauso wie körperliche Gebrechen. Und was die Nichtangepassten betrifft... Wir alle wissen, dass es gelegentlich bei der pränatalen Beurteilung der genetischen Ausstattung zu Irrtümern kommt. Wenn das geschieht, dann ist es der Staat, der die Verantwortung zu tragen hat. Man versucht, den Betroffenen trotz ihrer Abartigkeit ein normales Leben zu ermöglichen, und wenn es doch einmal zu einer Straftat kommen sollte, dann stehen genügend Methoden zur Verfügung, um so etwas für die Zukunft zu verhindern. Strafen wären völlig sinnlos, und, darüber sind wir uns wohl einig, Deportation wäre eine unmenschliche, nicht akzeptable Strafe. Lasst euch also nicht aus der Fassung bringen – Gilbert spricht im Fieber. Seine Behauptung, wir alle wären abnormal, ist absurd – das wisst ihr doch selbst am besten. Im Moment ist er nicht zurechnungsfähig.«

Die Mienen seiner Zuhörer deuteten auf Unsicherheit und Skepsis. Auch Alf mochte nicht an eine Deportation glauben, aber Gilberts Anschuldigung... er wusste nur zu gut, dass sie bei ihm zutraf. Doch wie stand es mit den anderen? Eigentlich wusste er nichts Genaueres über ihr Vorleben. Konnte es wahr sein: die ganze Mannschaft eine Gruppe von Nichtangepassten? Ramses, der Regierungsbeamte? Die ruhige und beherrschte Sylvie? Gilbert selbst, der irgendein Geheimnis hinter seinen Späßen zu verbergen suchte? Und die Übrigen, Gijon, Linette, Cassius? War das alles Maskerade, Verstellung, Schwindel? Der Gedanke war bestürzend, und Alf würde noch lange darüber zu grübeln haben. Er bemühte sich, an etwas anderes zu denken.

»Jetzt würde ich gern einmal wissen, wie es mit Gilbert weitergeht«, sagte er. »Hast du denn hier die Möglichkeit, ihn ordentlich zu behandeln, Sylvie? Wird er bald wieder gesund?«

»Wenn die Stammzellen nicht abgestoßen werden, dann kann sich das Gewebe schnell erneuern, und ich kriege ihn wieder hin.«

»Und wenn das nicht der Fall ist?«

Sylvie blickte Alf nachdenklich an und zuckte nur die Achseln. »Wer sollte uns schon helfen?«, fragte sie.

Mit der Einsicht, dass sie sich nicht, wie insgeheim gehofft, an einem sicheren Ort der Erde befanden, sondern weit davon entfernt in einem anderen Winkel des Sonnensystems, mussten sie sich erst einmal abfinden. Und dazu kam noch die schockierende Tatsache, dass es nicht einmal eine Verbindung mit anderen Menschen, mit der Erde gab. Es war verständlich, dass sie bei ihren Diskussionen zu keinem Ende kamen und sich schließlich voller Zweifel für die Nacht fertig machten.

Der Tag war ereignisreich und mühevoll gewesen, und der körperliche Einsatz bei der Befreiungsaktion hatte bewirkt, dass sie ihre Muskeln spürten und froh waren, sich in Ruhe ausstrecken zu können. Und doch konnten sie nur schwer zur Ruhe finden – man merkte es an verschiedenen Geräuschen, am Räuspern und Husten, an den dumpfen Geräuschen, wenn sie beim Versuch, in den schmalen Kojen eine angenehmere Ruhelage zu finden, an die Umrandung stießen.

Auch Alf fand keinen Schlaf. Die Erkenntnis, dass er sich

auf dem Mars befand, war für ihn nicht neu, er hatte von Anfang an mit dieser Möglichkeit gerechnet, ja, er hatte sogar etwas nachgeholfen.

Wie die meisten Angehörigen der Bevölkerung hatte er viele Reality-Shows gesehen, aber im Gegensatz zu den anderen interessierte er sich am meisten für die besonderen Schauplätze, die immer wieder gern gewählt wurden – sicher nicht der Bildung wegen, sondern um ein spektakuläres Umfeld zu bieten. Darum hatte man die Teilnehmer in naturbelassene Landschaften gebracht, in die Berge, in die Wüste, in die Eisfelder der Antarktis ... und in diesen Fällen hatte es sich zweifellos um reale Landschaften gehandelt, die Fernsehgesellschaft hatte sich dafür eine Ausnahmegenehmigung zum Betreten der extraterritorialen Gebiete geholt. In anderen Fällen war er nicht so sicher, ob es sich um Wirklichkeit oder Täuschung handelte. Es hatte ein Spiel gegeben, das in einer vulkanischen Gegend angesiedelt war, in einem Lavafeld inmitten eines Kraters, der Höhepunkt war ein Vulkanausbruch gewesen. Der Feuerzauber war sicher getürkt, doch wie es schien, wurde er den Mitspielern so präsentiert, dass sie das Spektakel für echt halten mussten. Sie hatten sich in einem Unterstand befunden und das Schauspiel der Natur durch eine Sichtscheibe beobachtet. Ob echt oder simuliert – für die Betroffenen musste es bedrohlich gewirkt haben, und die Gefühle, die dabei frei wurden, waren sicher echt gewesen.

Schon als Zuschauer der Spiele hatte sich Alf für die zur Täuschung des Publikums angewandten technischen Mittel interessiert, und nach und nach glaubte er ganz gut unterscheiden zu können, was noch Wirklichkeit war und wo die Nachahmung begann. Er war zu der Erkenntnis gekommen, dass es sich in den meisten Fällen um eine geschickte Kombination von beidem handelte.

Als er sich zur Teilnahme an der MARS MISSION gemeldet

hatte, wusste er noch nicht, ob man sie wirklich zum Roten Planeten bringen oder sich mit Simulationen begnügen würde, aber genau genommen kam es nicht darauf an – auch im Alltag verbanden sich Realität und Simulation oft genug zu einer untrennbaren Einheit, und so konnte er sicher sein, auch bei einer virtuellen Umgebung auf seine Kosten zu kommen.

Die Einsicht, wirklich auf dem Mars zu sein, bedeutete also für ihn keinen Schock, sondern die Erfüllung eines Traums. Der Aufenthaltsort mit all seinen Besonderheiten, mit der riesigen Entfernung zum Heimatplaneten, ja selbst die überraschende Tatsache, dass sie die Verbindung verloren hatten, all das konnte ihm den Schlaf nicht rauben.

Da gab es anderes, was ihn zum Grübeln brachte. Das besondere Erlebnis dieses Tages war zweifellos der Unfall, der Gilbert in eine so bedenkliche Lage gebracht hatte. Dabei war es weniger die Tatsache eines Missgeschicks als die Erkenntnis, dass sie offenbar nicht vor ernsthaften Zwischenfällen geschützt waren. Die weitreichenden Vorkehrungen, die Mitspieler vor Gefahren zu bewahren – eine Selbstverständlichkeit bei den früheren Spielen –, schien hier vernachlässigt worden zu sein. Damit sah er sich aber auch selbst Einflüssen ausgesetzt, mit denen er nicht gerechnet hatte, und das machte die Situation doch etwas ernster, als er es erwartet hatte.

Eigentlich hätte er von selbst darauf kommen können. Es war bekannt, dass das Ressort »Unterhaltung« der Regierung beträchtliche Summen für die Erlebnisspiele ausgab und keine Kosten scheute, um immer wieder neue, für die breiten Massen attraktive Schauplätze aufgreifen zu können. Aber selbst wenn man von Ökonomie nichts verstand, hätte es eigentlich auffallen müssen, dass die Kosten für eine Marsexpedition ungewöhnlich hoch waren. Offenbar hatten bei diesem Spiel die finanziellen Mittel nicht gereicht – man hatte die Kosten einschränken müssen.

Die Folgen zeigten sich schon in der Tatsache, dass man offenbar bei der Ausrüstung gespart hatte. Als man den Mitgliedern des Teams während der Trainingstage die mit einem Fusionsreaktor betriebene Rakete, die sie zum Mars bringen sollte, gezeigt hatte, war Alf die Bauweise bekannt vorgekommen. Diesen Typ eines Raumschiffs kannte er von den Bild-Ton-Dokumenten der zentralen Bibliothek, die er sich über das Netz geholt hatte. Es war ein Produkt jener Technik, die man vor mehr als 200 Jahren angewandt hatte, um die Planeten zu erforschen; später waren bessere entwickelt und eingesetzt worden. Diese hatte man am Anfang des Goldenen Zeitalters der offiziellen Leitkultur entsprechend als verbotene Forschungseinrichtungen entsorgt. Nur eines der älteren Modelle hatte seinen Platz im Raumfahrtmuseum in Moskau gefunden.

In den letzten beiden Jahrhunderten, seit dem Beginn des Goldenen Zeitalters, hatte es keine Weiterentwicklung der Raumfahrt gegeben – man hatte sie eingestellt, und Wissenschaft und Technik wurden nur noch betrieben, um die letzten für das praktische Zusammenleben der Menschen nötigen Probleme zu lösen. Ein weiterer technischer Fortschritt erschien völlig unnötig, nicht erstrebenswert. Aber die Erkenntnis, dass sie nun in einem längst außer Dienst gestellten Vehikel aus dem Museum saßen, hatte Alf doch gehörig erschüttert.

Der kleine Aufkleber mit der Archivierungsnummer, den Alf unter der Tischkante am Schaltpult gefunden hatte, war wohl vergessen worden, als man das Schiff zur Wiederverwendung überholt hatte. Es gab aber noch ein paar andere Anzeichen dafür, dass die sonst selbstverständliche technische Perfektion diesmal zu wünschen übrig ließ. Alf dachte dabei insbesondere an die Art und Weise, wie sich die Astronauten – so durften sie sich jetzt wohl nennen – mit Energie und Wasser versorgen mussten. Man hätte doch ein wenig mehr Sorgfalt aufbringen müssen, um solche lebenswichtigen Arbeitsgänge zu verbessern, beispielsweise mit Hilfe von Robotern. Ähnliches galt natürlich auch für das Fahrzeug selbst, und zwar speziell für die Raupen: Der Unfall des letzten Tages zeigte, dass die ballonartigen Glieder bedenkliche Schwachstellen waren. Und es mochte weitere Unzulänglichkeiten der Einrichtung geben, die sich bisher noch nicht bemerkbar gemacht hatten.

All das unterschied sich doch auffällig von dem, was Alf bisher von den technischen Grundlagen der Erlebnisspiele gehört hatte. Oder hatte es vielleicht auch schon bei den früheren Reality-Shows Pannen gegeben, von denen man in der Öffentlichkeit nichts gehört hatte? Noch eine Möglichkeit fiel ihm ein – und sie wäre genau genommen die aufregendste Variante im Spektrum der Möglichkeiten gewesen: Unterschied sich dieses Spiel vielleicht grundsätzlich von allen anderen?

Und nun hatte er den Ausbruch von Gilbert erlebt, seine fantastische Vermutung gehört, die völlig abwegig anmutete ... merkwürdig, sie schien die anderen stark beeindruckt zu haben. Und wie war es bei ihm selbst? In Gilberts Vermutung kam ein Verdacht zum Ausdruck, der ihn, Alf, ebenso betraf und vielleicht deshalb stark berührte. Er dachte nicht gern daran, aber es war nicht zu leugnen: Er selbst gehörte auch zu den Nichtangepassten. Dem lag wohl ein Fehler in seiner genetischen Ausstattung zu Grunde, den man bei der Untersuchung lange vor seiner Geburt übersehen und deshalb nicht unterdrückt hatte. Sein Fehler war auch etwas ungewöhnlich, und es gab nicht einmal einen wissenschaftlichen Namen dafür. Es war eine gewisse Unruhe, ein Drang, sich gegen jeden Zwang zu wehren, gegebene Grenzen zu durchbrechen. Als Kind war er immer wieder davongelaufen, als Schüler war er sogar einige Male in unbewohnten Zonen gewesen – bis man ihn dabei erwischt hatte. Daraufhin hatte er mehrere Wochen in psychischer Behandlung verbracht, doch sein Defekt hatte sich nicht beheben lassen. Und dann war er – insofern hatte Gilbert Recht – als Nichtangepasster registriert worden.

Allerdings hatte sich Gilberts Anklage ja nicht nur auf ihn selbst bezogen, sondern auf alle, und so kam Alf zu der beunruhigenden Frage, ob es außer ihm und Gilbert tatsächlich noch andere Nichtangepasste in der Truppe gab.

Gilberts Eingeständnis, abartig zu sein ... Was hatte er sich zu Schulden kommen lassen? Wenn es einen Grund für eine so extreme Maßnahme wie eine Deportation geben sollte, konnte es sich nicht bloß um eine Kleinigkeit handeln.

Und wie stand es mit den anderen? Keiner von ihnen hatte sich ungewöhnlich oder auch nur auffällig verhalten, doch das hatte nichts zu sagen, es genügte ja, wenn der Fehler nur wenige oder auch nur eine einzige Seite der Persönlichkeit betraf. In dieser Hinsicht war die Behörde streng und unnachgiebig.

Alf kannte das aus eigener Erfahrung. Bei ihm waren es ein unzähmbarer Forschungsdrang, seine Neugierde ... So mochten es bei den anderen auch nur harmlose Gebrechen sein – sie waren gewiss nicht gemeingefährlich, keine Verbrecher. Dennoch wurde ihm bei diesem Gedanken unwohl. Durfte er wirklich so sicher sein? Es gab Charakterzüge, die sich erst unter besonderen Umständen offenbarten, und das konnte durchaus etwas sein, das den Betreffenden für die anderen gefährlich machte. Selbst irgendwelche an sich harmlosen Schwächen, Störungen im Verhalten, Fehleinschätzungen oder Aussetzer ... all das mochte im Alltag nur geringe Bedeutung haben, konnte aber in einer Extremsituation zu bedenklichen Konsequenzen führen. Und, ohne Zweifel: Sie befanden sich in einer Extremsituation.

Alfs Grübeleien führten zu keiner Erkenntnis, zu keinem Entschluss. Die Situation, von der er geglaubt hatte, sie einigermaßen im Griff zu haben, war durch die jüngsten Ereignisse erheblich verworrener geworden. Und es gab keine Möglichkeiten, sich dem zu entziehen, was da noch auf ihn und seine Kameraden zukommen mochte. Mit dieser resignativen Erkenntnis schlief Alf schließlich ein.

Gijon

Er hatte natürlich gewusst, dass er gegen die Gesetze verstieß und so seine Rechte aufs Spiel setzte. Andererseits war er dem Familienrat verpflichtet; zwar konnte er in den alten Bräuchen keinen Sinn entdecken, doch wäre es ihm nie in den Sinn gekommen, die Ehre des Clans zu missachten. Allerdings hatte er auch nicht geglaubt, dadurch einmal in einen Konflikt zu geraten. Und doch war es geschehen. Dabei hatte er noch Glück gehabt, weil er jetzt mit einem milden Urteil rechnen durfte und nicht mit Persönlichkeitsentzug wegen eines Mordes.

Obwohl seine Heimat in der unterentwickelten Zone lag, war er bisher mit den Umständen seines Lebens ganz zufrieden gewesen. Er brauchte keine dreidimensionalen Fernsehschirme zum Glücklichsein, keine realistischen Computerspiele, keine schmucken Gyrogleiter, und es störte ihn auch nicht, dass sein Elternhaus altmodisch war und die Einrichtung störanfällig. Mit solchen Problemen waren schon frühere Generationen fertig geworden, und auch jetzt wusste man sich zu helfen, wenn der elektrische Strom unterbrochen war oder kein warmes Wasser aus der Leitung kam. Auf dem Hof seiner Eltern gab es ja noch das alte Windrad und am Hang dahinter den alten Brunnen.

Sein Bruder Altin dagegen war ganz anders veranlagt gewesen, und das war auch der Grund dafür, dass dieser, kaum dass er das Erwachsenenalter erreicht hatte, in die nächstgelegene Großstadt gezogen war. Man hatte nur noch sporadisch von ihm gehört, und die letzte Nachricht kam von einem seiner Freunde und besagte, dass er gestorben war – bei einer Auseinandersetzung ums Leben gekommen. Das Sozialamt hatte seinen Leichnam der Familie überbracht, und so war er in seiner Heimatstadt begraben worden, was für die Eltern äußerst wichtig schien. So traurig Gijon war, so hielt er das Ereignis letztlich für abgeschlossen, doch er hatte sich getäuscht. Eine Woche nach dem Begräbnis tagte der Familienrat, und es war der weit über hundert Jahre alte Großonkel, der Gijon aufforderte, den Gebräuchen entsprechend Rache zu nehmen.

Gijon war zutiefst erschrocken, doch als er Widerspruch andeutete, merkte er rasch, dass er dabei auf Unverständnis stieß. Er war der nächste Verwandte seines Bruders, und ihm fiel es zu, den damit verbundenen Pflichten nachzukommen.

Vom Sozialamt war eine nichtssagende Erklärung zum Tod von Altin abgegeben worden – da war die Rede von einer Gesetzesübertretung des Bruders: widerrechtlicher Aufenthalt in einem Sperrgebiet, Widerstand gegen die Staatsgewalt und Tod durch einen Unfall.

So blieb Gijon nichts anderes übrig, als sich auf den Weg in die große Stadt zu machen und Verbindung mit Freunden oder Bekannten seines Bruders aufzunehmen. Und er fand auch einen jungen Mann, Ismail Vata, der wie er vom Balkan gekommen und mit seinem Bruder oft zusammen gewesen war.

»Als freiwillig Nichtbeschäftigte bekamen wir unsere Unterstützung«, berichtete Ismail. »Und damit konnten wir ein ganz angenehmes Leben führen – wir besuchten die Veranstaltungen in den Stadien, nahmen an Spielen teil und betrieben Sport. Und damit hängt auch das zusammen, was dann geschah.«

»Davon weiß ich nichts«, sagte Gijon. »Kannst du mir mehr darüber sagen?«

»Na ja, auf die Dauer war das alles recht langweilig, und da gab es einige Leute, die hatten eine nette Idee ... hast du schon vom Mauerklettern gehört?«

»Was soll das sein?«

»Wie du weißt, gibt es im Stadtgebiet noch eine Menge von Gebäuden, die sich den modernen Anforderungen nicht anpassen ließen. Einige davon sind schon sehr alt und trotzdem noch ganz gut erhalten. Frag mich nicht, wozu sie gut sein sollen. Aber wir haben doch eine Möglichkeit gefunden: Einige eignen sich bestens, um an ihnen hinaufzuklettern – diese alten Bauwerke sind voller Schnörkel und Verzierungen, auf denen man gut Halt findet. Man kann richtige Klettertouren machen, und das ist spannender als alle elektronischen Spiele. Auf den Dächern von Kirchen gibt es Erker, Balkone und steinerne Figuren. Gelegentlich stößt man auf Türen und Fenster, durch die man ins Innere kommt, wo oft noch altes Zeug herumliegt. Um dorthin zu gelangen, nimmt man gern einige Risiken auf sich.«

Gijon konnte sich vorstellen, dass die jungen Leute in den Großstädten wenig Gelegenheit zu erlebnisreicher Betätigung hatten, aber deshalb war er nicht hier, und er unterbrach die Schilderung des anderen: »Und Altin ist abgestürzt?«

Ismail hob die Schultern – es konnte Unsicherheit oder Bedauern ausdrücken. »Er ist abgestürzt, aber nicht durch eigene Schuld. Er wurde gestoßen.«

Jetzt waren sie bei der entscheidenden Frage angelangt – an wem sollte Gijon Rache nehmen?

Ismail beschrieb ihm die Situation. Bei ihren Klettereien kam es darauf an, möglichst hoch hinaufzukommen und dort oben, im Dachbereich, Stellen zu erreichen, an denen vorher noch niemand gewesen war. Dort durfte man dann sein Zeichen anbringen – mit Initialen und Datum. Das brachte Ansehen bei den Gleichgesinnten.

Bei einer dieser Aktionen waren sie eines Tages beobachtet worden, vielleicht hatte sie jemand angezeigt, jedenfalls fand sich ein Spezialtrupp des Sicherheitsdienstes ein, ein Rettungsteam für besondere Aufgaben, und die vier in Spezialanzüge gekleideten Gestalten machten sich an den Aufstieg, um die Kletterer festzunehmen.

Es gelang Ismail und einem weiteren Angehörigen ihrer Gruppe, sich im Inneren des Gebäudes zu verstecken, Altin dagegen versuchte, in höher gelegene Regionen zu flüchten.

Was danach geschehen war, hatte Ismail nicht beobachten können. Erst nach einer Weile wagte er sich wieder hervor, und so konnte er sehen, was weiter geschah. Zuerst sah es aus, als ob Altin eine Chance hatte. Alle vier Verfolger waren etwas zurückgeblieben, obwohl sie Spezialwerkzeuge zum Klettern benutzten: Sie waren an Händen und Füßen mit Saugnapfklemmen ausgerüstet und glichen damit das aus, was ihnen Altin an Erfahrung voraushatte. An erster Stelle kam der Anführer des Trupps, der sich durch einen goldenen Streifen am Helm von den anderen unterschied.

Altin bewegte sich geschickt, oft genug war er hier herumgeklettert und kannte sich gut aus. Sie gelangten immer höher hinauf, und Altins Vorsprung vergrößerte sich sogar ein wenig. Die Zuschauer beobachteten von unten, dass er kurz anhielt, nach oben blickte, und dann eine Route einschlug, die über eine gut kletterbare Wand aus gemauerten Marmorsteinen zu einem Erker führte. Er saß auf einer Plattform, die aus dem Mauerwerk herausragte, so dass dort ein Überhang entstanden war. Diese Stelle ließ sich leicht verteidigen – man brauchte nachkommende Kletterer nur daran zu hindern, sich über die letzte Kante hochzuziehen. Doch Altin hatte nicht an die Saugnäpfe gedacht. Im Sichtschutz einer Leiste stieg der Anführer der Verfolger von der Seite her über eine mit Dachziegeln verkleidete Steilstrecke auf, an denen seine Saugnäpfe guten Halt fanden. Er konnte den Überhang umgehen und den Erker erreichen, während Altin in die andere Richtung blickte, wo er die Verfolger erwartete.

»Wir konnten es gut sehen«, erklärte Ismail. »Altin war

völlig überrascht, als der Mann hinter ihm auftauchte. Dort oben sind sie aneinandergeraten, es gab eine kurze Rangelei, und dann ist Altin abgestürzt. Dort drüben lag er bewegungslos am Boden. Wir sind noch zu ihm hingelaufen, doch er regte sich nicht mehr – er muss sofort tot gewesen sein.« Ismail schwieg einige Atemzüge lang. Dann fügte er hinzu: »Dann sind wir davongerannt. Wir konnten nichts mehr tun.« Es klang, als wollte er sich entschuldigen.

Eine Weile standen sie wortlos nebeneinander. Ein schrecklicher Tod, dachte Gijon.

Bisher hatte er seinen Auftrag mehr oder weniger als unangenehme Pflicht betrachtet, doch nun fühlte er plötzlich Zorn in sich aufsteigen. Es war immerhin sein Bruder gewesen, der hier verunglückt war, und da gab es einen, der schuld daran war. Gijon hatte Ismail nicht über den Zweck seiner Nachforschungen informiert, hatte lediglich angedeutet, dass er Näheres über die Umstände des Unglücksfalls herausfinden sollte – schon der Familie wegen. Er sagte auch jetzt nicht mehr, erkundigte sich aber, wie man denjenigen, der Altin zum Absturz gebracht hatte hatte, identifizieren könne. Doch Ismail konnte sich wohl denken, was Gijon vorhatte, und als Landsmann hielt er es wahrscheinlich sogar für richtig. Jedenfalls heckten sie gemeinsam einen Plan aus, um den Schuldigen zur Strecke zu bringen.

Der Großonkel hatte Gijon eine altertümliche Pistole aus dem Familienbesitz mitgegeben, die als Rachewerkzeug dienen sollte. Für den Transport hatte er sich eine Spezialfolie besorgt, die eingepackte Gegenstände vor Durchleuchtungen abschirmen sollte und sich schon bei Kontrollen während der Anreise bewährt hatte. Am nächsten Abend löste er die Waffe aus der Hülle und steckte sie in die für diesen Zweck verstärkte Innentasche seiner Jacke. Dann machte er sich auf den Weg zum Sperrbezirk. An einer hinter Bäumen verborgenen Stelle kletterte er über den Zaun und betrat das Gebäude durch einen Torbogen. Er stellte sich hinter einen Pfeiler und wartete. Nur noch wenige Augenblicke, dann konnte er seine Tat begehen, die ihn zum Außenseiter der Gesellschaft machen würde – mit allen Konsequenzen.

Inzwischen hatte Ismail beim Sicherheitsdienst angezeigt, dass es wieder Kletterer in der Sperrzone gab, und Gijon brauchte nicht lange zu warten, bis der Jeep mit den vier Hilfskräften ankam. Es war jene Spezialeinheit, die stets dann zum Einsatz kam, wenn mit gefährlichen Aktionen zu rechnen war. Wie erwartet benutzten die in Schutzanzüge gekleideten Männer den offiziellen Zugang, eine Pforte, die sich mit einem Chip öffnen ließ, und wandten sich dem dahinter liegenden Torbogen zu – von dort kam man zum Innenhof, dem günstigsten Ausgangspunkt zum Aufstieg. Gijon sah den Mann mit dem goldgestreiften Helm – es war der Anführer, es musste jener sein, der Altin getötet hatte.

Gijon trat vor und stellte sich dem Mörder seines Bruders in den Weg. Dieser trug einen Helm mit einer gläsernen Schutzscheibe, der das Gesicht nur schlecht erkennen ließ. Doch was zu sehen war, genügte, um zu begreifen, dass kein Mensch dahintersteckte, sondern ein Androide. Diese feine Unterscheidung war Gijon in diesem Moment höchster, wenn auch beherrschter Erregung gleichgültig, er hob die Waffe und schoss das ganze Magazin leer. Damit war der Androide außer Funktion gesetzt.

Dann ließ er sich von den drei übrigen Sicherheitskräften festnehmen; aus der Nähe war erkennbar, dass auch sie Androiden waren.

Den Moment, als er Rache genommen hatte, ließ sich Gijon später immer wieder durch den Kopf gehen. Er hatte erkannt, dass ihm kein Mensch gegenüberstand, und trotzdem hatte er geschossen. Er hatte Genugtuung dabei empfunden, aber auch Erleichterung – weil er auf keinen Menschen schießen musste. Vielleicht wäre er dazu gar nicht fähig gewesen?

Er war sich im Klaren darüber, dass er damit auch einer Verurteilung entgangen war, die wahrscheinlich zur Einweisung in eine Klinik und zu einem gehirnchirurgischen Eingriff zur Persönlichkeitsveränderung geführt hätte. So aber konnte er das Ergebnis der Bestandsaufnahme gelassen abwarten, als er im Gerichtssaal vor den drei Rechtsbeamten saß.

Er bekam den Status NAP2, nichtangepasst auf Bewährung, vorbehaltlich einer gelungenen Therapie. Der Grund: Sachbeschädigung staatlichen Eigentums.

Personenbeschreibung und Einstufung (Auszug)

Gijon Buzuku, Genpool ohne relevante Abnormitäten

Anpassungswert: 26

Phänotyp: leptosom/athletisch (Mischtyp)

Größe: 171 cm, Gewicht: 62 kg, Pigmentierung: braun, Haarfarbe: schwarz, Augenfarbe: braun

Intelligenzbereich: 70 – 85

Von den Standardwerten abweichende Eigenschaften:
> Neigung zu unüberlegtem Handeln
> hohe Risikobereitschaft

Charakteristische Eigenschaften:
> lebhaft
> willig und gehorsam
> ausgeprägtes soziales Verhalten

Die weiteren Befunde in den Grenzen des Normalen

Auffällig geworden durch einen unerklärlichen Angriff auf einen androidischen Angehörigen des Dezernats für Rettungseinsätze

Eingestuft als NAP2

Mars, vierter Tag

In dieser Nacht hatte keiner von ihnen gut geschlafen. Mehrmals waren sie von Gilberts Stöhnen aufgewacht, und einmal hatten sie beobachtet, wie Sylvie seinen Verband wechselte. Daraufhin war er still geworden.

Es herrschte eine gedrückte Stimmung, als sie sich zum Frühstück einfanden, und an der Art und Weise, wie sie sich unterhielten, war deutlich zu ersehen, dass sie die Unbeschwertheit der ersten Tage verloren hatten. Immer wieder kam der eine oder andere auf die so unerwartet veränderte Situation zu sprechen – auf die Probleme, mit denen sie sich wohl alle auseinandersetzten, ohne sie jedoch lösen zu können.

Sylvie räumte die Teller ab und steckte sie in das Reinigungsfach. In der Kochnische bereitete sie frischen Kaffee. Bald war das Gluckern des siedenden Wassers zu hören. Sylvie nahm das Gefäß von der Kochplatte, griff nach dem Glas mit Süßstoff und warf einige Tabletten hinein. Dann füllte sie die ihr entgegengehaltenen Tassen.

»Das wird euch guttun«, sagte sie.

Das Getränk duftete angenehm, es verbreitete eine wohlige Wärme im Magen und trug dazu bei, die Trägheit, der sie alle verfallen waren, zu überwinden.

Später setzte sich Ramses ans Pult und holte die alte und sicher auch etwas ungenaue Karte der Marsoberfläche auf den Bildschirm. Zu Sylvie und Alf, die ihm über die Schulter blickten, sagte er: »Das schwierigste Stück ist dieses hier, da geht es quer über einen Abhang hinweg, könnt ihr es erkennen? Ich gehe zur perspektivischen Ansicht über.«

Auf dem Bildschirm war nun eine aus Schrägansichten berechnete Reliefdarstellung zu sehen, in die Ramses hineinzoomte. »Ich glaube«, sagte er, »von diesem Blickwinkel aus sieht man mehr.« Auch dieses Bild war nicht gerade übersichtlich, doch es entsprach besser der gewohnten Sichtweise, und so konnte man sich gut orientieren. Ihr Standort befand sich am Rande eines Gebirgszugs, in Richtung Süden fielen steile Wände und Abhänge auf. »Hier hätten wir noch am ehesten eine Chance«, verkündete Ramses schließlich und deutete auf die seiner Einschätzung nach günstigste Stelle.

»Würdest du heute die Steuerung übernehmen?«, fragte Ramses, und Alf, den er angesprochen hatte, war damit einverstanden. Erst jetzt fiel ihm auf, dass er sich erstaunlich wohl fühlte, er spürte Kraft und Zuversicht ... er würde mit der Situation fertig werden, keine Frage. Die Situation war eine große Herausforderung, und aus einem ihm selbst nicht erklärlichen Grund freute sich Alf darüber. Er blickte sich nach den anderen um: Auch sie wirkten lebhafter, ja geradezu fröhlich.

Trotz seiner guten Laune entging ihm nicht, dass dieser glückliche Umschwung entgegen aller Logik genau im richtigen Moment eingetreten war. Oder hatte da jemand nachgeholfen? Er rief sich die letzten Minuten ins Gedächtnis zurück ... das Frühstück, den von Sylvie zubereiteten Kaffee ... Sie hatte Tabletten in die Becher getan – aber war es wirklich Süßstoff gewesen? Könnte es nicht etwas anderes gewesen sein?

Und wenn er Recht hatte? Nach der schlaflos verbrachten Nacht, das sah er ein, wäre eine chemisch unterstützte Aufmunterung vertretbar gewesen. Mit jener Mutlosigkeit, die sich gestern wie eine Lähmung über alle gelegt hatte, hätten sie keine Chance gehabt, sich aus dieser üblen Lage, in die sie geraten waren, zu befreien. Und ob ihre hoffnungsvolle Stimmung nun natürlich oder künstlich hervorgerufen war, so war sie doch genau das, was sie jetzt dringend nötig hatten.

Diesmal brauchten die Vorräte nicht mehr ergänzt zu werden, es waren noch genügend Wasser- und Energiereserven vorhanden. Gijon hatte sich entschlossen, draußen noch einmal nach den Raupen zu sehen, und Linette bot an, ihm dabei zu helfen. Als Gijon in die Schleuse trat, lachte sie übermütig und zwängte sich zu ihm in den engen Raum – sie standen dicht aneinandergedrängt, doch beide waren schlank, und so hatten sie gerade noch Platz. Bevor sich die Tür schloss, sagte Linette: »So braucht keiner von uns zu warten!«, und man hörte noch ihr Kichern.

Eine Viertelstunde später waren sie zum Aufbruch bereit, alle hatten ihre Plätze eingenommen, und Alf ließ das Triebwerk warmlaufen.

Die Landschaft, die sie etwas später durchquerten, war sehenswert – und sie konnten sich nun wieder über die schöne Aussicht freuen. Auf der linken Seite ragten in Reihen angeordnete Felszacken empor, als wären es Zahnreihen im Kiefer eines vorzeitlichen Ungetüms. Auch den weiteren Weg säumten verschiedenste Felsformen, und später kam auch noch Sand hinzu. Dort, wo er vom Wind an die Felswände geweht wurde, hatten sich spindelförmige Anhäufungen gebildet, und wo es ebene Sandflächen gab, wiesen sie ein regelmäßiges Wellenmuster auf; es sah aus, als wäre eine vom Wind bewegte Flüssigkeit mitten in der Bewegung erstarrt.

Mit einem Ruck kam das Fahrzeug zum Stehen. »Ich glaube, wir haben ein Problem«, sagte Alf. »Seht euch das Bild an!«

Außer der rostroten Sandfläche im Vordergrund war auf dem Bildschirm nur noch der rosafarbene Himmel zu sehen, offenbar standen sie unmittelbar vor einem Steilhang.

»Diese Ebene dort unten müssen wir erreichen«, stellte Ramses fest. »Ich werde aussteigen und mich umsehen. Kommt jemand mit?« Bis auf Sylvie und Gilbert, der aufmerksam zugehört hatte, waren alle dazu bereit.

»Bringt mir ein paar Ansichtskarten mit«, rief der Verletzte von seinem Lager aus. Er schien sich seit Anbruch dieses Tages überraschend schnell zu erholen.

Als sie dann alle zusammen am Steilhang standen, der über mehrere aus Sand bestehende terrassenartige Gebilde auf die Ebene führte, waren sie von der Weite der Landschaft überwältigt. Sie blickten in eine Schwindel erregende Tiefe, dort unten lag ein Talkessel, in dem sich die Spuren von fließenden Wassermassen abzeichneten. Man sah verästelte Rinnensysteme, oben in noch feinere Verzweigungen aufgelöst, weiter unten vereinigten sie sich zu größeren Ästen, und im unteren Bereich schlossen sie sich zu einem breiten Flussbett zusammen. Wie es schien, war das tief eingeschnittene Tal einem gewaltigen Strom zu verdanken, und Alf erinnerte sich noch an den Streit der Fachleute aus der Zeit der Marserkundung mit im Orbit kreisenden Kameras, wobei es darum ging, ob es auf dem Mars in früheren Jahrmillionen tatsächlich so viel Wasser gegeben hatte, um diese gewaltigen Eingriffe in die Landschaft zu bewirken.

»Ein wunderbarer Anblick«, sagte der sichtlich beeindruckte Henrich, »schon deshalb hat es sich gelohnt, hierherzukommen.«

»Du bist ein Traumtänzer«, unterbrach ihn Gijon. »Viel wichtiger ist, dass vor uns kein Abgrund liegt, sondern nur eine kleine Stufe, an der ein Steilhang ansetzt. Dort drüben ist der Übergang flacher, da kommen wir leicht hinunter.«

»Und wie soll es weitergehen?«, wandte Ramses ein. »Der Hang ist mit Sand bedeckt. Schau ihn dir doch genauer an! Er liegt so locker, dass man darin versinkt.«

»Ach was«, rief Gijon. »Mit den Raupen lässt sich das schon machen.«

Er ging ein paar Schritte vor, sprang über die Stufe hinunter auf den Sandboden und wäre glatt abgerutscht, wenn nicht Cassius schnell reagiert und ihn am Kragen heraufgezogen hätte. Gijon schüttelte sich und erzeugte dadurch um sich herum eine Staubwolke.

»Verflucht, das ist riskant«, sagte Ramses. »Solche lockeren Massen lassen sich nur überqueren, wenn man schnell darüberfährt, sonst graben sich die Raupen ein und bleiben stecken. Und das ist hier besonders schwierig, weil man auch noch diesen Felstürmen ausweichen muss.« Er deutete darauf: Sie waren über den ganzen Abhang verteilt wie Monumente in einem Park.

»Wer übernimmt das Steuer?«

»Vielleicht Gijon? Oder Cassius?«

Sie schwiegen einige Sekunden unschlüssig, dann sagte Ramses: »Ich habe den Eindruck, dass Henrich der sicherste Lenker ist. Willst du es versuchen?«

Henrich sah sich die Strecke noch einmal genauer an. Dann sagte er: »Tut mir leid, das ist mir zu gewagt, das kann ich nicht verantworten.«

Eine verzwickte Situation, doch sie mussten eine Lösung finden. Sie blickten einander zweifelnd an.

»Vielleicht sollten wir es mit der Fernlenkung von außen versuchen«, sagte Gijon. »Wenn der Wagen stecken bleibt oder umkippt, dann wird wenigstens niemand verletzt.«

»Wenn der Wagen umkippt«, warf Ramses ein, »dann wäre hier die Endstation unserer Reise.«

»Mit Fernsteuerung funktioniert das nicht«, sagte Cassius, und da er sich in solchen Fällen selten einmischte, hatte sein Einwand umso größeres Gewicht.

»Müssen wir umkehren?«, fragte Linette mit leiser Stimme. Sie konnte ihre Angst nicht ganz verbergen.

Alf räusperte sich. »Es gibt da eine Möglichkeit, die euch sicher etwas merkwürdig vorkommen wird, aber hört einmal zu. Wenn einer allein steuert, dann wird er bei der raschen Fahrt zwischen den Felsen hindurch sicher einige Male vom Weg abkommen. Stößt er dabei an einen der Türme ... ich brauche es nicht auszumalen. Wenn aber alle gleichzeitig lenken, dann gleichen sich die zufälligen Fehler aus ... und daraus ergibt sich die ideale Fahrtlinie.«

Die anderen blickten ihn ebenso erstaunt wie ungläubig an.

»Wie stellst du dir das vor?«

»Wir können das Kommunikationssystem so schalten, dass sich jeder von seinem Platz aus an der Steuerung beteiligen kann – technisch ist das kein Problem.«

Nachdem sie sich über die vorgeschlagene Methode klar geworden waren, sagte Gijon: »Es ist verblüffend, aber Alf hat Recht. Eine Konsequenz der Statistik: Zufällige Abweichungen mitteln sich aus, die Linie, auf der sich das Fahrzeug bewegt, wird abgerundet«, er schien noch ein wenig nachzudenken. »Ja, so müsste es gehen.«

»Ich glaube, die Idee ist gut«, meinte Ramses. »Und diese Methode hat noch einen großen Vorteil: So braucht kein Einzelner die Verantwortung zu übernehmen, sondern alle sind gleichermaßen beteiligt.«

Es war nicht sicher, ob damit wirklich die letzten Zweifel beseitigt waren, doch niemand widersprach.

Als sie sich dann wieder im Inneren des Fahrzeugs befanden, hatte Alf bereits die Schaltung vorbereitet, und er gab noch einige weitere Anweisungen. »Jeder verhält sich so, als ob er allein am Steuer säße«, sagte er abschließend.

Kurz danach saßen sie an ihren Plätzen, den Blick auf den großen Monitor gerichtet.

»Und noch etwas«, sagte Alf. »Worauf wir achten müssen, sind die Hindernisse, die Felstürme, denen wir ausweichen müssen. Dabei erhebt sich die Frage, ob wir rechts oder links daran vorbeifahren. Das muss ein Einzelner entscheiden. Ich schlage vor, dass Henrich das übernimmt.« Und als dieser nickte, fuhr er fort: »Henrich wird also am Steuerpult sitzen, und wenn wir auf eine Felszacke zufahren, braucht er nur zu rufen: ›rechts‹ bzw. ›links‹. An seine Anweisungen hat sich jeder zu halten. Ist das klar?«

Die anderen nickten bestätigend, dann sagte Ramses: »In Ordnung, es geht los.«

Ein leichter Ruck, noch einige Meter über felsigen Untergrund, zuletzt die niedrige Stufe hinab, die in den Sand führte. In diesem Moment schaltete Ramses auf maximale Geschwindigkeit, und von da an gab es kein Halten mehr. Mit Vollgas brausten sie über die erste, noch hindernisfreie Strecke, und sie stellten fest, dass sich das Fahrzeug in ungebremster Fahrt tatsächlich an der Oberfläche halten ließ.

Dann erschien das erste Hindernis ... Sie hatten es erwartet, aber sie zuckten doch zusammen, als es rasend schnell auf sie zukam.

»Links vorbei«, rief Henrich, vor Aufregung kippte seine Stimme, aber alle hatten ihn verstanden, und als sie am hoch aufragenden Felsbrocken vorbeifuhren, geschah das in angemessener Entfernung.

Es machte auch nichts aus, dass sie nun mit steigender Geschwindigkeit über den Sand brausten. Im Monitor des Arbeitspults, der auf Sicht nach hinten eingestellt war, zeigte sich eine gigantische, durch ihre Fahrt aufgewirbelte Staubwolke. Doch sie hatten keine Zeit, sich mit nebensächlichen Eindrücken abzugeben ... da tauchte am Weg schon wieder ein Felsturm auf, und prompt – und viel ruhiger als vorher – kam die Anweisung von Henrich: »An dem Zacken links vorbei!«

Vielleicht hatten einige noch daran gezweifelt, aber nun sahen sie es bestätigt: Die Methode funktionierte, und zwar besser als erhofft. Sie hatten sich bestens aufeinander eingestellt, es war ein Vergnügen zu beobachten, wie glatt die Kurven waren, die sie fuhren, wie perfekt sie sich um die Hindernisse herumwanden.

Selbst unerwartete Situationen ließen sich leicht bewältigen … Da tauchte vor ihnen eine ganze Reihe von Felszacken auf, und als Henrich rief: »Zwischen den beiden großen schwarzen hindurch!«, da folgten alle ohne zu zögern.

Ihre Sicherheit war vor allem der Tatsache zu verdanken, dass sie sich, sosehr sie sich konzentrierten, doch von einer übersteigerten Verantwortung frei fühlten: Keinem konnte ein entscheidender Fehler unterlaufen, der sie vielleicht gegen ein Hindernis stoßen ließ. Und so schlug die Stimmung wieder um, sie fühlten sich sicher und frei, die zuvor gefürchtete Situation unterschied sich nicht mehr von einem spannenden Wettstreit. Natürlich hatten sie auch Glück, dass sich die Beschaffenheit des Bodens nicht änderte und die Neigung des Hangs konstant blieb.

Mit steigender Geschwindigkeit näherten sie sich dem Talgrund … Dort wurde der Boden flacher und ging rasch in eine horizontale Ebene über. Schließlich erreichten sie ein Terrain, das von einer feinen Schuttschicht bedeckt war.

Ramses bremste behutsam, sie alle spürten, wie die Konzentration allmählich nachließ – ein Moment wohltuender Entspannung.

Sie lehnten sich in den Sitzen zurück, atmeten auf. Jeder war sich bewusst, dass etwas Entscheidendes geschehen war, etwas, das als Grundlage ihrer weiteren Kooperation dienen konnte. Zum ersten Mal hatten sie als ein Team zusammengearbeitet, und sie hatten einander bewiesen, dass sie mit vereinten Kräften tatsächlich etwas Besonderes vollbringen konnten – und sogar mehr als selbst der Beste unter ihnen allein. Auf diese Weise waren sie dem Ziel ihrer Reise näher gekommen, als es durch die zurückgelegte Entfernung auszudrücken war, und sie würden die gestellte Aufgabe auch weiterhin gemeinsam zu einem guten Ende bringen.

Es wäre möglich gewesen, die Reise ohne längeren Halt fortzusetzen, doch nach der rasanten Fahrt, während der sie sich mit aller Kraft an die Rückenlehnen der Sitze gestemmt hatten, spürten sie das Bedürfnis nach Entspannung, und unter dem Eindruck dieses unerwarteten Erfolgs meinten sie, sich einen Zwischenstopp verdient zu haben.

So machten sie eine kleine Pause, und Sylvie versorgte sie einmal mehr mit dem erfrischenden Cola-Getränk, das sie rasch zusammengemischt hatte.

Viel Zeit zur Erholung blieb ihnen nicht. Ramses blickte auf die Landkarte am Display seines Ärmels und sagte: »Wir sind dem Ziel schon recht nahe. Ich schätze, dass wir es in zwei Tagen, höchstens drei, erreichen können. Trotzdem sollten wir versuchen, heute noch so weit wie möglich zu kommen.«

Das sahen alle ein, und so setzten sie das Fahrzeug wieder in Bewegung. Da das Gelände flach war, überließen sie die Steuerung wieder der Automatik.

Die folgende Fahrt dauerte einige Stunden, auf der großen Scheibe wie auch durch die Seitenfenster hindurch gab es eine Menge zu beobachten, denn die Lava, die einst hier abgeflossen sein musste, hatte fantastische Formen gebildet, der Boden war vielfach untergliedert, da und dort hatten sich Klumpen abgesetzt, überall öffneten sich Risse und Spalten. Aus näherer Sicht schien die Oberfläche wie von Raubtierkrallen zerfetzt.

Es hätte ein friedlicher Nachmittag werden können, wenn sich nicht eine Auseinandersetzung zwischen Cassius, Gijon und Linette angedeutet hätte. Zwar verstanden die anderen nicht, was sie einander zu sagen hatten, doch sehr freundliche Worte schienen sie nicht zu wechseln.

Henrich flüsterte dem neben ihm sitzenden Alf zu: »Linette verdreht den Männern den Kopf. Das bringt Unruhe mit sich. Was meinst du dazu?« Als Alf nicht gleich antwortete, setzte er fort: »Andererseits wundert es mich nicht: Attraktive Frauen, die Unruhe stiften, gab es doch bisher in jedem dieser Spiele – es ist das, was die Zuschauer am meisten anmacht. Warum sollte es bei uns anders sein?«

»Da hast du Recht«, bestätigte Alf. »Sicherlich sind auch bei unserer Gruppe die Mitspieler nach den bekannten Regeln ausgewählt worden, und dazu gehört eben auch die attraktive Frau, die den Männern den Kopf verdreht.«

Henrich nickte zustimmend. »Na eben, schau dir doch Linette an! Weißt du, dass sie bei einem Schönheitswettbewerb mitgemacht hat? Sie ist Erste geworden. Sicher ist sie ein bisschen naiv, aber man sollte sie nicht unterschätzen – einmal hat sie einen Preis im Dauertanzen gewonnen. Das ist eine beachtliche Leistung. Aber auch Sylvie ist nicht ohne Reiz – nur macht sie nichts daraus: Es scheint ihr nicht so wichtig zu sein.«

Ramses hatte bisher schweigend zugehört, als ginge es ihn nichts an. Doch jetzt mischte er sich doch ein: »Wie auch immer, an der Zusammensetzung der Gruppe lässt sich nichts ändern.« Es hörte sich so an, als wollte er das Gespräch damit abschließen.

Sie taten ihm den Gefallen und schwiegen, in Gedanken versunken. Auch in den hinteren Rängen war es jetzt still, doch Alf war es, als hörte er die dort aufgestauten persönlichen Spannungen knistern.

Unversehens war es spät geworden, die Sonne stand schon tief und warf lange, gezackte Schatten. Allmählich wurde es Zeit, sich nach einem Lagerplatz umzusehen. Schließlich hielten sie am Beginn eines Seitentals, am Fuß einiger Dünen.

Als sie am Abend beisammensaßen, füllte Sylvie die Gläser mit *Sekt Lite* – »zur Feier des Erfolgs«, wie sie verkündete. Die Stimmung war gut. Das große Erlebnis des Tages, die abenteuerliche Fahrt über den Steilhang, wirkte noch in ihnen nach. Jetzt waren sie so fest miteinander verbunden wie nie zuvor.

Gilbert

Wie jede Woche am Mittwochabend hatten sie sich in ihrem Stammlokal getroffen. Es hatte den Namen ›Zum blauen Fleck‹, was wohl eine Anspielung auf die Spuren sein sollte, die ihre Mannschaft auf den Körpern der Gegner hinterließ. ›Schlagball‹ hieß der Sport, so etwas wie eine Freistil-Variante des historischen Fußballs. Die Regeln waren ungefähr dieselben, nur dass man den Gegner auch treten, stoßen, schlagen, usw. durfte, was früher ja auch geschah, wenn der Schiedsrichter nicht zuschaute. Jetzt gehörte es zum Spiel: Um gröbere Unfälle zu vermeiden, trugen die Spieler Boxhandschuhe, und auch das Schuhwerk an den Füßen musste gepolstert sein.

In dem Lokal verkehrten hauptsächlich Anhänger des führenden Distriktvereins ›Kopfstoß 06‹, dort wurden die letzten Spiele und die sonstigen mit den Meisterschaften zusammenhängenden Fragen diskutiert.

An diesem Abend ging es um die ungerechte Verteilung der Eintrittskarten, vor allem um jene, die die Funktionäre unentgeltlich ihren Freunden überließen. Es waren die besten Plätze, und dieses Volk, das sich dann dort ausbreitete, hatte keine Ahnung von Schlagball, sondern machte sich nur über die gereichten Speisen und Getränke her.

»Eine Schweinerei«, rief Russ. »Man müsste etwas dagegen tun.«

Stinky beugte sich vor, er hatte etwas mitzuteilen, was nicht alle zu hören brauchten. »Im Vereinsheim liegen wieder 300 Freikarten zum Verteilen an die sogenannten Geschäftsfreunde. Sie sollen morgen abgeholt werden.«

»Die sollten wir uns besorgen!«, rief Russ, der schon etwas viel Punk-Cola getrunken hatte. Das Getränk war mit Äthanol versetzt, das der Wirt heimlich aus Obstkonserven herstellte. Das war auch der Grund dafür, dass sie alle ausnehmend heiter und unternehmungslustig waren.

»Richtig«, sagte Atze und schlug auf den Tisch. »Aber wie kommen wir hinein?«

Es war schon lange nach Mitternacht, und das Büro war versperrt.

»Ist doch ganz leicht«, antwortete Russ. »Der Mufti wird mit dem Schloss schon fertig.« Alle wandten sich erwartungsvoll zu Gilbert, der hier wegen eines für ihn viel zu großen, mit einer Kapuze versehenen Mantels auch unter dem Spitznamen ›Mufti‹ bekannt war.

Nur kurz schoss es Gilbert durch den Kopf, dass das eine riskante Sache werden könnte, dann aber überwog sein Stolz. »Ich muss mir nur noch schnell einige Werkzeuge holen«, sagte er, »dann können wir losziehen.« Als er wieder erschien, wollten alle dabei sein, und so zogen sie zum Stadion, wo es noch weitere Sportanlagen gab. Dort war auch das Verwaltungsgebäude untergebracht.

In der davor liegenden Grünanlage blieb Gilbert stehen und sagte: »Ihr wollt doch nicht alle mitkommen. Ich denke, Russ und Stinky genügen, ihr anderen wartet hier.«

Seinem Rucksack entnahm er den Mantel, der ihm seinen Spitznamen eingebracht hatte. Für die beiden anderen hatte er Regenjacken mit Kapuzen mitgebracht. »Wegen der Fernsehüberwachung«, erklärte er.

Dann zogen sie los. Die Haustür bereitete keine besonderen Schwierigkeiten: Gilbert hatte ein kleines Gerät mitgebracht, mit dem er eine Reihe kurzer Testsignale aussandte, und schon Sekunden später konnte er den richtigen Code eingeben – worauf sich die Tür öffnete.

Sie benutzten die Treppen, um in den sechsten Stock zu kommen, wo sich das Vereinsbüro befand.

Die Eingangstür zu den Büroräumen der Verwaltung erwies sich als etwas besser vor Einbruch geschützt, und Gilbert musste die Echos seines Testsenders erst in den Taschencomputer leiten und das Passwort berechnen lassen. Doch auch hier hatte er rasch Erfolg.

»Du bleibst hier«, sagte Gilbert zu Russ, »nur Stinky kommt mit« – er wandte sich an diesen – »du musst mir zeigen, wo die Karten liegen.«

Stinky, der Anführer dieser Fangruppe, kannte sich hier gut aus, und so standen sie schon bald vor dem Schreibtisch, auf dem sich die Karten befinden sollten. Das war zwar nicht der Fall, doch sie fanden sie bald, nachdem sie einige Schubladen aufgebrochen hatten.

So konnten sie rasch wieder verschwinden, doch in einem Anfall von Übermut griff Gilbert zu einem Filzstift, der in einer Schale auf dem Schreibtisch lag, und benutzte eine weiß gestrichene Wand, um eine Botschaft zu hinterlassen. In großen, elegant geschwungenen Buchstaben schrieb er: »Der Mufti war hier.«

Da die öffentlichen Lokale längst gesperrt waren, lud sie Russ in seine Wohnung ein, wo sie den gelungenen Coup ungehemmt feiern konnten, denn der Wohnraum war mit schalldämpfender Folie tapeziert.

Nun besaßen sie über 300 Karten, weitaus mehr, als sie selbst gebrauchen konnten. Alle in Golddruck, mit dem Bild eines Spielers und einem Feld für eine gestempelte Bestätigung dafür, dass der Inhaber dieses Dokuments das Spiel besucht hatte – im Übrigen ein begehrtes Sammlerstück. Sie beschlossen, jene Karten, die sie nicht selbst verwenden konnten, vor dem Spiel an Angehörige befreundeter Fangruppen zu verschenken. In der Nähe der Eingänge standen immer genug Fans herum, die keine Karten mehr bekommen hatten und bei Schwarzhändlern noch welche zu ergattern versuchten.

Natürlich hatten sie vereinbart, über ihre geglückte Aktion strengstes Stillschweigen zu bewahren. Aber irgendwie drang doch etwas durch, und vor dem nächsten Spiel stellten sich Abgesandte anderer Vereine ein und fragten, ob sie nicht Freikarten für ihre nächsten Spiele bekommen könnten – was Gilbert entschieden ablehnte.

Die Geschichte von den gestohlenen Freikarten ging durch die Presse, und dadurch wurde auch der dahintersteckende ›Mufti‹ bekannt. Wenigstens in dieser Hinsicht hatten seine Freunde dichtgehalten, und kein Außenstehender wusste, wer der sagenhafte Mufti war. Trotzdem war Gilbert sehr stolz darauf, dass seine Arbeit Anerkennung gefunden hatte.

Dann allerdings wurden die Wünsche der anderen Fangruppen immer dringlicher, und als sich Gilbert weiterhin weigerte, deuteten die Bittsteller in aller Höflichkeit an, dass man ja der Sicherheitstruppe einen Tipp geben könnte.

Gilbert blieb nichts anderes übrig, als ein weiteres Mal loszuziehen. Er drang in die Räume eines anderen Vereins ein, und wieder ging alles so leicht, dass er seinen Stolz nicht unterdrücken konnte und erneut seine Botschaft hinterließ: »Der Mufti war da.«

Diesmal hatte das Überwachungssystem gute Bilder geliefert, und so konnte man eine Gestalt in langem Mantel und Kapuze in den Zeitungen und im Fernsehen bewundern.

Auch im folgenden Jahr machte sich Gilbert noch einige Male auf den Weg in die Vereinsheime und Verwaltungsgebäude. Da das Büropersonal inzwischen gewarnt war, wurde es jedoch immer schwieriger, seine Auftraggeber zufrieden zu stellen, und so hatte er einen guten Grund, weitere Kartenwünsche auszuschlagen.

Am Anfang seiner Aktionen hatte er ein schlechtes Gewissen gehabt und sich insgeheim davor gefürchtet, dass man ihm auf die Schliche kommen könnte. Später hatte er sich sicherer gefühlt, und als die laufende Sportsaison vorübergegangen war, rechnete er nicht mehr damit, entdeckt zu werden. Doch da bekam er eines Tages eine unerwartete Vorladung: Man bat ihn, zur Aufklärung der Mufti-Aktionen beizutragen. Zuerst war Gilbert erschrocken, doch dann beruhigte er sich ein wenig, denn es war ihm bekannt, dass man auch andere Fans zur Sache vernommen hatte. So, wie die Einladung formuliert war, schien man ihn nicht in Verdacht zu haben.

Zwei Tage später befand er sich im Gebäude der Miliz, er saß einem Vernehmungsbeamten gegenüber, der sich zunächst in fast kollegialer Weise mit ihm zu unterhalten begann. Als würde er Gilbert als einen gleichberechtigten Fachmann ansehen, schilderte er diesem die Maßnahmen, die zur Aufklärung der Diebstähle beitragen sollten, und dabei wurde Gilbert allmählich unbehaglich zumute.

»Einige Zeit hatten wir kaum Erfolg mit unseren Ermittlungen, und erst als sich die Einbrüche häuften, konnten wir unsere altbewährte statistische Methode einsetzen. Da haben wir ein bisschen nachgeholfen, denn die Leute in den Vereinen wollten die Karten besser sichern, und dann hätte der Einbrecher seine Tätigkeit vielleicht eingestellt. Nun gut, auf diese Weise erhielten wir bald relevante Daten. Wenn man die Orte der Ordnungswidrigkeiten in einen Plan einträgt, dann ergibt sich das Bild eines Zentrums, von dem aus sich die weiteren Positionen nahezu regelmäßig radial verbreiten. Da wussten wir zumindest, auf welchen Bereich wir unsere Suche konzentrieren mussten.«

Der Beamte blickte Gilbert immer noch wohlwollend an; dieser begann allerdings nervös auf seinem Stuhl hin- und herzurutschen, weil er sah, dass dieser Ort des Interesses nahe an seiner Adresse lag.

»Inzwischen hatten wir natürlich herausgefunden, auf welche Weise dieser sogenannte ›Mufti‹ vorgeht: Es muss ein elektronisches Messgerät sein, mit dem man die Schlüsselcodes ermitteln kann. So was ist uns von Fahrzeugdiebstählen her gut bekannt. Und da sich solche Geräte nicht im Handel befinden, brauchten wir nur nach Personen zu suchen, die durch ihr Geschick in handwerklicher Betätigung aufgefallen sind.«

Gilbert nahm sich zusammen, um seine Bestürzung zu verbergen, aber seine Zuversicht schwand mehr und mehr dahin. Er hatte den Kopf gesenkt, damit der Beamte sein Erschrecken nicht bemerken sollte, und als er wieder aufsah, stellte er fest, dass sich der Gesichtsausdruck des ihm gegenüber Sitzenden schlagartig geändert hatte.

»Sie können sich denken, dass wir alle Fälle von verbotenem Umgang mit Werkzeugen und Maschinen registriert haben, und da sind wir, wie Sie sich denken können, sehr rasch auf Sie gestoßen. Da gibt es ein paar Unterlagen – über die Strafen, die Sie schon dafür bekommen haben.« Er deutete auf eine Liste, die auf dem Bildschirm erschienen war. »Unerlaubte Montage eines Stromverteilers, unlizenzierte Reparatur einer Kaffeemaschine, Zerlegung eines Spielcomputers, und hier, ein besonders schlimmer Fall: Da haben Sie ein Motorrad frisiert, und dessen Besitzer musste dann wegen überhöhter Geschwindigkeit im Stadtbereich aus dem Verkehr gezogen werden. Das sind nur die bekannten Fälle, und wie Sie wissen, hat man Sie wegen Schwarzarbeit als Nichtangepassten ersten Grades eingetragen.«

Nun stand der Beamte auf und blickte auf den etwas zusammengesunkenen Gilbert hinunter. »Wir haben alle Beweise beisammen, dass Sie nicht nur die Testgeräte gebaut haben, sondern auch der gesuchte ›Mufti‹ sind. Was haben Sie dazu zu sagen?«

Gilbert hatte wenig dazu zu sagen, innerlich verfluchte er sich, weil er wieder einmal so unvorsichtig gewesen war, doch die Beweislage war erdrückend, und so nickte er ergeben. Der Beamte kündigte an, dass er zum Nichtangepassten zweiten Grades erklärt werden würde und auch mit einer neurologischen Operation zu rechnen hätte; man wollte versuchen, jene Hirnregion, die ihn zu verbotenen Aktivitäten verleitete, stillzulegen.

Gilbert glaubte sich entlassen, aber eine Handbewegung des Beamten hinderte ihn daran, sich zu erheben, und so wartete er niedergeschlagen auf das, was er noch erfahren würde.

Zu seinem Erstaunen stellte er fest, dass der Beamte wieder einen recht freundlichen Ton anschlug. »Mein persönlicher Eindruck ist, dass Sie nicht aus Eigennutz gehandelt haben, sondern dass es falsche Freunde waren, die sich Ihrer Fähigkeiten bedient haben. Ehrlich gesagt, Sie tun mir leid, und darum will ich Ihnen einen guten Rat geben. Ich habe hier ein Formular ...«, er deutete auf den Bildschirm, auf dem nun ein Vordruck zu erkennen war. Oben am Seitenrand stand als Überschrift MARS MISSION.

»Es handelt sich um das nächste Erlebnisspiel des öffentlichen Fernsehens, und wenn Sie sich zur Auslosung melden wollen, dann lässt sich Ihre Bestrafung bis dahin aussetzen. Es wäre natürlich ein ungewöhnlicher Glücksfall, wenn gerade Sie zu den Gewinnern gehören würden, aber eine kleine Chance könnte durchaus bestehen. Wollen Sie meiner Empfehlung folgen?«

Unter dem Eindruck des Wohlwollens, das ihm der Beamte plötzlich entgegenbrachte, zögerte Gilbert keine Sekunde, ohne sich weiter darum zu kümmern, wozu er sich nun eigentlich meldete – was bedeutete schon der Mars! Er gab bereitwillig alle verlangten Daten an und setzte seine Unterschrift samt Fingerabdruck auf eine Eingabetafel. Einen Moment lang kam ihm die Idee, mit ›Mufti‹ zu unterschreiben, doch dann setzte er seinen richtigen Namen darunter – die Zeit der Scherze war wohl fürs Erste vorbei.

Personenbeschreibung und Einstufung (Auszug)

Gilbert Tomlinson, im Genpool keine Abnormitäten nachweisbar

Anpassungswert: 26

Phänotyp: pyknisch

Größe: 178 cm, Gewicht: 74 kg, Pigmentierung: hellbeige, Haarfarbe: braun, Augenfarbe: hellblau

Intelligenzbereich: 68–90

Von den Standardwerten abweichende Eigenschaften:
> destruktive Veranlagung
> mangelndes Unrechtsbewusstsein
> unüberlegt

charakteristische Eigenschaften:
> manuell geschickt
> schnelle Auffassungsgabe
> kooperativ

Die weiteren Befunde in den Grenzen des Normalen

Mehrfach verbotener Werkzeuggebrauch nachgewiesen, auffällig geworden durch Einbrüche in Büroräume und Diebstahl

Eingestuft als NAP2

Mars, fünfter Tag

Es war eine angenehme, geruhsame Nacht gewesen, und selbst Gilbert verkündete, dass er sich verblüffend wohl fühlte. Zum Frühstück hätte er sich gern zu den anderen gesetzt, doch Sylvie riet ihm: »Bleib liegen! Lass die Wunde erst verheilen.«

Ein Grund für das allgemeine Wohlbefinden war sicher die Tatsache, dass sie sich nun schon gut an die besonderen Umstände auf dem Mars gewöhnt hatten. Die verminderte Schwerkraft machte ihnen nichts mehr aus, und auch die lästigen Arbeiten und Pflichten, die die besonderen Umstände erforderten, wurden fast als selbstverständlich empfunden und mit Routine erledigt.

Als sie ihre Fahrt wieder aufnahmen, bekam Alf zunächst Gelegenheit, sich dem Formenschatz des Vulkanismus zu widmen. Er ergriff sie gern – und war selbstkritisch genug, um zu bemerken, dass seine Beschäftigung mit wissenschaftlichen Fragestellungen für ihn mehr und mehr zur willkommenen Ablenkung von den aktuellen, brennenden Problemen wurde – eine Gelegenheit, sich der quälenden Unsicherheit zu entziehen, die allmählich in seinen Gedanken Oberhand gewann. Aber es war nicht Sinnloses, dem er sich hingab, keine Betäubung, kein Traumspiel, sondern etwas, das ihn zu ganz anderen Fragen führte als jene des kurzfristig aufgeblendeten menschlichen Erlebens.

Die Landschaft um ihn herum – Ergebnis über Milliarden von Jahren hinweg wirkender kosmischer Prozesse. Staub aus dem Universum, der sich zusammenballte, Aggregation von Materie, neue Himmelskörper inmitten einer leblosen Leere. Unvorstellbar langsame Veränderungen – und auch jähe Ausbrüche dynamischer Kraft.

Um ihn herum gab es genug, was zu Erklärungsversuchen reizte: Woher kamen diese einzigartigen Formen, wie waren sie entstanden? Wie war es zum Ausbruch des Vulkans gekommen? Er schweifte in uralte Zeiten ab, in denen diese Welt noch lebendig und fruchtbar gewesen war, er sah eine weite grüne Ebene, aus der unvermittelt ein Berg herauswuchs, ein Kegel aus heißen, dampfenden Bodenschichten ... bis es zur Explosion kam, sich die Kegelspitze in Schwärme von glühendem Gestein auflöste, erst hoch emporgeschleudert und dann kilometerweit in die Umgebung verstreut wurde. Er sah die gezackten Ränder des neu entstandenen Kraters, und er verfolgte die überquellenden feurigen Massen aus dem Inneren des Planeten, ein in Strömen bewegtes Feuer, gewaltsam, zerstörerisch – vielleicht aber auch ein Akt der Neuschöpfung: Jungfräulicher Boden entstand, neue Berge hoben sich empor, neues Land breitete sich aus. Jahrmillionen mochte das so weitergehen, immer wieder neue Ausbrüche, neue Ströme, während der Berg im Zentrum in die Höhe wuchs, kilometerhoch ...

Jetzt war das unterirdische Feuer erloschen, die Energie erschöpft, die Landschaft erstarrt. Eine Ruhe, die ewig andauern könnte. Eine Ruhe, die nun von ein paar unbedarften Besuchern von der Erde gestört wurde ... und dabei konnte der Wechsel von der Ewigkeit zum Alltag ganz schnell kommen: Eine Spalte, die einen Umweg erforderlich machte, ein Wall zusammengeschobener Lavabrocken, ein sich verengendes Tal, in dem keine Umkehr möglich war ... all das zwang dazu, unverzögert dem Diktat der banalen Bedürfnisse zu folgen, die das Menschsein eben mit sich brachte.

Waren die anderen mit ähnlichen Gedanken beschäftigt? Alf war sich nicht sicher. Eher nicht ... Gewiss hingen aller Blicke am Bildschirm, doch was wusste Alf schon davon, was sie dabei empfanden? Vielleicht ahnten ein paar von ihnen etwas von dem, was sich jenseits ihres Denkhorizonts abspielte, aber sicher waren auch einige dabei, die nichts anderes im Sinn hatten als die aktuelle Aufgabe: die Suche nach einem Schatz, Rückkehr zur Erde, Anerkennung, Bewunderung – und Reichtum. Aber sollte er sie deswegen verachten? Nicht anders als er waren sie Produkte des Goldenen Zeitalters, und wahrscheinlich hätten die Menschen der früheren Jahrhunderte, die noch eigene Verantwortung für ihr Überleben hatten, ganz anders gedacht und empfunden ...

Das Lavafeld hatte sich inzwischen so erweitert, dass es das ganze Blickfeld ausfüllte. Auf rauem, in verschiedenen Nuancen von Rot gefärbtem Boden fuhren sie in geringer Steigung aufwärts, direkt auf ihr Ziel zu, die Gipfelregion jenes Berges, der vor 200 Jahren von Menschen entdeckt, betreten und in Besitz genommen worden war, auf dem sie sich niedergelassen hatten, in dem sie sich verkrochen hatten, den sie besetzt hielten und gegen andere verteidigen wollten. Und in dem sie einen Schatz versteckt hatten.

Was für eine Welt! Kaum vorstellbar, dass sich die sinnlosen und zerstörerischen Auseinandersetzungen auf der Erde selbst hier, an einem verlassenen Ort des Weltraums, fortgesetzt hatten. Und wie widersinnig, dass sich nun wieder eine kleine Gruppe von Menschen aufmachte, diese Region aufzusuchen – und dass der Zweck so banal war wie alles andere, was jetzt, im Goldenen Zeitalter, so sehr an Beachtung und Bedeutung gewonnen hatte.

Langsam kamen sie ihrem Ziel näher. Der Gipfel des erloschenen Vulkans, der von weitem wie ein ebenmäßiger, im Zentrum etwas steiler aufragender Kegel ausgesehen hatte, entpuppte sich nun als eine in ihrem Formenschatz doch recht abwechslungsreiche Region mit unzähligen kleinen Tälern, Gräben, Anhöhen, Hügeln und vielen weiteren Formen einer merkwürdigen Geometrie, deren Produkte lediglich durch Einflüsse des Zufalls zu erklären waren.

Als sie schließlich eine Pause einlegten und mit ihren kaum

noch als hinderlich empfundenen Anzügen ins Freie traten, konnten sie sich auch den Einzelheiten dieser Ablagerungen widmen, und sie fanden Gestalten, die so aussahen, als wäre eine fremdartige Vegetation von einer Schicht von flüssigem Glas überschwemmt worden, die nicht nur Zerstörungen bewirkte, sondern Neues, Überraschendes entstehen ließ: Mit etwas Phantasie konnte man Pflanzen erkennen, Bäume, Äste mit Ansätzen von Blättern, Farne, vielfach verzweigt, Strauchwerk und Moos. Doch wenn man versuchte, diese Gebilde aufzuheben, um sie näher zu betrachten, dann splitterten sie und fielen als Scherben zu Boden.

»Vorsicht«, rief Henrich. »Das Zeug ist messerscharf, beschädigt eure Anzüge nicht!«

In dieser unübersichtlichen Gegend ging die Fahrt ermüdend langsam vor sich. Mehrmals stieg einer von ihnen aus, um von der nächstgelegenen Anhöhe her eine Übersicht über die vor ihnen liegende Wegstrecke zu bekommen, und das kostete Zeit.

Für eine längere Pause am Nachmittag suchten sie sich einen mit feinem Sand bedeckten Kessel aus. Diese Stelle bot den Vorteil, dass sie sich ein letztes Mal mit Wasser versorgen konnten, bevor es endgültig aufwärts ging.

»Das ist ein hübscher Picknickplatz«, ließ sich Gilbert aus dem Inneren des Fahrzeugs vernehmen. »Soll ich euch ein kühles Bier hinausbringen?«

Als sich Alf nach einer Entnahmestelle für das Wasser umsah, kam er an Henrich vorbei, der sich in merkwürdiger Weise krümmte – er hatte einen Arm gehoben und versuchte offenbar, einen Blick auf seine Schulter zu werfen.

»Was ist passiert?«, fragte Alf und trat näher.

»An meinem Anzug klebt irgendwas, ich kann es nicht erkennen. Ich bin irgendwo angestreift, ich glaube dort hinten, an dem Pfeiler. Siehst du es?«

Alf folgte seiner Bitte. »Lass sehen«, forderte er. Es waren ein paar Gewebefetzen, die wie ungewöhnlich dicke Spinnweben aussahen.

Er griff nach einer der mattweißen Strähnen, um sie Henrich zu zeigen. Als er ein Stück davon zwischen die Finger nahm und wieder loszulassen versuchte, zog es sich in Fäden.

»Ich weiß nicht, was es ist«, sagte Alf. »Es sieht aus – als ob es von Pflanzen oder Tieren stammen würde.«

»– aber die gibt es hier nicht«, ergänzte Henrich.

»Du sagst es«, bestätigte Alf.

Alf schob ein paar der klebrigen Flocken in einen luftdicht verschließbaren Kunststoffbeutel. »Ich werde ein bisschen davon mitnehmen, vielleicht kann Sylvie die Substanz analysieren«, kündigte er an. »Und nun muss ich mich beeilen – wir brauchen Wasser.« Er nickte Henrich zu und ging wieder an seine Arbeit.

Als Alf zu den anderen zurückging, kreuzte Linette seinen Weg, und er entschloss sich spontan, sie etwas zu fragen: »Hast du ein wenig Zeit für mich?«

»Was willst du wissen?«

Alf wusste nicht so recht, wie er beginnen sollte. »Du musst entschuldigen, es geht mich eigentlich nichts an, aber ...«

Linette kam näher an ihn heran, durch die Glasflächen der beiden Helme konnte er erkennen, dass sie ihn unbefangen anlächelte – selbst durch den Helm hindurch sah sie liebreizend aus. Alf war für kurze Zeit abgelenkt, doch dann besann er sich. »Was mich interessiert ... nun ja, ich will wissen, ob du Ramses schon früher gekannt hast. Ich meine, vor der Trainingszeit. Bist du ihm irgendwie verpflichtet?«

»Wie kommst du darauf?« Jetzt sah sie ihn erstaunt an, und Alf merkte, dass er sie ein wenig aus der Fassung gebracht hatte. Die Art, wie sie reagiert hatte, war ja fast schon ein Geständnis. »Warum interessiert dich das?«

»Ich hatte den Eindruck, dass es Ramses nicht gern sieht, wenn du dich mit anderen Männern unterhältst.«

Linette reagierte geradezu verschreckt: »Meinst du Cassius … Was ist dagegen einzuwenden? Er ist doch sehr nett, ein richtiger Bär … Und Gijon? Ich finde ihn sympathisch, man kann sich gut mit ihm unterhalten …«

War sie wirklich so naiv, wie sie tat, oder steckte eine geschickt getarnte Raffinesse dahinter?

»Nichts ist dagegen einzuwenden, das ist es ja eben. Warum also hat Ramses so reagiert? Er war geradezu eifersüchtig.«

Einen Moment schwiegen sie, dann sagte Linette: »Nun gut, da du ja sowieso schon draufgekommen bist … Aber bitte, behalt es für dich. Es ist schon richtig, ich kenne ihn von früher. Du weißt doch, dass er einen hohen Rang als Beamter hat. Vor etwa einem Jahr habe ich mich bei einer Misswahl beteiligt, und ich erhielt den ersten Preis. Es war ein Pokal, den mir Ramses überreicht hat. So kamen wir uns näher. Er war freundlich, er hat mir geholfen – es war ja alles neu für mich. Er hat sich für mich interessiert … was ich bisher gemacht hatte und weiterhin tun wollte. Ich erzählte ihm, wie schwer es ist, ins Showgeschäft zu kommen, und dass ich fürchtete, bald nach der Veranstaltung wieder vergessen zu werden.«

»Und da hat er versprochen, dir ein wenig zu helfen …« Alf beendete den Satz nicht – es war eine Aufforderung zum Weitersprechen.

»Ja, wir haben uns ein paar Mal getroffen, und dann hatte er eine Idee. Er sagte, dass er mich in einem der nächsten Abenteuerspiele unterbringen könnte.«

Alf nickte. »– und das sollte eine große Chance für dich sein.«

»Ja, genau. Und dann hat er sich tatsächlich gemeldet und es mir mitgeteilt: dass ich auf der Mitgliederliste für das nächste Spiel stünde. Es war unser Spiel: MARS MISSION.«

»Hast du dich nicht darüber gewundert, dass er sich auch selbst daran beteiligt hat?«

»Ja, gewiss, es kam unerwartet ... ich habe ihn gefragt, und er meinte, dass ich ihn erst auf diese Idee gebracht hätte und dass es für ihn eine angenehme Abwechslung sei, ein solches Abenteuer mitzumachen. Er schlug vor, dass wir so tun sollten, als ob wir uns nicht kennen.«

»Hatte er einen Grund dafür?«, erkundigte sich Alf, er formulierte die Frage absichtlich etwas ungenau – trotzdem brachte er Linette dadurch ein wenig zum Stottern.

»Nein, ja ... Ich weiß nicht ... eigentlich nicht ...«

Alf bedrängte sie nicht weiter, er nickte ihr zu und sagte: »Es geht mir nur darum zu verhindern, dass es unter den Männern der Crew zu Streitigkeiten kommt. Sie sind doch alle davon beeindruckt, wie gut du aussiehst – und dazu auch noch sehr nett und hilfsbereit bist.«

»Du findest mich nett ...«, sagte sie etwas verwirrt, doch Alf unterbrach sie. »Ich wollte dich nicht in Verlegenheit bringen, entschuldige bitte. Am besten, du vergisst unser Gespräch.«

Es sah so aus, als wollte Linette noch etwas bemerken, sie machte eine Handbewegung, als ob sie ihn halten wollte, doch Alf winkte ihr zu und sagte: »Ich muss mich wieder um mein Wasser kümmern. Mach's gut.«

Als er sich mit dem Bohrer und der Pumpe beschäftigte, ließ er sich durch den Kopf gehen, was er eben erfahren hatte. Da schau an, dachte er, da hat sich der korrekte Ramses also eine grobe Übertretung erlaubt. Es war allgemein bekannt, dass die Mitspieler aus der großen Zahl der Bewerber durch das Los ausgewählt wurden. Irgendwie hatte er da eingegriffen. Ein hoher Beamter und eine verbotene Handlung – wie passte das zusammen? War Ramses so in Linette verknallt, dass er sich zu einem Verstoß gegen das Gesetz hatte verleiten lassen?

Im Moment schien es nicht möglich, seine Beweggründe herauszufinden, und so war zu den Fragen, die sich Alf im

Zusammenhang mit dieser Expedition aufdrängten, noch eine weitere hinzugekommen. Doch eines war für Alf jetzt schon klar: Auch Ramses musste ein Nichtangepasster sein, anderenfalls hätte er nicht so handeln können.

Die anderen waren inzwischen den nötigen Pflichten nachgegangen: Die Thermokannen waren mit Wasser gefüllt, die Akkus aufgeladen, einige Eisblöcke lagen in Folie verpackt im Depot an der Außenwand des Fahrzeugs verstaut. Nun waren sie für den letzten Teil der Reise gerüstet.

Beim gemeinsamen Essen erzählte Alf von der weißlichen Masse, die er an Henrichs Schulter gefunden hatte, und legte das Tütchen auf den Tisch.

Sylvie horchte auf. »Ich werde versuchen, die chemische Zusammensetzung herauszukriegen«, versprach sie.

Nach dem Essen holte sie den Analysator hervor und legte ein wenig von der Substanz hinein. Im Sichtfenster erschien eine vielfach gezackte Linie und darunter eine Liste mit Zahlen und chemischen Symbolen.

»Das Zeug besteht aus Kohlenstoffketten«, verkündete sie dann, »daran sitzen Atomgruppen aus Wasserstoff, Stickstoff und Schwefel. Eine organische Substanz, würde ich sagen.«

Alf sagte nachdenklich: »Ich halte es nicht für ausgeschlossen, dass es ein Produkt von primitivem Leben ist – etwas, was hier entstanden ist. So hat es ja wohl auch auf der Erde angefangen: mit Überzügen von Bakterien und Algen, die das Gestein besiedelt haben ...«

Ramses unterbrach ihn: »... und die finden wir genau auf unserem Weg? Das wäre schon ein besonderer Zufall.« Es klang spöttisch, und es ärgerte Alf umso mehr, als er diesen Einwand gelten lassen musste.

»Wie das Zeug hierher geraten ist«, erwiderte er, »ist eine andere Frage. Vielleicht kommt es auch an anderen Stellen vor – und wir haben bisher einfach nicht darauf geachtet. Wie lange haben wir uns denn schon im Freien aufgehalten!«

Eine Lösung des Rätsels ließ sich auf diese Weise nicht erreichen, und bald verloren sie das Interesse daran.

An diesem Abend konnte Alf lange nicht einschlafen. Einige Male fiel er in einen dösenden Zustand, und dann gingen ihm verwirrende Fragen durch den Kopf. Zu den beiden möglichen Zuständen der Realität und der Illusion kam noch der Traum hinzu, eine Bewusstseinslage, in der auch das Widersprüchliche real sein konnte, und dann sah er sich einmal als Mitspieler einer aus den Fugen geratenen Reality-Show, dann wieder als Strafgefangenen, der in einer unwirtlichen Gegend ausgesetzt wurde, schließlich noch als psychisch Kranken, der unter Halluzinationen litt. Das alles hing eng mit der Unsicherheit zusammen, die auch seine Gefährten erfasst hatte: Wie ließen sich die merkwürdigen Umstände dieser Reise erklären?

Mit Anwandlungen oder Zweifeln dieser Art hatte Alf bisher noch nie zu tun gehabt. Alles, was geschah, schien fest gefügt, alles schien logisch zu verlaufen, und nun ... So sah er sich plötzlich in einen Raum versetzt, in dem nichts mehr so war, wie es sein sollte, einen Raum ohne Wände und Boden – ein Spiegellabyrinth, in dem man sich zu verlieren drohte.

Er hatte es seiner natürlichen Müdigkeit zu verdanken, dass er dieser Zwischenzone entweichen konnte, dass er tiefer in jene Bereiche absank, in dem sich die letzten Hoffnungen und Zweifel auflösten und sich die eigene Existenz in zeitlosem Dunkel verlor.

Linette

Das hatte sie sich anders vorgestellt. Da stand sie inmitten einer Gruppe von aufgeregt kichernden Mädchen, alle stark geschminkt und auffällig angezogen, und sie bereute es jetzt, dass sie sich für diese Veranstaltung gemeldet hatte. Mit ihren 24 Jahren gehörte sie zu den älteren Teilnehmern, was sicher ein bedenklicher Nachteil war, und im Vergleich zu den anderen hatte sie sich geradezu dezent ausgestattet – was sicher ein Fehler war. Vorher waren ihr der starke Lidschatten und der durchsichtige lange Rock geradezu verwegen vorgekommen, aber nun … da hatte sie offenbar einiges falsch eingeschätzt. Sie spielte mit dem Gedanken, sich unauffällig zurückzuziehen, doch das Gedränge war zu groß, und in einer Art trotzigem Entschluss blieb sie stehen und zwang sich zu kühler Standhaftigkeit und zu einer nüchternen Beurteilung ihrer Lage: So hübsch waren die Gesichter der konkurrierenden Bewerberinnen unter der dicken Schminke auch wieder nicht, da sah sie mit ihrem dezenten Make-up doch weitaus besser aus, und auch ihre Figur konnte sich sehen lassen.

Natürlich hatte sie sich die äußeren Umstände etwas anders vorgestellt. Zumindest einen festlich geschmückten Platz, Blumen, Getränke, Musik und eine Schar eifriger Fotografen. Der Raum, in dem sie sich nun befand, erwies sich als ein ausgeräumter Turnsaal, das Gebäude vermutlich eine ehemalige Schule. Die Anwärterinnen auf den Schönheitspreis drängten sich hinter einer Sperre, die aus einem zwischen Pfosten gespannten, klebrigen Plastikband bestand. In der Mitte war ein Gang frei gelassen, und wer sich bis dorthin durchgearbeitet hatte, durfte dann vortreten, um sich vor einer Gruppe von Leuten zu präsentieren, die Linette für die Jury hielt.

Eines der Mädchen, das neben ihr stand, flüsterte ihr zu: »Das ist eine Vorauswahl, nur 15 oder 20 kommen durch, die anderen werden nach Hause geschickt.«

Die Begutachtung ging erstaunlich rasch vor sich, und so war Linette bald an der Reihe. Da stand sie nun und versuchte, eine selbstbewusste Haltung einzunehmen, doch die Leute auf dem Podium hinter dem langen Tisch hatten sie nur mit einem kurzen Blick gestreift ... sie tuschelten kurz, dann zeigte einer zur Tür – und es war jene Tür, durch die sie hereingekommen war. Ein paar Sekunden später stand sie auf dem Gang und wusste nicht, wie ihr geschah. Sollte das alles gewesen sein?

Sie blickte sich um und bemerkte, dass die zweite Tür, zu der die wenigen Auserwählten gewiesen wurden, ein Stück weiter vorn im selben Gang mündete. Allerdings waren die beiden Gangabschnitte durch eine aus Glas bestehende Wand getrennt; sonst wäre es zu einfach gewesen, sich auf die andere Seite zu schlagen.

Als sich Linette schon abwenden wollte, sah sie eine der jungen Frauen, die die Prüfung bestanden hatten, auf den Gang hinaustreten. Dort stand ein Mann in Pförtnerkleidung und wies sie an, sich zu einigen anderen an den Zugang zum Lift zu stellen.

Vielleicht sollte Linette nicht so rasch aufgeben?

Sie sah sich um, versuchte sich zu orientieren. Gegenüber dem Tor nach draußen, das sie eigentlich benutzen sollte, erkannte sie den Zugang zum nächsttieferen Stockwerk. Linette wartete ein wenig, bis gerade niemand in der Nähe war, der sie beobachten konnte, und eilte dann zur Treppe hinüber, die sie ins Untergeschoß führte.

Linette hatte Glück. Sie trat in den anschließenden Gang, der wahrscheinlich genau unter jenem des Erdgeschosses lag. Wie sie gehofft hatte, gab es keine trennende Wand, und so konnte sie von hier aus den Lift erreichen. Das war ihr Ziel, doch als sie sich in Bewegung setzte, erschien vor ihr ein Mann mit einer Aktentasche und kam auf sie zu. Ihr blieb nichts anderes übrig, als sich nicht beirren zu lassen. Sie nickte dem Beamten von oben herab zu, und er nickte zurück. Da stand sie schon vor dem Lift und bediente den Rufknopf. Sie musste einige Zeit warten. Ein wenig nervös blickte sie sich um, doch der Mann war verschwunden – niemand anderes zu sehen. Und dann ein Geräusch, die Tür zur Aufzugkabine öffnete sich, kein Mensch im Inneren, und Linette trat ein. Sie drückte den Knopf zum Erdgeschoss und stellte sich ganz nach hinten in die Ecke. Dann setzte sich der Lift in Bewegung und blieb, wie sie es erwartet hatte, im Erdgeschoss stehen. Drei oder vier Mädchen traten ein. Einige kurze Blicke – keine fand die unbewegt zu Boden blickende Linette besonderer Beachtung wert.

Sie fuhren in die erste Etage und folgten dem Wink eines uniformierten Angestellten, der die Gruppe, der sich Linette anschloss, zu einem großen Garderoberaum brachte. Sie wurden von mehreren Leuten erwartet, darunter hellblau gekleidete Mitarbeiter des Unternehmens, doch gab es auch Männer und Frauen in weißen Kitteln, die wie medizinisches Personal aussahen.

Ein hochgewachsener Mann in gutgeschnittenem Anzug und Krawatte trat vor, er war etwas älter als die übrigen Männer im Raum, Ansätze von Grau an den Schläfen und schon von seiner Haltung her von höherem Rang.

»Willkommen, meine Damen«, sagte er. »Bevor Sie sich der Wahl stellen, wollen wir Ihnen ein wenig bei der Vorbereitung behilflich sein. Wir haben Modeberater hier, die Sie, wenn nötig, mit anderer Kleidung ausstatten werden. Und auch Haarstylisten, die sich um Ihre Frisuren kümmern.«

Er gab den wartenden Angestellten ein Zeichen, und sie wandten sich den Mädchen zu, unterhielten sich mit ihnen und führten sie schließlich zu bereitstehenden Kabinen.

Durch eine offene Tür sah Linette mehrere Spiegel und einen Frisörsessel.

Und dann schrak sie zusammen. Neben ihr stand der leitende Angestellte, der sie begrüßt hatte. Er kümmerte sich nicht darum, dass sich Linette gerade mit einer der Modeberaterinnen zu den Kabinen zurückziehen wollte. Er schob die junge Frau sanft, aber entschieden beiseite, blickte Linette abschätzend an und sagte: »Alle Achtung – das haben Sie ja raffiniert gemacht!«

»Was meinen Sie?«, stammelte Linette.

»Sie wissen, was ich meine.«

Linette blickte zu ihm auf und stellte fest, dass er sie nicht unfreundlich, sondern eher ein wenig spöttisch anblickte. Instinktiv witterte sie ihre Chance, schnitt ein Kleinmädchengesicht und blickte ihn von unten hinauf furchtsam und treuherzig an. Und sie konnte ihren Erfolg an seinem Gesicht ablesen, denn nun lächelte er sie wohlwollend an.

Seine offene Musterung brachte Linette in Verlegenheit, aber sie ließ sich nichts anmerken. Dann sagte er: »Da muss bei der Vorentscheidung ein Irrtum passiert sein. Ich meine, Sie sollten auf jeden Fall in die engere Wahl kommen.« Er griff in die innere Tasche seiner Jacke und holte eine jener grünen Karten heraus, die Linette schon vorher in den Händen der ausgewählten Damen bemerkt hatte.

»Haben Sie die I-Rolle bei sich?«

Linette reichte sie ihm. Er rollte die Screenfläche aus. »Caroline Otthofer«, las er vor. »Alles in Ordnung, aber der Name … Sie brauchen einen anderen Namen. Lassen Sie mich überlegen.« Es dauerte nicht lange. »Wir nennen Sie Linette, das klingt doch ganz anders. Linette Otthofer … nein – Otero ist besser. Linette Otero. Das hört sich gut an. Man muss auf solche Kleinigkeiten achten – der Künstlername ist enorm wichtig. Von nun an heißen Sie Linette Otero.« Er trug den Namen auf der grünen Karte ein und reichte sie ihr. »Die

Eintragung auf Ihrem Chip werde ich dementsprechend ergänzen.« Er schob den Screen in die Rolle zurück und steckte diese ein. Dann winkte er einer der weiß gekleideten Angestellten und sagte: »Die Dame braucht eine neue Frisur und ein schickes Kleid.« Er blickte Linette abschätzend an und fügte dann hinzu: »Nehmen Sie das Minikleid in Silber, das wird Ihnen gut stehen.«

Als Linette zehn Minuten später aus der Kabine kam, stand er schon davor und gab ihr die I-Rolle zurück. Er nahm die auffällig verwandelte junge Frau an der Hand und führte sie zu einem Spiegel, wo sie sich beide nebeneinander sehen konnten. »Das passt gut zu meinem grauen Anzug«, konstatierte er und lachte zufrieden. »Ich glaube, ich sollte mich ein wenig um Sie kümmern.«

Er führte sie zu einer Reihe an der Wand angeordneter Stühle. Während sie sich setzte, blieb er vor ihr stehen und gab ihr noch einige Anweisungen – wie sie sich weiterhin verhalten sollte.

»Jetzt habe ich noch zu tun, doch wir sehen uns später. Im Übrigen: Mein Name ist Raymond Sesz. Ich bin der Kulturdezernent des Distrikts und für diese Veranstaltung verantwortlich.«

Dieser Kontakt war für Linette ein Glücksfall, an den sie zuerst gar nicht glauben mochte: ein wichtiger Mann, der sich für sie interessierte! So eine Verbindung hatte ihr bisher gefehlt. Als dann die Auswahl unter den zwanzig Besten begann, hatte sie das sichere Gefühl, dass sie gewinnen würde.

Es war eine Veranstaltung, wie sie sie im Fernsehen schon oft verfolgt hatte, mit der üblichen Musik, dem üblichen Moderator, der Vorstellung der Bewerberinnen, die sich auf einem Laufsteg versammelten und sich von allen Seiten begutachten ließen. Dann wurden sie in einen Warteraum gebracht. Draußen trat eine Sängerin auf und gab ein paar ihrer Hits zum Besten; Linette konnte den Auftritt über ein Holotel-Gerät verfolgen, aber sie bekam wenig davon mit, da sie wie auch die anderen wartenden Mädchen sehr aufgeregt war. Dann folgte die Stimmabgabe, ein pompös inszeniertes Spektakel, an dem sich auch das Publikum beteiligte, und schließlich wurden die Teilnehmerinnen wieder in den Saal gerufen und mussten sich in einer langen Reihe aufstellen. Unter dem Beifall des Publikums trat der Moderator vor und gebrauchte die üblichen Mätzchen, um die Spannung weiter zu steigern. Und endlich gab er das Ergebnis bekannt: Linette war auf dem ersten Platz gelandet, sie hatte gewonnen! Sie konnte ihr Glück kaum fassen.

Anschließend gab es eine kleine Feier, bei der sich auch ihr Beschützer einfand. Mit ihm schlenderte sie durch den Saal, und er stellte sie einigen Leuten vor, darunter ein paar Künstlern und Schauspielern, die sie vom Fernsehen her kannte. Doch Raymond schien es bald zu langweilig zu werden, und auch über die gereichten Snacks äußerte er sich recht abfällig. So lud er Linette zum Essen ein. Wenig später saßen sie in einem vornehmen Lokal, und noch immer glaubte Linette zu träumen. Es gab erlesene Speisen und Sekt, danach zogen sie sich in die Bar zurück und hatten einen wunderbaren Ausblick über die mit Lichtern erfüllte Stadt.

»Sie haben mir sehr geholfen, und ich bin Ihnen überaus dankbar«, sagte Linette, und sie ließ es zu, dass er ihr den Arm um die Schulter legte. »Und über meinen Titel freue ich mich ... ich kann es gar nicht beschreiben.«

»Es ist ein schöner Erfolg«, sagte Raymond, »und Sie haben ihn sich verdient. Unter den Bewerberinnen waren Sie zweifellos die Beste, und es liegt sicher auch daran, dass Sie eben nicht bloß zurechtgemacht waren, sondern dass es nur darum ging, Ihre natürliche Schönheit zu unterstützen. Im Übrigen denke ich, dass Sie alle Voraussetzungen haben, um noch weiterzukommen. Schließlich war das nur eine Distriktwahl, und Sie haben nun das Recht, sich als Miss Europa zu bewerben. Hätten Sie nicht Lust dazu?«

»Natürlich hätte ich Lust. Wenn das wirklich möglich ist...«

Raymond beugte sich zu ihr hinüber und sprach nahe an ihrem Ohr. »Aber sicher ist das möglich, und ich werde dir dabei helfen.«

Noch immer befand sich Linette in einem euphorischen Zustand, und als Raymond sie später noch auf einen Drink in seine Wohnung einlud, hatte sie seinen Wünschen nichts entgegenzusetzen.

In den kommenden Wochen trafen sie sich mehrmals, und Raymond kam immer wieder darauf zurück, dass er dazu beitragen würde, sie bekannt zu machen.

»Wenn sich alles so entwickelt, wie ich hoffe, dann wirst du noch eine ganz besondere Rolle spielen«, versicherte er ihr.

Linette hatte vor allem die Wahl der Miss Europa im Sinn, doch bis dahin waren noch einige Monate Zeit. Es kostete sie Mühe, ihre Ungeduld zu unterdrücken.

Nach dem gemeinsamen Besuch eines Musicals rückte Raymond mit einer Idee heraus, die für Linette überraschend kam, die sie aber zweifellos weiterbringen würde. Er erzählte ihr, dass er als Kulturreferent auch mit den Erlebnisspielen zu tun hatte und dass er es ermöglichen könnte, sie beim nächsten Spiel unterzubringen. Es sollte etwas ganz Spektakuläres sein: eine abenteuerliche Tour auf den Mars.

Personenbeschreibung und Einstufung (Auszug)

Caroline Otthofer, genannt Linette Otero, Genpool normal

Anpassungswert: 25

Phänotyp: pyknisch

Größe: 169 cm, Gewicht: 56 kg, Pigmentierung: hellbraun (artifiziell), Haarfarbe: wechselnd (urspr. schwarz), Augenfarbe: dunkelblau (artifiziell)

Intelligenzbereich: 68–90

Von den Standardwerten abweichende Eigenschaften:
> Neigung zu Selbstdarstellung
> ehrgeizig
> leichtsinnig

Charakteristische Eigenschaften:
> kommunikativ
> hilfsbereit
> unselbstständig

Die weiteren Befunde in den Grenzen des Normalen

Keine gesetzwidrigen Handlungen bekannt

Eingestuft als A1 (normal)

Mars, sechster Tag

Der nächste Morgen. Glücklicherweise war bei Alf nichts von den Irritationen der Nacht zurückgeblieben. Einige seiner Gefährten waren bereits auf den Beinen. Der große Bildschirm war eingeschaltet und bot einen Ausblick ins Freie. Ein paar Augenblicke lang glaubte Alf, sich auf der Erde zu befinden – ein Spaßvogel hatte den roten Himmel der Außenansicht auf dem Monitor blau eingefärbt und ein Tiroler Bauernhaus auf die Sandebene gesetzt. Dann aber fand Alf schlagartig in die Gegenwart zurück. Er war wieder voll wach.

Am gemeinsamen Frühstück nahm auch Gilbert teil. Er kündigte an, dass er heute wieder in den Schutzanzug schlüpfen und ein wenig ins Freie gehen wolle. Und Sylvie bestätigte, dass Gilberts Wunde gut heile und sie es ihm nicht verbieten wolle. Bevor sie die Weiterfahrt antraten, verließen sie alle zusammen das Fahrzeug. Ramses hatte vorgeschlagen, sich von einem nahe gelegenen Hügel aus die vor ihnen liegende Strecke anzusehen und einen brauchbaren Weg festzulegen. »Vielleicht ist von dort oben auch schon etwas von den Anlagen der Chinesen zu sehen«, sagte er. »Sie liegen ganz oben auf dem Gipfel. Etwas davon sollte bald auftauchen.«

Der Weg auf den Hügel war beschwerlich, an einigen Stellen mussten sie sich über Sandhänge hinaufarbeiten, darauf folgten Felspartien, die zum Klettern zwangen. Alf versuchte sich die Sache zu erleichtern, indem er die Kraftverstärkung des Anzugs über die rote Marke hinaus vergrößerte. Doch das erschwerte die Kontrolle der Bewegungen, und so blieb er lieber bei der alten Einstellung.

Nach einer Viertelstunde standen sie am höchsten Punkt. Von hier aus konnten sie weit in südliche Richtung, zum Gipfel des Vulkans, blicken, und tatsächlich: Dort oben, am Horizont, zeichnete sich nun endlich die sogenannte Festung ab.

Ramses war sichtlich stolz darauf, dass seine Vorhersage eingetroffen war. »Seht nur!«, er zeigte mit der Hand die Richtung an. »Dort ist die Kuppel mit dem Fernrohr. Und das da drüben ... das sind die Radioantennen. Damit hat man nach Wellen gesucht, die von außerirdischen Intelligenzen stammen könnten!«

Und noch etwas Erfreuliches: Wie es aussah, waren für die nächste Strecke keine unüberwindbaren Hindernisse mehr zu erwarten. Noch immer würde ihr Weg in mäßigem Anstieg aufwärts führen, allenfalls eine von hier nicht einsehbare Mulde könnte sie noch zu einem Umweg zwingen.

Sylvie überließ die Diskussion über den Weg den Männern. Das Panorama war sehenswert, doch dann zuckte sie zusammen. »Habt ihr das gesehen?« Sie deutete auf einen Vulkankegel, der sich im Südwesten erhob. »Mir war so, als hätte sich etwas bewegt.«

Sylvie hatte leise gesprochen, doch alle hatten es gehört. Die Blicke folgten ihrer ausgestreckten Hand. »Ein wenig unterhalb des Kamms, links von den drei Spitzen.«

»Ich kann nichts erkennen«, sagte Alf, »was war es denn?«

»Es war ein Blinken, einige Male kurz hintereinander. Und es hat sich bewegt ...«

Sylvie bemühte sich, die merkwürdige Erscheinung noch einmal zu finden, doch zunächst gelang es ihr nicht. Erst als sie sich in einem weiteren Umkreis umsah, fiel ihr wieder etwas auf: »Dort, weiter rechts, unterhalb des Taleinschnitts!« Doch ehe die anderen darauf reagieren konnten, war es auch schon wieder vorbei. »Tut mir leid, aber es war ganz deutlich.«

Ramses hatte keine Lust, sich damit länger aufzuhalten. »Ich fürchte, du hast dich getäuscht«, sagte er. »Das kann jedem passieren.«

Sylvie blickte ihn verärgert an und schüttelte den Kopf.

»Ich habe mich nicht getäuscht! Ich weiß doch, was ich gesehen habe.«

Alf suchte nach einer Erklärung. »Die Sonne steht noch weit im Osten. Das Licht könnte sich an einer glatten Lavafläche gespiegelt haben.«

Sylvie wandte sich ihm zu: »Es war aber etwas Bewegtes, da bin ich völlig sicher.«

»Warum streitet ihr euch?«, fragte Linette. »Ist das so wichtig?«

Ein kurzfristiges Blinken, ein Reflex des Sonnenlichts ... War es wichtig oder nicht? Außer Sylvie hatte es niemand bemerkt. Jedenfalls machte es keinen Sinn, sich weiterhin darüber den Kopf zu zerbrechen.

»Hauptsache, wir wissen, wie unser Weg weiter verläuft. Und darüber sind wir uns doch einig!«, meinte Gijon. »Da kann es blinken, so viel es will.«

Sie machten sich auf den Rückweg, bergab, was normalerweise schwieriger war als bergauf, dafür kostete es weniger Kraft, und die paar Sandhalden rutschten sie einfach hinunter. Dabei mussten sie, um sich nicht gegenseitig zu rammen, größere Abstände einhalten, und so kam es, dass Alf und Sylvie ein wenig warten mussten und zurückblieben. Darauf hatte Sylvie nur gewartet. Sie wandte sich an Alf und sagte: »Es war keine Täuschung, das kannst du mir glauben.«

Alf lachte leise, dann antwortete er: »Du gehörst auch zu jenen, die gerne Recht behalten.« Es war nicht böse gemeint, und Sylvie, die es durch das Glas der Helme hindurch an seinem Gesichtsausdruck erkannt hatte, unterdrückte eine schroffe Abwehr und sagte mit einem kleinen Seufzer: »Ich glaube, du hast Recht. Ein Fehler von mir.« Und dann fügte sie hinzu: »Trotzdem – da war etwas!«

Alf hatte sich auf eine Felsstufe gesetzt und deutete hinunter: »An der Schleuse müssen wir ja doch wieder warten, genauso gut können wir hier ein wenig sitzen bleiben.«

Sylvie sagte nichts, doch sie ließ sich neben ihm nieder.

»Ich habe diesen Fehler auch«, erklärte Alf. »Aber, genau genommen, ist es doch kein Fehler. Es geht ja nicht nur darum, ob man seine Meinung von anderen bestätigt kriegt oder nicht ... viel wichtiger ist etwas anderes, was die Sache in einem anderen Licht erscheinen lässt: Jeder bemüht sich, Irrtümer zu vermeiden, und jeder möchte auch seiner eigenen Beobachtungsgabe vertrauen. Es hängt also nicht nur mit Besserwisserei oder Geltungstrieb zusammen, sondern auch mit Selbstkritik. Und die tut uns allen gut.«

Sylvie ließ sich das, was Alf gesagt hatte, durch den Kopf gehen, und dann lachte sie, wieder versöhnt. »Das war eine hübsche Erklärung, und sie könnte sogar richtig sein. Ich danke dir dafür.«

Jetzt war Alf ein wenig verunsichert. Meinte sie es ernst? Er sagte nichts, sondern blickte Sylvie forschend an. Ihre Blicke trafen sich, und dann lächelten sie einander zu.

Sylvie ist nett, sagte sich Alf. Ein wenig still vielleicht, aber ich mag sie. Wenn man sie genau ansieht, ist sie weitaus attraktiver als Linette.

»Wir sollten nachkommen«, mahnte Sylvie und ging auch schon voran. Alf folgte ihr mit den Blicken. Warum vergleiche ich sie mit Linette?, fragte er sich, doch dann wischte er diesen Gedanken beiseite, erhob sich und folgte ihr rasch.

Plötzlich hielt Sylvie an, drehte sich zu Alf und zog ihn am Ärmel. »Schau, dort drüben ... Da ist es wieder!«

Und nun sah es auch Alf. So kurz die Bewegung war, ein winziger Punkt, der nach rechts zu hüpfen schien ... schon war alles vorüber. Er bemerkte, dass ihn Sylvie ein wenig ängstlich ansah ... sie befürchtete wohl, dass er die Erscheinung wieder leugnen würde, doch er nickte ihr zu und sagte: »Ich habe es gesehen, es besteht kein Zweifel.« Sie standen eine Weile nebeneinander, Sylvies Hand auf seinem Arm, und warteten darauf, dass das Licht wieder auftreten würde ...

Doch sie warteten vergeblich.

»Was könnte es sein?«, fragte Sylvie, und sie setzten ihren Weg fort. Alf ließ sich gerade über eine Stufe hinunter und gewann so etwas Zeit, um sich eine Antwort auszudenken. Dann sagte er: »Ich bin deiner Meinung: Es war kein Lichtreflex und auch keine Spiegelung an einer glatten Fläche. Etwas hat sich bewegt.«

»Und was glaubst du, steckt dahinter?«

Alf zuckte die Schultern. »Wenn wir auf der Erde wären, würde ich sagen, etwas Lebendiges, ein Tier. Aber hier, auf dem Mars? Man muss sich gelegentlich damit abfinden, dass man etwas nicht erklären kann.«

Wieder fühlte er Sylvies Blick auf sich ruhen, sie sah aus, als ob sie sich über seine Antwort amüsierte.

Als sie unten ankamen, standen noch einige wartend an der Schleuse, und Alf beeilte sich, von der Beobachtung, die sie während des Abstiegs gemacht hatten, zu erzählen. Und er empfand es als angenehm, dass er dadurch Sylvie eine gewisse Genugtuung bereiten konnte.

Seine Schilderung entfachte aber weniger Interesse, als er erwartet hatte, die anderen blieben skeptisch. Nur Ramses ging darauf ein und sagte: »Was kann sich dort oben schon bewegen? Vielleicht abrutschende Felsblöcke? Oder willst du bloß Sylvie eine Freude machen?«

»Es waren Bewegungen zur Seite hin«, sagte Sylvie leicht verärgert, »gerade so, wie wenn etwas hüpft oder flattert.«

Ramses machte nur eine resignierende Handbewegung. »Wir sollten die Augen offen halten!«

Sobald sich alle im Inneren eingefunden hatten, ging die Fahrt weiter. Sie folgten dem von der Höhe des Hügels herab ausgesuchten Weg und waren dann doch davon überrascht, dass sie eine nahezu hindernisfreie Fahrbahn vorfanden. Rechts und links war sie von Lavadecken begrenzt, die nahezu dasselbe Gefälle hatten wie der Untergrund, auf dem sie nun dahinfuhren. Die Decken ragten zwischen zwei und fünf Meter neben ihnen auf.

Gilbert, der sich zunächst zurück in seine Koje begeben hatte, verließ sie bald wieder: »Ich halte es im Bett nicht aus, es ist mir zu langweilig.«

Sylvie war damit nicht einverstanden. »Du solltest nicht übermütig werden. Hast du keine Schmerzen mehr?«

Gilbert lachte. »Vom vielen Liegen in den letzten Tagen tut mir der Rücken weh. Da sitze ich lieber – mein Hintern ist besser gepolstert.«

Alle lachten, und damit verfehlten Sylvies Warnungen ihre Wirkung.

Der Einzige, der nicht ganz so entspannt aussah, war Ramses. Er saß vorn, in der Nähe des Steuerpults, und verfolgte die Aktionen der Automatik.

Linette, die sich hinter ihn gesetzt hatte, legte ihm die Hand auf die Schulter und fragte: »Warum siehst du denn so griesgrämig aus – es läuft doch alles gut.«

»Es läuft mir ein wenig zu gut«, meinte Ramses, »so gut, dass wir leichtsinnig werden. Das könnte sich unangenehm auswirken, denn nun nähern wir uns immer mehr der gesperrten Zone, von der die Festung umgeben ist.«

»Woran siehst du das?«, erkundigte sich Linette. Ramses drehte sich um und wandte sich nun an alle. »In diesem felsigen Gelände liegen doch sonst überall Lavabrocken herum. Doch hier, auf dieser Strecke, ist es so sauber, als hätte jemand aufgeräumt.«

»Meinst du das ernst?«, fragte Alf. »Was willst du damit sagen?«

»... dass wir uns auf einer künstlich hergerichteten Piste befinden. Ich könnte mir denken, dass sie aus der Zeit stammt, als die Station besetzt war.«

»Und was ist dabei bedenklich?«, fragte Gijon.

»Ich kann es nicht genau sagen, es ist nur so ein Gefühl.«

»Das ist ja ganz was Neues«, ließ sich Gilbert wieder hören. »Ich dachte, du hättest deine Gefühle an der Garderobe abgegeben.«

Von Ramses hörte man nur ein unwilliges Gemurmel. Die anderen fragten nicht nach weiteren Erklärungen, doch Alf hatte den Verdacht, dass Ramses wieder einmal einiges von dem, was er wusste, verschwieg. Womöglich etwas, das auch für die anderen wissenswert gewesen wäre.

Kurze Zeit später mündete ihr Weg in einem nahezu kreisrunden Platz, was Gilbert wieder zu einem seiner Späße herausforderte. »Aha, hier ist auch schon der Parkplatz. Jetzt fehlt nur noch der Schalter, an dem wir die Eintrittskarten lösen können.«

Ohne sich um den Einwurf zu kümmern, hatte Ramses die Automatik ausgeschaltet und sich selbst im Steuersitz niedergelassen. Und gleich darauf stoppte er das Fahrzeug. Er richtete die Frontkamera zu Boden und schwenkte sie hin und her.

»Was suchst du?«

»... seht nur – ich hab es schon gefunden!«

Die Kamera zeigte eine dünne Sandschicht, darin waren Einkerbungen zu erkennen, die genauso aussahen wie die Spuren, die ihr Raupenfahrzeug hinterließ.

Jetzt waren doch alle verblüfft, und einer rief: »Sollten sich noch andere hier befinden?«

Ramses zoomte etwas näher an den Boden heran, und da war zu erkennen, dass die Spuren mit einer leichten Staubschicht bedeckt waren.

»In diesem Tal ist es recht windstill, sonst wären sie längst vom Staub begraben.«

»Unglaublich – diese Spuren stammen also aus der Zeit vor 200 Jahren«, sagte Linette und sprach damit nur aus, was auch alle anderen begriffen hatten.

»Die Chinesen haben Raupenfahrzeuge benutzt wie wir«,

sagte Alf. »Es war die damals übliche Fortbewegungsweise hier auf dem Mars. Im Übrigen hat man sie auch schon auf dem Mond eingesetzt. Genau genommen ist es doch nicht weiter überraschend, dass wir hier auf Spuren menschlicher Aktivitäten treffen. Warum sollen sie nicht einmal hier gewesen sein.«

»Dann dürfen wir doch damit rechnen, dass es von jetzt an auf bequemeren Wegen weitergeht«, meinte Henrich.

Er hatte sich mit dieser Schlussfolgerung, die zugleich eine Frage war, an Ramses gewandt, doch er wartete vergeblich auf eine Antwort. Darum fügte er hinzu: »Oder nicht?«

Endlich sagte Ramses: »Warten wir es ab.«

Wieder machte sich Alf seinen eigenen Reim auf diesen Bescheid. Er hatte einiges über die Auseinandersetzungen zwischen den beiden Lagern, dem westlichen und dem asiatischen, gelesen, und er wusste, dass es auch auf dem Mars Kämpfe gegeben hatte. So war anzunehmen, dass sich jede der beiden Seiten vor unliebsamen Zugriffen der anderen abgesichert hatte. Wenn es sich dabei um automatische Vorrichtungen handelte, dann könnten sie auch jetzt noch intakt sein. Das sollte aber auch Ramses wissen; vielleicht war es das, was ihm Sorgen machte ...

Ramses setzte das Fahrzeug wieder in Bewegung, er steuerte auf die andere Seite des Kessels zu, dorthin, wo sich die Straße fortzusetzen schien. Hier waren die Wände ein wenig näher aneinandergerückt, doch immer noch ging es mit ruhiger Fahrt voran.

Aber schon nach zwei leichten Biegungen erschien vor ihnen ein Hindernis, das niemand hier erwartet hatte: eine mit roten und gelben Streifen bemalte Schranke, daneben eine Tafel, auf der sich ein rot umrandeter weißer Kreis mit chinesischen Schriftzeichen befand – vermutlich eine Warnung, vielleicht auch ein Fahrverbot.

»Müssen wir umkehren?«, erkundigte sich Linette.

»Vielleicht lässt sich die Schranke öffnen«, meinte Ramses. »Ich werde aussteigen und mir die Situation ansehen. Es braucht ja niemand mitzukommen.«

Gijon richtete die Außenkamera auf die Schranke. Das Ende des tragenden Querbalkens war in eine Einfassung auf einem im Fels verankerten Pfosten eingeklinkt. Beide waren durch ein uraltes Bügelschloss miteinander verbunden.

Jetzt erschien auch Ramses im Bild. Er bückte sich zum Schloss hinunter, dann wandte er sich der Kamera zu. »Das haben wir gleich. Ich hole den Laser aus dem Depot und brenne den Bügel durch«, erklärte er und verschwand aus dem Blickfeld.

»Wozu diese Umstände!«, rief Gijon – aus irgendeinem Grund schien er die Geduld verloren zu haben. »Diejenigen, die diese Schranke aufgestellt haben, sind seit 200 Jahren tot. Warum sollten wir uns hier aufhalten lassen? Wenn ihr euch nicht traut, dann mache ich es eben selbst.«

Er setzte sich auf den Steuersitz und fuhr los.

Die Raupen knirschten und schliffen kurz durch, dann preschte das Fahrzeug vorwärts, ein Krachen, ein kurzer Stoß, und Gijon hielt an.

»Was sagt ihr nun?«, rief er und sah sich triumphierend um.

»Du hättest wenigstens warten können, bis wir uns angegurtet haben«, schimpfte Linette. Sie war von Gijons Manöver überrascht worden und unsanft auf dem Boden gelandet.

Von draußen war Ramses' Stimme zu hören: »Seid ihr verrückt? Ihr hättet mich fast überfahren!«

Gijon verließ lachend den Fahrersitz, und Alf, der nun den Platz einnahm, schaltete das Videosystem auf die Heckkamera um. Da sahen sie die Bruchstücke der Schranke am Weg liegen und daneben den gestikulierenden Ramses.

»Gut, dass es hier keinen Ordnungsdienst gibt«, bemerkte Gilbert, und wenn der Witz auch etwas mager war, so lachten sie nun alle erleichtert.

Inzwischen hatte Ramses die Schleuse durchquert. Er hatte sich beruhigt, und so fielen die Vorwürfe, die er Gijon machte, recht zahm aus. »Das hättest du auch etwas sanfter machen können«, sagte er. »Es ist durchaus möglich, dass immer noch eine Sichtkontrolle eingeschaltet ist.«

»Was hätte das für Folgen?«, fragte Linette.

Ramses zog die Schultern hoch, antwortete aber nicht.

Einige Zeit schwiegen alle, ein gewisses Unbehagen war ihnen anzusehen. Doch als nichts geschah, war das rasch verflogen.

»Die Schranke ist doch auch ein Zeichen dafür, dass wir unserem Ziel schon sehr nahe sind«, ließ sich Cassius vernehmen.

Damit deckte er einen erfreulichen Aspekt auf, der sie nach vorne blicken ließ. Nun kam es darauf an, die Arbeit zu einem erfolgreichen Ende zu bringen.

Henrich saß am Steuer, doch er hatte die Automatik eingeschaltet, und es ging flott voran.

Kurze Zeit nach der Schranke folgte wieder eine Biegung, und sie fuhren eine mäßige Anhöhe hinauf ... Und wie zur Verkörperung ihrer Hoffnungen tauchte plötzlich ihr Ziel wieder vor ihnen auf: die Festung, jetzt schon merklich besser erkennbar als vom letzten Aussichtsplatz aus. Gijon schaltete das Fernsehsystem auf maximale Vergrößerung, und erstmals wurden einzelne markante Teile des Bauwerks sichtbar: die Kuppel der Sternwarte mit ihrem in Kalotten geteilten Halbkugeldach und die auf einem filigranen Gestänge aufsitzenden Radarantennen.

»Hier war eine Außenstation der Astronomen«, sagte Ramses. »Aber hier hielten sich keine Wissenschaftler auf, die Anlage wurde ferngelenkt, und die Bilder aus dem Teleskop wurden zur Erde gesendet. Und mit der Anlage rechts davon – seht ihr die große Schüssel? – wurde nach Funksignalen aus dem Weltraum gesucht. Also nach fremden Intelligenzen. Sie ist vollautomatisch und wird erst dann aktiv, wenn etwas aufgefangen wird, was eine Sprache sein könnte. Wahrscheinlich ist sie sogar noch in Betrieb.«

Einige seiner Zuhörer waren beeindruckt, andere schienen weniger interessiert.

»Wenn alles gut geht, können wir in einem Tag dort sein«, rief Gijon.

Linette machte große Augen. »Kinder, dann geht es ja schon übermorgen nach Hause«, rief sie.

»Freu dich nicht zu früh«, sagte Alf. »Zuvor gibt es hier noch ein bisschen was zu tun.«

Linette verzog schmollend das Gesicht, aber dann schüttelte sie den Kopf und lachte. Und wie schon einige Male zuvor fragte sich Alf, ob sie sich nicht dümmer stellte, als sie war.

Der Weg, auf dem sie sich gerade befanden, wies deutliche Spuren von menschlichen Eingriffen auf, einige Felsbarrieren waren künstlich beseitigt worden, da und dort gab es Spuren von Lasersägen und Sprengungen.

Henrich hatte inzwischen wieder auf manuelle Steuerung gestellt, um rechtzeitig reagieren zu können, falls es zu einem Zwischenfall kommen sollte.

Irgendwas an der Situation hatte Alf nachdenklich gemacht, obwohl er nicht wusste, was es gewesen war. Er setzte sich zu Ramses, der außer ihm selbst der Einzige zu sein schien, dem bewusst war, dass ihnen das Schwierigste vermutlich noch bevorstand.

»Einige tun gerade so, als hätten wir unsere Aufgabe schon gelöst«, sagte Alf.

»Was hast du für Bedenken?«

»Da gibt es einiges, was es zu überlegen gilt. So meine ich, dass wir Sylvies Beobachtung ernst nehmen sollten.«

»Ach, das meinst du«, antwortete Ramses geringschätzig.

»Hör mir erst einmal zu: Beim Abstieg habe ich mich überzeugen können, dass es keine Täuschung war, ich habe ganz eindeutig etwas erkannt, was sich bewegte. Es war auf der gegenüberliegenden Seite des Berges, also innerhalb des abgesperrten Gebiets, und das gibt der Sache doch etwas mehr Gewicht.«

»Was kann es schon sein? Hast du einen Verdacht?« Besonders beeindruckt war Ramses immer noch nicht.

»Es muss etwas sein, was wir hier nicht erwartet haben. Menschen, die seit der Zeit der Marsbesuche hier überlebt haben? Intelligenzen von einem anderen Stern? Immerhin fällt auf, dass wir diese Beobachtungen erst hier gemacht haben, im engeren Umkreis der Station. Es muss etwas mit der Anlage zu tun haben. Was sich auch immer dahinter verbirgt, es ist auf uns aufmerksam geworden und beobachtet uns. Das ist die einfachste Erklärung.«

Ramses fiel Alf ein wenig aufgebracht ins Wort: »Das ist doch nicht dein Ernst!«

Alf versicherte, dass er es durchaus ernst meinte. Und er fügte hinzu: »Jedenfalls sollten wir nicht so tun, als ob wir den Schatz schon in der Tasche hätten. Es könnte unangenehme Überraschungen geben.«

Ramses, der sich schon abwenden wollte, drehte sich wieder zu Alf herum. »Du bist ein unverbesserlicher Pessimist. Wovor fürchtest du dich eigentlich?«

»Ich fürchte mich nicht«, entgegnete Alf, »ich versuche nur, vorsichtig zu sein und mich auf alle Eventualitäten einzustellen. Wenn wir überhaupt noch an ein Spiel glauben wollen, dann müssten uns die größten Schwierigkeiten ja noch bevorstehen. Jeder, der ein solches Spektakel inszeniert, wird dafür sorgen, dass die Spannung gegen den Schluss hin steigt. Und das erreicht man natürlich am besten dadurch, dass man den Akteuren Hindernisse in den Weg stellt. Wenn wir uns also wirklich in einem Spiel befinden, dann müssen wir uns noch auf einiges gefasst machen.«

Ramses ließ erkennen, dass ihm dieses Gespräch unangenehm war. Und offenbar wollte er es möglichst schnell beenden, als er sagte: »Ich garantiere dir, da hat niemand Hindernisse eingebaut.«

Alf musste den eben gehörten Satz noch einmal überdenken, um seine Bedeutung zu erkennen. Eine merkwürdige Behauptung! Eigentlich konnte sie nur von jemandem ausgesprochen werden, der längst nicht mehr an ein Erlebnisspiel glaubte. Er setzte bereits zu einer Frage an, als das Fahrzeug mit einem Ruck stoppte.

Es kam so überraschend und war so heftig, dass die Insassen nach vorne geschleudert wurden. Als sie dann aufschauten, sahen sie Henrich, dessen Hand auf der Bremse lag.

»Ich wollte sofort stoppen«, sagte er, »aber die Automatik war schneller ...« Er setzte zu einer Erklärung an, aber das war nun nicht mehr nötig, alle konnten den Grund für den unverhofften Halt erkennen: Hinter einer Biegung war die schöne Straße unversehens zu Ende, sie mündete ins Leere, der Rand wie vom Messer abgeschnitten.

»Hier hat ein Meteorit eingeschlagen«, meinte Alf, »– erst vor kurzer Zeit ...«

Gijon bewegte die Kamera in verschiedene Richtungen, um eine Übersicht zu gewinnen. »Dort drüben setzt sich die Straße fort.« Er zoomte die von ihm entdeckte Stelle heran, und nun konnten sich alle überzeugen. Durch den Einschlag war die Oberfläche der Lavadecke quer durch die Schichten hindurch durchtrennt worden, in einer Tiefe von 15 oder 20 Metern waren unterirdische Hohlräume angeschnitten worden, und dort gähnten ein paar dunkle Löcher.

»Dort müssen wir hinüber«, sagte Ramses. Er wandte sich an Henrich: »Willst du das übernehmen?«

Wortlos ließ sich Henrich wieder am Steuer nieder. »Hinsetzen und anschnallen!«, befahl er. »Ich versuche auf gleicher Höhe zu bleiben, so kommen wir am besten um den Krater herum.«

Also noch eine Fahrt über Stock und Stein – die Gegend sah nicht gerade einladend aus.

Und wieder dieses merkwürdige Erlebnis des passiven Zuschauers: fest in den Sitzen verankert, ein Rütteln und Schütteln bis zur Grenze des Erträglichen. Die vorüberziehenden Bilder, Sichtmöglichkeit in alle Richtungen, der zentrale Bildschirm mit dem weit offenen Ausblick nach vorn. Der superbreite Flachbildschirm des Monitors mit der Sicht nach hinten. In den seitwärts gerichteten Luken träge vorüberwandernde Landschaft, die sich in langsam veränderter Perspektive seltsam verformte: sich in einigen Bereichen dehnte und in anderen zusammenstauchte. Dann wieder hektisch bewegte Felswände, zu verwischten Streifen auseinandergezogen ...

Es gab keinen entscheidenden Unterschied gegenüber den Multimediaerlebnissen in den Wägelchen der Erlebnisparks – wenn man sich den unmittelbaren Eindrücken hingab, schauen, staunen, sich im Sitz festkrallen, gegen Übelkeit kämpfend ... kein Unterschied, wenn man die Situation vergaß ...

Ein schmales Felsband, den Abgrund entlang. Schuttberge aus frisch gebrochenen Gesteinstrümmern, eine Vielfalt satter Farbtöne. Ein Stück steil abwärts, dann wieder steil hinauf. Momente Angst erregender Schieflage.

Ein letztes Aufbäumen des Fahrgestells, von da an ging die Fahrt wieder ruhig dahin.

Henrich hatte die ganze Zeit über geschwiegen, voll auf seine Aufgabe konzentriert. Jetzt, nach einer halben Stunde, meldete er sich wieder: »Ich nehme an, dass wir wieder auf dem richtigen Weg sind.«

Der Einschlagskrater war irgendwo hinter ihnen abgetaucht. Wieder durch die Automatik gesteuert fuhren sie durch ein flaches Tal, rechts und links geringfügig geneigte Hänge, in denen abfließende Lava kleinere Rinnen geschaffen hatte. Die unbefestigte Straße unterschied sich zwar nur wenig von ihrer Umgebung, aber da die größeren Hindernisse beiseitegeräumt waren, kamen sie rascher voran.

Der aufregende Teil des Schauspiels war vorüber, die meisten lehnten sich in ihren Sitzen zurück und schlossen die Augen.

Als sie, schon gegen Abend, ein kleines Tal erreichten, in dem kleinere Lavastückchen und Sand eine feste Bodenschicht gebildet hatten, hielt Ramses an und sagte: »Wollt ihr noch weiterfahren? Ich selbst hätte für heute genug.«

Seine Gefährten stimmten ihm mit einem nicht besonders fröhlichen Gemurmel zu. Noch vor ein paar Stunden hatten sie geglaubt, ihr Ziel fast schon erreicht zu haben, und nun waren sie enttäuscht. Erst als sie ausgestiegen waren und mit den üblichen Vorbereitungen für die Nacht beschäftigt waren, verbesserte sich die Stimmung ein wenig, und später, nach der gemeinsamen Mahlzeit, überwanden sie allmählich ihre schlechte Laune.

Als das Essen vorbei war, hatten sich alle wieder so weit beruhigt, dass Alf glaubte, den richtigen Zeitpunkt für ein etwas heikles Thema gefunden zu haben. »Hört mir einmal zu, ich möchte euch auf etwas aufmerksam machen. Es ist euch ja auch schon aufgefallen, dass unser Unternehmen nicht ganz so läuft, wie wir uns das vorgestellt haben. Nun hat ja keiner von uns vorher schon an einer Reality-Show teilgenommen, und es könnte durchaus sein, dass man sich als Zuschauer einen ganz anderen Eindruck vom Ablauf macht, als man ihn als Teilnehmer erlebt. Doch während unseres Aufenthalts ist es zu einigen Zwischenfällen gekommen, die nicht in das übliche Schema passen. Wir sind mehrmals ernsthaft in Gefahr geraten, und einer von uns wurde schwer verwundet. Und so war es für uns alle eine unerwartete und böse Überraschung, dass in diesen Fällen jede Hilfeleistung ausgeblieben ist. Auf unsere Kontaktversuche hin bekamen wir keine Antwort. Kurz und gut, es sieht so aus, als wären alle Brücken abgebrochen. Das bedeutet, dass wir völlig auf uns allein gestellt sind. Das aber verändert unsere Situation ganz gewaltig, und wir müssen uns so verhalten, als wären wir auf einer richtigen Expedition in einer bedrohlichen Umgebung.«

Alfs Zuhörer hatten mit wachsender Unruhe gelauscht. Es war jetzt das erste Mal, dass er unterbrochen wurde: »Vielleicht ist diese Situation nur vorgetäuscht, damit wir uns so benehmen, als ginge es wirklich um Leben und Tod. Wir sind ja keine Schauspieler, vielleicht ist man mit uns nicht zufrieden, und das, was man jetzt mit uns macht, ist dann sicher ein gutes Mittel, um die Sache realistischer zu gestalten.« Der Einwand kam von Henrich, doch er wirkte dabei recht unsicher, und es war nicht zu deuten, ob er selbst an seine Erklärung glaubte.

»Im Prinzip hast du Recht«, antwortete Alf. »Aber wir sind eben im Moment nicht in der Lage, über eine dieser beiden Möglichkeiten zu entscheiden. Wenn wir tatsächlich auf dem Mars ausgesetzt wurden, dann haben wir allen Grund, über die Konsequenzen nachzudenken. Was hat das Ganze für einen Sinn? Was haben wir hier zu suchen? Denn in diesem Fall können wir die vorgegebene Aufgabe vergessen: Wir hätten Wichtigeres zu tun, als nach einem Goldschatz zu suchen, vielmehr käme es darauf an, zu überlegen, wie wir hier überhaupt überleben können.«

»– und zur Erde zurückkehren«, ergänzte Cassius.

Nun meldete sich Linette: »Dann müssten wir ja schleunigst umkehren – wieder dorthin zurück, wo wir gelandet sind. Wo wir die Startrampe zurückgelassen haben.«

Das war allerdings eine Alternative, mit der sich niemand so recht anfreunden mochte. Sie bedeutete nicht mehr und nicht weniger, als dass sie ihr Unternehmen aufgeben sollten. Das wäre das Ende all ihrer Erwartungen und Hoffnungen.

Schließlich unterbrach Alf das vielsagende Schweigen. »Bevor wir diese Möglichkeit weiter diskutieren, habe ich noch einen Vorschlag. Ich glaube nämlich, dass uns Ramses helfen kann.«

Alle blickten ihn erstaunt an, und bei seinen Gefährten ging dieses Erstaunen in Abwehr über. »Wie meinst du das?«

Alf hatte sich entschlossen, keine Rücksicht mehr auf den Genannten zu nehmen. »Jeder von uns hat längst bemerkt, dass Ramses ein Fremdkörper in unserer Gemeinschaft ist. Gut, er ist ein wenig älter, und das kann der Grund dafür sein, dass er hier eine Art Führungsrolle übernommen hat, während vorher eigentlich eine völlige Gleichberechtigung zwischen allen vereinbart war. Und man muss zugeben, dass seine Entscheidungen meist richtig waren. Andererseits ist es ihm dadurch gelungen, uns alle dazu zu bringen, seinen Wünschen zu folgen. Und ich bin inzwischen sicher, dass er Ziele verfolgt, die mit unserem Erlebnisspiel nichts zu tun haben.«

Nun wandte er sich direkt an Ramses: »Ich hatte eigentlich nicht vor, etwas darüber zu sagen, schließlich kann sich jeder seine eigenen Gedanken machen. Nun aber, da wir wieder zu einem gefährlichen Umweg gezwungen sind, wäre es an der Zeit, dass du uns das mitteilst, was du weißt. Wie sollen wir uns richtig verhalten, wenn wir nicht wissen, worum es geht? Ich fordere dich daher auf, uns nun reinen Wein einzuschenken.«

Ramses rückte etwas unruhig auf seinem Sitz hin und her, dann richtete er sich auf, als hätte er einen Entschluss gefasst. »Nun gut, vielleicht ist es an der Zeit, einiges zu erklären. Aber vorher möchte ich daran erinnern, dass jeder Einzelne von euch, bevor er endgültig zur Teilnahme berufen wurde, ein Dokument unterschrieben hat. Damit hat er bestätigt, dass er einverstanden ist, im Laufe des Spiels zum Mars gebracht zu werden.« Einige seiner Zuhörer nickten verdrießlich. »Also hat auch keiner das Recht, sich jetzt, nachträglich, darüber zu beschweren.«

Er besann sich kurz, dann fuhr er fort: »Ihr erinnert euch

doch, dass wir alle eine sehr intensive Ausbildung mitgemacht haben, und zuletzt mussten wir sogar eine Prüfung ablegen. Und ich kann es euch verraten: Im Unterschied zu den anderen Spielen handelte es sich dabei um eine ernsthafte Vorbereitung auf ein schwieriges Unternehmen. Wer da nicht voll dabei war, ist selbst daran schuld, wenn nun etwas schiefgeht. Wir haben alles gelernt, was ein Astronaut auf dem Mars braucht, um mit den Geräten vertraut zu sein und zu wissen, wie er sich verhalten muss.«

Seine Gefährten wurden allmählich ungeduldig.

»Willst du uns weiter mit juristischen Belehrungen langweilen?«, fragte Gijon, und auch Henrich forderte: »So komm doch endlich zur Sache!«

»Der Grund für dieses Unternehmen ist gar nicht so sehr von der Zielsetzung des Spiels, das den Vorwand geliefert hat, entfernt. Das bedeutet aber, dass alles, was wir bisher unternommen haben – wenn auch unter anderen Vorzeichen –, nötig und zweckdienlich war.«

»Was soll das? Sag doch endlich, was los ist!«

»Der Unterschied zu einem Spiel liegt darin, dass der sogenannte Schatz nicht versteckt wurde, sondern dass sich hier auf dem Mars tatsächlich etwas Wertvolles befindet, was auf der Erde sehr selten ist, etwas, was wir dringend brauchen. Es handelt sich allerdings nicht um Gold, sondern um Palladium, ein wichtiges Material für elektronische Schaltungen. Ohne Palladium gäbe es keine künstliche Intelligenz. Im Unterricht haben wir gehört, dass seinerzeit, als die westliche und die asiatische Föderation noch Konkurrenten waren, von den Chinesen hier oben auf dem Mars Palladium abgebaut wurde. Es wurde unten, am Fuß des Vulkans, gefördert, in der Station gesammelt und von Zeit zu Zeit zur Erde transportiert. Diese Aktivitäten wurden später überflüssig, da man lernte, das verbrauchte Palladium zurückzugewinnen – aber leider nicht vollständig. Damit hatte man nicht gerechnet, es schien kein weiterer Bedarf zu bestehen, und deshalb wurde die letzte Station auf dem Mars stillgelegt, seither kam kein Mensch mehr hierher.«

»Es ist also unsere Aufgabe, dieses Metall zu finden und auf die Erde zu bringen?«

Ramses nickte. »Genau«, bestätigte er. »Es ist bekannt, dass noch eine Menge davon in der Festung lagert.«

»Und warum beauftragt man mit einer solchen Aufgabe keine Wissenschaftler oder Techniker?«, fragte Sylvie.

»Es gibt keine Wissenschaftler mehr, und auch keine Techniker«, antwortete Ramses. »Von euren Anlagen und Fähigkeiten her seid ihr die Besten, die man finden konnte.«

Ramses schwieg, während die anderen sich über das eben Gehörte unterhielten. Schließlich sagte Cassius: »Eigentlich brauchen wir also nichts anderes zu tun als das, was wir bisher sowieso getan haben. Vielleicht wird die Sache dadurch sogar einfacher!«

»Stimmt!«, rief Gijon. »Dann ist also niemand interessiert, uns Schwierigkeiten zu machen.«

Ramses nickte. Dann fiel ihm noch etwas ein: »Allerdings gibt es doch einen erwähnenswerten Unterschied gegenüber den üblichen Spielen: Wenn wir das Palladium bergen und zur Erde bringen, bekommt jeder von uns eine saftige Prämie.«

Am Anfang dieser Ausführungen hatten seine Gefährten zuerst erstaunt, dann erschrocken und schließlich verärgert reagiert. Bald aber sahen sie ein, dass die von Ramses beschriebene Situation nichts an dem änderte, was sie zu tun hatten, und mit seinem letzten Satz hatte er endgültig ihre Bedenken überwunden. Die veränderte Sachlage erschien ihnen durchaus akzeptabel.

Da sich inzwischen die Dunkelheit über das Tal gebreitet hatte, wurde beschlossen, an diesem Abend nichts mehr zu unternehmen. Sie blieben noch eine Weile beisammen sitzen, bis sie schließlich in ihre Kojen krochen.

Als Alf nun Ruhe hatte, das eben Erfahrene zu durchdenken, beschlich ihn ein zwiespältiges Gefühl. Irgendwie war er von Ramses' Mitteilung enttäuscht. Was dieser gesagt hatte, klang ernüchternd, ja banal. Also wirklich ein Schatz, eine fröhliche Suche, keine entscheidenden Hindernisse, und am Schluss eine Menge Geld.

Er versuchte, eine schwache Stelle in den Ausführungen zu finden, und es fiel ihm auch einiges ein, was unverständlich blieb, sich nicht logisch begründen ließ. Warum hatte man diese Aktion als Erlebnisspiel getarnt? Gab es wirklich keine Menschen mehr, die viel bessere Voraussetzungen für einen solchen Einsatz boten, als eine durch Zufall zusammengewürfelte Gruppe? Allerdings wusste er nur allzu gut, dass Aufgaben dieser Art schon seit der Einführung des Goldenen Zeitalters nicht mehr an Menschen delegiert wurden, und deshalb war es wohl wahr: Für solche Aufgaben gab es keine Fachleute mehr. Es kam darauf an, Leute zu finden, die bereit waren, sich auf ein solches Abenteuer einzulassen.

Aber hätten nicht andere Institutionen das Unternehmen besser durchführen können als das Unterhaltungsdezernat? Auch in diesem Fall fiel Alf eine plausible Begründung ein: Wer wäre noch dafür in Frage gekommen? Die Spielezentrale war derzeit die einzige Stelle, zu deren Aufgaben das Organisieren von Expeditionen gehörte. Welchem Zweck diese Expeditionen dienten, war dann schließlich zweitrangig. Und vielleicht spielte auch eine Rolle, dass es kaum eine andere Institution auf der Erde gab, die die nötigen finanziellen Mittel dafür aufbringen konnte.

Auch auf andere Fragen ließen sich Antworten finden, so dass Alf nicht in der Lage war, seinen Verdacht zu erhärten. Schließlich gab er seine Bemühungen auf und überließ sich der Müdigkeit, die ihn in den Schlaf hinübertrug.

Sylvie

Sylvie hatte ihre Standardausbildung abgeschlossen, mit einem sehr guten Ergebnis sogar. Deshalb war sie überrascht, als sie mit einigen wenigen Angehörigen ihres Jahrgangs zu einer Besprechung im Kulturreferat beordert wurde. Gab es irgendeinen dunklen Punkt in ihrer Beurteilung?

Die jungen Leute, keiner älter als 19, waren in ein Konferenzzimmer geführt worden. Einige hatten es sich in den Polstersesseln bequem gemacht, andere waren zu nervös dazu und standen unschlüssig herum. Mit gedämpften Stimmen diskutierten sie darüber, weswegen man sie hierher zitiert hatte.

Man würde sie einzeln hineinrufen, hatte man ihnen gesagt, und obwohl Sylvie ruhig und gefasst war, erschrak sie doch ein bisschen, als sie als Erste an die Reihe kam. Sobald sie dann vor der Referentin saß, legte sich ihre Unruhe ein wenig, denn sie war in netter Weise gebeten worden, Platz zu nehmen.

Sie musste ein wenig warten, die Referentin blätterte lange und ohne sonderliche Eile in ihren Unterlagen und schien die Daten mit Angaben auf dem Holo-Screen zu vergleichen. Wegen der dreidimensionalen Darstellung konnte Sylvie erkennen, was dort zu sehen war – es handelte sich um Diagramme, deren Bedeutung aber aus ihrer Perspektive nicht zu erkennen war. Dann hob die Referentin den Kopf und blickte Sylvie ernst, aber nicht unfreundlich an. »Sie haben Ihre Ausbildung mit hervorragenden Ergebnissen abgeschlossen. Der Intelligenz-Faktor liegt weit über dem Durchschnitt, und auch der Anpassungswert ist relativ hoch. Aber das ist Ihnen ja bekannt. Haben Sie eigentlich schon über Ihre Zukunft nachgedacht? – was Sie weiterhin tun wollen?«

Sylvie fiel ein Stein vom Herzen, das hörte sich doch recht vielversprechend an.

»Es wäre natürlich ideal, wenn ich in der Verwaltung arbeiten könnte, vielleicht im sozialen Bereich.« Sie hatte nicht lang nachdenken müssen, denn welche höher qualifizierten Arbeiten gab es denn schon außerhalb der Verwaltung.

Die Referentin musterte Sylvie.

Dann sagte sie: »Ihre Fähigkeiten scheinen im rationalen Bereich zu liegen, also Wissenschaft, Technik oder Medizin. Was würde Sie da interessieren?«

»Vielleicht Psychologie«, sagte Sylvie. »Ich interessiere mich für Menschen, wie sie empfinden, wie sie denken, wie sie wahrnehmen ...«

»Psychologie existiert nicht als Spezialfach«, wandte die Referentin ein. »Sie müssten sich für Medizin entscheiden, doch Sie hätten später die Möglichkeit, sich zu spezialisieren.«

Ein Studium der Medizin erschien Sylvie nicht gerade erstrebenswert, sie dachte an Krankheiten, Geschwüre, Wunden, Blut, und so zögerte sie mit der Antwort.

Die Referentin blickte auf ihre Armbanduhr, es schien, dass sie es eilig hatte. »Es sind noch andere da, mit denen ich sprechen will«, sagte sie. »Wünschen Sie Bedenkzeit?«

Doch Sylvie hatte sich nun schnell entschlossen, und sie nahm das Angebot an. Noch vor einer Stunde hätte sie nicht davon zu träumen gewagt, eine Beamtenlaufbahn einzuschlagen. Sachverständige für Medizin, vielleicht sogar Beauftragte für Psychologie zu werden. Dass sie nun einige Jahre Studium vor sich hatte, erschien ihr nicht so angenehm, aber sie würde eine Menge interessanter Dinge lernen, und das war wohl einige Mühe wert.

Bisher hatte sie sich kein Bild von den Umständen einer höheren Ausbildung machen können, sie wusste zwar, dass es dafür früher eigene Unterrichtsstätten gegeben hatte, Hochschulen und Universitäten, doch solche Einrichtungen gab es schon längst nicht mehr, ebenso wenig wie eine praktische Betätigung für Menschen; dafür waren schließlich die Maschinen und Automaten da. Der Mensch hatte nur noch eine Kontrollfunktion, aber das war letztendlich auch eine verantwortungsvolle Aufgabe.

Was gab es nun für sie zu tun? Doch Sylvie brauchte sich den Kopf darüber nicht weiter zu zerbrechen – bereits einige Tage später bekam sie Bescheid, sich in der zentralen Datenbank zur ersten Lektion einzufinden.

Bevor sie eintrat, schaute sie sich das mit schwarzem Glas umkleidete fensterlose Gebäude an und blickte zu jenem sich im Dunst der Stadt verlierenden Turm empor, in dem das gesamte Wissen der Gegenwart gespeichert war. Nur wenige durften dieses Gebäude betreten, und sie war stolz darauf, dass sie nun dazugehörte. Was würden die Leute von ihr denken, wenn sie nun einfach auf das Tor zuging und eintrat?

Ihr Chip war mit einem Kennzeichen versehen, das das Tor dazu veranlassen sollte, sich für sie zu öffnen, und als sie es gewagt hatte und bestätigt fand, drehte sie sich noch einmal kurz um – aber niemand beachtete sie. Sie kam in eine große Halle und meldete sich beim Kontrollposten, der ihr einen Gebäudeplan gab, in dem ihr Studiensaal markiert war.

Sylvie hatte etwas erwartet, das im Großen und Ganzen ihrer bisherigen Unterrichtsstelle entsprochen hätte: eine Lehrkraft, die die Lernspiele leitete und das Kommunikationstraining zwischen den Teilnehmern beaufsichtigte. Der Saal, den sie nun betrat, sah dagegen ernüchternd aus: kein Studienleiter, keine besonderen Einrichtungen, sondern lange Tische mit Lernzellen, die sich um Kopf und Oberkörper schlossen. Eine Ecke des Raums, gleich neben der Tür, war als O-Punkt gekennzeichnet – das lokale Organisationszentrum, in dem man seine Instruktionen erhielt –, und darüber, etwas erhöht, hing die langsam hin- und herwandernde Kamera des Sicherheitsdienstes.

Nachdem Sylvie ihren Chip in den Eingabeschlitz des Automaten gesteckt hatte, meldete sich das auditive Dialogsystem und lieferte ihr alle nötigen Instruktionen. Sie bekam einen Platz zugewiesen, ging zwischen langen Reihen stillsitzender Männer und Frauen hindurch und stand dann an jener Stelle, an der sie in den nächsten Jahren den größten Teil der Zeit verbringen würde. Wieder steckte sie ihren Chip ein, worauf die durchsichtige Abdeckung, die auf dem Tisch aufsaß, hochklappte, so dass sie sich setzen konnte und Zugriff zu den auf dem Pult befindlichen Ein- und Ausgabegeräten hatte. Und schon begann eine Automatenstimme, ihr weitere Anweisungen zu geben. Sie musste einen kappenförmigen Aufsatz über den Schädel stülpen und zuerst einige Tests über sich ergehen lassen, die die Verständlichkeit der Übermittlung betrafen, das Tempo der Informationsübertragung und so fort. Es war eine Lernmaschine, wie sie sie bisher noch nicht gesehen hatte, doch es war ihr bekannt, dass man damit Lehrstoff direkt ins Gehirn übertragen konnte.

Sie erwartete, dass man ihr den Wissensstoff vortragen oder in Textform zum Lesen anbieten würde, dass sie daraufhin abgefragt würde und dass sich die Lektion dann so oft wiederholen würde, bis sie den Stoff beherrschte. Stattdessen spürte sie eine Vibration im Kopf, ihre Gedanken verwirrten sich, es war ein Gefühl, als wenn man nicht mehr die Herrschaft über das hatte, was man beabsichtigte, und dann folgte ein Zustand, in dem sie das Bewusstsein verlor, aber immerhin noch feststellen konnte, dass es kein Schlaf war und auch kein Traum, aber etwas Ähnliches, was ebenso verwirrend wie ermüdend wirkte.

Sie vermochte nicht zu sagen, wie lange die Sitzung gedauert hatte, jedenfalls fand sie sich im Stuhl sitzend wieder, die Zelle hatte sich selbsttätig geöffnet. Sie brauchte keine Aufforderung, um den Aufsatz vom Kopf zu nehmen – sie fühlte sich davon so beengt, dass sie froh war, ihn loszuwerden.

Die erste Lektion war beendet. Sylvie wollte aufstehen, doch dann blieb sie noch eine Weile in ihrem Stuhl sitzen, denn plötzlich wurde ihr Gehirn von Gedankenbildern überschwemmt ... Das, was sie nun reflexartig tat – und sie konnte sich nicht dagegen wehren –, glich einem Herumtasten im Dunkeln. Dabei tauchten Fragmente eines Wissens auf, das ihr bisher unbekannt gewesen war – relativ einfache Dinge, nicht gerade aufregend, eher im Gegenteil: Jetzt wusste sie eine Unmenge über Verordnungen, Regeln, Gesetze, die zu beachten waren, wenn es um die physische und psychische Gesundheit der Bürger ging. Ein wichtiger Aspekt war in diesem Zusammenhang, welche Fragen von der Netzintelligenz festgelegt wurden und in welchen Belangen der menschliche Sachbearbeiter Fragen stellen oder Wünsche äußern durfte.

Endlich verebbte der Strom der Gedanken, in ihrem Kopf kehrte eine merkwürdige Ruhe ein. Sie erhob sich aus ihrem Sitz, verließ die Kabine, den Saal, das Gebäude. Sie fühlte sich immer noch in Wachträume verstrickt, und es dauerte eine Weile, ehe sie wieder zielbewusst denken konnte.

Natürlich machte sie sich Gedanken über das, was sie eben erlebt hatte. Sie empfand Freude darüber, dass die Übertragung gut gelungen war, aber dahinein mischte sich doch ein wenig Enttäuschung: Sie hatte erwartet, spannende Dinge über den Menschen, seinen Körper, seine Denkweise zu erfahren, doch das, was sich nun in ihrem Gehirn abgelagert hatte, war ein Wust von Kenntnissen über Regeln des Umgangs mit dem intelligenten Netzwerk – etwas, das ihr wie alle Regeln und Vorschriften auf den ersten Blick enttäuschend langweilig vorkam. Erst nach einer Weile wurde ihr bewusst, auf was sich das Gelernte bezog: Es konnte sich doch nur um jene Verhandlungen handeln, bei denen über das Schicksal der Menschen entschieden wurde. War es möglich, dass sie vielleicht selbst an diesen Diskussionen beteiligt sein würde? Das wäre eine interessante Tätigkeit, so dass es sich lohnen konnte, die Langeweile zu ertragen.

In den nächsten Monaten besuchte Sylvie den Saal mit den Lernmaschinen regelmäßig, so, wie man es von ihr erwartete. Sie versuchte sich mit dem öden Lernstoff abzufinden und tröstete sich mit dem Gedanken, dass es sich vorderhand um eine Grundausbildung handelte und dass ihr später sicher auch die mehr fachspezifisch orientierten Wissensbestände zugänglich gemacht werden würden.

Bis es so weit war, würde noch einige Zeit vergehen, sie musste sich in Geduld fassen. Doch zu ihrer Überraschung vermochte sie dem, was sie jetzt vermittelt bekam, doch ein gewisses Interesse abzugewinnen, und schließlich glaubte sie, das Prinzip jenes Staatswesens begriffen zu haben, das dem Goldenen Zeitalter zu Grunde lag. Sie begriff, dass sich der Mensch um Sachfragen kaum noch zu kümmern hatte – dass es die Intelligenz des Netzwerks war, das alle sachbezogenen Probleme löste, alle praktischen Arbeiten durchführte. Im Bereich der Medizin bedeutete das, dass die Diagnose mit Hilfe von Automaten erstellt wurde, dass dann das System über die Behandlungswürdigkeit des Patienten entschied und es schließlich bestimmte, welche medikamentösen Applikationen oder operativen Eingriffe angewendet werden mussten. Der Mensch hatte dabei lediglich eine Beratungsfunktion, und seinen Einwendungen wurde nur dann entsprochen, wenn es um moralische, ethische oder religiöse Aspekte ging, die bei der praktischen Durchführung zu berücksichtigen waren; das war eine verantwortungsvolle Tätigkeit, und in der Regel wurden solche Einsprüche, soweit sie nicht in Widerspruch zu sachlichen Aspekten standen, auch berücksichtigt.

Im zweiten Jahr wandte sich der Unterricht endlich den Sachthemen zu, aber Sylvie merkte bald, dass es dabei nur um jenes Wissen ging, das man für einfachste Selbstdiagnosen, Erste-Hilfe-Maßnahmen, Ernährungsberatung, Empfehlungen für körperliche Betätigung und Placeboeffekte brauchte. Kurz und gut – nach einem weiteren Jahr hatte Sylvie zu beurteilen gelernt, ob ernsthafte Maßnahmen zur Behandlung von Erkrankten oder Verletzten nötig waren oder ob man mit einiger Routine ohne den Einsatz von Behandlungsmaschinen auskam.

Das war die Zeit, als Sylvie mit ihrem Schicksal zu hadern begann, es sah nämlich so aus, als wäre mit dem, was sie bisher gelernt hatte, ihr Studium auch schon abgeschlossen. Doch das, was sie eigentlich interessiert hatte, war ihr nach wie vor verschlossen geblieben.

Sylvie hatte einen guten Kooperationsstandard, das war ihr bestätigt worden, doch ihr Wissensdrang war stärker als ihr Drang zum Gehorsam. Unabhängig vom offiziellen Studium versuchte sie, Information aus anderen Quellen zu bekommen, wobei sie natürlich vor allem auf Unterhaltungsangebote zurückgreifen musste, beispielsweise auf historische Filme, oder auch auf die zahlreichen Science-Fiction-Hörspiele, die besser über Wissenschaft, Technik und soziale Fragen informierten als herkömmliche Unterhaltungsfilme. Da ging es eben nicht nur um die üblichen Auseinandersetzungen zwischen Menschen, sondern auch um Probleme, die sich nur auf der Basis wissenschaftlicher und technischer Kenntnisse lösen ließen.

Trotz der beträchtlichen Menge an Wissen, die sie den Medien entnehmen konnte, war Sylvie nicht davon befriedigt, und so war es für sie ein besonderer Moment, als sie durch einen Kriminalfilm auf die ›internen Datenbestände‹ aufmerksam gemacht wurde. Dort sollte jenes Material zu finden sein, das heute keinen praktischen Wert mehr hatte, hauptsächlich Informationen über frühere Wege und Irrwege der Wissenschaft und der Technik. Und als Irrweg galt alles, was für die Aufrechterhaltung des Goldenen Zeitalters keinen Nutzen hatte.

Überlegungen solcher Art waren der Grund für Sylvies festen Entschluss, sich einmal etwas näher um die Bibliotheken zu kümmern und sich auf irgendeine Weise Zugang zu verschaffen. Zu ihrem Erstaunen war das gar nicht so schwer, es handelte sich um Nanospeicher, Disketten, Magnetbänder und sogar auf Papier gedruckte Bücher und andere Publikationen. Das alles benötigte viel Platz, und so hatte man es in Kellerräumen untergebracht, in Depots, die sich meist in den unterirdischen Geschossen von Museen befanden. Nur deren oberirdisch angelegte Räume waren für den allgemeinen Besuch geöffnet, und dementsprechend wurde dort das Wissen in Form von Unterhaltung geboten.

Sylvie brauchte sich gar nicht lange umzusehen, um herauszufinden, dass man mit einem einfachen Decodierungsgerät die Passwörter ermitteln konnte, die den Zutritt zu den für das Publikum gesperrten Bereichen ermöglichten. Offenbar bestand keine Notwendigkeit einer besonderen Sicherung – wer interessierte sich schon für unnützen Wissensstoff! Und so nahm sie neben ihrem vom Staat verordneten Unterricht ein neues, ein eigenes Studium auf, sie schlich sich an den Abenden in die mit Informationen voll gestopften Räume ein und machte es sich zur Gewohnheit, drei oder vier Nächte in der Woche dort zu verbringen. In der Tat – was sie dort erfahren konnte, war genau das, was sie sich erhofft hatte. So informierte sie sich zunächst über den Körperbau des Menschen und kam dann später zu seinem Nervensystem, in dem sein Denken und Verhalten programmiert waren. Entgegen der Meinung, dass diese alten Kenntnisse überholt seien und für die heutige Zeit keinen Wert mehr hätten, erfuhr Sylvie manches, was ihr brauchbar und hilfreich erschien.

So fand sie Informationen über eine Methode, mit der man Vergessenes wieder ins Bewusstsein holen konnte. Das Verfahren war der Hypnose verwandt, es beruhte darauf, die betreffende Person in jenen Schlafzustand zu versetzen, der durch lebhafte Träume charakterisiert war. Wenn es gelang, vorher Assoziationen zu jenem Themenbereich zu aktivieren, zu dem die verschütteten Inhalte gehörten, dann hatte man eine gute Chance, dass diese in Träumen verschlüsselt wieder bewusst wurden. Sie hatte in der letzten Zeit soviel Wissen aufgenommen, dass sie sich fragte, was sie davon überhaupt im Gedächtnis zu halten vermochte, und so konnte eine Methode, mit der sich Vergessenes neu aktivieren ließ, nur nützlich sein.

Als spannend empfand Sylvie auch die als besonders geheim bezeichneten Unterlagen zu jenen Versuchen, die Kombinationen zwischen Menschen und elektronischen Systemen zum Gegenstand hatten. Es gab ja in ihrem Staatswesen einige Aufgaben, für die keine Menschen, sondern Androiden eingesetzt wurden – vor allem bei Tätigkeiten, die für Menschen gefährlich gewesen wären, also etwa bei der Feuerbekämpfung oder bei Auseinandersetzungen mit gewalttätigen Verbrechern. All das erschien der heute lebenden Generation als selbstverständlich, und niemand hatte eine Ahnung davon, was es früher für fantastische Experimente – mit ebenso fantastischen Ergebnissen – gegeben hatte, um diese halbintelligenten Wesen zu erschaffen.

In den ersten Wochen ihrer geheimen Nachforschungen stand Sylvie Ängste aus, wenn sie irgendwo ein Knacken oder Schleifen hörte. Dann fürchtete sie, dass man sie entdeckt hätte, und rechnete sich aus, wie man sie abführen und bestrafen würde. Doch als sie einmal eine Maus über den Boden huschen sah, beruhigte sie sich. Merkwürdig genug, dass es gerade in einer Bibliothek noch frei lebende Tiere gab. Wovon ernährten sie sich? Doch dieses Rätsel war leicht zu lösen – als Sylvie Fraßspuren in alten, noch auf Papier gedruckten Schriften entdeckte.

Mit der Zeit verlor sie ihre Befangenheit, und schließlich

ging es ihr mehr darum, einen bequemen Platz zu finden, um sich in Ruhe mit dem alten Material beschäftigen zu können.

Und darum kam es für sie völlig unerwartet, als sie eines Nachts Schritte hörte ... Sie brauchte gar nicht lange zu lauschen, denn Sekunden später liefen von verschiedenen Seiten Angehörige des Sicherheitsdienstes herbei und richteten die Schockpistolen auf sie. Und so geschah das, was sie seinerzeit gefürchtet und inzwischen verdrängt hatte: Sie wurde abgeführt, wurde eingesperrt – und sie wurde bestraft.

Ein paar Tage später saß sie wieder der Referentin gegenüber, die diesmal alles andere als wohlwollend erschien. »Sie haben mich tief enttäuscht«, sagte sie. »Ich habe Sie ungewöhnlich positiv beurteilt, und nun macht man mich für das, was geschehen ist, verantwortlich. Aber das ist meine Sache, die Folgen für Sie sind noch viel unangenehmer: Nach den bestehenden Gesetzen werden Sie als Nichtangepasste dritten Grades registriert. Da Sie sich verbotenes Wissen angeeignet haben, wurde eine Löschung Ihres Gedächtnisses angeordnet. Während der 14-tägigen Behandlungszeit werden Sie in einer Dunkelzelle leben. Sie werden Gelegenheit haben, Ihre Tat zu bereuen, und das so lange, bis Sie nicht mehr wissen, was es eigentlich zu bereuen gibt. Von dem Moment an werden Sie ein anderer Mensch sein.«

Noch am selben Tag brachte man Sylvie in einen engen dunklen Raum, und am nächsten Tag sollte die Behandlung beginnen. Sie machte sich auf das Schlimmste gefasst und empfand es als eine weitere Strafe, als man sie mehrere Stunden im Dunkeln angekettet warten ließ.

Endlich kam jemand, der die Fesseln löste und sie zu ihrer Überraschung in einen recht feudal eingerichteten Büroraum brachte. Am Schreibtisch, hinter dem Stereodisplay, saß ein Mann. Das Bild im Holofeld war so hell, dass es sein Gesicht überstrahlte, so dass es nicht zu erkennen war. Nur an den Reflexen seiner Augen war zu erkennen, dass er Sylvie musterte. Dann sagte er: »Erstaunlich, wenn man Sie so sieht, würde man Ihnen das, was Sie getan haben, gar nicht zutrauen.« Die Stimme klang seltsam dumpf, als sei sie künstlich verstellt. Merkwürdig – offenbar wollte ihr Gesprächspartner seine Identität verbergen. War es möglich, dass sie ihn kannte? Was für einen Zweck hatte diese Geheimnistuerei?

Es sah so aus, als ob er eine Antwort erwartete, und darum sagte Sylvie: »Es ist mir durchaus bewusst, dass ich gegen die Regeln verstoßen habe. Andererseits geschah es aus einem Grund, der doch gewiss nicht verwerflich ist: Ich wollte einfach ein bisschen mehr über unsere Welt und unser soziales System wissen. Und auch über den Menschen selbst, sein Denken und sein Verhalten.«

Der Unbekannte schwieg wieder, als müsste er über eine Entgegnung nachdenken. Dann sagte er: »Ich würde Ihnen ja gern Recht geben, meine Liebe. Aber die Regeln, die in unserem Staatssystem gelten, haben einen tieferen Sinn. Im Grunde genommen ermöglichen sie es, großen Teilen der Bevölkerung ein geschütztes und sorgloses Leben zu bieten. Niemand soll Schaden nehmen, niemand soll sich unnötig mit Problemen belasten ... das ist der Grund für die Verbote. Freilich, es kann Ausnahmesituationen geben. Und einer solchen haben Sie es zu verdanken, dass man Ihnen eine Chance gibt.«

Er beugte sich ein wenig vor, aber so, dass sein Kopf immer noch verborgen blieb, und er sprach ein wenig leiser, als sollten andere nicht mithören können. »Über die Gründe dieser Maßnahme kann ich Ihnen nichts verraten – damit müssen Sie sich zufriedengeben. Es geht einfach darum, dass wir für eine besondere Aktion jemanden brauchen, der medizinische Kenntnisse hat, die über das hinausreichen, was durch den üblichen Unterricht vermittelt wird. Ihre wichtigste Aufgabe wird die psychische Betreuung der beteiligten Personen sein. Verhinderung von Aggressionen oder Depressionen, Erzeugung positiver Einstellung und so fort. Damit haben Sie sich ja beschäftigt, und somit sind Sie für mich genau die Richtige.«

Er lehnte sich wieder in seinem Stuhl zurück und schien sich zu entspannen. Mit knappen Worten, beschränkt auf das Nötigste, erklärte er Sylvie, was sie zu tun hätte. Worauf sie sich da einließ, fiel völlig aus dem Rahmen, aber sie brauchte nicht lange nachzudenken, um zuzustimmen. Sie musste über diese Abmachung schweigen, das war die Voraussetzung. Doch dann würde sie das Vergnügen haben, an einem spannenden Erlebnisspiel teilzunehmen.

Personenbeschreibung und Einstufung (Auszug)

Sylvia Paulsson, Genpool weist mehrfache unspezifische Abweichungen auf

Anpassungswert: 82

Phänotyp: leptosom

Größe: 172 cm, Gewicht: 59 kg, Pigmentierung: hellbeige, Haarfarbe: dunkelblond, Augenfarbe: grüngrau

Intelligenzbereich: 78–96

Von den Standardwerten abweichende Eigenschaften:
- > neigt zur Übertretung der Gesetze
- > abnormal orientierte Interessen
- > rücksichtslos in der Verfolgung eigener Ziele
- > distanziert, ichbezogen, eigenwillig

Charakteristische Eigenschaften:
- > intelligent
- > rasche Auffassungsgabe
- > beharrlich, ausdauernd

Die weiteren Befunde lassen einen Trend zu den Grenzbereichen des Normalen erkennen

Auffällig geworden durch wiederholtes illegales Eindringen in die gesperrten ›Archive des verbotenen Wissens‹ verbunden mit Datendiebstahl

Eingestuft als NAP2, zur Löschung diverser Gedächtnisbereiche vorgesehen

Mars, siebter Tag

Ein schöner Morgen ... dieser Gedanke war Alf durch den Kopf geschossen, als sein Blick nach dem Erwachen auf die sonnenüberstrahlte Landschaft auf dem Bildschirm gefallen war ... aber war hier nicht jeder Morgen sonnenklar? Doch dann erinnerte er sich an den Sandsturm, den sie überstanden hatten ... auf dem Mars äußerte sich das schlechte Wetter eben nicht durch Regen oder Schnee, sondern durch Sturm und aufgewirbelten Sand. Doch das war die Ausnahme; wenn es auf Sonnenschein ankam, dann war der Mars ein Schönwetterplanet.

Sie wollten bald aufbrechen, doch zuerst mussten sie sich wie an jedem anderen Tag um Wasser und Energie kümmern. Während einer der dabei unvermeidlichen Wartezeiten kam es Alf vor, als gäbe ihm Sylvie ein Zeichen. Als sie sich gleich darauf ein wenig von den anderen absonderte, folgte er ihr. Sie entfernten sich weit genug, um von den anderen nicht gehört zu werden. Dann erklärte Sylvie unverblümt: »Ich glaube Ramses kein Wort.«

Also hatte sie ähnlich empfunden wie er – er hörte es gern, dass jemand anderer seinen Verdacht bestätigte. »Was ist dir aufgefallen?«

Sylvie blickte sich noch einmal um – ob sich vielleicht jemand in der Nähe befand? –, dann fuhr sie fort: »Die Umstände dieser Reise sind dilettantisch. Dieses alte Raumschiff – meinst du wirklich, man hätte nicht rechtzeitig ein neues bauen können? Wenn sich allmählich der Rohstoff erschöpft, dann merkt man das doch schon viele Jahre vorher.«

Tatsächlich, es stimmte – Alf ärgerte sich ein wenig darüber, dass er diese einfache Schlussfolgerung nicht selbst gezogen hatte. Er musste es zugeben, Sylvie hatte den schwachen Punkt der Erklärung gefunden.

»Ich glaube, du hast Recht«, sagte Alf, dann stockte er, denn in diesem Moment tauchte Ramses in ihrer Nähe auf, und sie sprachen schnell von etwas anderem.

»Aha, hier seid ihr ... wir sind gleich mit unseren Arbeiten fertig, ihr könnt schon einsteigen.«

Er gab sich so, als hätte er sie lediglich an ihre Pflichten erinnern wollen, aber, ohne dass sie sich darüber verständigen mussten, waren sowohl Alf wie auch Sylvie sicher, dass er sich dafür interessierte, was sie zu tuscheln gehabt hatten. Nun gut, sie waren vorsichtig gewesen – sie glaubten nicht, dass er etwas von ihrem Gespräch belauscht hatte.

Eine halbe Stunde später befanden sie sich auf der Fahrt. Glücklicherweise kamen sie nun wieder in weniger zerklüftetes Gelände. Relativ rasch ging es über eine aus schwarzen Lavaplatten bestehende, leicht aufwärts führende Strecke. Der Weg wand sich zwischen Hügeln hindurch. Mehrmals kamen sie an Stellen vorbei, von denen aus die Festung in immer wieder wechselnder Perspektive zu sehen war – ein Anblick, der ihre Ungeduld jedes Mal von neuem anstachelte.

Nach zwei oder drei Kilometern trafen sie erneut auf ein Schild am Straßenrand. Auch hier ließ die rote Farbe auf Verbote oder Warnungen schließen, doch wegen der chinesischen Schriftzeichen blieb ihnen der Sinn verborgen, und auch eine primitive graphische Darstellung ließ sich nicht deuten: eine schmales liegendes Rechteck mit einem Aufsatz, aus dem ein paar Striche in die Höhe ragten.

Sie hatten nur kurz angehalten und sich dann rasch zur Weiterfahrt entschlossen.

»Wenn ein Hindernis auftaucht, werden wir es rechtzeitig merken«, sagte Gijon, der diesmal wieder am Steuer saß, und die anderen waren froh darüber, dass ihnen jemand die Entscheidung abnahm.

Nichtsdestoweniger gestand sich Alf ein, dass er stark beunruhigt war, er konzentrierte sich auf den Bildschirm und durchmusterte das vor ihnen liegende Gelände. Seitlich vom leergeräumten Weg wirkte es unberührt. Dann kam hinter einer Biegung am Wegrand ein dunkler Gegenstand zum Vorschein, der sich beim Näherkommen als ein Wrack entpuppte: zerbeulte Metallteile, verbogenes Gestänge, ein lose liegender Rahmen ... Wieder hielten sie an.

»Das war einmal ein Fahrzeug«, behauptete Linette. »Völlig demoliert, als hätte eine Granate eingeschlagen.«

»Stimmt! Dort liegt noch ein Stück einer Raupenkette«, bestätigte Gilbert.

»Das Zeug muss aus der Zeit des letzten Krieges stammen«, bemerkte Ramses. »Es hat ja auch hier Kämpfe mit den Chinesen gegeben.« Er zuckte mit den Schultern. »Freunde, das ist lange her – wir müssen weiter!«

Auf der folgenden Strecke mehrten sich die Anzeichen früherer Gefechte, da und dort lagen Teile zerrissener Blechverkleidungen, Scherben von Panzerglas, zerbrochene Kisten und zusammengequetschte Kanister herum.

»Stellt euch das vor: Die hatten hier nichts anderes zu tun, als Krieg zu führen«, bemerkte Cassius.

Alfs Unruhe verstärkte sich. Ein Schlachtfeld? Irgendetwas ließ ihn an Cassius' Erklärung zweifeln. Diese Art der Zerstörung ... rührte sie von Granaten, von Bomben, von Explosionen? ... und da stellte sich plötzlich die Verbindung zu den Schildern ein – und es dämmerte Alf, was die Zeichnungen auf den Schildern bedeuteten: Minen!

Er schrie noch: »Stopp! Anhalten ...«, doch in diesem Moment wurde das Fahrzeug mitsamt seinen Insassen in die Höhe gerissen, um sie herum ein Inferno von Feuer und Rauch, und schlug Sekunden später wieder auf dem Boden auf. Nach der vorausgegangenen Zeit der Stille wirkte der durch die Detonation verursachte Donnerschlag umso betäubender. Im ersten Moment empfanden die Menschen im Fahrzeug nur Erstaunen, Irritation, Verwirrung …

Sie brauchten einige Zeit, bis sie wieder kontrolliert denken konnten. Waren noch alle am Leben? War das das Ende ihres Unternehmens? Gab es eine Rettung aus dieser misslichen Lage?

Mühsam rappelten sie sich auf, versuchten irgendwo Halt zu finden, blickten sich im Passagierraum um …

Eine gewisse Erleichterung brachte die Erkenntnis, dass alle davongekommen waren. Doch die Freude der Erkenntnis, dass sie noch lebten, war nicht von langer Dauer. Schon meldeten sich andere Zweifel: War der Kabinenraum ihres Fahrzeugs noch dicht? In der Befürchtung einer schrecklichen Einsicht achteten sie auf zischende Geräusche entweichender Luft …

Doch vorderhand blieb alles still, und so schöpften sie wieder ein wenig Hoffnung: Das Schlimmstmögliche war abgewehrt, das Todesurteil blieb ihnen erspart. Glück im Unglück: Die Ummantelung war unversehrt geblieben, was sicher dem an der Unterseite angebrachten Steinschlag-Schutzgitter zu verdanken war.

Sie brauchten eine Weile, bis sie fähig waren, sich aus den Sitzen hochzustemmen und sich noch einmal davon zu überzeugen, dass ihre Knochen heil geblieben waren. Erst jetzt merkten sie, dass es nicht ohne kleinere Schäden abgegangen war, doch die meisten Blessuren erwiesen sich als harmlos: Henrich war mit der Stirn an das Steuerpult gestoßen, Cassius hatte eine blutende Nase, Linette klagte über einen angeschlagenen Ellenbogen, und in der Tat: Als sie den Ärmel hochstreifte, war er mit Blut getränkt. Am schlimmsten hatte es Gilbert getroffen: Der Stoß war zu viel für seine eben verheilte Wunde gewesen, und er hing wimmernd in seinem Sitz. Henrich und Gijon klappten Gilberts Liege aus und betteten ihn so schonend wie möglich auf die Matratze.

Es war schwierig, sich im Fahrzeug zu bewegen, denn es stand stark geneigt neben dem Krater, den die Mine gerissen hatte. Dennoch gelang es Sylvie, den Verbandskasten zu holen. Zuerst verarztete sie Gilbert, dann legte sie Henrich einen Kopfverband an und desinfizierte die offenen Wunden der anderen.

Erst dann kamen sie dazu, sich den Schaden an ihrem Gefährt anzusehen. Gijon, der die Explosion am besten überstanden hatte, drängte sich nach vorn, um an den Außenwänden nach Rissen zu fahnden. In dieser Hinsicht hatten sie Glück gehabt, die Wand hatte der Beanspruchung standgehalten, der Druck blieb konstant.

Auch die Schleusen waren intakt. Sie stiegen aus, um sich den Schaden von außen her anzuschauen, und diese Besichtigung führte rasch zur betrüblichen Einsicht, dass an eine Weiterfahrt nicht mehr zu denken war. Die Raupen waren zerrissen und ließen sich nicht mehr in Stand setzen. Niedergeschlagen kehrten sie in das Schiff zurück.

Die Zurückgebliebenen hatten in der Zwischenzeit versucht, die ärgsten Folgen des Unfalls zu beseitigen. Unter anderem war es ihnen gelungen, die Sitze in eine Lage zu bringen, die der gekippten Stellung des Fahrzeugs angemessen war, so dass man sich nun einigermaßen bequem niederlassen konnte.

Sylvie kramte einige Proviantpäckchen aus dem Wandregal und mischte ein paar Getränke, und so konnten sie sich von den Aufregungen ein wenig erholen und mit etwas mehr Gelassenheit die neue Situation erörtern.

Erst allmählich wurden ihnen die Konsequenzen der Situation bewusst. Wie sollte es nun weitergehen?

Es gab einige Vorschläge, die aber sofort wieder verworfen wurden. So empfahl Henrich, zunächst einmal an Ort und Stelle zu bleiben. Er wies darauf hin, dass das Fahrzeug immerhin noch als Unterstand brauchbar war – es war heizbar, es gab eine Anlage zur Wiederaufbereitung der verbrauchten Luft, sie hatten ein Dach über dem Kopf, das sie vor der Strahlung schützte … kurz und gut, hier waren sie in Sicherheit.

»Gewiss«, sagte Ramses, »hier könnten wir es eine Weile aushalten, aber was dann?«

Genau das war das Problem: Wenn sie an Ort und Stelle ausharren würden, könnten sie gewiss einige Zeit durchhalten, doch nur, um etwas später an diesem verlassenen Ort umso sicherer umzukommen. Auch die Idee, das Fahrzeug doch noch irgendwie zu reparieren, wurde nach einer eingehenden Besichtigung des Schadens abgelehnt: Nüchtern betrachtet war das mit den ihnen zur Verfügung stehenden Mitteln nicht möglich.

Und so kam schließlich Ramses auf die einzige Möglichkeit zu sprechen, die ihnen eine geringe Chance ließ, ihr Abenteuer zu einem erträglichen Ende zu bringen. Er sagte es ganz trocken – und ohne Hinweis auf die Tragweite eines solchen Entschlusses: »Wir müssen zu Fuß weitergehen.«

Insgeheim hatten alle von ihnen schon daran gedacht, aber allein die Vorstellung eines solchen Gewaltakts hatte sie zögern lassen, es auch nur auszusprechen.

Nun hatten Ramses' Worte die Idee in den Rahmen des Möglichen gerückt, und demzufolge standen sie gewissermaßen unter Zwang, sich mit dieser letzten Möglichkeit auseinanderzusetzen.

»Ich bin davon überzeugt, dass wir eine reelle Chance haben«, versicherte Ramses. »Die Entfernung zu unserem Ziel ist ja nicht mehr weit, und dort finden wir alles, was wir brauchen.«

Gijon schien daran zu zweifeln: »Bist du dir da sicher?«

»Du hättest dir die Unterlagen genauer anschauen sollen. Als die Chinesen seinerzeit den Bergbau einstellten, hielten sie sich die Chance offen, später wieder damit zu beginnen.

Das Überlebenssystem blieb eingeschaltet. Energiereserven sind in genügender Menge vorhanden, eine Anlage zur Förderung von Wasser ist vorhanden, und es gibt auch noch ein Raumschiff, das seinerzeit für Notfälle bereitgestellt worden war – für den Fall, dass die Besatzung aus irgendeinem Grund zur Erde hätte flüchten müssen.«

»Das heißt«, schlussfolgerte Alf, »dass wir gerettet sind, wenn es uns gelingt, die restliche Strecke zu überwinden. Zu Fuß durch diese Wildnis – das hört sich schlimm an, aber ein paar Tage sollten wir es durchstehen können. Um sein Leben zu retten, ist doch jeder bereit, die letzten Kräfte zu mobilisieren. Oder nicht?«

Er blickte die anderen fragend an.

Zunächst trat beredtes Schweigen ein, jeder gab sich seinen Hoffnungen, Zweifeln und Befürchtungen hin, und es war nicht so leicht, sich zu einem Entschluss durchzuringen. Aber dann sagte Gijon so entschieden, dass kein Widerspruch möglich schien: »Wir müssen es tun.« Damit war die Entscheidung getroffen.

Sie beratschlagten eine Weile, wie sie sich ausrüsten sollten, was sie mitnehmen und was sie zurücklassen mussten, doch das erwies sich als einfacher als erwartet: weil es kaum Alternativen gab. Ihre Anzüge waren ja auch für längere Aufenthalte im Freien geeignet, die für den Stoff verwendete Spezialfolie hielt sowohl die Strahlung wie auch die Kälte ab, und sie regelten im Inneren Temperatur und Luftfeuchtigkeit. Sie enthielten Recyclingsysteme für Luft und Ausscheidungen. Weiter standen ihnen Rucksäcke zur Verfügung, in denen sie Vorräte, Werkzeuge und einige persönliche Dinge transportieren konnten. Und außerdem konnten sie die auf kleinstes Volumen zusammenfaltbaren Zweimannzelte mitnehmen, die sie brauchten, um darin feste Mahlzeiten einzunehmen und die Nächte zu verbringen.

Als das geklärt war, entstand eine kleine Pause, und da

meldete sich Linette mit einer Frage, die inmitten der Aufregung noch nicht zur Sprache gekommen war. »Was ist denn eigentlich geschehen? Eine Explosion? Hat uns jemand angegriffen?«

Auch Cassius war sich darüber noch nicht klar. »Könnten nicht doch die Chinesen dahinterstecken? Kann es nicht sein, dass sie die Station über die ganze Zeit hinweg besetzt gehalten haben? Oder sie wurden in einen Dauerschlaf versetzt, und jetzt sind sie durch unseren Besuch alarmiert worden.«

»Ausgeschlossen«, sagte Ramses. »Ich dachte, alle hätten es begriffen. Die Erklärung ist viel einfacher. Habt ihr Alfs Warnung nicht gehört? Es war eine Mine. Die Schilder, die wir vorhin gesehen haben, zeigen an, dass die Gegend vermint ist. Nur konnten wir das nicht verstehen. Und die primitiven Zeichnungen darauf – die sollten einen explodierenden Sprengsatz darstellen.«

Diese Einsicht kam zu spät, und so fügten sie sich in das Unvermeidliche und machten sich an die Arbeit. Es gelang, ihre Fragen und Zweifel so weit zu unterdrücken, dass sie sich auf die Vorbereitungen für den Fußmarsch konzentrieren konnten. Denn eines war allen klar: Selbst kleine Unachtsamkeiten während der Vorbereitungen konnten schwerwiegende Konsequenzen haben.

Zuerst legten sie die Sachen, die sie mitnehmen wollten, bereit. Nach einer Stunde waren sie mit den Vorbereitungen, die sie im Inneren erledigen konnten, fertig und standen dann unschlüssig herum, als koste es diesmal zusätzliche Überwindungskraft, die schützende Hülle ihres Fahrzeugs zu verlassen.

Endlich machte Cassius den Anfang – unter den Teilnehmern der Expedition war er derjenige, der seine Aufmerksamkeit am ehesten auf das Nächstliegende richten konnte. Eigentlich waren alle dankbar, dass einer von ihnen nichts für Grundsatzdiskussionen übrighatte, sondern ohne Zögern das zu tun bereit war, was getan werden musste.

Diesmal dauerte die Passage durch die Schleuse erheblich länger als bisher, denn jetzt kam auch noch das Gepäck hinzu, das ins Freie geschafft werden musste. Und so füllten sie die Materialschleuse zwei- oder dreimal mit Proviant, Wasser, Gefäßen, Akkus, Werkzeugen und dergleichen, was dann von den Vorausgegangenen in Empfang genommen wurde. Im Prinzip hätten sie die Schleuse auch völlig öffnen können, denn höchstwahrscheinlich würden sie nie mehr hierher zurückkommen, aber irgendetwas hielt sie davon ab, diesen finalen Schritt zu tun. Ohne es auszusprechen, empfanden sie es alle als einen Akt der Rückversicherung, wenn sie das Fahrzeug so hinterließen, dass man es wieder betreten und sich in ihm aufhalten konnte.

Draußen angekommen stand ihnen noch die heikle Aufgabe bevor, all diese Dinge geschickt zu verpacken, und mancher sortierte am Ende noch einiges aus, was er nicht unbedingt brauchte.

Als sie schließlich losmarschierten, dem Weg folgend, der sie zur Festung führen sollte, warf mancher noch einen verstohlenen Blick zurück, und das plumpe, technisch nüchterne Gefährt, das bisher keine Heimatgefühle hervorgerufen hatte, löste für ein paar Augenblicke eine gewisse Wehmut aus.

Bisher waren die Anzüge noch auf verringerte Elastizität eingestellt geblieben, mit der die Kräfteverhältnisse der Erde nachgeahmt werden sollten. Bald aber wurde der Druck der Lasten unangenehm, und so veränderte einer nach dem anderen, ohne viel Aufhebens davon zu machen, die Einstellung für den Anzug: auf Kraftverstärkung – eine Maßnahme, die ihre Aktionen vom Energieaufwand her gesehen merklich erleichterte. Dafür wurde es noch schwieriger, mit schweren Lasten auf dem Rücken das Gleichgewicht zu halten, bei der Bewegung über unwegsames Gelände, durch Rinnen hindurch, über Hügel und Stufen, und – wenn es nötig wurde – zu klettern, manchmal sogar unter Zuhilfenahme der Hände.

Natürlich war kurz darüber geredet worden, ob man Gilbert einen Fußmarsch zutrauen konnte, doch dieser hatte darauf bestanden mitzukommen – trotz der durch die Erschütterung des Fahrzeugs verursachten neuerlichen Schmerzen, die er mit Tabletten aus Sylvies Vorräten zu überwinden versuchte. Mancher spürte so etwas wie ein schlechtes Gewissen, als ihm keiner widersprach.

Der erste Teil ihres Weges war schon mühsam genug, doch dann kamen sie in eine Region, die aussah, als hätte es hier einst Steine geregnet, und sie mussten sich mehrmals mit dem hinderlichen Gepäck zwischen den herumliegenden Blöcken hindurchzwängen.

Je weiter sie gelangten, umso schwerer wurde es für Gilbert. Er bemühte sich tapfer, die Schmerzen zu unterdrücken, doch an seinen Bewegungen war zu erkennen, wie seine Kräfte schwanden. Die Schwächeren unter seinen Gefährten waren insgeheim sogar darüber froh, weil es ihnen einen Vorwand lieferte, ein wenig langsamer zu gehen.

Die ungewohnte Anstrengung ließ alle rasch ermüden, und sie legten relativ bald eine Pause ein. Es geschah gegen den Protest von Cassius und Gijon, aber diese mussten auf die Übrigen Rücksicht nehmen, die körperlich nicht so fit waren wie sie.

Dann kauerten sie sich auf den Boden, einige verharrten bewegungslos, zu keiner weiteren Regung mehr fähig, andere versuchten durch die Hülle des Anzugs hindurch die Muskeln zu massieren.

Sie waren ungewöhnlich schweigsam, die Mattigkeit lähmte ihre Glieder, die körperliche Beanspruchung war hart gewesen, und überdies gab es Komplikationen mit der Temperaturregelung, die auf den starken Hitzeausbruch im Körper etwas zu träge reagierte. Es war noch ein Glück, dass die Luftzusammensetzung konstant blieb und dass auch die in die Anzüge eingebaute Wasserversorgung störungsfrei arbeitete. Jeder konnte mit dem Mund das Schlauchende erreichen und Wasser ansaugen. Glücklicherweise mussten sie damit nicht sparen, denn Cassius hatte sich freiwillig dazu bereit erklärt, das Bohrsystem für die Wasserförderung mitzuschleppen.

Sie wären alle gern noch länger auf dem Rastplatz geblieben, doch Sylvie hatte Energy-Tabs ausgeteilt, und als die Viertelstunde um war, die sie sich zugebilligt hatten, nahmen sie das Gepäck bereitwillig wieder auf und machten sich erneut auf den Weg.

Doch die Müdigkeit war stärker als der Wille. Bald bewegten sie sich nur noch automatisch, jeder folgte blindlings seinem Vordermann und versuchte, dessen Schritte einfach nachzuahmen. So trug nur der Erste die Verantwortung für die Wahl des Weges. In dieser Hinsicht erwiesen sich Gijon wie auch Cassius als vorbildlich. Sie waren so einsichtig, ihren Kollegen ein paar Pausen zu gönnen, doch als die Sonne tief am Himmel angekommen war und sich im Westen bereits die Kartoffelform des Phoebus sehen ließ, hatte der Kräfteschwund ein Ausmaß erreicht, das jeden Schritt zur Qual machte. Als sie einen sandbedeckten Bergeinschnitt erreichten und Gijon darauf hinwies, dass sich dieser Platz ganz gut für die Übernachtung eignen würde, ließen sich einige einfach fallen, kaum dass sie die Riemen der Rucksäcke abgestreift hatten, und blieben zunächst einmal ein paar Minuten liegen …

Es dauerte fast eine Viertelstunde, ehe sie sich mehr schlecht als recht erholt hatten, und schon ging ihnen Ramses wieder mit einem seiner Ratschläge auf die Nerven. »Wir sollten die Zelte aufstellen, solange noch etwas zu sehen ist … Ihr wisst ja, wie rasch es dunkel wird.« Die Vorstellung, die Anzüge abzustreifen und sich in frisch erneuerter Luft auf einer Luftmatratze auszustrecken, war verlockend. Nach einigem Zaudern rafften sich auch die Müdesten auf, um die Zelte aufzustellen, sie mit Luft zu füllen und anzuheizen.

Sie hatten nicht darüber nachgedacht, wie sie die Mannschaft auf die Zelte aufteilen wollten, und als sie nun ihre Entscheidung zu treffen hatten, blickte sich Alf unwillkürlich nach Sylvie um. Doch so schnell diese Idee gekommen war, so schnell versuchte er sie wieder zu verdrängen.

Schließlich wurde Ramses sein Zeltpartner, Ramses, der ihm nicht gerade besonders sympathisch war, den er aber doch als tatkräftige und intelligente Persönlichkeit schätzte. Im Grunde genommen war es auch gleichgültig, mit wem er die Nacht verbrachte, er hatte das Gefühl, dass er sich hinlegen und sofort einschlafen würde.

Auch in den vorhergehenden Nächten hatten sie auf den auf der Erde üblichen Komfort verzichten müssen, und es hatte eine Weile gedauert, ehe sie sich an die beengten Verhältnisse gewöhnt hatten; einen Vorgeschmack hatten sie ja schon während der Trainingswochen bekommen. Die veränderte Situation legte ihnen naturgemäß weitere Beschränkungen auf, und dennoch war es ein Glücksfall, dass sie die Zweimannzelte zur Verfügung hatten. Immerhin ermöglichten sie es, die Schutzanzüge abzulegen und frei zu atmen.

Trotzdem mussten sie manche Unbequemlichkeit in Kauf nehmen. Schon die einfachsten Verrichtungen der Hygiene waren erschwert. In den letzten im Fahrzeug verbrachten Nächten waren ihnen die Waschräume als gerade noch hinnehmbarer Notbehelf erschienen, und nun wurde die Situation in den Zelten noch weitaus unangenehmer. Hier hatten sie nicht einmal Waschwasser zur Verfügung und konnten nur froh darüber sein, dass sie sich großzügig mit feuchten Wischtüchern versorgt hatten. Und Alf empfand es als doppelt peinlich, dass viele Vorbereitungen für die Nacht im Beisein eines anderen zu geschehen hatten.

Vermutlich ging es Ramses auch nicht anders, und beide

waren froh, als sie sich endlich auf den Matratzen ausgestreckt hatten, die sich automatisch entfalteten und dann eine immerhin akzeptable Bequemlichkeit boten.

Die beiden Männer, die Ältesten unter den Teilnehmern, unterhielten sich noch ein wenig über die Ereignisse des Tages. In vielen Dingen stimmten sie überein, und so entschloss sich Alf, die Gunst der Stunde zu nutzen: Vielleicht war Ramses bereit, ein bisschen von dem zu verraten, was er bisher so hartnäckig verschwiegen hatte.

»Wir müssen uns damit abfinden, dass sich unsere Situation entscheidend geändert hat«, sagte Alf. »Es geht ja längst nicht mehr darum, das Spiel zu gewinnen oder berühmt zu werden. Das gilt ganz besonders für dich. Gib es doch zu: Du hast uns noch immer nicht die Wahrheit gesagt.«

Es folgte ein langes Schweigen, und Alf glaubte schon, dass Ramses nicht antworten wollte. Dann hörte er einen tiefen Atemzug, als hätte sich dieser zu einem schweren Entschluss durchgerungen.

»Na schön«, sagte er. »Ich werde dich also einweihen, und du kannst ja dann selbst entscheiden, ob es die anderen auch wissen sollten oder nicht. Es ist nämlich nicht ausgeschlossen, dass dann eine Panik entsteht, und das wollte ich um jeden Preis vermeiden.«

»Es gibt kein wertvolles Metall, das wir bergen müssen, habe ich Recht?«, fragte Alf.

»Das Palladium? Es könnte tatsächlich Vorräte geben, aber das ist nebensächlich. Nein, nein – es geht um etwas ganz anderes.«

Dann heraus mit der Sprache, wollte ihn Alf schon auffordern, doch er sagte nichts – er hatte den Eindruck, dass Ramses mit sich rang.

»Ich muss ein wenig ausholen«, sagte Ramses. Er sprach langsam, als käme es jetzt auf jedes Wort an. »Du weißt ja, dass ich in meiner beruflichen Tätigkeit einen hohen Rang habe. Mein Bereich umfasst auch den Sektor ›Unterhaltung und Spiele‹, und dadurch ist es mir erst möglich geworden, die Gruppe der Auserwählten zusammenzustellen.« Im trüben Licht der Handlampe, die sie brennen gelassen hatten, erkannte Alf, dass Ramses das Gesicht etwas spöttisch verzog, als er von den ›Auserwählten‹ sprach. Ramses setzte fort: »Meine Stellung hat es mir ermöglicht, etwas zu erfahren, was der Bevölkerung gegenüber absolut geheim gehalten werden muss.«

Alf richtete sich ein wenig auf und stützte sich auf den Ellenbogen – jetzt ist es so weit, dachte er, jetzt würde er das Geheimnis erfahren. Aber wieder ließ Ramses eine Pause eintreten, als fiele ihm die Preisgabe des Geheimnisses schwer. Von Neuem änderte sich sein Tonfall – er sprach nun lauter, entschlossener: »Ich sage es dir einfach so brutal, wie es ist: In einer Woche könnte die Erde zerstört sein. Bitte, bleib ruhig!« Er erhob ein wenig die Stimme, als er beobachtete, dass sich Alf jäh aufgerichtet hatte. »Das automatische Sicherheitssystem der Sternwarte auf dem Mauna Kea auf Hawaii hat gemeldet, dass sich ein Asteroid auf die Erde zubewegt. Er nähert sich außerordentlich rasch, so dass er erst vor kurzem entdeckt wurde. Selbstverständlich hat man die Bahn des Himmelskörpers verfolgt und vorausberechnet. Die Gefahr, dass das Ding die Erde trifft, wurde immer größer, und vor einem Jahr etwa stand es dann endgültig fest: Aller Voraussicht nach wird es zu einem Einschlag auf der Erde kommen.«

Alf hatte durchaus mit einer Überraschung gerechnet, aber das, was ihm Ramses da eröffnete, traf ihn wie ein Schock. Er vermochte kaum zu sprechen und zweifelte zunächst daran, dass er richtig verstanden hatte. »... das kann doch nicht möglich sein ... unvorstellbar ...« Dabei formte sich in seiner Vorstellung bereits das Bild eines Katastrophenfilms mit all seinen Schreckensszenen: den flüchtenden Menschen, dem Chaos, dem unentrinnbaren Tod. Doch er zweifelte nicht daran, dass sich so etwas tatsächlich ereignen konnte – er erinnerte sich an die Lehrprogramme, in denen von einem solchen Ereignis nach dem Ende der Kreidezeit die Rede war: Feuersbrünste und Erdbeben, eine Wolke, die das Sonnenlicht versiegen ließ, die Vernichtung eines großen Teils des pflanzlichen und tierischen Lebens. Alles das war möglich, aber es war doch nichts, was man selbst erlebte!

»Ich glaube, du kannst dir ausmalen, was so etwas bedeutet«, sagte Ramses, der wartete, bis Alf seine Fassung wiederfand. »Der Brocken, der sich auf die Erde zubewegt, misst mehrere Kilometer im Durchmesser. Er wird nicht nur das Meerwasser zum Verdampfen bringen, sondern auch katastrophale Erdbeben hervorrufen. Danach legt sich eine Wolke um die ganze Erde, die die Wärmezufuhr von der Sonne abschneidet. Also eine neue Eiszeit. Kaum Chancen, um zu überleben.«

»Und warum hast du uns das nicht von vornherein mitgeteilt?«

»Das hätte die Situation noch viel schlimmer gemacht«, erklärte Ramses. »Wie hätten unsere Gefährten darauf reagiert? Stell dir vor, was es für Folgen hätte, wenn einige von uns durchdrehten. Es sind nicht alle so stabil wie du.« Alf nickte – eine solche Eröffnung hätte zu Chaos geführt.

Ramses räusperte sich. »Einen winzigen Hoffnungsschimmer gibt es: Die Vorhersagen beruhen ja auf Ergebnissen, die zwar sehr genau, aber doch nur innerhalb gewisser Fehlergrenzen gültig sind. Es gibt also eine rechnerische Chance, dass uns die Katastrophe erspart bleibt. Zur Zeit unserer Abreise lag die Wahrscheinlichkeit bei 80 Prozent für einen Treffer. Das kann sich inzwischen geändert haben.«

Alf schoss ein ganz anderer Gedanke durch den Kopf: »Und was ist mit den Menschen auf der Erde? Hat man sie inzwischen informiert? – Es geht immerhin um ihr Leben.«

»Genau das war das Thema einer langen Diskussion mit

Barbie Brain. Wir Menschen haben uns auf alle möglichen ethischen Prinzipien berufen, doch eine Berechnung hat ergeben, dass es im Fall eines Einschlags keine Möglichkeit zu überleben gäbe. Wäre das bekannt geworden, dann wäre es zu einer Zeit voll Angst, Trauer und Verzweiflung gekommen. Wer kann das verantworten? Und es wäre völlig nutzlos gewesen. So wurden den Menschen noch ein paar Wochen ihrer friedlichen, unbeschwerten Existenz geschenkt. Das Ende kommt dann so schnell, dass sich wohl keiner noch lange besinnen kann.«

Alf wusste natürlich, dass überall da, wo sich etwas wissenschaftlich korrekt beweisen ließ, keine Chancen für Einsprüche der kontrollierenden Beamten bestanden. Und die Argumentation hörte sich zwar unmenschlich, aber überzeugend an: besser ein rasches Ende mit Schrecken als ein schrecklicher Weg zum Ende.

»Du wolltest dein Leben retten«, sagte Alf. »Das also ist der Grund dafür, dass du mit uns gekommen bist.«

Ramses blickte auf – hatte er das als Vorwurf aufgefasst? »Es ist der Grund dafür, dass dieses Spiel überhaupt initiiert wurde – und dass der Mars sein Schauplatz ist. Der Mars ist der einzige Ort in erreichbarer Entfernung, wo man vor dem Einschlag sicher ist und einige Zeit überleben kann. Selbst der Mond könnte von der Katastrophe betroffen sein.«

Alf war noch immer voller Zweifel. »Hast du keine Skrupel gehabt, dich einfach davonzumachen? ... die anderen im Stich zu lassen?«

Ramses lachte kurz auf. »Was würde es den anderen Menschen nutzen, wenn ich mit ihnen unterginge? Und, bedenke doch, dass es mir auf diese Art gelungen ist, mit mir auch noch ein paar weitere Menschen zu retten. Ja, ich meine dich und unsere sechs Schicksalsgenossen. Eigentlich ist es das Beste, was ich tun konnte: so viele Menschen retten wie eben möglich.«

»Ich glaube, ich beginne dich zu verstehen«, räumte Alf ein. »Und ich gebe zu, dass ich nicht weiß, wie ich mich in dieser Lage verhalten hätte. Wahrscheinlich hast du richtig gehandelt, und das macht vieles von den seltsamen Umständen dieser Fahrt verständlich.«

Beide hatten sich auf ihre Matratzen sinken lassen. Alf fühlte sein Herz klopfen. Ihm war, als hätte man ihm den Boden unter den Füßen weggezogen. Alle Ziele, alle Bedeutungen, alle Werte hatten sich verändert. Nichts war mehr, wie es vor dieser Stunde gewesen war.

Ramses wartete wieder ein paar Minuten, es war ihm klar, dass er Alf ein wenig Zeit geben musste, um das Gehörte zu verarbeiten. Dann unterbrach er doch noch einmal die Stille und fragte: »Und was für Konsequenzen willst du nun daraus ziehen? Meinst du, dass wir es den anderen sagen müssen?«

»Darüber muss ich erst nachdenken«, erwiderte Alf. »Diese Mitteilung kam so plötzlich. Aber würde es etwas an der Art unseres Vorgehens ändern? Wie hast du es dir denn vorgestellt – wie es weitergehen soll?«

»Nun, ganz einfach: Durch den Schatz, den wir angeblich finden sollen, der aber vermutlich überhaupt nicht existiert, ist ja ein Zielort angegeben, und ich habe die Konzeption dieses Spiels so weit beeinflussen können, dass dafür die chinesische Station gewählt wurde. Tatsächlich ist sie die einzige Stelle, an der wir uns längere Zeit hindurch aufhalten können. Aus meinen Unterlagen geht hervor, dass in der unterirdischen Anlage alles noch intakt ist und dass man das System jederzeit wieder in Funktion setzen kann – für den Fall, dass eines Tages wieder Menschen dorthin kommen. Und genau das wird ja in Kürze geschehen.«

Es blieb eine Weile still. Es war alles gesagt, was gesagt werden musste.

Oder doch noch eines, etwas ganz Wichtiges »Wann ist es so weit?«, wollte Alf wissen.

»Wir haben noch drei Tage«, antwortete Ramses so kühl, als ginge es um einen Geschäftstermin.

Alf fielen immer wieder neue Fragen ein, aber er hielt es für besser zu schweigen.

»Brauchst du noch Licht?«, fragte Ramses und riss damit Alf aus seinen Gedanken.

Alf schüttelte den Kopf. Er richtete sich auf, um die Handlampe abzuschalten. Von Ramses' Lager her kam ein leises Rascheln – dieser schien es sich im Schlafsack bequem gemacht zu haben. Dann hörte ihn Alf doch noch einmal: »Vor uns liegt ein anstrengender Tag. Am besten, du denkst nicht mehr an das, was ich dir gesagt habe – ich schlage vor, wir machen zunächst einmal so weiter wie bisher. Ich wünsche dir eine angenehme Nacht.«

Ramses hatte ihm eine angenehme Nachtruhe gewünscht, und er sollte nicht daran denken, dass ein Asteroid die Erde vernichten würde ... Jetzt, im Nachhinein, klang das wie blanker Hohn. Alf war durch das, was ihm Ramses eröffnet hatte, völlig aus der Fassung geraten. Er fühlte sich betäubt, er befand sich in einem Zustand, der sein Vorstellungsvermögen überforderte. Erst nach und nach vermochte er seine Gedanken zu ordnen, sich auf die neue Lage umzustellen, die äußerlich nichts verändert hatte und doch seine ganze Existenz infrage stellte.

Alf zweifelte daran, dass er in den nächsten Stunden überhaupt ein Auge zutun würde.

Alf

Schon als Kind war er bei einer der jährlichen Standarduntersuchungen als ›schwer erziehbar‹ bezeichnet worden. Diese Beurteilung zog noch keine ernsthaften Konsequenzen nach sich – man führte sein Fehlverhalten auf die Tatsache zurück, dass er zu jenen Kindern gehörte, die die Eltern schon bald nach der Geburt in der Kinderkrippe abgegeben hatten –, doch vorsorglich wurden seine Lehrer im ersten Jahr des Schulunterrichts darauf aufmerksam gemacht, dass sie Alf besonders im Auge behalten sollten. Das nützte aber wenig, es kam immer wieder vor, dass er einige Stunden oder auch einige Tage nicht zum Unterricht erschien und auf die Frage, wo er sich aufgehalten hatte, keine Antwort gab.

Mehrmals hatte ihn die Lehrerin gefragt: »Warum nutzt du jede Gelegenheit, um die Schule zu schwänzen? Kannst du mir einen Grund dafür angeben?«

Einmal hatte sie eine scheinbar nichtssagende Antwort bekommen, die jedoch größere Beachtung verdient hätte. Er hatte gesagt: »Der Unterricht langweilt mich maßlos.«

Den pädagogischen Grundsätzen entsprechend standen in den ersten Jahren die verschiedenen Möglichkeiten der Beschäftigung im Mittelpunkt des vermittelten Wissensstoffes. Die heranwachsenden Menschen sollten lernen, ihre Freizeit vernünftig zu verbringen, und dazu gab es ein riesiges Angebot an Unterhaltungsmöglichkeiten und Spielen aller Art, vor allem für jene, die freiwillig auf die Zuteilung einer Arbeit verzichtet hatten. Und das waren über 90 Prozent.

Alf fand den Schulunterricht lächerlich, aber keineswegs heiter. Hätte die Lehrerin eine etwas bessere Beobachtungsgabe gehabt, dann wäre ihr vielleicht aufgefallen, dass er sich durchaus aufmerksam und interessiert betätigte, wenn es um ernsthafte Dinge ging. Das war besonders später, in den höheren Jahrgängen, der Fall, denn die jungen Menschen sollten auch für das tägliche Leben gerüstet sein, beispielsweise beim Gebrauch der Kommunikationsmittel – wenn es etwa darum ging, die Lottozahlen oder die Ergebnisse sportlicher Veranstaltungen abzurufen. Alf merkte aber bald, dass man über diese Systeme auch an Aufzeichnungen herankommen konnte, die ihn viel mehr interessierten, beispielsweise über den Aufbau der Erde und des Sonnensystems. Und deshalb verstand er es bald, die Angebote besser auszunutzen als seine Klassenkameraden.

Dagegen konnte er sich wenig für das zweite, für die Fortgeschrittenen grundlegende Unterrichtsthema begeistern: die Verhaltensregeln für die Bürger. Während der Stunden, in denen es um dieses Thema ging, ertappte ihn die Lehrerin häufig dabei, wie er vor sich hin träumte. Das brachte ihm den Vermerk ›Konzentrationsmängel – ist vom Unterricht überfordert‹ ein.

Seine Renitenz verstärkte sich in den letzten beiden Ausbildungsjahren, jenen für die 14- bis 16-Jährigen. Er begnügte sich nicht mehr damit, in der Stadtregion herumzuflanieren, sondern überschritt illegal die Grenzen der Sicherheitszone, streifte durch nicht sanierte Außenbereiche, in Gegenden, wo es keine Straßen und keine Verkehrssysteme gab, keine Versorgung mit Nahrungsmitteln und Getränken und keine Hilfs- und Sicherheitstruppen, die eingreifen konnten, wenn sich irgendetwas Unvorhergesehenes ereignete.

Auch der Unterrichtsleiter in diesem Abschnitt von Alfs Ausbildung kümmerte sich wenig um ihn. Er war ein älterer Mann, der die Eskapaden seines Schülers eigentlich hätte melden müssen, doch er schien nicht sehr daran interessiert, sich zusätzlich Arbeit zu machen. So beließ er es dabei, Alf zu ermahnen, sobald dieser wieder beim Unterricht erschien, und ihn auf die Gefahren seines Handelns aufmerksam zu machen. Er schien nicht zu erwarten, dass er damit Erfolg hatte, aber er stellte fest, dass der Junge nach seinen verbotenen Exkursionen immerhin etwas eifriger am Unterricht teilnahm. Und damit gab er sich zufrieden.

In Wirklichkeit waren es weder Übermut noch Widerspruchsgeist, die Alf dazu trieben, in unbekannte Gegenden vorzustoßen, sondern ein starker Betätigungsdrang, verbunden mit einer unstillbaren Neugier. Dort draußen, außerhalb der Grenzen, fand er eine Fülle von Dingen, die er allenfalls von Filmen her kannte, deren Realität aber ihm und der gesamten Bevölkerung verschlossen war. Er stieß auf Pflanzen, die niemand gepflanzt hatte und die von selbst gewachsen waren, und er beobachtete Tiere, die frei herumliefen, durch keine Käfige behindert, ganz anders als im Zoo.

Besonders beglückte ihn, dass er sich hier selbst auf freier Wildbahn befand, dass er seine Wege selbst suchen und bestimmen konnte ... Er empfand ein Freiheitsgefühl, das er innerhalb der Mauern des kultivierten Raums noch nie gefunden hatte. Und so wagte er sich bei jedem seiner Unternehmen weiter hinaus, er streifte durch Wiesen und Wälder, und eines Tages fand er sogar etwas, was er nie erwartet hätte, nämlich die Reste einer jener primitiven Siedlungen, in denen die Menschen vor dem Goldenen Zeitalter gelebt hatten.

Die meisten Hausruinen waren leer, die Fenster zerbrochen, die Dächer eingestürzt, aber in einer versteckten Ecke eines verfallenen Schuppens entdeckte er etwas, was ihm bei den weiteren Ausflügen zugutekam: eine Art Motorrad ohne Motor – das man über Pedale mit den Füßen in Bewegung setzen musste. Das Ding war wackelig und stark verrostet, und es fehlten auch einige Teile, doch er brachte es fertig, es wieder gebrauchsfertig zu machen, und von da an hatte er die Möglichkeit, sich auf den ungepflegten Wegen, die das Land kreuz und quer überzogen, weitaus schneller fortzubewegen, als es zu Fuß möglich war, und so seinen Wirkungskreis erheblich zu vergrößern.

Natürlich dachte er, als er das erste Mal mehrere Tage wegblieb, gelegentlich auch an die Folgen seines verbotenen Handelns, doch der alte Klassenlehrer, der nun die Aufsicht hatte, schien schon zufrieden damit, dass Alf überhaupt zurückgekommen war, und in diesem stillen Einvernehmen kamen beide gut zurecht.

Eines Tages führte Alf seine Fahrt an den Fuß einer Bergkette, und das, was er dort entdecken konnte, faszinierte ihn in ganz besonderer Weise. Was sich da vor ihm aufwölbte, waren Massen aus dem Inneren der Erde, die emporgestiegen waren, sich verformt hatten, in Einzelteile zerbrochen waren und sich übereinandergelagert hatten, bis dieses fantastische Gebirge zustande gekommen war. Natürlich hatte er in den Filmen schon oft Berge gesehen, aber die waren meist mit den Mitteln der Computergrafik dargestellt und als Kulissen eingesetzt worden, etwas, das man als Hintergrund wahrnahm und weiter nicht beachtete. Nun stand er auf diesem echten Boden aus Fels, vor ihm eine Wand, nur durch wenige Stufen unterbrochen, und dort oben konnte er eine Verflachung erkennen, eine Felsform, die wie eine Kanzel aussah, und nur hundert Meter darüber den Gipfel des vordersten Berges … es müsste wunderbar sein, sich die Umgebung von dort oben anzusehen!

Alf blickte suchend nach oben … dort drüben gab es eine Felsspalte, in der man sich ein Stück hinaufstemmen konnte, und dann folgte eine etwas weniger steile Felspartie, in der er einige Stufen bemerkte. Kurz entschlossen legte er sein Fahrrad zur Seite und begann eine Klettertour.

Es bedeutete ihm eine unbeschreibliche Freude, wie er stetig an Höhe gewann. In der Felsspalte kam er gut voran, und auch die schräge Wand ließ sich überwinden, obwohl er ein wenig gegen Schwindel zu kämpfen hatte. Er beschloss, sich kein zweites Mal umzudrehen, und konzentrierte sich einfach auf den weiteren Weg, auf den urwüchsigen Fels, der glücklicherweise aus der Nähe nicht mehr ganz so glatt wirkte, wie es von unten ausgesehen hatte, sondern viele verschiedene Möglichkeiten bot, die Füße aufzusetzen und sich mit den Händen hochzuziehen.

Er hatte keine Vorstellung mehr davon, wie viel Zeit vergangen war, jedenfalls befand er sich bereits knapp unterhalb der Kanzel, und hier wurde seine Lage kritisch. Um das letzte Stück hinaufzukommen, war ein kleiner Überhang zu überwinden, und es erwies sich als nötig, sich am Rand mit den Händen festzuklammern und die Beine ein Stück zu einem Felsvorsprung zu schwingen, von dem aus man dann schließlich die letzte Stufe hinauf zur Kanzel bewältigen konnte.

Alf sah sich die Situation genau an, legte jede Kleinigkeit im Bewegungsablauf fest, ehe er das Wagnis einging. Ein letzter Moment der Überwindung, schon hing er mit den Händen an der Kante, er pendelte leicht hin und her, bis er mit einem Fuß die anvisierte Stufe erreichte, und zog sich hinüber, so dass auch der zweite Fuß Halt fand. Jetzt war es nicht mehr schwer, mit einer Hand ein Stück höher zu greifen, wo er sich an eine Felsleiste klammern konnte. Noch eine kurze Anspannung der Muskeln, dann stand er oben, erschöpft an die Felswand gelehnt.

Es war eng hier, zur Not hätten gerade noch zwei Leute neben ihm Platz gefunden, aber es war ein sicherer Ort und gut geeignet, um ein wenig auszuruhen. Und das, was Alf sah, bestärkte ihn in seinem Willen, möglichst schnell zum Gipfel hinaufzukommen. Er blickte sich um und stellte fest, dass es zwar nach wie vor steil aufwärts ging, doch merkwürdigerweise fand er hier, in die Wand eingeschlagen, Metallstifte, in die man den Fuß setzen konnte, und zwar genau dort, wo die natürlichen Vorsprünge fehlten. Alf war also nicht der Erste an dieser Stelle, er hatte bisher nicht darüber nachgedacht, doch nun wurde ihm klar, dass sich früher einmal Menschen in diese Regionen begeben hatten – vielleicht aus ähnlichen Gründen wie denen, die ihn zu dieser Tour angeregt hatten, nämlich Neugier und Lust am Abenteuer.

Als er den Gipfel erklommen hatte und sich aufrichten wollte, merkte er, dass hier ein heftiger, in unregelmäßigen Stößen wehender Wind herrschte. Er zog es vor, sich hinzusetzen, was seine Sicht nicht beeinträchtigte. Der Blick hinunter in die Ebene war überwältigend. Sie erstreckte sich kilometerweit über Grünland, in dem sich jetzt ein unregelmäßiges Rechteckmuster erkennen ließ. Da und dort waren Häusergruppen oder auch Dörfer zu erkennen, so wie er eines schon gefunden hatte, und man hätte meinen können, dass dort unten noch alles intakt war. Und ganz weit in der Ferne, schon stark vom Nebel verhangen, zeigten sich die Umrisse der großen Stadt, aus der er gekommen war.

Alf hätte es nicht für möglich gehalten, dass sich dieser Eindruck noch steigern ließ, doch genau das trat ein, als er in die andere Richtung, nach Süden, blickte. Der Gipfel seines Berges war höher als alle anderen der näheren Umgebung, und so konnte er auf eine Hochebene blicken, eigentlich ein Hügelland, das anmutete, als wäre es mitten aus einem Wellenschlag heraus erstarrt. An der Nordseite lagen weiße Massen, und erst als er einen kurzen Blick zu den im Schatten liegenden Abhängen des Berges warf, wurde ihm klar, dass es sich um Eis oder Schnee handelte. In der weiteren Umgebung, in einem Halbkreis angeordnet, reihte sich eine ganze Staffel von Bergspitzen aneinander, weitaus höher als sein eigener Standpunkt. Er stand gerade erst an der Grenze dieser urtümlichen Landschaft, die sich wer weiß wie weit in Richtung der nun schon wieder im Sinken begriffenen Sonne erstreckte.

Alf hatte sich ein wenig erholt, und er versuchte, sich zu sachlichem Denken zu zwingen. Er bemerkte, dass der Wind viel heftiger geworden war, er war eiskalt, und er begann, in seiner schweißdurchtränkten Kleidung erbärmlich zu frieren.

Höchste Zeit, an den Rückweg zu denken! Er wollte sich nur noch ein paar Minuten gönnen, um sich an der unvergleichlichen Sicht zu weiden, doch da lief plötzlich eine tiefe Schattenfront auf seinen Standort zu, schob sich über ihn hinweg und ließ ihn in Düsternis getaucht zurück. Am Himmel waren Wolken aufgezogen, im Kernbereich tiefschwarz, außen von schwefelgelbem Licht gesäumt. Ein bedrohliche Änderung der Situation: ein harter Gegensatz zu der noch vor Kurzem friedlich ins Sonnenlicht getauchten Hochfläche.

Alf wollte eilig absteigen, doch er stellte fest, dass der Weg nach unten schwieriger war als jener nach oben. In seiner an die Wand gepressten Haltung war es kaum möglich, die weiter unten angebrachten Stifte zu finden, und wenn er mit den Füßen danach tastete, dauerte es meist lang, bis er Erfolg hatte. Der kalte Wind wurde immer quälender, und auch seine Energiereserven ließen allmählich nach. Als er auf der Kanzel ankam, war er mit seinen Kräften am Ende und brauchte mehrere Minuten, um sich etwas zu erholen.

Und selbst das war alles andere als einfach: denn zu allem Überfluss hatte sich die Intensität des Windes weiter verstärkt, und es kostete schon Mühe genug, sich auch nur auf der schief liegenden Bodenfläche der Kanzel zu halten, um nicht vom Wind hinuntergeweht zu werden.

In Alf verflogen die letzten Spuren der noch vor Kurzem so stark empfundenen Euphorie, und plötzlich überfiel ihn eine Anwandlung von Panik. Er war sich im Klaren darüber, dass er das nicht zulassen durfte, und es gelang ihm, sich auf seine Lage zu konzentrieren. Er blickte über den Rand der Kanzel hinweg, suchte nach Möglichkeiten, sich festzuhalten, und entdeckte auch einen Stift, der ihm vorher nicht aufgefallen war. Das änderte aber nichts an der Tatsache, dass er einen gefährlichen Überhang zu überwinden hatte – nämlich jene Strecke, die er vorher frei an den Händen hängend bezwungen hatte. Daran war unter den jetzigen Wetterbedingungen nicht zu denken. Die Konsequenz daraus war die, dass er sich zunächst nicht von seinem Platz fortbewegen konnte. Diese Kanzel gewährte ihm noch einen letzten Rest an Sicherheit. Er rückte möglichst nahe an die Wand, drückte sich in eine seichte Nische und zwang sich zu Geduld. Er hatte die Augen geschlossen, und plötzlich spürte er etwas Kaltes, Feuchtes auf der Stirn. Als er aufschaute, bemerkte er, dass sich die Situation ein zweites Mal geändert hatte. Der Wind war völlig zum Erliegen gekommen, rund um ihn fielen große Schneeflocken herab. Er konnte nur noch wenige Meter weit sehen, und so war der Raum seiner Freiheit auf einen lächerlichen Felsvorsprung zusammengeschrumpft, der ihm keinerlei Ausweg ließ.

Es blieb nichts anderes übrig, als abzuwarten. Es konnte lange dauern, aber er war gesund und kräftig und konnte die Kälte und die Einsamkeit schon eine Weile ertragen. Es gelang ihm, sich in einen Zustand stoischer Ruhe zu versetzen.

Später konnte Alf sich nur daran erinnern, dass er irgendwann eingeschlafen war, bis ihn die Kälte geweckt hatte, und dass sich das mehrfach wiederholt hatte. Manchmal wurde der Wind ein wenig stärker, und dann gab es in seiner Nähe merkwürdige Laute, ein Pfeifen und Sausen und manchmal auch Schläge von herabfallenden Steinen, die sich weiter oben von den Wänden gelöst hatten und nun, mehrfach an der Wand aufprallend, in der Tiefe verschwanden.

Als sich wieder etwas regte, schreckte Alf auf. Er dachte unwillkürlich an einen weiteren Steinschlag, doch das hörte sich anders an, es war ein Flattern und Rauschen, zuerst leiser, sich dann bis zu einem Donner verstärkend ... Durch das Schneegestöber fiel blendender Lichtschein. Alf sah etwas auf sich zukommen, das wie eine riesenhafte Zange anmutete. Als es näher kam, bemerkte er die auf ihn gerichtete Stereooptik, und dann packte ihn etwas: zwei gepolsterte Metallbacken schlossen sich um ihn, er wurde hochgehoben, eine

Zeitlang hing er ohne weiteren Halt inmitten von gleißend hellen, wirbelnden weißen Massen, und dann wurde er abgesetzt. Er spürte, dass sich der Flugkörper, der ihn aufgenommen hatte, mit ihm bewegte, in einer durch den wechselnden Andruck spürbaren Kurve, er lag auf einer gepolsterten Bahre, Arme und Beine waren durch Bügel gehalten, und von oben senkten sich einige Messgeräte zu ihm herab ...

So etwas hatte Alf schon einmal erlebt: als er als Kind eine Treppe hinuntergestürzt war und sich den Beckenknochen gebrochen hatte ... Wie auch immer seine unerwartete Rettung erfolgt war, jedenfalls befand er sich in einer geschützten Umgebung, er hatte eine Injektion erhalten, war von einer wärmenden Decke umhüllt und fühlte sich trotz aller erlittenen Strapazen erstaunlich wohl. Irgendwo in einem hinteren Winkel seines Gedächtnisses meldete sich die Ahnung einer Bedrohung, etwas, das mit Schule und Strafe zu tun hatte, aber im Moment ließ er sich dadurch nicht stören ...

Eine Woche später war die angedeutete Bedrohung zur peinlichen Gewissheit geworden: Man führte ihn in einen Ermittlungsraum, und das, was ihm bevorstand, würde sicher ganz anders ausfallen als die friedlichen Unterhaltungen mit seinem Lehrer, vor dem er sich wegen seiner Missetaten verantworten musste.

In der Tat ließ sich die Antipathie der Beamtin, die mit der Untersuchung betraut war, nicht übersehen. »Zuerst möchte ich Sie darauf aufmerksam machen«, sagte sie, »dass Sie unseren entschiedenen Rettungsmaßnahmen Ihr Leben verdanken. Als Sie als abgängig gemeldet waren, fanden wir bald die Leiter mit dem Wurfhaken, mit der Sie die Sperre überwunden hatten. Mit Hilfe eines Geruchsanalysators konnten wir Ihrer Spur folgen, Sie mit Infrarot orten und mit einer Schwebeplattform herunterholen. Wir haben Sie schon mehrmals bei Ihren Unternehmungen beobachtet, aber diesmal mussten wir eingreifen. Sie haben unglaubliches Glück gehabt. Und wenn Sie umgekommen wären, wären Sie an Ihrem Tod selbst schuld gewesen.«

Sie sah den vor ihr sitzenden Alf böse an und fuhr fort: »Inzwischen haben wir Ihre Akte studiert und festgestellt, dass Sie schon als Kind immer wieder gegen die Vorschriften verstoßen haben. Es wird berichtet, dass Sie mehrfach ausgerissen sind und dann mit Hilfe des Sicherheitsdienstes irgendwo in den Straßen aufgegriffen wurden. Solche Vorkommnisse wiederholten sich während der späteren Schuljahre, und in der letzten Zeit wurde ihr Verhalten immer bedenklicher: Es kam zu schweren Verstößen gegen die Sicherheitsbestimmungen. Als mildernd kann nur Ihr Alter angesehen werden, für Sie sind noch die Sonderbestimmungen für Jugendliche gültig. Unter anderem weisen diese auch dem verantwortlichen Erzieher einen Teil der Schuld zu. Das hatte zur Folge, dass Ihr Lehrer einer neurologischen Operation unterzogen wurde. Es ist unverständlich, wieso er sich Ihnen gegenüber so nachsichtig verhalten konnte.«

Alf dachte an den alten, ihm gut gesinnten Lehrer. »Es tut mir leid …«, stammelte er, doch die Beamtin unterbrach ihn grob und sagte: »Das braucht Ihnen nicht leidzutun. Diesem Verhalten liegt ja schließlich eine biologisch gegebene Abartigkeit zu Grunde, die medizinisch zu behandeln ist; der Betroffene kann nichts dafür. Er wird auch nicht bestraft.«

Nun schien sie den Faden verloren zu haben, denn sie wandte sich zur Seite und zog den an einem Scherenbügel befestigten Monitor zu sich hinüber und überflog die dort gezeigten Darstellungen. Dann nickte sie und fuhr fort: »Doch nun zu Ihnen. Obwohl Sie am Unterricht nicht regelmäßig teilgenommen haben, müssten Sie zumindest wissen, dass die in diesem Staat geltenden Vorschriften vor allem der Sicherheit und Unversehrtheit des Individuums gelten. Es ist unlogisch, freiwillig auf diesen kostenlos gewährten Beistand zu verzichten und sich in Gegenden zu begeben, in denen mit großen Gefahren zu rechnen ist. Das haben Sie ja am eigenen Leib zu spüren bekommen. Es bedarf keiner besonderen psychologischen Kenntnisse, um zu wissen, dass man Sie als abartig bezeichnen muss. Das bedeutet, dass man Sie für das, was Sie tun, nicht verantwortlich machen kann. Ich verschweige nicht, dass ich Ihnen vor jeder weiteren Behandlung eine harte Strafe wünschen würde. Aber wie dem auch sei: Den Vorschriften entsprechend werden Sie als Nichtangepasster dritter Stufe registriert und unterliegen zu Ihrem eigenen Schutz ab sofort beschränkter Bewegungsfreiheit. Es ist Ihnen verboten, Ihren Wohnbezirk zu verlassen. Außerdem ist für die nächsten drei Monate eine Medikation mit Beruhigungsmitteln vorgeschrieben – Sie haben sich jeden Tag um zehn Uhr Vormittag in der Ambulanz der nächstgelegenen Klinik einzufinden, wo Sie Ihre Pillen unter Aufsicht einnehmen müssen. Sollte diese Behandlung wirkungslos bleiben, so haben Sie mit einem gehirnchirurgischen Eingriff zu rechnen.«

Die Beamtin stand auf, während Alf unter dem Eindruck dieser Eröffnung reglos sitzen blieb.

»Für Sie gibt es im Büro noch einige Formalitäten zu erledigen – kommen Sie mit, ich werde Sie dort abliefern.«

Sie wartete ungeduldig darauf, dass sich Alf erhob, und ließ ihn dann vor sich hergehen, bis sie das Büro erreicht hatten.

Die schlimmste Folge seiner missglückten Bergbesteigung war es für Alf, dass er bis auf Weiteres die reizlose Umgebung seines Wohnbezirks nicht verlassen durfte; es gab keine Möglichkeit, sich dieser Konsequenz zu entziehen. Was die Einnahme der Pillen betraf, wusste er sich besser zu helfen. Er hatte zu Hause geübt, Zuckerstücke unter die Zunge zu schieben und diese auch, während er Wasser trank, festzuhalten. Das war zwar eine primitive Methode, aber offensichtlich ließ sich die Überwachungsautomatik dadurch täuschen. Später spuckte er das ekelhafte Zeug ins Taschentuch.

Natürlich dachte er oft an sein Erlebnis zurück, und fürs

Erste war sein Tatendrang ein wenig gedämpft. Je mehr Zeit verging, umso stärker kam aber die Unruhe in ihm wieder hoch, und in Gedanken beschäftigte er sich mit allen Möglichkeiten, sich wieder ein wenig mehr Freiheit zu verschaffen.

Zunächst einmal musste er sein Unterrichtsjahr beenden, und zum Erstaunen seines neuen Lehrers – der den alten abgelöst hatte – erhielt er im Abschlusszeugnis sogar recht gute Noten. Infolge seiner Registrierung als Nichtangepasster dritten Grades hatte er natürlich sein Recht auf Arbeit verwirkt und war so gezwungen, das Leben eines Untätigen zu führen. Dazu konnte man sich auch freiwillig melden – und wurde meistens sogar aufgefordert, es zu tun. Für andere seines Jahrgangs war das eine willkommene Gelegenheit, von nun an ein pflichtenfreies, angenehmes Leben zu führen, bei dem es vor allem darum ging, das Unterhaltungsangebot auszunutzen. Nun war auch Alf auf Spiele angewiesen, wenn er ein wenig Abwechslung in sein ödes Leben bringen wollte, und so verbrachte er den größten Teil der folgenden Jahre in virtuellen Räumen.

Im Grund genommen erwiesen sich die virtuellen Abenteuer immerhin noch als einigermaßen erträglich, denn dabei spielte man nicht den passiven Zuschauer, sondern durfte sich mit anderen auseinandersetzen, um Schwierigkeiten zu überwinden und Probleme zu lösen. Natürlich waren es künstliche Schauplätze und erfundene Probleme, aber man konnte sich immerhin als ein denkendes und handelndes Wesen betätigen.

Auf die Dauer war Alf damit freilich nicht zufrieden, und schließlich fand er doch eine Möglichkeit, sich neue Erlebnisse zu verschaffen – sogar solche, die dem, was er ersehnte, einigermaßen nahe kamen. Da die Bevölkerung seit der ökologischen Katastrophe auf ein vorgegebenes Kontingent reduziert und konstant gehalten wurde, war man bei der Sanierung der Stadtbereiche großzügig vorgegangen. Die früheren Elendsviertel wurden dem Boden gleichgemacht, und wo es im Citybereich Anlagen gab, die nicht mehr gebraucht wurden oder deren Sanierung zu teuer gekommen wäre, hatte man diese kurz entschlossen in Sperrzonen zusammengefasst und das Betreten verboten. Dazu kamen natürlich auch wirkungsvolle Maßnahmen, um die Isolierung zu gewährleisten: elektrisch geladene Gitter im Bodenbereich und ein darübergewölbtes elektrisches Feld, das Eindringungsversuche jeder Art sofort melden und den Ordnungsdienst alarmieren sollte.

Alf vermutete, dass es dort eigentlich recht interessante Dinge geben müsste. Immerhin handelte es sich um frühere Feudalbauten, die durch Denkmalschutzbestimmungen vor dem Abriss bewahrt worden waren, um Kirchen, Theater und Museen – statt verschiedener Religionen gab es nun den staatlichen Einheitsglauben, für die Oper interessierte sich niemand mehr, und von den Museen hatte man nur jene verschont, die sich zur Unterhaltung des Publikums eigneten. Dazu gehörten aber auch Industrieanlagen, die man nicht mehr brauchte, sowie Prunkbauten von Privatpersonen – sogar einige uralte Schlösser waren dabei. Es wäre umständlich gewesen, alle diese Gebäude einzeln zu isolieren, und so hatte man versucht, mehrere von ihnen samt den dazwischenliegenden Wohngebäuden zusammenzufassen. Auf diese Weise waren da und dort mitten im modernen Großstadtbereich Ruinenlandschaften erhalten geblieben, denn natürlich fiel es niemandem ein, diese Bausubstanz zu pflegen, und so war sie dem allmählichen Verfall preisgegeben.

Gewiss wusste Alf, dass vielerlei Vorkehrungen getroffen worden waren, um die Absperrung undurchdringlich zu machen, aber das war ihm eher ein Ansporn, sich nach Schwachstellen umzusehen. Bald kam er zu der Einsicht, dass es weder über den Boden noch durch die Luft möglich war, in diese Gebiete einzudringen, und so beschäftigte er sich umso intensiver mit den unterirdischen Bereichen. Auf allen möglichen legalen und illegalen Wegen verschaffte er sich Unterlagen über unterirdische Wasserläufe, Kanäle, Kellergeschosse, U-Bahnen und so fort und konnte mit Genugtuung feststellen, dass es wohl nicht gelungen war, alle diese Hohlräume zuzuschütten und die Verbindungen zwischen ihnen zu unterbrechen. So waren beispielsweise aus dem letzten Krieg verschiedene Gänge zwischen den Kellerräumen übrig geblieben, die sich die Einwohner ohne Erlaubnis der Behörden als Fluchtwege geschaffen hatten, um sich in Sicherheit zu bringen, wenn die über ihren Kellern liegenden Gebäude zerstört worden waren. Und als man diese später wieder aufbaute, hatte sich wohl niemand mehr um die vergessenen unterirdischen Labyrinthe gekümmert.

Auf diese Möglichkeit arbeitete Alf wochenlang konzentriert hin, er zog verschiedene Wege in Betracht, von denen er sich Chancen versprach, und sorgte für eine Ausrüstung. Einen leichten Motorradhelm versah er mit einer Lampe, und aus Teilen einer Taucherbrille bastelte er sich eine primitive Gasmaske. Dazu kamen Spaten, Spitzhacke, ein Hammer und ein Messer. Nach langer Zeit spürte Alf wieder jene erwartungsvolle Erregung, die sich schon früher stets eingestellt hatte, wenn er zu einer seiner Exkursionen in verbotenes Gelände aufgebrochen war, ein Gefühl, das er brauchte wie die Luft zum Atmen. Trotzdem blieb er vorsichtig, denn er fürchtete sich vor der angedrohten Gehirnoperation; bisher hatte er den Eindruck erwecken können, dass seine Ruhigstellung gelungen sei, und somit durfte er hoffen, dass diese Bedrohung vorderhand beseitigt war.

Endlich war der Tag gekommen, an dem er seine Exkursion starten konnte. Dabei ging er von einem kleinen turmartigen Bau aus, der vermutlich eine umgebaute Litfaßsäule war. Diese hatte man einst, vor Hunderten von Jahren, mit Plakaten beklebt und auf diese Art Werbebotschaften ausgesandt. Später wurden dort zum selben Zweck modernere Mittel eingesetzt, Projektoren für Dias und Filme, mit denen die Bildfolgen von innen als Rückprojektionen von einem altmodischen Automaten gesteuert auf die Wände geworfen wurden. Doch schon seit langer Zeit brauchte man solche Einrichtungen nicht mehr, an ihre Stelle war die Holovision getreten.

Für Alf war wichtig, dass diese Säulen in der Anfangszeit ihrer Existenz auch als Zugänge zur Kanalisation verwendet worden waren; seinem Kartenmaterial hatte er entnommen, dass man von der von ihm ausgesuchten Stelle aus direkt in einen der Hauptkanäle des Abwassersystems gelangen konnte – vorausgesetzt, dass noch eine offene Verbindung bestand.

Es war nicht besonders schwer, in das kaum gesicherte Bauwerk einzudringen. Als er eines Nachts die Tür aufgebrochen und hinter sich wieder zugezogen hatte, sah er im Schein seiner Lampe einige verstaubte Projektoren herumstehen. Er riss die Verkleidung des Bodens ab, und da war durch eine darauf gespritzte Schaumschicht der Umriss einer Falltür zu erkennen. Alf brauchte lediglich mit seinem Messer den Rillen zu folgen, um das letzte Hindernis zu entfernen, und es gab sogar einen versenkten Bügel, mit dem man die Türplatte anheben konnte.

Er begnügte sich damit, diese hinter sich wieder zuzuziehen; mit einer Kontrolle durch Sicherheitspersonal war sicher nicht zu rechnen.

Im Schein seiner an den Helm montierten Lampe stieg Alf die Wendeltreppe hinunter und kam in einen langgestreckten Raum, in dessen Mitte ein ausbetonierter Graben eingeschnitten war, doch rechts und links war genügend Platz geblieben, um sich vorwärtszuarbeiten. Alf hatte schon damit gerechnet, in diesen Räumen gegen einen Wasserstrom ankämpfen zu müssen, doch am Boden des Grabens fand er nicht mehr als ein schmutziges Rinnsal.

So kam er gut weiter, wobei es einmal um eine Ecke ging, ein weiteres Mal einen Damm hinauf. Erst danach verengte sich die Strecke und zeigte leider auch Anzeichen des Verfalls; es lagen Ziegel und Betonbrocken herum, die sich von der Decke gelöst hatten und die er erst zur Seite schieben musste, ehe er darüberkroch.

Nach zehn Minuten war er einige hundert Meter weit gekommen und durfte annehmen, dass er sich schon innerhalb des gesperrten Gebiets befand. Somit war es nicht mehr weit zu jener Stelle, von der er eine Verbindung zu einem Kellergeschoss zu finden hoffte. Doch nun gab es erstmals eine wirklich unangenehme Stelle zu bewältigen: eine einsturzverdächtige Raumerweiterung. Ganze Partien der ehemaligen Decke lagen auf dem Boden, und zudem schien hier auch noch jemand seinen Müll entsorgt zu haben, denn es gab Reste von Möbeln, aber auch stark verrostetes oder korrodiertes Material, von dem ein Übelkeit erregender Geruch ausging. Als Alf über einen morschen Balken stieg, hörte er vom Boden her ein Pfeifen und sah im Licht der Lampe eine Ratte, die sich pfeilschnell ein Stück zurückzog, als sie der Lichtschein traf. Doch dann drehte sie sich um und blieb lauernd sitzen.

Es gelang Alf, über einen Schuttberg in einen angrenzenden Kellerraum zu gelangen, allerdings erwiesen sich die zwei Türen, von denen man wahrscheinlich weitere Räume erreichen konnte, als verschlossen, und zwar mit einer dicken Betonschicht, die sich nicht ohne Weiteres überwinden ließ. Alf beschloss, sich diese Möglichkeit zu merken, sich zunächst aber in den leichter zugänglichen Räumen umzusehen. Er trug die von ihm gefundenen Strecken in einen primitiven Plan ein, in dem auch die Lage der darüber liegenden Gebäude angedeutet war. Er hatte ja Zeit, und je länger er sich hier unten aufhielt, umso zufriedener wurde er. An die schlechte Luft und die ständige Finsternis würde er sich schnell gewöhnen; dafür öffnete sich ihm nun eine geheimnisvolle unterirdische Welt, von der er sich selbst bei nüchterner Betrachtung doch einige Überraschungen versprach.

Es waren die Nächte, in denen sich Alf seinem neu in Besitz genommenen Territorium widmete. Bei Tag wäre es weitaus schwieriger gewesen, den von ihm erschlossenen Eingang, die alte Litfaßsäule, zu benutzen, und den Gedanken, eventuell einmal länger – den ganzen Tag über bis zur nächsten Nacht – im Inneren zu bleiben, verwarf er rasch, denn schließlich musste er sich noch immer täglich bei der Behörde melden; dabei ging es nicht mehr um die Einnahme von Medikamenten, sondern um den Nachweis, dass er sein beschränktes Terrain nicht verlassen hatte.

So verbrachte er viele Nächte in den tiefen Teilen der von ihm gewählten Sperrzone, schließlich hatte er ja die Tage zum Ausruhen zur Verfügung. Er wanderte durch das ausgedehnte Geäst der Wasserabflüsse und erreichte von da aus an mehreren Stellen die zu den darüber liegenden Häusern gehörenden Kellerräume. Einige Male wurde er durch besondere Entdeckungen belohnt. So gelangte er in einen Raum, der als Waffendepot eingerichtet war, und da lag eine ganze Reihe von Stücken, die einem historischen Museum zur Ehre gereicht hätten. An einer anderen Stelle gelangte er in unterirdische Gewölbe, die zu einer Kirche gehörten, und wie es aussah, hatten sich dort einst Flüchtlinge eingemauert, man konnte noch die inzwischen wieder aufgebrochenen Ziegelwände sehen. Von dort aus kam Alf in höher gelegene Etagen, und er hatte lange seine Freude daran, die zwar stark beschädigten, aber immerhin noch erkennbaren Gegenstände, liturgische Gefäße, Statuen und Kleidungsstücke, die bei der ersten Berührung zerfielen, zu studieren.

Den interessantesten Fund aber machte Alf in den Kellerräumen einer Klinik. Er hatte ein wenig gezögert, sich in dieser Region umzusehen, da er damit rechnen musste, dass man in der Kanalisation die Überbleibsel medizinischer Eingriffe entsorgt haben könnte. Das war zwar schon lange her, doch er ekelte sich trotzdem davor.

Als er eines Tages wieder in der Nähe dieser Stelle vorbeikam, fiel ihm ein merkwürdiges Geräusch auf. Es war ein dumpfes, regelmäßiges Pochen, und das zog ihn natürlich magisch an. Sollten sich hier unten außer den Ratten noch andere Lebewesen herumtreiben?

Mit größter Vorsicht schlich er voran, das Geräusch wurde ein wenig lauter, allerdings sah es einige Zeit so aus, als gäbe es keine Möglichkeit, dem Geheimnis näher zu kommen. Dann aber fand Alf eine Röhre, die vermutlich zum Ableiten des Abwassers verwendet worden war. Als er näher trat und schließlich das Ohr an die Keramikmasse legte, blieb kein Zweifel mehr: Die Laute kamen aus der Röhre, die wie ein Resonanzkörper wirkte.

Alf überlegte, was er machen sollte. Die Röhre ragte aus der Decke und mündete in einen Haufen von Schutt. Sie schien geräumig genug, um einen Menschen durchzulassen, und so kam es nun darauf an, irgendwie ins Innere zu gelangen. Alf dachte schon daran, am nächsten Tag wiederzukommen und mit einem Hammer ein Loch zu schlagen. Doch dann kam er auf die Idee, den Schutthügel beiseitezuräumen, und das brachte ihn seinem Ziel entscheidend näher, denn nach kurzer Zeit stieß er auf eine Klappe, die den Zugang zum Inneren der Röhre verschloss. Sie war stark verrostet, und ein Schlag mit der Spitzhacke genügte, um sie zu lockern und herauszuhebeln.

Fauliger Geruch schlug Alf entgegen, und als er mit dem Kopf voran einzusteigen versuchte, rieselte Staub herab und trübte den Schein seiner Lampe. Das ging aber rasch vorüber, und es hinderte ihn nur noch das Unbehagen, als er sich anschickte, sich in diese enge und schmutzige Passage zu zwängen.

Schließlich aber nahm er sich ein Herz, kroch hinein und versuchte sich hinaufzustemmen. Das erwies sich als mühsam, denn es war schwer, Halt zu finden, und immer wieder rutschte er ein Stück zurück, doch es gelang ihm, sich langsam höher zu schieben. Glücklicherweise gab es keine allzu große Höhe zu überwinden, schon nach drei Metern endete die Röhre; die darüberliegenden Keramikplatten ließen sich leicht beiseitedrücken, und er kletterte in den Raum über ihm. Dieser war eng und mit übereinandergestapelten Metallfässern gefüllt, aber Alf konnte sich zumindest aufrichten und die an ihm haftenden staubigen Massen abwischen. Er tat es reflexartig, denn seine Aufmerksamkeit wurde von der Örtlichkeit beansprucht, in die er geraten war: ein dunkler Raum, in den nur an einer Seite ein schmaler Lichtstreifen einfiel. Von hier aus war das Geräusch deutlich zu hören: ein regelmäßiges Klopfen wie von den Kolben einer Maschine.

Alf schaltete seine Kopflampe aus und schlich mit größter Vorsicht weiter, dem Licht entgegen. Da war eine Metalltür, einen Spalt weit geöffnet … Alf spähte durch den Spalt und blickte in den benachbarten Raum. Das Licht kam von einigen an der Decke befestigten LED-Kacheln. Sie verbreiteten nur einen schwachen Schein, aber er reichte gerade aus, eine Ahnung von der Ausstattung zu geben. An der gegenüberliegenden Wand zeigten sich die Umrisse von Schalttafeln, Displays von Messinstrumenten und Monitoren. Auf einer hervorstehenden Stütze lag eine Tastatur, und darüber pulsierte ein rotes Signallicht. Das Auffälligste aber befand sich in der Mitte des Raums: ein Podest und darauf ein länglicher, metallisch glänzender Kasten.

Alf beschloss, ein wenig zu warten – vielleicht befand sich doch noch jemand in der Nähe, denn dieser Raum ließ auf menschliche Aktivitäten schließen.

Nach zehn Minuten wurde Alf ungeduldig. Er nahm sein Messer in die Hand, als Waffe, falls ihn jemand angriff, und dann klopfte er in einer kurzen Folge mehrmals hintereinander an die Tür … er lauschte … keinerlei Reaktion. Er machte einen weiteren Versuch und rief: »Ist jemand hier? Ich habe keine böse Absicht – bitte melden Sie sich!«

Wieder blieb es still, und da fasste Alf Mut und trat ein. Zuerst ging er zu dem Kasten an der Wand – er konnte zu einer Klimaanlage oder zu einer Heizung gehören. Alf wollte sich schon abwenden, da fand er ein in Transparentfolie verpacktes Buch, auf dem er den Vermerk ›Wärmepumpe – Gebrauchsanweisung‹ entdeckte. Er holte das Büchlein heraus, schlug die ersten Seiten auf und fand einen Text in altmodischem Englisch, den er mit einiger Mühe entziffern konnte. Es ließ sich daraus entnehmen, dass es sich um eine Anlage zur Energiegewinnung handelte, mit der man eine Flüssigkeit in tiefere Regionen pumpte und infolge des Wärmeunterschieds gegenüber den tiefer gelegenen Schichten Energie gewinnen konnte. Das mochte eine Erklärung dafür sein, dass der Raum erleuchtet und offenbar auch mäßig geheizt war.

Nun trat Alf an das Podest mit dem Metallkasten heran, und auch hier entdeckte er eine leider stark verwitterte Aufschrift. Es waren nur wenige Worte, und er musste seine Phantasie gehörig anstrengen, um die Bedeutung herauszufinden: BITTE ERST IN 200 JAHREN ÖFFNEN! Diese Angabe nutzte ihm leider wenig, denn das darunterliegende Datum war nicht mehr zu entziffern, doch man konnte zumindest daraus schließen, dass das, was in der Truhe verborgen war, ein stattliches Alter aufzuweisen hatte.

Alf trat noch näher und entdeckte zwei Bügelverschlüsse, mit denen sich offenbar der Deckel öffnen ließ. Konnte das gefährlich sein oder sollte er es riskieren? Schließlich siegte die Neugier. Er legte die beiden Hebel um, griff dann in zwei Kerben, die es erlaubten, die Finger einzusetzen, und hob den Deckel an.

Alf erschrak – was da zum Vorschein kam, war ein Mensch, den er zunächst für einen Toten hielt. Fahle Gesichtsfarbe, das Gesicht, das einem alten Mann zu gehören schien, von runzeliger Haut überzogen, die Augen geschlossen, das Haar schütter. Über Mund und Nase saß ein Aufsatz, von dem ein Schlauch abging. Alf nahm einen dumpfen, an Desinfektionsmittel erinnernden Geruch wahr, der ihm offenbar aus dem Inneren des Kastens entgegenschlug.

Es war verständlich, dass sich Alf voll auf seinen Fund konzentrierte, und so zuckte er zusammen, als sich an der gegenüberliegenden Wand etwas regte. Es war dort, wo ihm schon beim ersten Blick durch die Tür das rot blinkende Lämpchen aufgefallen war. Durch ein Wenden des Kopfes leuchtete er mit seiner Lampe hin ... was da zum Vorschein kam, war offenbar eine Schalttafel, und dort war in der Tat etwas in Bewegung geraten – die Zeiger einiger Messkonsolen. Es sah so aus, als wäre eine bis jetzt stillgelegte Automatik in Funktion getreten, und das bestätigte sich auch, als sich nun einiges in der Nähe des noch immer bewegungslos daliegenden Menschen veränderte. Es war vor allem ein orangefarbenes Licht, das ihn von mehreren Seiten her beleuchtete, und außerdem wurde ein schwaches Pulsieren im Schlauch bemerkbar, der zum Aufsatz in seinem Gesicht führte. Unwillkürlich trat Alf einen Schritt zurück ... er begann zu ahnen, was sich da vor seinen Augen abspielte: Er war auf einen jener Menschen gestoßen, die sich vor einigen hundert Jahren hatten konservieren lassen; es war damals die Zeit kriegerischer Unruhen gewesen, jene Zeit, in der die Menschheit durch nukleare Bomben auf einen Bruchteil ihres Bestands reduziert worden war. Jene, die sich damals in den Kälteschlaf versetzen ließen, glaubten, auf diese Weise in bessere Zeiten flüchten zu können.

Alf hatte von dieser Methode gehört, die im Goldenen Zeitalter natürlich verboten war. In der Tat mutete die Apparatur in diesem Raum altertümlich an, sie stammte ja aus einer Zeit, als diese medizinisch-technische Methode noch in den

Kinderschuhen steckte. War sie überhaupt imstande, den gewünschten Effekt zu erzielen? Oder anders ausgedrückt: Würde es der Automatik, die nun zu arbeiten begonnen hatte, gelingen, tatsächlich diesen immer noch tot erscheinenden Körper ins Leben zurückzuholen?

Alf wartete noch ein wenig, wobei er unschlüssig war, was er eigentlich tun sollte. Schließlich erinnerte er sich an seine besondere Situation, an die Tatsache, dass sein Aufenthalt in diesen Räumen illegal war; seine Uhr piepste schon seit einiger Zeit und erinnerte Alf daran, dass es höchste Zeit war, wieder an die Oberfläche zurückzukehren. Im Übrigen konnte er hier sowieso nicht eingreifen – er musste den Erfolg oder Misserfolg abwarten. Aber selbstverständlich würde er in der nächsten Nacht wiederkommen.

In der Ruhepause, die sich Alf in den Tagen zwischen seinen unterirdischen Exkursionen gönnte, konnte er diesmal nicht schlafen. Immer wieder kam ihm der Anblick des jahrhundertealten Mannes in den Sinn, der da in verschütteten Kellerräumen überlebt hatte – wenn alles gut gegangen war. Und er hoffte sehr, wenngleich er dem keine große Chance einräumte, dass die Wiederbelebung glückte und er sich mit dem Eingeschlossenen unterhalten konnte.

Am nächsten Abend fiel es Alf schwer, den Einbruch der Dunkelheit abzuwarten, der ihm ein unbeobachtetes Einsteigen in die unterirdischen Verliese ermöglichte. Schließlich war die Zeit gekommen, und er folgte dem Weg ins Zentrum des Labyrinths, mit dem er schon gut vertraut war.

Voller Hoffnung und Zweifel zwängte er sich in die Keramikröhre, die ihn in den kleinen Vorraum brachte, von dem aus er gestern in das Versteck mit dem in den Kälteschlaf versetzten Menschen eingedrungen war. Er fand die Tür geschlossen vor, so wie er sie verlassen hatte, und diesmal war es leichter, sie geräuschlos zu öffnen. Das Erste, was ihm auffiel, war die Tatsache, dass das Deckenlicht nun heller strahlte – zumindest ein Beweis dafür, dass die Automatik in Gang war. Und als er dann durch den sich öffnenden Spalt blicken konnte, fiel sein Blick auf die Gestalt des alten Mannes, der sich in sitzender Position befand; es hatte den Anschein, dass sich die Liege in einen Sitz verwandelt hatte. Vorsichtig öffnete Alf die Tür ein Stück weiter. Der Mann schien zu schlafen, doch als Alf ein wenig unvorsichtig war, so dass die Tür ein quietschendes Geräusch von sich gab, öffnete er die Augen und blickte Alf entgegen. Zugleich hob er den Arm zwei Handspannen hoch und machte eine kleine winkende Bewegung. Sollte das eine Einladung zum Herantreten sein? Alf stand im Türrahmen und wagte keinen Schritt vorwärts zu tun. Da hob sich die Hand des Sitzenden, legte sich auf den Aufsatz, der Mund und Nase des Greises verdeckte und ihn wohl mit Sauerstoff versorgte, und zog ihn so weit hinunter, dass der Mund frei wurde.

Zum ersten Mal sah Alf das unbedeckte Gesicht des Mannes, und es bestand kein Zweifel daran, dass dieser sich erholt hatte. Und dann sprach er sogar einige Worte, recht mühsam und leise, zudem in altmodischem Englisch, aber doch verständlich: »Tritt näher!«

Alf folgte der Aufforderung, beugte sich über den Wiedererweckten und kniete dann nieder, um seinem Mund näher zu sein, denn der Alte redete weiter: »Ich bin noch recht schwach, hab Geduld mit mir. Sicher bist du sehr verwundert, lass mir ein wenig Zeit: Ich werde alles erklären.«

Er atmete mühsam und nestelte an seinem Atmungsgerät. Als Alf erkannte, dass er Schwierigkeiten hatte, es zu fassen, griff er selbst zu und führte es ihm über Nase und Mund. Es war aus einem selbstklebenden Material gefertigt und saß fest auf der faltigen Haut des Alten auf, der nun die Augen geschlossen hielt. Leise trat Alf einige Schritte zurück, blickte sich um und fand in einer Ecke einen Hocker, auf dem er sich niederließ. Er würde einige Zeit warten müssen, doch um keinen Preis hätte er jetzt den Raum verlassen mögen. Es war ein großartiges Versprechen, das der Wiederbelebte ihm gegeben hatte: Er würde dessen Geschichte erfahren.

Alf musste sich noch einige Tage in Geduld fassen, bis es so weit war, doch er kam nun jede Nacht, um sich über das Befinden von Rhenius zu informieren. Rhenius – so hatte er sich bei einem jener kurzen Wortwechsel genannt, die Alf in den folgenden Nächten mit ihm führen konnte. Alf war nicht einmal sicher, ob er den Namen richtig verstanden hatte, und er wusste auch nicht, ob es der Vorname oder der Nachname seines Gegenübers war. Aber das war sicher das Unwichtigste von allem, was Alf noch zu erfahren hoffte.

Nach einer Woche hatte sich das Befinden von Rhenius so verbessert, dass er selbständig im Raum hin und her gehen konnte. Er hatte einen Schrank in jener Wand geöffnet, in die auch die Schaltanlage eingebaut war, und hatte einiges, was er brauchte, herausgeholt. Es waren offenbar eigens für ihn zubereitete Nahrungsmittel und Getränke, und dazu kamen noch Medikamente, die er zu sich nehmen oder mit einem Injektionsspray applizieren musste. Zum Erstaunen von Alf begann der Alte zu dieser Zeit aber auch mit Übungen, die zunächst noch äußerst einfach erschienen: ein paar Schritte hin und her, die Arme heben und senken, den Rumpf beugen und wieder aufrichten. Das war nicht viel, doch es brachte sichtbare Fortschritte. Und das war auch der Zeitpunkt, auf den wohl beide gewartet hatten, der Zeitpunkt des gegenseitigen Informationsaustausches.

Alf empfand eine gewisse Scheu vor dem jahrhundertealten Mann, den er der Erstarrung entrissen hatte. Er wusste selbst nicht, woher das kam – Respekt, Bewunderung, Ehrerbietung? Jedenfalls war es für Alf ein Akt des Anstands, ihn zuerst zu informieren, und so fasste er all das zusammen, was er in kurzen Worten über die Gegenwart berichten konnte. Er sprach über die Menschen des Goldenen Zeitalters, über das, was sie taten, und wie sie zusammenlebten. Das besondere Interesse von Rhenius schien sich auf die sozialen Verhältnisse zu richten, und so versuchte Alf auch die typischen Eigenheiten dieser Epoche zu beschreiben, in der er, Alf, lebte und in die der Mann aus der Vergangenheit nun eintreten würde. Bei seinen Schilderungen hatte Alf allerdings den Eindruck, dass der andere von dem, was er hörte, unangenehm berührt war, enttäuscht wahrscheinlich, angewidert, obwohl er sich eines Kommentars enthielt. Er bat Alf um einen Tag Frist, in der er über das Gehörte nachdenken wollte. Und dann, so versprach er, würde er auch Alf alles erzählen, was dieser wissen wollte.

Mit großen Erwartungen fand sich Alf am nächsten Tag bei Rhenius ein. Und er wurde nicht enttäuscht. Wenn er gefürchtet hatte, dass er nun mit einigen oberflächlichen Informationen abspeist würde, so hatte er sich getäuscht. Der alte Mann, so schwer es ihm auch fallen mochte, bemühte sich sichtlich, Alf all jene merkwürdigen Umstände zu beschreiben, die zur Zeit seines früheren Lebens geherrscht hatten. Da gab es vieles, was dem Zuhörer völlig unverständlich erschien, beispielsweise die chaotischen Regeln, nach denen die Menschen lebten, der Mangel an Maßnahmen für Schutz und Ordnung, die im Goldenen Zeitalter selbstverständlich waren, die Tatsache, dass damals jeder ein Recht auf Arbeit beanspruchte, was ja geradezu widersinnig schien; allerdings verrichteten die Menschen damals viele Arbeiten, die inzwischen den Automaten übertragen worden waren.

Andererseits erfuhr Alf einiges, was ihn tief beeindruckte. Dazu gehörte der freizügige Umgang mit Information, die Tatsache, dass man sich beliebiges Wissen ohne besondere Erlaubnis aneignen durfte, und weiter, dass es keinerlei Einschränkungen für den wissenschaftlichen, medizinischen oder technischen Fortschritt gegeben hatte. Mehr und mehr begann er sich für den seltsamen Mann zu interessieren, der gehofft hatte, durch einen jahrhundertelangen Schlaf in ein besseres Zeitalter zu wechseln. War ihm das gelungen oder nicht? fragte sich Alf. Zunächst war er versucht gewesen, die Vorzüge der gegenwärtigen Gesellschaftsordnung hervorzuheben, doch allmählich wurde er unsicher, änderte seine Meinung und kam zum irritierenden Ergebnis, dass es fast alles, was dem anderen wichtig war, im Goldenen Zeitalter nicht mehr gab.

Rhenius war für die damaligen Verhältnisse ein reicher Mann gewesen, jemand, der sich vieles von dem leisten konnte, von dem andere nur träumen konnten. Doch seine Unternehmungen waren ihm immer unwichtiger geworden, und endlich, im höheren Alter, hatte er sich nur noch auf die Erfüllung seiner Wünsche konzentriert. Es stellte sich heraus, dass er und Alf einander sehr ähnlich waren, denn beide hatten den Drang, der Enge zu entfliehen und unbekannte Regionen aufzusuchen, in denen es noch etwas zu entdecken gab. Und dann erzählte Rhenius von seinem allergrößten Wunsch, der schließlich in Erfüllung gegangen war und der ihm doch nur den dringenden, alles andere als nebensächlich erscheinenden Wunsch gebracht hatte, dieses Erlebnis noch einmal auszukosten, und zwar unter günstigeren Umständen. Und er konnte auch sehr genau beschreiben, was er damit meinte.

Dieser größte Wunsch war eine Reise von der Erde hinaus in den freien Weltraum gewesen, und er hatte einen großen Teil seines Vermögens dafür ausgegeben, an einem der Marsflüge teilnehmen zu dürfen, die damals noch von Wissenschaftlern und Militärs unternommen wurden. Er hatte eine unglaubliche Welt vorgefunden, eine vom Menschen unberührte Landschaft, einen Planeten, der lebensfeindlich und in seiner Unberührtheit großartig war. Er berichtete von den Fahrten, die sie mit Raupenfahrzeugen durch die vulkanische Landschaft gemacht hatten, von den Lavahöhlen, in denen sich Anzeichen für organische Erscheinungen gezeigt hatten, und auch von den Versuchen, eine Zwischenform zwischen Mensch und Tier dort anzusiedeln. Er sprach aber auch von den kurzsichtigen Ansichten seiner Begleiter, von Menschen, die die einzigartige Schönheit dieses Himmelskörpers nicht zu würdigen verstanden, und von der Kurzsichtigkeit der Offiziere, die, selbst wenn man sie ins Paradies gebracht hätte, an nichts anderes als an Befestigungen und Waffen gedacht hätten.

Als Rhenius geendet hatte, waren beide lange still, und Alf fühlte so etwas wie Verlegenheit, weil er meinte, Rhenius darüber aufklären zu müssen, dass sich auch in dieser Hinsicht die Situation zur Erfüllung seiner Wünsche nicht verbessert hatte. Ja, wahrscheinlich war es trotz einiger zusätzlich gewonnener Kenntnisse und technischer Fortschritte derzeit zweifellos noch weitaus schwieriger, wenn nicht unmöglich geworden, den Mars zu besuchen. Es war eine Gesellschaft, in deren Werteskala das angenehme Leben an erster Stelle stand, eine Gesellschaft, die keinerlei Sinn für Fortschritte in der Wissenschaft oder der Kunst hatte.

Als Alf aufschaute und nach Worten für seine Erklärung suchte, konnte er im Gesicht des anderen so etwas wie ein mitleidiges Lächeln erkennen.

»Ich kann mir denken, worüber du nachdenkst«, sagte Rhenius. »Bitte, gib dir keine Mühe – ich habe längst begriffen. Es ist enttäuschend, aber ich sehe es ein: Ich bin in der falschen Zeit angekommen. Doch«, er machte eine beschwichtigende Handbewegung, »nimm dir das nicht allzu sehr zu Herzen, das muss ja nicht das Ende meiner Reise sein. Ich werde mich eben diesem System noch einmal anvertrauen.«

»Sie wollen doch nicht ...«, Alf wagte den Gedanken nicht zu Ende zu denken.

Rhenius nickte. »Warum denn nicht? Was nützt es mir,

wenn ich mich in diese gegenwärtige Gesellschaft eingliedere – ich wäre todunglücklich.« Als er das Wort ›todunglücklich‹ aussprach, glitt ein trauriges Lächeln über sein Gesicht. Was mochte er empfinden?

»Aber ist es denn sicher, dass die Apparatur noch funktioniert?«, fragte Alf.

»Ich denke schon«, antwortete Rhenius. »Ich habe schon seinerzeit, als ich sie bauen ließ, an die Möglichkeit gedacht, dass man im falschen Zeitalter erweckt wird. Es gibt immerhin die Chance, dass ich das nächste Mal Glück habe.«

Alf merkte, dass Rhenius nicht weiter darüber sprechen wollte. Stattdessen trat er an die Schaltwand und aktivierte einen Bildschirm. »Das alles kommt dir recht altmodisch vor, nicht wahr?«, sagte er. »Hauptsache, es funktioniert! Hier drinnen stecken nämlich all jene Informationen, die man braucht, um den Betrieb zu starten. Einiges davon kann ich selbst einleiten, und das andere ... würdest du mir den Gefallen tun, diese Handgriffe für mich auszuführen?«

Alf zögerte nicht, es ihm zu versprechen. »Wann wollen Sie damit beginnen?« Er blickte unauffällig auf die Uhr, doch Rhenius hatte es bemerkt.

»Lass dich nicht aufhalten«, sagte er, »ich weiß ja, dass du jetzt schleunigst an die Oberfläche zurückkehren musst. Wir machen es morgen – wäre dir das recht?«

Als sich Alf verabschieden wollte, ergriff Rhenius dessen Hand und hielt sie kurz fest.

»Ich danke dir, mein Freund«, sagte er.

Als Alf am nächsten Tag wieder zur Stelle war, erschrak er zunächst, denn Rhenius schien nicht mehr da zu sein. Dann allerdings merkte er, dass die Truhe auf dem Podest wieder verschlossen war und dass sich die Zeiger in den Konsolen der Wandtafel bewegten. Einen Moment lang erschrak er, doch dann verstand er, was geschehen war: Rhenius hatte seine Fahrt in eine bessere Zeit bereits angetreten.

Alf trat an die Wandtafel, warf einen Blick auf den Monitor, und da entdeckte er einen Schriftzug, eine Nachricht an ihn:

Vielen Dank und alles Gute! Rhenius

Darunter setzte sich der Text fort, doch er enthielt keine persönlichen Mitteilungen, sondern nur die angekündigten Anweisungen für die abschließende Bedienung der Geräte. Es handelte sich um die Prüfung einiger biometrischer Werte und in Abhängigkeit davon um die Eingabe von Daten mittels der darunter ausgeklappten Tastatur. Zuletzt war noch eine automatisch durchgeführte Testreihe angekündigt, aus deren Ergebnis zu ersehen war, ob alle Systeme einwandfrei funktionierten. Und wenn das nicht der Fall war? fragte sich Alf. Darüber gab es keine Auskunft, und so blieb Alf nichts anderes übrig, als den Anweisungen zu folgen. Obwohl er traurig über das Ende dieser schicksalhaften Begegnung war, arbeitete er präzise, darum bemüht, nicht den kleinsten Fehler zu machen. Das, was er da tat, war im Grunde genommen einfach, und er war am Ende sicher, dass er es richtig durchgeführt hatte. Ein letzter Blick in den wieder düster daliegenden Raum, dann war es Zeit zu gehen.

Als er in der tieferen Etage ankam, unterhalb der Röhre, durch die er sich vor einigen Wochen zu seiner einmaligen Entdeckung aufgemacht hatte, nahm er den Spaten und brachte damit jene Mauer von Steinen zum Einsturz, die er seinerzeit, bei der Freilegung des Zugangs, errichtet hatte. Wenn er sich jetzt umsah, dann gab es hier keinen Hinweis mehr auf eine Fortsetzung, die nach oben führte. Es gab natürlich keine Gewissheit, aber es war die einzige Möglichkeit, den Schlaf des alten Mannes zu behüten, der sich wieder auf einer langen Reise befand.

Dieser Tag markierte wieder eine Wende in Alfs Leben: Er kehrte nicht mehr in sein unterirdisches Expeditionsfeld zurück. Er war sich selbst nicht darüber klar, warum er sich so verhielt – vielleicht wollte er die Ruhe des Zeitreisenden bewahren.

Die Erlebnisse in den einsamen und dunklen Regionen hatten eine nachhaltige Wirkung auf Alf gehabt. Er war ruhiger geworden und ging nicht mehr jedes Risiko ein, um etwas Besonderes zu erleben. Das, was er über den Mars erfahren hatte, ging ihm nicht aus dem Sinn, und so bemühte er sich, Genaueres über den Planeten zu erfahren. Er sah sich die Science-Fiction-Filme an, in denen Mars-Expeditionen gezeigt wurden, er suchte in den Datenbanken nach Dokumentationen über den Mars, er ging in ein Museum, in dem man eine simulierte Marsfahrt mitmachen konnte. Bei dieser Gelegenheit sah er sich auch den historischen Teil an, die Halle, in der einige alte Raumschiffe aufgereiht standen; wie mitgeteilt wurde, waren es keine Attrappen, sondern Objekte, mit denen Astronauten wirklich zum Mars geflogen waren. Im Übrigen bemühte er sich darum, jedes der Worte, die er von Rhenius gehört hatte, im Gedächtnis zu behalten – es sollte keine Einzelheit verloren gehen.

Und dann war es natürlich ein riesiger Zufall, als er von der MARS MISSION hörte, vom nächsten öffentlichen Erlebnisspiel, zu dem man Teilnehmer aus der Bevölkerung suchte. Er versuchte gar nicht erst, seine Chancen auszurechnen, aber er meldete sich umgehend. Und als er erfuhr, dass er zu den Auserwählten gehörte, erschien ihm das gar nicht so erstaunlich. Ohne dass er es sich selbst eingestand, hatte er die Gewissheit, dass diese Reise seine Bestimmung war.

Personenbeschreibung und Einstufung (Auszug)

Alphons Capella, genannt Alf, Genpool weist starke unspezifische Abweichungen auf

Anpassungswert: 14

Körperbau: Größe: 176 cm, Gewicht: 65 kg, Pigmentierung: hellbeige, Haarfarbe: hellbraun, Augenfarbe: grau

Intelligenzbereich: 62–98

Abweichungen von den Standardwerten:
- > fehlgeleiteter Betätigungsdrang
- > abartig orientierte Intelligenz
- > krankhafte Unruhe
- > hemmungslose Neugier
- > ohne örtliche Bindungen

Charakteristische Eigenschaften:
- > intelligent
- > neigt zu sinnlosen Grübeleien
- > eigensinnig
- > besserwisserisch

Die weiteren Befunde in den Grenzen des Normalen

Schon im Kindesalter keine Bereitschaft, dem Unterricht zu folgen, wiederholte Ausreißversuche. Auffällig geworden durch eine aufsehenerregende Rückholung nach illegalem Eindringen in den Außenbereich

Eingestuft als A3, medikamentöse Ruhigstellung, ein gehirnchirurgischer Eingriff für eine psychische Neuorientierung wird in Erwägung gezogen, beschränkter Bewegungsraum

Mars, achter Tag

Irgendwann musste Alf dann doch eingeschlafen sein. Als er am nächsten Morgen erwachte und sich an die Eröffnungen des vergangenen Abends erinnerte, glaubte er, noch in einem fantastischen Traum gefangen zu sein. Er blickte auf die Uhr und stellte fest, dass es noch viel zu früh war, um aufzustehen. Am liebsten hätte er sich wieder in einen jede Realität abschirmenden Schlaf vergraben, aber daran war nicht zu denken. Fast gewaltsam überfielen ihn die Vorstellungen einer veränderten Welt, die ihn von einem Tag auf den anderen vereinnahmt hatte. Zwei lange Stunden hindurch versuchte er, die Neuigkeiten, die er von Ramses erfahren hatte, zu verarbeiten und die Konsequenzen, die sich daran knüpften, zu begreifen. Wie sollte er sich verhalten? Es den anderen mitteilen? Wie würden sie es aufnehmen?

Endlich kam er zu dem Entschluss, sich zunächst einmal der Ansicht von Ramses anzuschließen und seinen Kameraden gegenüber zu schweigen. Diese standen sowieso schon gehörig unter Druck und brauchten alle Konzentration dazu, um das Ziel zu erreichen. Ramses' Befürchtung, eine Nachricht über das nahende Unheil könnte die bestehende Ordnung zerbrechen lassen, war nicht von der Hand zu weisen. Alf fiel es schwer, das, was er am vergangenen Abend erfahren hatte, in irgendeinen entfernten Winkel des Gedächtnisses zu verbannen und einfach weiterzumachen, als wäre nichts gewesen ... Er konnte eine gewisse Bewunderung für den Älteren nicht unterdrücken, der schon die ganze Zeit unter der Belastung seines Wissens gestanden war und trotzdem seine Ziele unbeirrt verfolgt hatte.

Das schien auch an diesem Morgen der Fall zu sein, denn

zur üblichen Zeit, kurz nach Sonnenaufgang, gab er über Funk einen Weckruf aus. Er räumte seinen Gefährten eine halbe Stunde für die Vorbereitungen innerhalb der Zelte ein und empfahl, ein reichliches Frühstück einzunehmen, denn tagsüber würde es vermutlich nichts mehr zu essen geben.

Das, was als Antwort aus den Lautsprechern zu hören war, klang nicht gerade munter, und als später die Ersten aus den Zelten gekrochen kamen, war von einer erwartungsvollen Aufbruchstimmung wenig zu merken. Doch es gab noch genug zu tun, und die Arbeit lenkte sie ein wenig von ihren Problemen ab. Sie falteten die Zelte wieder zu kleinen Paketen zusammen, was einige Geschicklichkeit erforderte, und verstauten sie zusammen mit den anderen Sachen in den Rucksäcken.

Zuletzt machten sich Gijon und Cassius auf, um eine geeignete Stelle für die Ergänzung des Wasservorrats zu suchen. Sie hatten sich nur ein paar Schritte vom Zeltplatz entfernt, als sie eine merkwürdige Entdeckung machten.

»Hier gibt es was zu sehen«, rief Gijon. »Und haltet mich nicht für verrückt: Das stammt von einem Tier!«

Es waren in regelmäßigen Abständen angeordnete Paare von Eindrücken, die wegen des relativ groben Materials auf dem Boden recht undeutlich waren. Auf den ersten Blick hätte man sie einem größeren, dahinhüpfenden Vogel zuschreiben mögen.

Bald stand die ganze Gruppe um die Stelle mit den Spuren herum. Die Vertiefungen waren handtellergroß und oval, mit Ausläufern von Zehen oder Krallen an einer Seite.

»Vielleicht hat sich da jemand einen Scherz erlaubt«, argwöhnte Sylvie und blickte misstrauisch zu Gilbert hinüber.

Der wehrte sich entschieden gegen diesen Verdacht, und auch die anderen versicherten, dass sie diese Stelle noch nie betreten hätten. Die Abdrücke stammten also ohne Zweifel von einer auf dem Mars ansässigen Kreatur.

»Vielleicht sind die Spuren uralt – noch aus der Frühzeit des Mars?«, mutmaßte Sylvie. »Da soll es hier ja Lebewesen gegeben haben.«

»Dann ist es aber merkwürdig, dass sie sich für unsere Zelte interessiert haben«, rief Ramses, der versucht hatte, den Spuren zu folgen – und welche gefunden hatte, die um den jetzt verlassenen Lagerplatz herumführten.

Ramses' Bemerkung ließ die Entdeckung in einem völlig anderen Licht erscheinen: Es musste einen Bezug zu ihnen, den menschlichen Eindringlingen, geben.

»Irgendjemand interessiert sich für uns«, konstatierte Henrich, »aber fragt mich nicht, wer.«

Alf nickte nachdenklich. »Es könnten Automaten sein, die uns beobachten – Überwachungsroboter. Vielleicht stammen sie noch von den Chinesen, und nun wurden sie durch unser Auftreten aktiviert.«

»Es sind eindeutig Tierspuren«, sagte Linette. »Ich tippe auf etwas wie Kängurus, die auf den Hinterbeinen herumhüpfen.«

»Es müssen Vögel sein«, widersprach Cassius, der in der Umgebung nach weiteren Spuren gesucht hatte. »Es gibt nirgends eine Fährte, die hierher führt. Sie sind aus der Luft gekommen.«

Die Mitglieder der kleinen Gruppe waren schon bereit, sich ohne weitere Erklärungen mit der Existenz der Spuren abzufinden, als Sylvie an ihrem zusammengefalteten Zelt einen Klumpen klebriger Substanz fand, offenbar dieselbe, die Alf an Henrichs Anzug gefunden hatte.

»Da besteht sicher ein Zusammenhang«, rief sie. »Diese wabbelige Masse ... wahrscheinlich sind es Ausscheidungen dieser Vögel. Oder könnten es so etwas wie Spinnweben sein?«

Die Debatte zog sich in die Länge und verzögerte den Aufbruch.

»Kinder«, rief Ramses, »wir dürfen uns hier nicht länger

aufhalten. Das Problem lässt sich nun einmal nicht so einfach lösen, damit müssen wir uns abfinden. Vergesst diese Spuren – es geht weiter!«

Das war zweifellos das Vernünftigste, das sie tun konnten, und nach einigem Zögern setzte sich die kleine Gruppe wieder in Bewegung.

Schon nach kurzer Zeit wurde klar, dass sich das Tempo von gestern nicht beibehalten ließ. Das Gelände war rau, der Boden bestand aus lose übereinanderliegenden Lavabrocken, die manchmal ins Kippen gerieten, wenn man darüberzusteigen versuchte. Überdies wiesen diese Massen glasharte Spitzen und Kanten auf, höchste Vorsicht war geboten.

Alle waren froh, als sie das Scherbenfeld hinter sich lassen konnten, stattdessen ging es auf dem sandigen Boden einer Schlucht dahin.

Das letzte Wegstück, das auf eine höher gelegene Stufe führte, zwang sie zum Klettern. Cassius stieg voran und warf dann den Nachkommenden ein Seil zu, mit dem er sie sicherte, als sie nacheinander aufstiegen.

Die ungewohnte Tätigkeit fiel ihnen schwer, und sie waren außer Atem, als sie einer nach dem anderen oben ankamen. Dort erwartete sie eine Terrasse – eine willkommene Gelegenheit, ein wenig zu verschnaufen. Hier gab es eine gute Fernsicht und damit auch eine Möglichkeit zur Orientierung. Drüben, jenseits des unter ihnen liegenden Talkessels, zeigte sich wieder die Festung. Sie waren ihr schon recht nahe gekommen.

Mittlerweile waren fünf von ihnen oben angelangt. Nun fehlten nur noch Gilbert und Gijon, aber unten rührte sich nichts. Cassius, der ein wenig tiefer auf seinem Sicherungsposten an der Felskante hockte, winkte den anderen zu und rief: »Ich weiß nicht, was da los ist – die letzten beiden fehlen noch. Aber da unten rührt sich nichts.« Nun kamen sie alle zur Abbruchkante zurück und blickten hinab – von den Zurückgebliebenen keine Spur. Linette fiel etwas ein: »Vorhin, als ich aufgestiegen bin, habe ich gerade noch gehört, dass sie sich ein wenig umsehen wollten.«

»Bodenloser Leichtsinn«, schimpfte Ramses. »Wir haben keine Verbindung mehr.« Er hatte schon mehrmals nach den Verschollenen gerufen, und er versuchte es wieder... Nun beteiligten sich auch die anderen daran, doch sie bekamen keine Antwort.

»Da gibt es nur noch eines: Einer von uns muss wieder hinunter und die beiden suchen«, schlug Henrich vor. Cassius erklärte sich dazu bereit und verzichtete ohne zu fragen auf eine Sicherung. Die anderen sahen ein wenig beklommen zu, doch sie konnten beobachten, wie geschickt sich dieser massige Mann über die steilen Felsen bewegte. Kurze Zeit später kam er unten an, ging ein Stück des Weges zurück – und verschwand aus dem Blickfeld.

»Hast du sie gefunden?«, rief Henrich in sein Mikrophon hinein.

Cassius antwortete sofort: »Nichts von ihnen zu sehen. Wartet, ich gehe ein Stück zurück...«

Nach einer Weile meldete er sich wieder: »Ich bin jetzt in dem kleinen Kessel – auch hier ist niemand.«

»Wir müssen sie suchen«, drängte Henrich und trat an die Felskante heran: »Ich steige ab – könnte mich jemand sichern?«

Alf war ein Stück zur Seite gegangen, und nun rief er: »He, kommt her – hier ist der Abstieg viel einfacher!« Sie folgten ihm, und in der Tat: Sie fanden eine merkwürdige Formation vor, eine Felspartie in der Form einer Wendeltreppe, die in sanften Windungen hinunterführte. Fünf Minuten später standen alle wieder unten. Einige gingen zum Kessel zurück und sahen sich dort um, andere suchten nach Stellen, an denen man vom Weg abkommen könnte, aber dazu gab es wenige Möglichkeiten.

Linette war den anderen nicht gefolgt, sondern interessierte sich eher für versteckte Plätze, an denen sich die Vermissten aus welchen Gründen auch immer verbergen mochten, Nischen beispielsweise oder auch Sandflächen unter dachartigen Vorsprüngen ... und in einer davon fand sie tatsächlich etwas Verdächtiges: Strähnen von den glibberigen Massen, deren Herkunft nach wie vor ungeklärt war. Diese Entdeckung versetzte die Kameraden in Bestürzung, denn sie ließ die geheimnisvollen Marswesen in einem anderen Licht erscheinen.

Alle hatten ihre Suche aufgegeben und waren herbeigeeilt.

»Die beiden wurden entführt«, rief Linette, und diejenigen, die ihr schon widersprechen wollten, wurden rasch nachdenklich und schweigsam.

»Schaut euch das an«, rief Linette und versuchte etwas von der plastischen Substanz, die sich an ihrer Hand verfangen hatte, wieder loszuwerden – offensichtlich vergeblich. »Ich bin sicher, damit haben sie Gilbert und Gijon eingefangen. Gegen das klebrige Zeug kann man sich ja nicht wehren. Und dann hat man sie weggebracht.«

Damit kam Linette der Wahrheit offenbar recht nahe, so oder ähnlich musste es sich abgespielt haben. Eine erschreckende Vorstellung! Was hatte das für Konsequenzen? Wie konnten sie sich schützen? Sie entschlossen sich zu einer neuerlichen Suche, wobei sie noch ein paar hundert Meter weiter durch die Schlucht zurückgingen, doch von den Verschwundenen war nichts mehr zu finden.

»Von nun an sollten wir beisammenbleiben«, riet Ramses. »Keiner darf sich von den anderen entfernen.«

»Es hat keinen Sinn, länger hierzubleiben«, sagte schließlich Alf – man merkte seiner belegten Stimme an, dass es ihm nicht leicht fiel, so einen Entschluss zu fassen. Aber was blieb ihnen anderes übrig? In gedrückter Stimmung stiegen sie über den von Alf entdeckten Weg wieder hinauf, hielten noch einmal kurz an, um das Gepäck aufzunehmen, und gingen dann unter der Führung von Ramses weiter – nun über einen Hang, der abwärts führte und keine besondere Anstrengung erforderte. Doch keiner konnte sich von den Gedanken an die beiden verschwundenen Gefährten lösen.

Gern wären sie diesem bequemen Weg weiter gefolgt, doch die Richtung stimmte nicht mehr, und Alf sah sich nach einer Möglichkeit um, sich etwa in gleicher Höhe über die abschüssigen Massen weiter nach rechts zu bewegen. Er erklärte kurz, was er vorhatte, dann ging er voran, und die anderen versuchten ihm zu folgen, wobei sie diesmal mehrfach ins Gleiten kamen und Mühe hatten, auf den lockeren Schottermassen Halt zu finden. Immer wieder rutschte einer von ihnen aus, glitt ein paar Meter abwärts und hatte dann Mühe, sich wieder hinaufzuarbeiten. Schwitzend und keuchend erreichten sie eine Felsregion, an der der Abhang zu Ende war. Sie gönnten sich eine kurze Rast, und es war ein wohltuendes Gefühl, die Rucksäcke abzunehmen, die Glieder zu strecken und den Durst zu löschen. Das Wasser schmeckte schal, aber daran hatten sie sich schon gewöhnt. Viel wichtiger als der Geschmack war die Tatsache, dass sie noch genügend Reserven hatten.

Von hier aus war der Blick zur Festung durch eine Felsnase unterbunden, dafür aber gab es eine gute Übersicht über den unteren Teil der Lavamassen, die von der Gipfelregion des Berges aus abgeflossen und in tieferen Lagen erstarrt waren. Alf hatte sich diese Ablagerungen genau angesehen und drehte sich nun zu Sylvie um, die neben ihm saß. Er wies mit ausgestreckter Hand hinunter. »Siehst du diese Rinne dort unten …« Er wartete, bis sie die Stelle gefunden hatte, und fuhr dann fort: »Ein Stück weiter oben ist ein dunkler Fleck, es dürfte eine Einbruchsöffnung sein. Man kann es an den ausgezackten Rändern erkennen. Ich nehme an, dass dort ein Höhlenraum eingestürzt ist. In diesen Ablagerungsschichten gibt es ja Röhren und Gänge. Sie können recht groß werden.«

Sylvie nickte, doch es war zu merken, dass ihr Interesse an dieser Schilderung nicht allzu groß war.

Alf fragte sich, ob er seine Gedanken lieber bei sich behalten sollte, doch dann sprach er weiter. »Erinnerst du dich nicht? Es könnte wichtig sein: Ramses hat erwähnt, dass ein großer Teil der Anlagen, die die Chinesen errichtet haben, unterirdisch angelegt ist. Vielleicht haben sie Lavahöhlen für die menschliche Benutzung erschlossen? Dort ist man vor Strahlung geschützt und hat viel Platz.«

Sylvie nickte ihm beschwichtigend zu. »Wenn alles gut geht, dann sind wir morgen oder übermorgen dort. Dann werden wir ja sehen, ob du Recht hast.« Erneut brachen sie auf.

Sie hatten nur eine kurze Strecke zurückgelegt, da stellte sich ihnen wieder ein Hindernis entgegen, diesmal in Form einer steilen Felswand. Zwar führte das schmale Tal, dem sie bisher gefolgt waren, nach rechts weiter, doch die Richtung wies nach Westen, was weitere Umwege bedeutet hätte. Lieber wollten sie versuchen, die südliche Richtung beizubehalten. Dann aber galt es, diese Barriere zu überwinden.

Das erschien zuerst reichlich kühn, doch vielleicht war es einen Versuch wert. So machten sie sich an den Aufstieg, und sie hatten Glück: Zwar war die vor ihnen liegende Strecke immer noch steil, aber sie war in viele kleine Stufen gegliedert, und es musste möglich sein, einen Aufstieg zu finden.

»Bleibt zunächst einmal hier«, sagte Cassius, der sich in diesem Gelände wohl zu fühlen schien. »Ich lasse den Rucksack liegen und steige ein Stück auf, um mir die Situation anzusehen. Ich bin gleich zurück.«

Seinen Gefährten war es recht, denn so bot sich ihnen wieder eine Gelegenheit zur Rast; die meisten von ihnen waren körperlich nicht so durchtrainiert, wie es für eine Bergtour dieses Schwierigkeitsgrades wünschenswert gewesen wäre. Dass sie sich an ein so schwieriges Unternehmen überhaupt heranwagen konnten, hatten sie vor allem der verringerten Schwerkraft zu verdanken. Das Gewicht der Lasten, aber auch jenes des eigenen Körpers auf ein Drittel verringert – das machte schon etwas aus! Trotzdem ging es bei einigen von ihnen, vor allem bei Linette und Gilbert, an die Grenzen ihrer Leistungsfähigkeit. Und Alf hatte den Eindruck, dass auch Ramses schon ziemlich fertig war, wenn er auch versuchte, sich nichts anmerken zulassen.

Die Pause fiel länger aus als erwartet, und als Cassius nach 20 Minuten noch immer nicht zurück war, verbreitete sich eine gewisse Unruhe. »Ich werde einmal nachsehen, ob alles in Ordnung ist«, kündigte Ramses an und stand auf. Auch Alf erhob sich – wenn es auf der vor ihnen liegenden Strecke gefährliche Stellen geben sollte, dann könnten sie einander helfen.

»Wir hätten ihn nicht allein lassen dürfen«, murmelte Ramses, eher an sich selbst gewandt, doch Alf hatte es gehört. Er sagte nichts, aber auch ihn plagte ein schlechtes Gewissen. Es war Leichtsinn gewesen, Gedankenlosigkeit, und schon stellten sich die Folgen ein. Hoffentlich tauchte Cassius hinter der nächsten Ecke auf!

Die beiden kamen leichter voran, als sie es erwartet hatten. Nach einer kurzen Kletterstrecke öffnete sich eine Schlucht, der man mühelos folgen konnte, ein paar Dutzend Meter über blanken Fels, dann eine Biegung, direkt vor ihnen ein nahezu ebener, mit schwarzem Sand bedeckter Kessel ...

Und dort lag etwas im Sand. Sie fürchteten schon, dass es einer ihrer Gefährten sein könnte ... Doch was da lag, war etwas kleiner als ein Mensch ... dann also ein Tier? Dagegen sprachen einige metallisch glänzende Teile, die aus dem Leib herausragten. Vielleicht ein Zooid, oder ein Roboter?

Zögernd blickten sie sich um – in der Umgebung war nichts Bedrohliches zu entdecken. So wandten sie sich wieder dem dahingestreckten Körper zu.

Was auch immer es war: Zweifellos war das Wesen tot. Es bewegte sich nicht, an einer Stelle klaffte ein Spalt, aus dem etwas herausquoll, was wie Gallerte aussah.

»Da haben wir sie wieder«, sagte Alf. »– diese klebrige Substanz. Sylvie hat Recht gehabt.«

Am Körper des Kadavers saßen dicke, winkelig angezogene Beine, die an jene von Heuschrecken erinnerten. Die am Leib hängenden Arme wirkten im Vergleich dazu geradezu schwächlich und ließen eher an die Gliedmaßen von Spinnen denken. Dort, wo der Kopf sitzen sollte, lag ein schmutzigbrauner Fetzen von Gewebe.

Als sie den aufkommenden Ekel überwanden und den Körper aufhoben, erschien darunter ein überraschend kleiner Schädel, durch einige Fasern noch mit dem Rumpf verbunden. Sie konnten zwei Augen erkennen, darunter ein Gebilde, das an einen Schnabel erinnerte.

Sie hielten sich nur ein paar Minuten auf – denn sie sorgten sich um Cassius. Und diese Sorge verstärkte sich, als sie die Umgebung musterten. Hier gab es unverkennbare Spuren eines Kampfes, der Boden war aufgewühlt, am Rand der Sandfläche, auf dem weißen Gestein, Spuren von Blut, und daneben stießen sie wieder auf Überreste klebriger Gallerte. Von Cassius aber außer dem Blut keine Spur.

Inzwischen war beträchtlich mehr Zeit vergangen, als sie für ihren Erkundungsgang vorgesehen hatten, wahrscheinlich machten sich die Zurückgebliebenen schon Gedanken darüber, was ihnen zugestoßen sein mochte. Deshalb kehrten sie zurück und schilderten, was sie vorgefunden hatten.

Jetzt gab es keinen Zweifel mehr: Cassius war entführt worden, und zwar von jenen Wesen, von denen nun eines tot im Sand lag. Cassius hatte sich vermutlich gewehrt, und das hatte einen der Angreifer das Leben gekostet. Doch letztlich hatte sein Widerstand keinen Erfolg gehabt. »Wir müssen froh sein, dass es nicht Cassius ist, der tot dort oben liegt«, sagte Henrich, und dieser Gedanke machte ihnen erst bewusst, dass sie womöglich auch in Gefahr schwebten, von den fremdartigen Wesen angegriffen zu werden.

Für Ramses gab dieses Ereignis den Anstoß, die letzte Wegstrecke möglichst rasch zurückzulegen und deshalb unverzüglich aufzubrechen. Diesmal allerdings stieß er auf Widerstand: Es gab eine heftige Debatte, wobei es ganz grundsätzlich darum ging, wie man sinnvollerweise weitermachen sollte. Leider konnte niemand einen brauchbaren Vorschlag machen, den alle akzeptieren konnten.

Während weiter debattiert wurde, nahm Alf Ramses beiseite und forderte ihn auf, nun endlich sein Schweigen zu brechen und den Leuten klarzumachen, dass es um weitaus ernstere Dinge ging, als man bisher auch nur ahnen konnte. Das würde ihnen zu der Einsicht verhelfen, dass jede Anstrengung, jede Gefahr und jedes Opfer, das sie auf sich nahmen, gerechtfertigt waren. Nach kurzer Überlegung erklärte sich Ramses dazu bereit, sie traten zur immer noch heftig diskutierenden Gruppe zurück, und Ramses bat um Gehör. In betont sachlicher Art erzählte er seine Geschichte.

Den meisten ging es dabei nicht viel anders als Alf am Abend zuvor. Erst begriffen sie nicht, was Ramses da ausführte, und es dauerte lang, bis sie wenigstens eines verstanden: dass es um Tod und Leben ging, in einem weitaus umfassenderen Sinn, als sie es zuerst angenommen hatten. Einige waren empört darüber, dass Ramses mit seinem Wissen nicht schon früher herausgerückt war, später begannen sie zu verstehen, dass man ihm keinen Vorwurf machen durfte: Schließlich war es ihm zu verdanken, dass sie, als Angehörige dieser zusammengewürfelten Gruppe von Nichtangepassten, die einzigen Menschen waren, die eine Chance hatten, die Katastrophe zu überleben.

Zur Enttäuschung von Ramses führte aber seine Eröffnung keineswegs dazu, dass man sich nun endlich auf den Weg machte, die Auseinandersetzung ging weiter. Was für Möglichkeiten zur Rettung bestanden noch?

Ramses wandte alle Überredungskünste an, um seine Kameraden zu mobilisieren. Nicht zuletzt wies er darauf hin, dass sie von weiteren Entführungsversuchen bedroht waren und dass es deshalb wichtig sei, die Zeit, während der sie sich noch im Freien aufhalten mussten, auf ein Minimum zu reduzieren. Seiner Meinung nach gab es keine andere Möglichkeit, als auf Biegen und Brechen die noch im Weg stehenden Berge zu überwinden und möglichst schnell zur Festung zu gelangen.

Es sah so aus, als wären die Gefährten endlich dazu bereit, als sich Alf mit einem alternativen Vorschlag meldete. »Ich glaube, dass es noch eine andere Möglichkeit gibt, unser Ziel dort oben, in der Nähe des Gipfels, zu erreichen. Bitte, habt Verständnis, wenn ich dazu ein wenig erklären muss. Auf die paar Minuten kommt es nun auch nicht mehr an.«

Er wartete ab, bis alle bereit schienen ihm zuzuhören, und fuhr dann fort: »Die große Lavadecke, die vom Gipfel ausgeht und weit hinunter in die Ebene führt, ist nicht kompakt, sondern von Höhlen durchzogen. Das liegt einfach daran, dass die flüssigen Massen, die vor Millionen Jahren zu Tal flossen, sich nur allmählich abkühlten und erstarrten. Dabei hielt sich die Hitze im Inneren länger, die Verfestigung erfolgte von außen her. Und so bildete sich an der Oberfläche schon eine feste Decke, während innen noch flüssige Lava abfloss. Diese unterirdischen Lavaflüsse hatten so lang Bestand, bis der Vulkan keine Lava mehr auswarf. Sobald die letzten Reste abgeflossen waren, blieben die Flussbetten als Höhlen zurück.«

Bei einigen Zuhörern machten sich Anzeichen von Ungeduld bemerkbar, und Henrich rief: »Was soll denn dieser Vortrag, wir haben anderes zu tun, als uns um deine Theorien zu kümmern!«

»Ich bin damit schon am Ende«, erwiderte Alf. Mit der Ungeduld seiner Gefährten hatte er gerechnet. »Die Schlussfolgerung ist einfach: Unter dieser Lavadecke ...«, er deutete in jene Richtung, wo er die Einbruchöffnung entdeckt hatte, »gibt es Eingänge zu Höhlen, die sich vermutlich bis zur Gipfelregion erstrecken. Vom früheren Rastplatz aus, heute Vormittag, habe ich mich überzeugen können: Einige dieser Gangsysteme sind stellenweise eingestürzt, und man kann die Öffnungen von außen erkennen. Deshalb mein Vorschlag: Wir sollten versuchen, eine von diesen Höhlen für den Aufstieg zu benutzen. Natürlich müsste zunächst einer vorangehen, um zu erkunden, welche Strecken auch für Menschen begehbar sind, ich denke aber, dass sich die Wartezeit lohnen würde; schaut euch doch diesen Gebirgszug an, über den wir anderenfalls mit dem ganzen Gepäck hinwegkommen müssten. Und außerdem wären wir dabei zu allem anderen auch noch durch jene merkwürdigen Wesen bedroht, die nichts anderes im Sinn haben, als Menschen zu entführen. Ich glaube, dass es wirklich gute Gründe dafür gibt, einen sicheren und bequemeren Weg zu wählen.«

Was Alf da beschrieben hatte, erschien seinen Gefährten so abwegig, dass sie sich erst einige Zeit beraten mussten, und natürlich gab es eine Menge Einwände: »Woher willst du denn wissen, dass die Gänge auch wirklich bis hinauf führen? Es könnten doch auch Sackgassen sein.«

»Wieso nimmst du an, dass man da einfach hindurchgehen kann? Höhlengänge können sich doch jederzeit verengen. Womöglich bleiben wir stecken. Oder wir geraten in ein Labyrinth und verirren uns.«

Der Ausdruck von Skepsis auf den Gesichtern der anderen verstärkte sich zusehends.

Alf wurde allmählich ungeduldig. »Selbstverständlich kann ich für nichts garantieren«, betonte er. »Aber eine Garantie haben wir erst recht nicht, wenn wir über die Berge zu steigen versuchen.«

Zuletzt meldete sich auch noch Ramses mit einigen Einwänden, und Alf konnte auch ihm nicht viel anderes mitteilen, als dass man die unterirdische Wegstrecke eben vorher erkunden müsse, bevor sich die ganze Gruppe auf den Weg machte.

»Im Übrigen«, fuhr Ramses fort und kam damit noch einmal auf die Diskussion über die Heuschrecken zurück, »glaube ich nicht, dass wir angegriffen werden, solange wir beisammenbleiben. Erinnert euch doch: Cassius wurde entführt, nachdem er sich von uns entfernt hatte, und auch die beiden anderen, Gijon und Gilbert, waren zurückgeblieben und hatten sich von den anderen getrennt, als das Unglück geschah.«

Als nun die Streitgespräche von neuem begannen, wies Ramses auf die Sonne, die zur Hälfte schon hinter den Bergen verschwunden war. »He, wir vergeuden unsere Zeit! Das ist im Moment das Dümmste, was wir machen können.«

Henrich war derselben Meinung. Er erhob sich von seinem Sitz, als dächte er schon an den Aufbruch, doch dann rief er: »Ich schlage vor, wir stimmen ab. Wer ist für den Vorschlag von Alf?«

Es rührte sich niemand, und auch als Henrich noch einmal darum bat, sich an der Abstimmung zu beteiligen, blieben alle Hände unten.

Unwillkürlich hatte Alf zu Sylvie hinübergeblickt – sie war bisher diejenige gewesen, die ihm am ehesten vertraut hatte. Sie schien ein wenig unschlüssig, ihm war, als wollte sie schon die Hand heben ... dann aber sah sie ihn an – und ließ die Hand wieder sinken. Das Ergebnis war eindeutig: Keiner war für den unterirdischen Weg.

Jetzt, als sie endlich die Entscheidung getroffen hatten, stellten sie fest, dass an diesem Tag nicht mehr an eine Fortsetzung ihres Gewaltmarsches zu denken war. Die Sonne hatte sich hinter eine Bergzacke zurückgezogen, ein Keil von

Dunkelheit senkte sich über ihren Platz. Die Nacht würde hier, im Gebirge, zwar nicht so unvermittelt über sie hereinbrechen, wie das in der Wüstengegend der Fall war, aber wer konnte schon genau angeben, wann es völlig dunkel wurde – jedenfalls wollte sich dann keiner von ihnen länger als nötig auf einer gefährlichen Wegstrecke aufhalten. Sie beschlossen, an Ort und Stelle ihr Lager aufzuschlagen. An diesem Tag hatten sie genug erlebt und wünschten sich nur noch ihre Ruhe.

Alf war über die Zurückweisung seines Vorschlags enttäuscht, und er wollte auch nicht ohne weiteres von seiner Idee ablassen. Er wandte sich an Ramses und teilte diesem mit, dass er sich die von ihm entdeckte Einbruchstelle auf eigene Faust genauer ansehen wollte. »Ich brauche ja nur ein Stück des Weges zurückzugehen, von dort ist es nicht mehr weit zur Einbruchsöffnung.«

Er kümmerte sich nicht um die Einwände von Ramses, sondern bat ihn, diesmal das Zelt allein aufzustellen. »Ich will das letzte Licht des Tages nutzen, soweit es eben geht. Dann habe ich ja noch meine Helmlampe, und schließlich nehme ich natürlich auch meine Handlampe mit.«

»Was du da vorhast, ist doch ziemlich riskant, oder nicht? Wir haben vereinbart, dass sich keiner von den anderen trennen darf. Hast du denn keine Angst, entführt zu werden, wenn du da allein herumläufst?«

Da zeigte ihm Alf den Laser, den er sich vor dem Aufbruch zu ihrem Fußmarsch aus dem Werkzeugkasten geholt hatte. »Ich bin bewaffnet«, sagte er. »Ich habe keine Angst.«

Er wollte gleich aufbrechen, doch Sylvie trat an ihn heran und legte ihm die Hand auf die Schulter, als wolle sie ihn zurückhalten. »Willst du es dir nicht doch noch einmal überlegen?«, fragte sie mit mühsam beherrschter Stimme. »Ich möchte nicht, dass dir etwas geschieht.«

Ein paar Sekunden lang wurde Alf unschlüssig – dass sie

sich Sorgen um ihn machte, berührte ihn mehr, als er sich eingestehen wollte. Dann aber gewann seine Hartnäckigkeit die Oberhand, und er erklärte ihr noch einmal, warum er die Höhlen als die einzige Chance sah, ihr Ziel zu erreichen.

»Ich werde heil zurückkommen«, versicherte er abschließend, »verlass dich drauf.« Er gab sich überzeugt – wie man so etwas eben verspricht, auch wenn man selbst daran zweifelt.

Er winkte ihr zu, und sie sah ihm lange nach, bis er über die Stufe verschwand.

Das erste Stück des Weges, den Alf nun für seinen Abstieg benutzte, war ihm schon bekannt, und so kam er – diesmal ohne schweres Gepäck! – ganz gut voran. Es waren nur ein paar hundert Meter, die er zurücklegen musste, und doch stellte sich bei ihm ein seltsames Gefühl ein, je weiter er sich von jenen Menschen entfernte, die in den letzten Tagen zu einem Teil seines Lebens geworden waren. Diese Wildnis, die sich um ihn herum erstreckte, wirkte bedrohlich für menschliches Leben, und schon ein kleines Missgeschick, ein falscher Tritt oder ein Riss im Anzug, konnte einen das Leben kosten, ganz abgesehen von den bösartigen Wesen, die es auf die Menschen abgesehen hatten.

Merkwürdig, dass er seine Kameraden so stark vermisste, denn im Ernstfall hätte ihm keiner von ihnen helfen können.

Als er auf jener Plattform ankam, die an der Grenze zur Lavadecke lag, überraschte ihn wieder einmal ein einzigartiges Naturschauspiel. Die Sonne – obwohl sie noch relativ hoch stand – war hinter den Bergen verschwunden, den versteckten Winkel, in dem sich Alf befand, konnten ihre Strahlen nicht mehr erreichen, doch drang ihr Licht da und dort an den Hügeln vorbei oder zwischen den Felsklippen hindurch und breitete eine bläulich schimmernde Decke über das Gelände. Der Boden war nicht durchgehend schwarz, sondern von weißen Streifen durchzogen. Im reflektierten Licht sah es aus, als lägen dort rosa strahlende Leuchtfolien.

Er empfand es als gutes Zeichen, dass er selbst unter den gegenwärtigen misslichen Umständen für die düstere Schönheit dieser Region empfänglich geblieben war. Der Anblick der flammenden Landschaft war einzigartig, und dieser Eindruck half ihm, die Gedanken an Einsamkeit und Ausgesetztsein etwas zurückzudrängen.

Die paar Meter, die er hinunterklettern musste, bereiteten ihm keine Mühe, und dann konnte er relativ zügig weiterwandern. Er nahm seine Handlampe zu Hilfe, um die immer tiefer werdenden Schatten zu vertreiben. Vorsichtig bewegte er sich dicht entlang einer natürlichen Mauer, wo er vor überraschenden Angriffen von Marswesen sicher zu sein glaubte.

Endlich kam er am oberen Ende jener Rinne an, die ihm schon einige Stunden vorher aufgefallen war, und tatsächlich: Nach einer nur noch 30 Meter langen Wegstrecke stand er vor dem erhofften Zugang zur Unterwelt. Diese natürliche Formation war beachtenswert, der Einbruch größer, als es von oben ausgesehen hatte. Er trat an den Rand und richtete den Lichtstrahl seiner Lampe nach unten … Nur undeutlich war der Boden zu erkennen, er schätzte die Tiefe auf mindestens zehn Meter. Auf der gegenüberliegenden Seite lagen Bruchstücke der eingestürzten Höhlendecke – mächtige Platten, übereinander aufgetürmt, eine natürliche Treppe für Giganten.

Alf warf einen zweifelnden Blick zum Himmel hinauf, nach Westen, wo nur noch ein schwacher, sich in Schwarzblau verlierender Lichtschein zu erkennen war – höchste Zeit umzukehren. Doch er brachte es nicht übers Herz, diese Stelle zu verlassen, ohne nicht wenigstens ein Stück in die Tiefen des Mars hinabzusteigen. So ging er zur anderen Seite der Einbruchsöffnung hinüber, stieg über wackelige Blöcke und ließ sich auf dem Hosenboden über schief liegende Platten gleiten. Endlich fühlte er wieder festen Boden unter sich, konnte sich umsehen … Zunächst war alles schwarz, es sah so aus, als wäre er in einem mit Tusche gefüllten Kessel untergetaucht, doch dann gewöhnten sich seine Augen recht schnell an die Dunkelheit ... Als er den Lichtstrahl der Lampe nach Süden richtete, konnte er sich zu seiner Genugtuung davon überzeugen, dass er sich tatsächlich in einem weiterführenden Gang befand. Er war sicher drei bis vier Meter hoch – also bequem zu begehen –, und erst, als Alf den Lichtkegel der Handlampe weiter einwärts richtete, verlor sich das Ende der Strecke in der Dunkelheit. Nun war er sicher, dass man hier weiterkommen könnte – denn die Lava, die sich diesen Weg gebahnt hatte, war ja einst auf diesem Weg von weit her, von der Gipfelregion des Vulkans, gekommen.

Dann bemerkte er noch etwas, was ihn in seiner Ansicht bestärkte. Es war nur eine Kleinigkeit, aber gewissermaßen das Tüpfelchen auf dem ›i‹. Es fiel ihm nämlich auf, dass sich feine Staubteilchen – oder sollte es eine Art Nebel sein? – in Kniehöhe parallel zum Boden bewegten, auf das Höhleninnere zu ... so dünn die Atmosphäre auch war, so reichte ihre Bewegungskraft doch, um feinste Teilchen oder auch Tröpfchen mit sich zu tragen. Gerade zu dieser Zeit, da die von der Sonne mild aufgeheizte Oberfläche ihre Wärme in den Weltraum hinaus verstrahlte, regte sich ein feiner Wind im Inneren der Höhle. Er folgte den Gesetzen des Schornsteins, indem er in die Höhe strebte, in Richtung auf die irgendwo oben liegenden Tagöffnungen. Das Gesetz der kommunizierenden Röhren: ein untrüglicher Beweis dafür, dass eine Verbindung zu höheren Regionen bestand.

Nun hatte Alf alles gesehen, was er sich nur wünschen mochte, um sicher zu sein. Er drehte sich um, kehrte zur Einbruchstelle zurück, stieg über die Lavaplatten hinauf und machte sich auf den Rückweg.

Jetzt, nach Einbruch der Dunkelheit, kamen bei Alf doch Bedenken auf, dass die rätselhaften Marswesen auf ihn aufmerksam werden könnten. Sie schienen Gefallen daran zu finden, Menschen zu entführen. Wohin wurden die Gefangenen gebracht? Und was geschah mit ihnen? Die Ungewissheit über ihr Schicksal machte die Sache noch schlimmer. Doch Alf hatte keine richtige Angst – vielleicht war es das eben empfundene Erfolgserlebnis, das ihn so selbstbewusst machte –, er nahm den Laser fest in die Hand: Wenn ihn so ein Vogel angriff, würde er sich zu wehren wissen!

In der Nacht auf einem fremden Planeten ... für einen einsamen Menschen war es eine außergewöhnliche Situation. Der Himmel war von Sternen übersät, und als sich Alf die Zeit nahm, um kurz hinaufzublicken, entdeckte er die von der Erde her vertrauten Sternbilder. Auf eine seltsame Weise wirkte das beruhigend: So weit er sich auch von seiner Heimat entfernt hatte – in astronomischen Größenordnungen ausgedrückt war es nur ein winziger Schritt.

Alf entschloss sich, den im Helm eingebauten Restlichtverstärker einzuschalten, der zwar den Sichteindruck in ungewohnter Weise veränderte, die Umgebung aber doch merklich heller erscheinen ließ. Das verhalf ihm zu einer kleinen Überraschung am Rande: Knapp über dem Horizont entdeckte er den Marsmond Phobos, der in seiner merkwürdigen, an eine Kartoffel erinnernden Form am westlichen Himmel emporstieg.

Alf gab sich einen Ruck – höchste Zeit zurückzukehren! Er schritt los und stellte fest, dass er sich immer besser im Dunkeln zurechtfand. Er hatte die Unübersichtlichkeit des Geländes gefürchtet, die Möglichkeit, vom Weg abzukommen, sich zu verirren oder auch zu stürzen und sich zu verletzen. Ein Fehltritt, ein Fuß in einer Spalte eingeklemmt, ein Knochenbruch, eine Verstauchung ... Aber nun fühlte er sich sicher, er kam gut voran, und er dachte schon an die wohlverdiente Nachtruhe im Zelt. – Er würde jenes von Cassius nehmen, um Ramses nicht zu stören.

Die letzte Steilstrecke vor dem Plateau, ein paar hohe Stufen zum geschützten Platz zwischen den Felsen ... Doch wo waren die Zelte? Als er den Lichtkegel wandern ließ, erschrak er: Hier lag eines schlapp auf dem Boden, und dort ein zweites, umgekippt und zerrissen ... an anderer Stelle waren Gegenstände verstreut, zwei Rucksäcke, eine Wasserflasche, Flaschen und Dosen aus dem Vorratskasten ...

Von seinen Gefährten keine Spur ...

Wo waren sie geblieben? Und wo war Sylvie? Er schritt zwischen den verstreuten Gegenständen hindurch, beleuchtete den Boden, um irgendwelche Anhaltspunkte zu finden ... glücklicherweise gab es keine Blutspuren, die Entführung schien kampflos abgelaufen zu sein. Waren sie im Schlaf überrascht worden? Dann wäre zu fürchten, dass sie ohne ihre schützenden Hüllen in der tödlichen Marsatmosphäre umgekommen waren.

Alf spürte, dass seine Knie nachgaben, und er ließ sich auf eine Felsstufe sinken. Es war weniger die Müdigkeit, die ihn schwach machte, als die Verzweiflung. Er stützte den Kopf mit dem Helm auf Arme und Hände, in seinem Gehirn machte sich eine graue Leere breit.

So saß er eine Weile, und dann zuckte er zusammen. Er hörte etwas – eine menschliche Stimme: »Alf, du bist zurückgekommen ... ich bin so froh ...« Es war Sylvie, die da sprach.

Er war aufgesprungen, und schon lag die etwas kleinere Gestalt, wie er noch im Schutzanzug, in seinen Armen. Sie hatten das Bedürfnis, ganz nahe beisammen zu sein, doch die zähen Hüllen des Anzugs verhinderten das, und auch ihre Köpfe ließen sich einander nur so weit nähern, wie es die Glasschicht der Helme zuließ.

Sylvie war nicht entführt worden, Sylvie war am Leben – das war im Moment das einzig Wichtige für Alf. Erst nach und nach erholten sie sich, besannen sich auf die Situation, begriffen, dass allein dadurch, dass sie einander wiedergefunden hatten, noch lange keines ihrer Probleme gelöst war.

Doch wider alle Vernunft mischte sich in den Strudel ihrer Empfindungen auch ein überwältigendes Glücksgefühl.

Alf wollte wissen, was geschehen war, und als hätte er eine Sperre gelöst, brach es aus Sylvie heraus: Sie wollte es ihm mitteilen, es ihm beschreiben, als könnte sie sich auf diese Weise von den schlimmen Eindrücken befreien.

Mit hastig hervorgestoßenen Worten berichtete sie. »Die meisten waren gerade in ihren Zelten verschwunden, nur ich war noch draußen. Ich konnte mich nicht entschließen, schlafen zu gehen. Ich wusste, dass du allein da draußen warst, und machte mir Vorwürfe, dass ich dich hatte gehen lassen.« Sie holte tief Atem. »Dort drüben«, sie zeigte ihm die Stelle, »habe ich mich auf eine Steinstufe gesetzt.«

Sie hatte auf Alfs Rückkehr gewartet und in die einbrechende Nacht hineingehorcht ... Das war sinnlos, sie wusste es, sie wusste, dass es hier keine Luft gab, die Geräusche aufnahm und verbreitete, sie hatte sich schon an die unheimliche Stille gewöhnt, die hier auf dem Planeten herrschte. Aber inzwischen hatte sie festgestellt, dass man auf den Boden achten musste, der Erschütterungen weiterleitete. Sie hatte die Hand auf den Fels unter ihren Füßen gelegt, vielleicht konnte sie doch Anzeichen dafür wahrnehmen, wenn Alf zurückkam ...

Und dann, unerwartet früh, hatte Sylvie im Untergrund tatsächlich ein leichtes Beben gespürt – so schwach, dass es genauso gut eine Täuschung sein konnte. War es schon so weit? Sie hielt Ausschau nach dem Lichtschein von Alfs Lampe, doch es war nichts zu sehen. Sie schaltete die Sprechverbindung ein und rief seinen Namen ... und erhielt keine Antwort. Sie wollte aufspringen, ihm entgegenlaufen ...

Doch jäh verwandelte sich ihre Hoffnung in Angst und Schrecken.

Sie hatte kein Licht angemacht, das Licht der Sterne reichte für eine vage Übersicht, und auch jetzt dachte sie nicht daran, ihre Handlampe zu benutzen, denn hinter der nächsten Wegbiegung kam eine unheimliche Prozession hervor. Im ersten Moment dachte Sylvie an riesenhafte Heuschrecken. Die stämmigen, geknickten Beine waren das Auffälligste an diesen Gestalten, und auf diesen bewegten sie sich in grotesk hohen Sprüngen auf den Zeltplatz zu. Die Arme, die metallisch blinkten, trugen sie angelegt, die Köpfe waren rund und eingezogen, die Mundpartien liefen in spitz zulaufende Schnäbel aus, und auf den Schädeln trugen sie glänzende Aufsätze, die an Schirmmützen erinnerten. Das Erschreckendste daran waren die weit hervorstehenden kugelförmigen Augen; während alles andere noch ein wenig an Menschen erinnerte, so äußerte sich in diesen etwas absolut Unmenschliches, Fremdartiges und Abstoßendes.

Sylvie hatte beobachtet, wie der Trupp kurz vor den Zelten anhielt, wie die unheimlichen Gestalten nahe aneinanderrückten ... Es sah aus, als erfolgte eine kurze Besprechung, und dann, wie auf ein Kommando hin, hüpften je vier oder fünf von ihnen auf jedes einzelne der Zelte zu, holten die erschreckt zappelnden Menschen heraus und überzogen sie innerhalb kürzester Zeit mit einer grauweißen Masse. Diese quoll aus Düsen, die unterhalb der Unterarme von ihren Körpern ausgingen. Offenbar verfügten sie über eine Chemikalie, die auch unter diesen eisigen Bedingungen verformbar war, sich zunächst in flüssigem Zustand befand, doch dann, im Kontakt mit der Atmosphäre, elastisch und reißfest zugleich wurde. Bald waren die drei Menschen, die sie praktisch im Schlaf überwältigt hatten, in Kokons verpackt, die von den fremden Wesen davongetragen wurden. Um die Ausrüstung kümmerten sie sich nicht.

Alf schwieg eine Weile. Das, was er gehört hatte, löste Betroffenheit und Ratlosigkeit aus. Und auch Sylvie, die die schrecklichen Szenen während ihrer Schilderung ein zweites Mal erlebt hatte, war sichtlich mitgenommen.

Alf brauchte einige Zeit, um sich zu fassen. »Ein Wunder, dass du unbehelligt geblieben bist«, stellte er fest.

»Ich befand mich ein ganzes Stück von den Zelten entfernt, und ich habe alles vermieden, was sie auf mich hätte aufmerksam machen können. Ich bin einfach starr sitzen geblieben – ich habe mich daran erinnert, dass manche Tiere unbewegte Objekte überhaupt nicht wahrnehmen, vielleicht war das meine Rettung.«

Da zog Alf Sylvie wieder an sich und sagte leise: »Ich bin so froh, dass dir nichts geschehen ist.«

Was konnten sie an diesem Abend noch tun? Hatte es Sinn, die Flucht zu ergreifen oder sich irgendwo zu verstecken? Sie wussten so wenig von ihren Feinden, dass es keine gezielten Abwehrmaßnahmen geben konnte. Das eine mochte so gut sein wie das andere.

»Es ist nur zu hoffen, dass sie zunächst einmal mit ihrer Beute genug haben und uns heute in Ruhe lassen. Ich denke, wir sollten hier übernachten, und morgen …« Alf unterbrach sich. »Ach ja, ich habe dir ja noch gar nicht von meinem Erkundungsgang erzählt. Es ist alles gut verlaufen, vor allem aber hat sich meine Hoffnung erfüllt: Ich bin in die Höhle eingestiegen und habe festgestellt, dass ein Gang aufwärts führt. An der Mündung habe ich eine feine Strömung der Atmosphäre festgestellt, und das bedeutet, dass es weiter oben Tagöffnungen gibt. Ich schlage vor, dass wir morgen versuchen, durch die Höhle hinaufzukommen – möglichst nah an die Station heran. Der Gang verläuft nahe der Oberfläche, zweifellos gibt es auch weiter oben Einbruchsöffnungen, durch die wir wieder ins Freie hinauskommen können. Ich weiß zwar nicht, was uns dort erwartet, aber eine andere Möglichkeit gibt es nicht.«

»Und wenn uns diese Tiere in der Höhle entgegenkommen – wenn wir ihnen dort in die Hände fallen?« Alf hörte die Angst in ihrer Stimme.

»Vielleicht ist alles ganz anders«, sagte er, und Sylvie meinte, ein wenig Hoffnung aus dem Tonfall herauszuhören. »Vielleicht sind sie uns gar nicht feindlich gesinnt. Wenn es darum gegangen wäre, uns umzubringen, dann hätten sie sich nicht die Mühe der Entführungen machen müssen. Könnten sie nicht sogar das Gegenteil vorhaben?«

»Das Gegenteil?«, fragte Sylvie.

»– dass sie uns retten wollen«, antwortete Alf. Er hatte zwar keinerlei Beweise für seine Annahme, doch seltsamerweise genügte schon diese vage Andeutung einer Hoffnung, um beide ein wenig zu beruhigen.

Was also war zu tun? Ohne sich lange abzusprechen, gingen beide zu dem letzten der Zelte, das nicht zerrissen war, sondern eingefaltet am Boden lag. Es schien noch intakt. Wo sollten sie es aufstellen? Einfach hier unter freiem Himmel zu bleiben, so dass sie am nächsten Morgen wie auf einem Präsentierteller zu sehen waren, wollten sie nicht riskieren.

»Ich habe eine Idee«, sagte Sylvie. »Dort hinten, wo ich auf dich gewartet habe, gibt es unter einem Felsdach eine Nische. Da wäre gerade noch Platz für das Zelt.«

Alf sah sich die Stelle an.

»Holen wir unsere Sachen«, sagte er. Sie stellten das Zelt auf – jenes von Cassius, das noch zusammengefaltet und unbeschädigt dalag –, setzten die Lufterneuerungsanlage in Funktion und warteten, bis die Heizanlage eine erträgliche Temperatur geschaffen hatte.

Da es keine Schleusen für die Zelte gab, waren sie schon vorher ins Innere gekrochen und hatten die Verwandlung miterlebt, die eine nachlässig gefaltete Plane in eine straff begrenzte Behausung verwandelte. Und nun legten sie die Anzüge ab, setzten sich nebeneinander auf zwei zusammengerollte Schlafmatten und öffneten ein Proviantpäckchen mit Zwiebackscheiben und Tubenkäse. Sylvie schmolz einige Eisstückchen und bereitete heißen Tee. Sie warf außer den Süßstoffkügelchen noch eine jener Tabletten hinein, mit denen sie die Crew schon mehrmals aus verzweifelten Gemütslagen befreit hatte, und Alf griff widerspruchslos zu.

Ihre Marsreise hatte schon einige Male überraschende Wendungen mit sich gebracht, doch keine war auf so unwiderrufliche Art entscheidend gewesen wie der unerwartete Überfall. Was da geschehen war, löschte all ihre auf ein gutes Gelingen des Unternehmens gerichteten Absichten und Erwartungen, die ihr Handeln bisher geleitet hatten. Jetzt reichte ihre Vorsorge allenfalls bis zum nächsten Tag, von einer Planung konnte keine Rede mehr sein, sie konnten nur noch auf das reagieren, was sich ihnen in den Weg stellte, ob es nun eine Gefahr oder eine günstige Gelegenheit zum Handeln war, um die nächsten Stunden zu überstehen. Das Schlimme daran war ihre Hilflosigkeit – sie waren in eine Sackgasse geraten und hatten nur eine letzte verzweifelte Hoffnung, sich mit eigener Kraft daraus zu befreien.

Sylvie und Alf waren müde, ausgelaugt und in seltsamer Weise ihrem Schicksal ergeben. Diese Einsicht führte zu einer merkwürdigen, ihrem Naturell nicht entsprechenden Reaktion: einem Wandel, der sich unmerklich vollzog, aber dennoch schnell und unerwartet – er machte sie auf merkwürdige Weise gleichgültig gegenüber ihrer verzweifelten Lage. Mehr und mehr versiegte ihre Fähigkeit, sich aufzuregen oder sich zu fürchten, und zuletzt stellte sich sogar so etwas wie Zufriedenheit ein: Genugtuung darüber, dass sie die chaotischen Vorgänge, denen sie an diesem Tag ausgeliefert gewesen waren, unbeschadet überstanden hatten. Draußen lauerte die Marsnacht mit Kälte und dünner Atmosphäre, eine nur wenige Millimeter dicke Stoffbahn trennte sie davon, doch sie befanden sich in einem sicheren Raum, es war angenehm warm, sie konnten atmen und waren wohltuend gesättigt. Das galt für hier und jetzt – eine winzige Zelle inmitten einer Todeszone –, doch damit gaben sie sich zufrieden. Hier und jetzt – alles Weitere hatte im Vergleich mit der Grenzenlosigkeit der Außenregion jede Bedeutung verloren.

Als Alf die Handlampe abgeschaltet hatte, streckte sich Sylvie auf der Matte aus, und Alf legte sich zu ihr. Und in der nächsten Stunde gab es für sie keine Kälte mehr, kein drohendes Vakuum, keine unheimliche Wildnis, keine grässlichen Ungeheuer. Es gab kein Marsspiel und keinen Killer-Asteroiden, es gab keine dem Verderben geweihten Menschen auf der Erde und keine ihrer Freiheit beraubten Gefährten. Es gab kein Gestern und kein Morgen, keine Erwartungen oder Hoffnungen, doch es gab das Schönste für sie, das sie erwarten durften: nämlich beim anderen menschliche Wärme zu finden.

Ramses

Die Einladung zur außerordentlichen Konferenz wurde mitten in der Nacht verteilt und erging an die Mitglieder der Führungsgremien aller Landesteile – ein Vorgang, den es noch nie zuvor gegeben hatte.

Ramses saß mit vier Kollegen im abhörsicheren Kommunikationsraum, in wenigen Sekunden sollte die Konferenz beginnen, und die Bildschirme, die rechts und links von der zentralen Holokugel angeordnet waren, leuchteten in unregelmäßiger Folge auf. Darauf waren die eilig zusammengetrommelten Regierungsbeamten der ganzen Welt zu sehen, die Gesichter ebenso übermüdet und ratlos wie die von Ramses und seinen Kollegen.

Dann schaltete sich mit einem kurzen Flimmern das Holobild ein, und von allen Seiten her blickten sie in das Gesicht, das die übergeordnete Staatsmacht verkörperte. Es war das Bild einer Frau, eine Mittelung aus den Ansichten von Tausenden durch Zufall bestimmten Bürgerinnen – ein Gesicht ebenso ebenmäßig wie starr und von undefinierbarem Alter. Es war ein menschliches Gesicht, doch in seiner perfekten Symmetrie auch ein Produkt der Technik. Wenn sich die Beamten privat unterhielten, so nannten sie es ›Barbie Brain‹. Zu Beginn des Goldenen Zeitalters hatte man es als nötig erachtet, die allumfassende Intelligenz des für die Regierungsgeschäfte ermächtigten Computers zu objektivieren, ein Zugeständnis an die Kommunikationsgewohnheiten der Bürger sollte es sein. Im Prinzip hätte man auf dieses Bild schon längst verzichten können.

»Wir haben etwas mitzuteilen«, meldete sich die sanfte, nur wenig nuancierte Stimme aus der Richtung des Hologramms.

»Es handelt sich um eine Meldung des Wetterdienstes, zu dessen Aufgabenbereich auch die Beobachtung des Himmels gehört. Von dort wurde gemeldet, dass sich der Erde ein Asteroid nähert. Er bewegt sich mit ungewöhnlich hoher Geschwindigkeit, was im Übrigen der Grund dafür ist, dass er erst so spät entdeckt wurde. Auf dem Bildschirm zeigen wir die darauf bezogenen Daten und eine Aufnahme. Auffällig sind die unregelmäßige Form des Himmelkörpers und seine Rotation, was seine torkelnde Bewegung erklärt. Und diese erschwert leider die Bahnberechnung. Ach ja, und noch etwas: Seine Masse, in Verbindung mit der hohen Geschwindigkeit, reicht aus, um die Erde bei einem Zusammenstoß völlig zu vernichten.«

Es folgte eine kleine Pause, um den Zuhörern Gelegenheit zu geben, die Liste der Daten und eine daneben auftauchende Schemazeichnung zu betrachten.

Irgendwo von der Seite ertönte eine Stimme, und fast gleichzeitig damit sah man auf einem der rundum verteilten Monitore das vergrößerte Bild des Fragestellers, eines älteren Asiaten. »Wie lange ist es noch bis zum Einschlag?«

»Wie Sie auf der Liste sehen können«, die Stimme ließ leichten Tadel erkennen, »406 Tage. Die dafür angegebene Zeit ist auf fünf Sekunden genau. Eine größere Schwankungsbreite hat das Ergebnis der Bahnberechnung. Bis jetzt haben wir noch eine Chance von 30 Prozent, dass die Erde nicht getroffen wird – aber auch in diesem Fall kann es zu verheerenden Auswirkungen auf der Erdoberfläche kommen.«

Es wurden noch weitere Daten bekanntgegeben, deren Bedeutung die meisten der Konferenzteilnehmer nicht verstanden. Und unter dem Eindruck des Gehörten waren sie auch gar nicht fähig, sich auf das Gesagte und Gezeigte zu konzentrieren. Außerdem gab es nichts dazu zu bemerken, denn Diskussionen über Tatsachenmitteilungen des Denksystems waren nicht vorgesehen.

Erst eine Viertelstunde später begann jener Teil der Konferenz, bei dem die menschlichen Führungskräfte ein Mitspracherecht hatten. Er beschränkte sich auf die Bereiche, in denen ihnen die übergeordneten rationalen Entscheidungen noch eine gewisse Freiheit ließen – auf die Durchführung sozialer Maßnahmen, die psychische Betreuung im Fall medizinischer Eingriffe, auf den Lehrstoff, den man den Heranwachsenden zu vermitteln hatte, Fragen der Ethik und Moral und dergleichen mehr. Und auch in diesem Fall – besonders in diesem Fall! – ließ die Situation noch einige Auswahlmöglichkeiten zu. Die entscheidende Frage, um die es dabei von Anfang an ging, lautete: Sollte man die Bevölkerung informieren?

Spontan plädierten einige der Diskutanten für eine Offenlegung der Situation, und Barbie Brain mischte sich zunächst nicht ein. Als sich aber dann eine Mehrheit für diesen Vorschlag abzuzeichnen begann, warf das System die Frage auf, was für einen Nutzen diese Offenlegung haben sollte.

»Es ist eine Tatsache, dass wir keine Mittel haben, um die Katastrophe abzuwenden. Das wurde aus verschiedenen Aspekten der Technik heraus geprüft. So ging es beispielsweise um die Frage, ob wir Atombomben zur Verfügung hätten, mit denen man den Himmelskörper beschießen und sprengen könnte. Ich darf Ihnen sagen: Wir haben keine, und selbst wenn wir welche hätten, so würde das nicht ausreichen, um den mächtigen Asteroiden aus seiner Bahn zu bringen oder zu zerstören. Entsprechende Ergebnisse ergaben sich auch bei der Analyse anderer Möglichkeiten. Und damit ist die Situation klar: Eine Mitteilung über die Zerstörung der Erde würde die Menschen in Panik versetzen, sie würden ihre letzten Monate in verzweifelter Furcht vor dem Kommenden verbringen. Die Alternative dazu – über die Situation zu schweigen – erscheint vernünftiger: Wenn nichts davon in die Öffentlichkeit dringt, könnten sie ihr jetziges glückliches Leben bis zum Ende weiterführen. Was kann es Besseres für sie geben? Ich darf versichern, dass bei einem Einschlag innerhalb von wenigen Sekunden das gesamte organische Leben, eingeschlossen jenes des Menschen, vernichtet würde. Von allen Möglichkeiten, über die wir zu entscheiden haben, wäre das die humanste.«

»Aber in diesem Fall haben wir die Entscheidung zu treffen«, rief einer, wobei die Betonung auf ›wir‹ lag. Einige nickten, andere zogen zweifelnde Gesichter. Es kam zu einer längeren Diskussion, bei der schließlich die nüchterne Einsicht siegte: Die Bevölkerung brauchte von der kommenden Katastrophe nichts zu wissen.

Es waren nur wenige, die Kenntnisse über die Katastrophe hatten, und diese wurden zum Schweigen verpflichtet.

Ramses hatte zunächst angenommen, dass die Entscheidung, die Nachricht geheim zu halten, nichts anderes als eine Konsequenz der rationalen Denkweise des Computersystems war, dem jedes Verständnis für menschliche Vorstellungen und Gefühle fehlte. Wie er aber an sich selbst beobachten konnte, wie ihn die Nachricht quälte – wie er Tag und Nacht daran denken musste, und wie elend er sich fühlte, wenn er sich das Ereignis ausmalte –, da kam er doch zur Einsicht, dass die grausam scheinende Entscheidung das einzig Richtige war.

Aber es war nicht seine Art, sich der Ratlosigkeit, Furcht und Verzweiflung hinzugeben wie seine gut angepassten Kollegen der Regierungsriege.

Sein Tatendrang und sein Durchsetzungswille zwangen ihn zum sachlichen Überdenken der Situation. Dazu gehörte beispielsweise, dass er sich über astronomische Fragen Gedanken machte, über Himmelskörper und ihre Bahnen, über die Möglichkeiten, dem Zusammenstoß zu entgehen. Es war nicht weiter erstaunlich, dass er sich dabei auch den Planeten des Sonnensystems zuwandte, und auf einmal durchzuckte es ihn wie ein Blitz ... deutete sich da nicht doch die Chance für eine Rettung an?

Wenn ein Asteroid auf der Erde einschlug, dann könnte sich das Ereignis vielleicht auch noch auf den Mond auswirken, aber mit Sicherheit würden die übrigen Planeten verschont bleiben. Dazu bot sich vor allem der Mars an, der ja vor ein paar hundert Jahren bereits Ziel von Expeditionen gewesen war. Freilich, seit wissenschaftliche Forschungen aufgegeben und verboten waren, hatten keine Flüge zum Mars mehr stattgefunden. Aber irgendwo musste das Wissen über die dafür nötige Technik ja gespeichert sein, und vielleicht gab es auch noch technische Einrichtungen, beispielsweise Raumschiffe, die man heranziehen konnte, um vor der Katastrophe zu fliehen.

Auf einmal traten bei Ramses die bösen Erwartungen in den Hintergrund, und er begann zügig und konsequent an einem Plan zu arbeiten, mit dem er seine Idee verwirklichen konnte.

Wie nicht anders zu erwarten, stellte sich ein solches Projekt als außerordentlich schwierig heraus: Die Ausgangssituation war denkbar schlecht, denn vor 200 Jahren hatte man die Raumfahrt zusammen mit anderen für das Wohlergehen der Menschheit nutzlosen Aktivitäten aufgegeben. Wenn es überhaupt noch eine prinzipiell denkbare Möglichkeit für eine Marsexpedition gab, so schloss sich daran gleich die Frage an, wie man ein solches Unternehmen unter den heute gültigen Bedingungen organisieren konnte. Die derzeit nötigen technischen Aktivitäten wurden vom Computersystem gesteuert, die dafür erforderlichen Programme von Automaten und Robotern umgesetzt, es durfte kaum noch Menschen geben, die sich mit solchen Dingen beschäftigten. Und ebenso wenig waren die Einrichtungen verfügbar, die man für eine Marsexpedition brauchte. Doch bei diesem Gedanken stockte Ramses, es fielen ihm nämlich die Museen ein, in denen man einige funktionsfähige Raumschiffe unverändert aufbewahrt hatte. Gelegentlich waren sie schon als Kulissen für Freilichtveranstaltungen verwendet worden, und somit gab es auch Leute, die ein wenig darüber wussten. Es waren keine Wissenschaftler oder Techniker, sondern die Organisatoren der in der Zukunft spielenden Weltraum-Abenteuer, denn logischerweise mussten sich diese auch mit den für Raumfahrten nötigen Einrichtungen beschäftigen und damit auch mit den Kulissen, ob es nun materielle oder virtuelle waren. Das brachte Ramses auf die entscheidende Idee: All diese Kenntnisse, darüber hinaus aber auch die für die Verwirklichung notwendigen finanziellen Mittel, konnte man genau dort ausfindig machen: bei den Organisatoren, Produzenten und Autoren der weltweit durchgeführten Erlebnisspiele.

In der Tat, ein Erlebnisspiel, das auf dem Mars ablief – das war die realistischste Möglichkeit, die er gesucht hatte! Und als Kulturreferent hatte er im Prinzip auch den Zugang zu all jenen Unterhaltungsmedien, zu denen eben auch Erlebnisspiele gehörten. Zwar hatte er sich bisher wenig darum gekümmert, aber das würde sich nun rasch ändern.

Damit hatte er ein konkretes Programm, das er abarbeiten musste. Zunächst kam es darauf an, die weltweit operierende und staatlich kontrollierte Veranstaltungsgesellschaft für Erlebnisspiele anzuweisen, das nächste Spiel auf dem Mars ablaufen zu lassen. Bei diesen Veranstaltungen folgte man dem Prinzip, wenn möglich die realen Schauplätze zu benutzen und nur im Notfall auf virtuelle Hilfsmittel zurückzugreifen. Und die Idee, eine Gruppe von freiwilligen Mitspielern auf den Mars zu schicken, war technisch durchführbar – davon würde er seine Gesprächspartner überzeugen können.

So machte sich Ramses an die Realisierung seines Projekts, für das er nicht mehr Zeit hatte als maximal zehn Monate. Dann musste der Start erfolgen, wenn das Raumschiff noch vor Eintreten der Katastrophe auf dem Mars landen sollte. Und er, Ramses, würde sich mit auf diesem Raumschiff befinden.

Mit seiner Arbeit kam er gut voran, und von Tag zu Tag verstärkte sich seine Überzeugung, dass sich sein Plan verwirklichen ließ. Bis es eines Tages zu einem Vorfall kam, der seine Vorbereitungen entscheidend störte. Zuerst schien es sich nur um einen harmlosen Besuch zu handeln, doch dann ... Jener, der da an der Tür erschien, war niemand anderer als Lester, einer der älteren Kollegen aus der Regierungsmannschaft und damit auch einer von jenen, der wusste, was der Erde und ihren Bewohnern bevorstand.

Ramses kannte Lester aus früheren Jahren, nämlich aus der Zeit, da er als Achtzehnjähriger seine Abschlussprüfungen bestanden hatte und der darauf folgenden Untersuchung unterzogen worden war. Das Ergebnis seiner Ausbildung war hervorragend, man hatte für ihn einen Intelligenzbereich von 70 bis 95 gemessen. Doch als er das Ergebnis der medizinischen und psychologischen Untersuchung in Händen hielt, war er tief betroffen. Er hatte sich zwar auf einige Schwierigkeiten gefasst gemacht, doch es war erheblich schlimmer gekommen, als er erwartet hatte. Als er tief in Gedanken versunken auf den Gang der Klinik hinaustrat, tauchte der Ausbildungsleiter seines Jahrgangs vor ihm auf, fasste ihn an der Schulter und dirigierte ihn in sein Büro. Es war Lester, ein leitender Beamter im Kulturbereich, den er bisher immer nur von weitem gesehen hatte und ihm nun zum ersten Mal Auge in Auge gegenüberstand.

Lester wies Ramses an, sich zu setzen, er selbst schaltete alle elektronischen Geräte ab und wandte sich dann seinem Besucher zu.

»Ich kann mir denken, dass du bestürzt bist«, sagte er und sah Ramses ein wenig von unten herauf abschätzend an. Dann holte er einen Ausdruck aus einer Schreibtischlade und warf einen Blick darauf. Endlich sagte er: »Das sieht wirklich übel aus: ›kann sich nicht unterordnen‹, ›versucht sich vor seinen Pflichten zu drücken‹, ›nur begrenzt anpassungsfähig‹ – und hier kommt es noch schlimmer: ›neigt zu Betrugsmanövern und Intrigen‹.«

Was konnte Ramses dagegen sagen? Er versank zusammengeduckt in seinem Stuhl. Dann raffte er sich auf und sagte: »Ich weiß nicht, wie dieses Ergebnis zustande kam, es muss ein Irrtum vorliegen.«

Lester unterbrach ihn mit einer Handbewegung und sagte: »Lass das! Darüber brauchen wir nicht zu diskutieren. Ich will dir ja helfen. Es wäre nämlich schade, wenn jemand mit einem so hohen Intelligenzwert wie du von jeder weiteren Entwicklung seiner Persönlichkeit ausgeschlossen wäre.«

»Und Sie können mir helfen?«

Lester, der bisher sein überlegenes Lächeln beibehalten hatte, wurde plötzlich ernst. »Ich habe dir einen Vorschlag zu machen. Es ist ganz einfach: Wenn du einverstanden bist, dann kann ich diese Eintragungen ändern. Wie wäre es mit: ›gehorsam und arbeitswillig‹, ›ehrlich und hilfsbereit‹ und so weiter?«

»Und was muss ich dafür tun?«

Lester erhob sich von seinem Sitz. »Es spricht für deine Intelligenz, dass du von selbst darauf kommst«, antwortete er. »Nichts ist umsonst. Also pass auf: Zunächst verlange ich keine Gegenleistung für das, was ich für dich tun werde. Vor allem werde ich dafür sorgen, dass du Karriere machst. Ich bin dir da ein wenig voraus – auf dem besten Weg, zum Regierungsbeamten aufzusteigen. Als solcher kann ich sicher erreichen, dass du ähnlich gut vorankommst. Und dann darfst du dich für meine Hilfe revanchieren. Dann hast du nämlich die Möglichkeit, in Entscheidungsprozesse einzugreifen, und du wirst so entscheiden, wie ich es dir vorschreibe. Hast du das verstanden?«

Ramses sah ihn groß an. Alle möglichen Gedanken schossen ihm durch den Kopf, dann nickte er.

»Im Übrigen verlange ich absolute Loyalität mir gegenüber«, führte Lester weiter aus. »Du wirst so abstimmen, wie ich es dir rate, du wirst dich bei Diskussionen an meine Seite stellen, und es wird noch viele weitere Angelegenheiten geben, bei denen du mich entscheidend unterstützen kannst.« Er blickte Ramses abschätzend an, dann fügte er hinzu: »Und das wirst du ohne zu zögern tun.«

Dieses Gespräch lag schon lange zurück, doch die Erinnerung daran schoss Ramses durch den Kopf, als Lester plötzlich vor ihm stand. Bisher waren die Dienste, die dieser von ihm verlangt hatte, nicht weiter bedenklich gewesen, die paar Fälle, über die er aus subjektiven Gründen heraus anders abgestimmt hätte, waren belanglos. Doch nun hatte sich eine ganz neue Situation ergeben, und Ramses hatte eine dumpfe Vorahnung.

»Komm herein«, sagte er gezwungen liebenswürdig, »was kann ich für dich tun?« Er wies auf einen Stuhl, um seinem Besucher einen Platz anzubieten.

»Es lohnt sich gar nicht, dass ich mich setze«, antwortete Lester. »Ich will es kurz machen. Das, was du in den letzten Wochen getrieben hast, lässt sich ja nicht verheimlichen – der Eifer, mit dem du deine Idee einer Marsexpedition zur Verwirklichung führst, ist beispielhaft.«

Als er die Beunruhigung in Ramses' Gesichtsausdruck bemerkte, fuhr er ein wenig spöttisch fort: »Keine Angst, ich habe mit niemandem über deine Aktivitäten gesprochen.«

»Was kann ich für dich tun?«, fragte Ramses gezwungen freundlich.

»Das, was ich von dir will, ist leicht zu erraten – ich bin ein wenig enttäuscht darüber, dass du es mir nicht schon längst angeboten hast. Ich werde nämlich auf diese Expedition mitkommen.«

Mit einem Mal lag im Raum eine elektrisch aufgeladene Stille. Die beiden sahen einander an, ausdruckslos, jeder versuchte, seine wahren Empfindungen zu verbergen.

Ramses fasste sich rasch wieder, er lachte liebenswürdig, klopfte dem anderen auf die Schulter und sagte: »Ich hatte sowieso vor, dich mitzunehmen, wollte dir aber keine Hoffnung machen, solange die Sache noch nicht sicher ist. Aber du kannst beruhigt sein, ich halte dich auf dem Laufenden. Es wird alles so geschehen, wie du es verlangst.«

Lester hatte seinen Blick immer noch auf ihn geheftet. Hatte das, was Ramses da von sich gegeben hatte, überzeugend geklungen? Wahrscheinlich nicht. Doch wie er Lester kannte, würde dieser dafür sorgen, dass wirklich alles so geschah, wie er es wollte.

Im Moment aber gab es nichts, was sie weiterhin hätten besprechen können. Lester nickte kurz und ging hinaus.

Ramses ließ sich in seinen Schreibtischstuhl sinken, er wusste noch nicht, wie er diese Situation zu seinen Gunsten wenden konnte, aber eines stand für ihn fest: Lester war der Letzte, den er auf die Reise mitnehmen würde.

In der nächsten Zeit ließ er sich aber nichts von seinem Entschluss anmerken, sondern bemühte sich im Gegenteil, den sogenannten Freund zu überzeugen, dass er es ehrlich mit ihm meinte. Mehrmals berichtete er ihm, was für Schritte er unternommen hatte, und Lester schien sich damit zufriedenzugeben. Im Übrigen hatte Ramses nichts anderes im Kopf als die Organisation seines Marsprojekts, und dazu gehörte klarerweise auch die Lösung seines Problems mit Lester.

Eine der wichtigsten Vorbereitungen für das Unternehmen war die Organisation eines Schulungs- und Trainingslagers, bei dem alle Teilnehmer zusammengezogen wurden. Dabei ging es nicht nur um die Vermittlung von Wissen und Fertigkeiten, vielmehr sollten sich die Mitwirkenden auch aneinander gewöhnen – sie mussten sich zu einem Team zusammenschließen, in dem sich jeder auf den anderen verlassen konnte.

Auf der Liste, die Ramses zusammengestellt hatte, befand sich kein Lester, und in der Tat war er jetzt in jener Phase der Vorbereitungen angekommen, in der er einiges vor ihm geheim halten musste.

In der Zwischenzeit war das Spiel MARS MISSION angekündigt worden, und, wie es das Regelwerk der Spiele vorschrieb, hatte es auch eine öffentliche Ausschreibung gegeben. Wie bei allen früheren Spielen war den Bürgern zugesichert worden, dass die Auswahl der Teilnehmer unter der Aufsicht der Regierung durch einen Zufallsgenerator vorgenommen werden würde. Diese Verlosung konnte Ramses in aller Ruhe abwarten, aus Sicherheitsgründen wurde die Auswahl auf der Basis von Codenummern durchgeführt, und solche Angaben ließen sich – dafür hatte Ramses gesorgt – beliebig austauschen. So hatte er schon vorher an einer Liste eigener Kandidaten gearbeitet, denn es war ihm klar, dass das Gelingen seines Vorhabens nicht zuletzt davon abhing, dass er die richtigen Leute zur Seite hatte.

Als hochrangiger Beamter hatte er Zugriff zur Datenbank, und so standen ihm nicht nur die allgemein zugänglichen, sondern auch die inoffiziellen Personaldaten jedes einzelnen Bürgers zur Verfügung. Dazu gehörten auch die Ergebnisse jener Gedächtnisanalysen, über die es noch vor einigen Jahren heftige Diskussionen zwischen den menschlichen Repräsentanten der Regierung und Barbie Brain gegeben hatte. Die Mehrheit der Menschen sah in der Offenlegung des im Gedächtnis gespeicherten Wissens jedes einzelnen Bürgers eine Verletzung der Intimsphäre, die ja vom Zugriff des Computersystems ausgeschlossen war, doch die Instanz, die durch das glatte Frauengesicht verkörpert war, legte dar, dass Gedächtnisinhalte kein privates, einer Einzelperson zugeordnetes Eigentum sein konnten: Der größte Teil davon war mit

Lehrmaschinen vermittelt oder angelernt worden und hatte daher als Allgemeingut zu gelten. Gegen die Meinung der Regierungsvertreter sprach weiter die Tatsache, dass sich manches Fehlverhalten verhindern ließ, wenn man rechtzeitig davon erfuhr. Schließlich einigte man sich darauf, dass die Gedächtisscanner ohne Wissen der Betroffenen eingesetzt werden mussten – denn was einer nicht erfuhr, konnte seine Persönlichkeit nicht verletzen. Dieses Argument war überzeugend, und damit wurde die Gedächtniskontrolle als geheim gehaltener Bestandteil der üblichen Reihenuntersuchungen eingeführt.

Ramses hatte damals für den Einsatz dieser psychotechnischen Methode gestimmt, aber er hatte nicht geahnt, dass ihm das später einmal so nützlich sein könnte. In der Tat erwies sich nun das, was er aus den Gedächtnisprotokollen erfuhr, als seine wichtigste Entscheidungshilfe.

Als er nämlich damit begann, unter denjenigen, die sich am Erlebnisspiel beteiligen wollten, nach geeigneten Personen zu suchen, stiegen Zweifel in ihm auf. Da gab es lauter bestens angepasste Bürger mit allen möglichen guten Eigenschaften: Gesetzestreue, Gehorsam, umfassende Kenntnisse der im Goldenen Zeitalter gültigen Vorschriften und, im Besonderen, der für Erlebnisspiele gültigen Regeln ... Doch zum Teufel mit diesen braven Leuten, was konnte er mit ihnen anfangen? Sie mochten sich gut als Spielpartner eignen, wenn alles im üblichen Rahmen blieb, aber ohne Zweifel waren sie völlig unfähig, sich in einer ungewohnten und vermutlich auch gefährlichen Situation durchzusetzen.

Je länger Ramses suchte, umso mehr kam er zu der Überzeugung, dass die gut angepassten Durchschnittsbürger als Mitwirkende für sein Projekt nicht taugten, und das brachte ihn auf die Idee, sich bei den NAPs umzusehen: denjenigen, denen es allen Erziehungsversuchen und Psychobehandlungen zum Trotz gelungen war, sich ihre Eigenständigkeit zu bewahren. Und unter den Eigenschaften, die wünschenswert erschienen, waren nicht zuletzt solche, die konsequent zu schlechten Einstufungen geführt hatten: Risikobereitschaft, Mut, Ausdauer, nicht zuletzt auch Intelligenz. Damit war endgültig vorgegeben, wie er bei seiner Suche vorgehen musste, und als er begann, die Listen von Nichtangepassten – ob sie sich nun für das Unternehmen gemeldet hatten oder nicht – durchzusehen, da schälten sich nach und nach immer deutlicher einige Personen heraus, die auf den ersten Blick kaum zueinander zu passen schienen, auf der anderen Seite aber genau jene Gruppe bilden konnten, in der jeder den anderen ergänzte und andererseits auch Bereitschaft zeigte, ein vorgegebenes Ziel beharrlich zu verfolgen.

Ramses wollte ganz sichergehen und holte sich aus der Datenbank des zentralen Einwohneramts alle persönlichen Unterlagen über die ihm geeignet erscheinenden Leute. Die umfassendsten Informationen steckten wohl in den Auflistungen körperlicher und psychischer Eigenschaften der Bürger. Sie beruhten auf den vorgeschriebenen Reihenuntersuchungen und dienten Barbie Brain zur Vorbereitung sozialer Maßnahmen. Diese Aufzeichnungen bestanden jedoch aus Symbolen und Zahlen, mit denen er nichts anzufangen wusste. Daher begnügte er sich mit den weitaus ungenaueren, für die Beamtenschaft erstellten Schriftsätzen, mit denen alle erfasst wurden, die sich schuldig oder zumindest verdächtig gemacht hatten. Sie enthielten neben den üblichen Personaldaten auch so etwas wie Beschreibungen der strafbaren oder auch nur Verdacht erregenden Umtriebe der betreffenden Personen, oft mit Lebensläufen verbunden, aus denen sich Schlüsse auf ihr Verhalten und ihre Fähigkeiten ziehen ließen. Diese Akten waren für Ramses eine Fundgrube, um sich ein lebendiges Bild von jenen zu machen, die er in sein Team eingliedern wollte.

Zuletzt war er von seiner Auswahl hoch befriedigt. Er

hatte Wert auf Entschlusskraft gelegt und auf Beharrlichkeit, die bis zum Eigensinn gehen durfte. Auch Menschen mit praktischen Fähigkeiten hatte er bevorzugt – so stand auf seiner Liste ein Mann, der sich krankhaft für Werkzeuge und Maschinen interessierte und nicht einmal davor zurückschreckte, sie zu zerlegen, um Einsicht in ihre Funktion zu erlangen. Auch einen Kraftprotz hatte er in der Reihe, einen Sportler, der verbotene Boxkämpfe durchgeführt hatte und durch Gewalttätigkeit aufgefallen war. Im Hinblick auf die Bewegung im bergigen Gelände des Planeten hatte er nach Männern mit Erfahrung im Klettern gesucht und auch einige gefunden, denen er überdurchschnittliche Leistungen zutraute. Außerdem war er auf eine ausgebildete Medizinerin gestoßen, deren Kenntnisse weit über das hinausgingen, was üblich war – so jemand war bei einer Expedition in unwirtliche, menschenfeindliche Gegenden lebenswichtig. Und dann war ihm sogar jemand untergekommen, der sich in auffälliger Weise mit dem Mars beschäftigt hatte und dem er Kenntnisse zutrauen durfte, die unter normalen Bürgern nur selten zu finden waren – dafür wollte Ramses sogar einige bedenkliche Eigenschaften des Kandidaten in Kauf nehmen. Außerdem gab es noch ein Mitglied, das er eher aus persönlichen Gründen dabeihaben wollte – vor einigen Wochen hatte er diese auffallend reizvolle junge Frau kennengelernt, und er war schon neugierig darauf, wie sie sich in diese merkwürdige Gesellschaft einfügen würde.

Als dann der Beginn des Trainingslagers heranrückte, stellte er mit Genugtuung fest, dass er alle Probleme gelöst hatte. Er konnte sich in der Gewissheit, gute Erfolgschancen zu haben, auf das Unternehmen einlassen.

Einen kurzen Schrecken hatte er noch zu überstehen, als er sich, so wie alle anderen auch, am Eingang zum Trainingscamp meldete. Der Beamte, der die Namen der ankommenden Teilnehmer auf der Liste suchte und anstrich, sagte nämlich: »Jetzt fehlt nur noch einer, ein gewisser Lester Blumenfeldt. Ist Ihnen der Mann bekannt?«

Ramses stutzte einen Moment, dann antwortete er: »Ist es Ihnen nicht mitgeteilt worden? Lester hatte einen Unfall... ja, erst vor kurzem – einen tödlichen Unfall. Wirklich tragisch: Er ist von einer Brücke gestürzt. Sie können ihn von der Liste streichen.«

Personenbeschreibung und Einstufung (Auszug)

Raymond Sesz, genannt Ramses, Genpool normal

Anpassungswert: 8

Phänotyp: leptosom

Größe: 184 cm, Gewicht: 77 kg, Pigmentierung: hellbeige, Haarfarbe: blond/grau, Augenfarbe: hellblau

Intelligenzbereich: 70–95

Von den Standardwerten abweichende Eigenschaften:
> starke Willenskraft
> ausgeprägte Führungsqualitäten
> hohes Organisationsvermögen
> charismatische Persönlichkeit

Charakteristische Eigenschaften:
> gehorsam und arbeitswillig
> ehrlich und hilfsbereit
> beharrlich

Die weiteren Befunde in den Grenzen des Normalen

Schon während der Ausbildung unverkennbare Vorbildfunktion im Kreis der Gleichaltrigen erkennbar. Anschließend Beginn einer einmaligen Karriere, die bis zum Dezernenten für kulturelle Fragen in der Regierung führte

Eingestuft als A1+

Mars, neunter Tag

Der nächste Tag begann für Alf und Sylvie wie das Erwachen aus einem unglaublichen Traum: Sie erwachten, weil jeder die Nähe des anderen spürte. Um keinen Preis hätten sie sich dabei stören lassen, sie wollten dieses Gefühl genießen und blieben einfach liegen, als wären sie Urlaubsreisende und von allen Pflichten entbunden.

Nur ganz versteckt, irgendwo im Hintergrund ihres Denkens und Empfindens, lauerte etwas Unheilvolles, doch noch ließ es sich ignorieren. Noch ein paar Minuten …

Dann aber, viel zu früh, pochte die Wirklichkeit wieder auf ihr Recht, und obwohl sie sich dagegen zu wehren versuchten, drängten die Probleme, denen sie sich stellen mussten, immer bedrohlicher hervor. So lösten sie sich schließlich voneinander, widerstrebend, aber auch nicht unglücklich, denn beide gehörten zu jenen aktiven Naturen, die durchaus bereit waren, sich der Realität zu stellen. Über Nacht, ganz heimlich, hatte aber auch eine jenseits des Logischen angesiedelte Zuversicht zu keimen begonnen, eine irrationale und dennoch starke Hoffnung, das alles bewältigen zu können.

Ein Frühstück, sitzend eingenommen, umhüllt vom Flaum der Decken, gewärmt vom Körper des anderen. Es war schön, nicht mehr allein zu sein, jemandem vertrauen zu können und von ihm verstanden zu werden. Zuerst berichtete Alf von seiner denkwürdigen Vergangenheit, und dann erzählte ihm Sylvie, durch welch seltsame Umstände sie zur Teilnahme an diesem Unternehmen gekommen war. Was da zur Sprache kam, bestärkte sie darin, dass sie einander ähnlich waren.

Doch schließlich ließ er sich nicht mehr weiter hinauszögern: der unvermeidbare Entschluss, sich endlich aufzuraffen, mit den Vorbereitungen für den kommenden Tag zu beginnen, all das zu tun, was zum Überleben auf dem lebensfeindlichen Planeten eben nötig war. Ihre Handgriffe präzise, ihre Handlungen konzentriert – und dazu kam noch die Befriedigung darüber, dass sie ihr Gleichgewicht wiedergewonnen hatten. Sie fühlten sich frisch und tatendurstig, und es war ihnen nicht einmal mehr unangenehm, die Anzüge anzulegen und das Zelt zu verlassen.

Da lag einiges herum, was ihnen bisher als unverzichtbar erschienen war, das Bohrgerät für das Wasser, die tragbaren Akkus, der Proviant und die Wasservorräte.

»Wir nehmen nur Vorräte für die nächsten 48 Stunden mit«, schlug Alf vor, »alles andere lassen wir liegen. Ich nehme an, dass es niemand stehlen wird. Es kann uns nützlich sein, wenn wir nicht durchkommen, sondern umkehren müssen. Damit können wir uns noch einige Zeit am Leben halten ...«

»Einige Zeit ...?« Sylvie blickte durch die Scheibe des Helms, suchte Alfs Blick. »Wie lange ist das?«

Alf unterbrach einen Augenblick seine Arbeit und drehte sich zu Sylvie um. »Es ist lang genug für uns, um noch ein bisschen beisammenzubleiben«, sagte er scheinbar leichthin. Was er da andeutete, war wunderschön und schrecklich zugleich. In stillem Einverständnis sprachen sie nicht weiter darüber.

Alf kannte den Weg, der ihnen bevorstand, schon recht gut, und beim hellen Licht des Tages sollte es keine Schwierigkeiten geben, ihn zu finden.

Als sie zum Aufbruch bereit waren, fiel Sylvie noch etwas ein. »Dort drüben«, sagte sie und deutete mit dem unförmigen Daumen ihres Handschuhs die Richtung an. »Dort drüben liegt doch noch das tote Tier – oder wie du dieses Ding nennen willst. Ich möchte es mir genauer anschauen. Hättest du etwas dagegen?«

»Warum nicht«, sagte Alf. Tatsächlich: Es konnte nützlich sein, noch ein paar Informationen über die Natur dieser Wesen zu sammeln, die auf diesem öden Planeten ihre Existenz gefunden hatten. Woher mochten sie gekommen sein? – Denn hier auf dem Mars waren sie zweifellos nicht entstanden. Waren es Schöpfungen der Chinesen? Waren es Mittel kriegerischer Auseinandersetzungen? Waren es Roboter, die hier Ordnung halten sollten?

Sie fanden den leblosen Körper so vor, wie sie ihn verlassen hatten, und Sylvie sagte: »Schon die Tatsache, dass der Kadaver noch hier liegt, ist recht aufschlussreich.« Auf Alfs fragenden Blick hin fuhr sie fort: »Es ist doch ganz logisch: Wenn sie intelligent wären, müssten sie soziale Bindungen haben. Höher entwickelte Lebewesen lassen ihre Toten nicht einfach liegen. Doch der Tote aus ihren Reihen scheint sie nicht berührt zu haben.«

Das klang einleuchtend, von dieser Seite hatte Alf die Sache noch nicht betrachtet. Sylvie hatte wieder einmal gezeigt, dass sie auch unter schwierigen Umständen logisch denken konnte.

»Es gibt da noch etwas, was für deine Ansicht spricht«, sagte er. »Siehst du diesen kleinen Aufsatz?« Er wies auf den Kopf des getöteten Wesens. »Ich schätze, das ist nichts anderes als eine Antenne. Diese Kreaturen kommunizieren also über Funk, und ich könnte mir vorstellen, dass sie von einer Zentrale aus ferngesteuert werden. Denn ohne Zweifel haben sie beim Überfall in der letzten Nacht durchaus koordiniert gehandelt – es steckt also eine Intelligenz dahinter, doch diese befindet sich wohl an einem ganz anderen Ort.«

Sylvie blickte ihn an. »... in der Festung?«

Alf nickte. »Die Vermutung liegt nahe«, meinte er.

Sie entdeckten noch einige weitere interessante Aspekte am toten Körper. So meinte Alf, an den auffälligen Augen Fish-Eye-Linsen zu erkennen, die einen nahezu totalen Rundblick über die Umgebung ermöglichten.

»Sie sehen genauso aus wie die Objektive, die man für Live-Reportagen auch heute noch einsetzt«, erklärte er.

Sylvie wiederum machte Alf auf die silbrige Haut aufmerksam, die bei näherer Betrachtung in Lamellen unterteilt war. »Könnten es Kollektoren auf der Basis von Solarzellen sein?«

»Das ist sicher eine brauchbare Möglichkeit, sich hier mit Energie zu versorgen. Doch das Sonnenlicht ist schwach, und wenn sie keine zusätzliche Methode der Energieversorgung haben, dann würde das nicht für ihre großen Sprünge reichen.«

»Da du gerade von Sprüngen redest …«, bemerkte Sylvie. »Beeindruckend finde ich ihre Beine. Ich habe ja beobachtet, wie sie sich fortbewegen. Sogar als sie ihre Gefangenen wegtrugen, haben sie mehrere Meter hohe Stufen mit einem Satz bewältigt. Es kommt dem Fliegen schon sehr nahe. Schau dir diese faltigen Hautlappen am Rücken an – vielleicht können sie die ausbreiten und kurze Strecken im Schwebeflug zurücklegen.«

Die beiden hatten genug gesehen und waren froh, diesen Platz einer bizarren Auseinandersetzung verlassen zu können. Kaum zu glauben, dass seitdem erst eine Nacht vergangen war.

»Gut, dass wir uns noch einmal umgesehen haben«, bemerkte Sylvie. »Nun wissen wir doch einiges über diese künstlichen Tiere. Mir ist, als hätte ich vor längerer Zeit einmal etwas über Versuche mit bionischen Wesen gelesen. Damals, als noch Forschung betrieben wurde, hat man sich ja mit allen möglichen verrückten oder auch makabren Themen beschäftigt.«

»Wir müssen uns vor ihnen in Acht nehmen. Aber ich habe keine Angst«, erklärte Alf, und er deutete auf den Laser, den er in eine Lasche seines Anzugs gesteckt hatte. »Wenn wir überfallen werden, dann werde ich mich wehren.«

»Du bist ganz schön aggressiv!«, sagte Sylvie, aber sie meinte es nicht ernst.

Der Weg zur Höhle ließ sich tatsächlich so problemlos zurücklegen wie erhofft. Bald standen sie an der Einbruchstelle. Alf zeigte Sylvie die Platten aus erhärteter Lava, über die man bequem absteigen konnte. Sie schalteten beide ihre Helmlampen ein und wandten sich in Richtung Süden, in Richtung der vielversprechenden Fortsetzung. Für Sylvie war es ein beklemmendes Gefühl, völlig von Felsen eingeschlossen zu sein. »Kann die Decke nicht einstürzen?«, fragte sie.

Doch Alf meinte: »Diese Formation existiert sicher schon seit Millionen von Jahren, warum sollte sie gerade dann einstürzen, wenn wir hindurchgehen?« Er wusste natürlich, dass seine Argumentation nicht überzeugend war, denn die durch ihre Bewegungen verursachten Erschütterungen konnten einen Einsturz hervorrufen, aber er ließ nichts davon verlauten.

Sylvies Unbehagen war weniger logisch als emotional begründet, ihr fehlte das Sonnenlicht. Das war doch etwas ganz anderes als eine Nacht im Freien – wo man sich immerhin an den bekannten Mustern der Sterne orientieren konnte. Hier war die Nacht absolut, selbst die Lichtkegel der Lampen schienen ins Leere zu gehen ...

Dieser beunruhigende Eindruck verlor sich allerdings nach und nach, die Augen brauchten eine Weile, um den Übergang vom Sonnenlicht in die Finsternis zur verkraften, und dann entpuppte sich das strukturlose Schwarz als eine Welt von erstaunlicher Formenvielfalt: Sie hatten beide mit kellerartigen, öden und leeren Räumen gerechnet, doch nun drangen sie in eine mineralische Zauberwelt ein. Hier, in der ungestörten Abgeschiedenheit der Tiefe, hatte sich die Lava in Form von gelblichen, glasig durchsichtigen Massen abgesetzt, dabei hatten sich abenteuerliche Formen gebildet: Kegel, Zapfen und Säulen, wie sie sonst nur von Kalkhöhlen her bekannt sind. Und nun bemerkten sie auch ein Glitzern, das selbst aus völlig finsteren, von ihren Lampen kaum erreichbaren Nischen herausblinkte.

Etwas später erweiterten sich die Räume, es gab mächtige Gebilde von erstaunlicher Größe: vom Boden aufragende Kegel und Säulen und an den Decken steinerne Vorhänge, deren Stoff aus Spalten im Deckenbereich herauszuquellen schien. Auch diese Objekte bestanden aus hellgelbem Material, und unwillkürlich erinnerte sich Sylvie an Linette, die Freude an glitzernden Steinen hatte und sicher gern etwas davon mitgenommen hätte. Wo mochte sie jetzt sein?

Bis hierher waren sie gut und ohne besondere Anstrengung vorwärts gekommen, und aus ihrer Sicht hätte es noch lange so weitergehen können. Doch der Gang änderte mehrfach die Richtung und verengte sich gelegentlich zu einer Röhre, in der man nur tief gebückt weiterkam. An einer Stelle mussten sie sogar über eine von der Natur gebildete, über einen Abgrund führende schmale Brücke steigen und dabei gegen das aufkommende Schwindelgefühl ankämpfen. Danach gab es einige Stufen zu überwinden, die zwar nicht besonders hoch waren, doch äußerste Vorsicht erforderten – sie waren voller messerscharfer Kanten. Man hätte nur mit Knien oder Ellbogen versehentlich über die Wand zu streifen brauchen, um Löcher in den Anzug zu schneiden.

Bisher hatte der Weg stetig bergauf geführt, doch nun änderte sich die Neigung, und es ging einige hundert Meter abwärts. Beide bemerkten, dass hier Dunst in der Luft lag, und Sylvie glaubte sogar, durch den Anzug hindurch den Geruch von Schwefel wahrzunehmen. Alf lachte sie deshalb aus, aber dann roch er es zu seiner Verblüffung selbst. Waren die Anzüge doch nicht völlig dicht oder spielte ihnen die Einbildung einen Streich? Die Atmosphäre war nun von dünnem Nebel getrübt, der die Sicht erschwerte.

Sie kamen jetzt nur noch langsam voran, denn auch die Beschaffenheit des Bodens hatte sich verändert: Er war glatt und von schaumig aufgeblähtem, aber längst erstarrtem Material überzogen, das an ein Kopfsteinpflaster erinnerte. Wenn man den Fuß daraufsetzte, fühlte es sich schlüpfrig an, und man musste behutsam auftreten, um nicht auszugleiten. Je weiter sie kamen, umso dichter wurde der Dampf, und schließlich hielten sie vor einer Vertiefung, aus der er in Form dichter, in Impulsen ausgestoßener Schwaden aufstieg. Sie spürten nichts von der hier herrschende Wärme, doch mutete dieser Raum wie eine Sauna an, und der Eindruck des Warmen, Feuchten drängte sich auch dann auf, wenn man, durch die Anzüge abgeschirmt, nichts davon fühlen konnte. Sollte sich als letzter Rest vulkanischer Aktivitäten ein Geysir gebildet haben?

Alf hatte sich niedergekniet, um den Boden durch die Schwaden hindurch besser sehen zu können, und sein erstaunter Ruf regte Sylvie an, es auch zu tun. Nun konnten sie beide die moosartigen Überzüge bewundern, die meisten farblos, doch einige wenige auch taubenblau und rostrot. Allem Anschein nach waren es Knollen aus aneinandergebackenen Einzellern, primitiven Pflanzen, vielleicht auch winzigen Tieren, Bakterien, vielleicht sogar Urinsekten oder was sich da unter dem Einfluss der Wärme aus den emporquellenden heißen Lösungen entwickelt haben mochte.

Sie blickten einander an, sprachlos wie Kinder, die ein unerklärliches Wunder bestaunten. Da hatten sie so im Vorübergehen eine Entdeckung gemacht, die ganz im Gegensatz zu dem stand, was in den Lernlaboratorien verkündet wurde: dass sich auf dem Mars kein Leben entwickelt hätte.

Am liebsten wären die beiden noch länger hier geblieben – aber es war ihnen klar: Sie hatten anderes zu tun, als sich wissenschaftlichen Entdeckungen zu widmen. Sie mussten die Festung erreichen. Also weiter!

Von der Quellkammer aus führte die Wegstrecke wieder stetig aufwärts, und bald gab es keine Anzeichen von etwas

Lebendigem mehr – wenn es sich wirklich um solche gehandelt hatte. Hier oben trafen sie auch wieder auf jenen langsam dahinwandernden Nebel, der ihnen, wie sie hofften, den Weg zu den oberen Tagöffnungen weisen würde. Offenbar waren sie unbeabsichtigt von der direkten Strecke abgewichen und durch diesen Zufall in die untere Etage geraten, wo eine Verbindung mit inneren Formationen des Planeten bestand ... Jetzt befanden sie sich wieder im Hauptgang, und das war allen wissenschaftlichen Erkenntnissen zum Trotz entscheidend.

»Da haben wir aber Glück gehabt«, sagte Sylvie. »Genauso gut hätten wir uns rettungslos verirren können.«

»Es war aber auch ein glücklicher Zufall, dass wir die Wunderkammer mit den Lebensspuren gefunden haben«, sagte Alf noch unter dem Eindruck des Gesehenen. Gewiss würde das eine Randerscheinung auf ihrem Weg bleiben, aber die Freude über diese Entdeckung – ob nutzbringend oder nicht! – ließ wieder etwas bessere Stimmung aufkommen.

Die beiden einsamen Wanderer waren nun immerhin schon eine Stunde lang im unwegsamen Gelände unterwegs, und eine Weile hatte der erregende Fund die aufkommende Müdigkeit unterdrückt. Doch die Anforderungen an ihren Durchhaltewillen und ihre Ausdauer verstärkten sich noch, denn nun wurde die Strecke deutlich steiler; von Gehen konnte keine Rede mehr sein. Eher ging es nun darum, die Unregelmäßigkeiten des Bodens als Stufen zu nutzen und diese hinaufzuklettern – eine nahezu endlos scheinende Treppe, die weiter in die Dunkelheit hineinführte. Obwohl der jähe Anstieg ihre letzten Kraftreserven beanspruchte, nahmen sie das gern in Kauf, denn es bedeutete ja, dass sie jener Höhenlage immer näher kamen, in der sich der Berg zu einem schmalen Sockel verengte: die Gipfelregion des Vulkans mit der wie ein Fuchsbau hineingebauten Festung.

Noch eine Viertelstunde, dann ging die steile Strecke in einen ebenen Gang über. Der Charakter der Formationen änderte sich, die Strecke teilte sich in eine Flucht mehr oder weniger enger Kammern; manchmal mussten sie sich zwischen unregelmäßig geformten Säulen hindurchzwängen, und erst dann bemerkten sie, dass sie sich in einer weiträumigen Halle befanden, die lediglich durch Tropfsteingebilde in kleinere Räume unterteilt war. Auch auf dem Boden fanden sie die Spuren von Lava, die von der Decke getropft war und da und dort Wannen und Gräben gebildet hatte.

Ein paar weitere Schritte, dann öffnete sich der Raum, er wurde so groß, dass man meinen mochte, ins Freie getreten zu sein, und erst mit Hilfe der nun schon recht schwachen Lichtkegel ihrer Lampen wurde es möglich, die Ausmaße und Begrenzungen der Halle abzuschätzen.

»Hallo, Alf, wo bist du?«

Sie hatten sich ein wenig voneinander entfernt, und Sylvie rief Alf zu sich, um ihm etwas zu zeigen. Sie war auf einen Haufen von zerbeulten Kanistern, verbogenen Röhren, geknickten Stangen und weiteren Abfallprodukten gestoßen, auf altes Gerümpel, das allerdings etwas anders aussah, als sie es von Abfall auf der Erde gewohnt waren: War es der Mangel an Sauerstoff, die hier die Bildung von Rost verhinderte, oder genügten dazu schon die Trockenheit und die Kälte? Jedenfalls hätte das Eisenblech eigentlich blitzblank sein müssen, es war jedoch mit einer schwarzen Schicht überzogen.

»Wahrscheinlich kommt es vom Schwefelgehalt der Atmosphäre«, vermutete Alf.

»Ach was«, rief Sylvie. »Zerbrich dir doch jetzt nicht den Kopf über chemische Reaktionen! Es ist ein Müllhaufen – noch nie im Leben habe ich mich so über einen Müllhaufen gefreut. Ein Müllhaufen bedeutet Zivilisation! Verstehst du nicht? Das bedeutet, dass wir am Ziel sind ... fast am Ziel«, fügte sie vorsichtig hinzu.

Auch Alf, der während der letzten halben Stunde wieder ein wenig von seiner Zuversicht eingebüßt hatte, war erleichtert. Sylvie hatte Recht. Dieser Fund bedeutete ja nichts anderes, als dass sich seine Vermutung bestätigte: Zwischen dem Höhlensystem in der Lavadecke und der Festung bestand eine Verbindung. Jetzt, den Erfolg vor Augen, gestand Alf sich ein, dass ihn in den letzten Stunden Zweifel geplagt hatten. Doch er sagte Sylvie nichts davon.

Was jetzt noch zu tun war, sollte sich leichter bewältigen lassen. Es kam nur noch darauf an, den Zugang zu den ausgebauten Räumen zu finden.

Auf dem Boden gab es Spuren, die darauf hinwiesen, dass sich hier Menschen aufgehalten hatten. Über den Boden verstreut lagen Scherben, eine breite Spalte, die den Boden durchzog, war durch eine Metallplatte überbrückt worden, und einige Lavabrocken, offenbar von der Decke gestürzt, zeigten Spuren eines Hammers, der hier zum Einsatz gekommen war. Diese Feststellung hatte geradezu etwas Rührendes, wies sie doch auf alltägliche Schwächen von Menschen hin: Hier waren nämlich die Ablagerungen der Lava besonders schön – handspannenlange Stalaktiten, Deckenzapfen, aus dünnflüssigen Massen erstarrt, glasartig durchsichtig, in einem zarten Braunton, und noch dazu von Kristallen besetzt ... Da hatte jemand nicht widerstehen können und sich ein Andenken gesichert.

Sie durchwanderten die Halle, immer noch in Richtung Süd. Im Schein ihrer Lampen erschien eine leicht geneigte Wand, und als sie näher kamen, hatte es den Anschein, als hätte jemand eine Brokatdecke darübergebreitet: Es waren goldglänzende Vorhänge, in zahlreiche Falten gegliedert, die da herunterhingen. Doch wichtiger als dieses bemerkenswerte Spiel der Natur war für die beiden, dass sie hinter der nächsten Ecke etwas fanden, was wie der Beginn eines Tunnels aussah: womöglich der erhoffte Durchgang! Diese Vermutung bestätigte sich, nach wenigen Schritten standen sie vor einer schwarzen, kreisrunden Metallplatte, die den Gang verschloss.

Kaum zu glauben – nun befanden sie sich unmittelbar vor dem Ziel. Noch einige wenige Schritte, dann waren alle Anstrengungen, alle Mühen, alle Zweifel vorbei.

Alf trat nahe an die Wand, um nach einem Griff, einer Klinke, irgendeinem Verschluss zu suchen ... die Platte selbst war kompakt, und als er daraufklopfte, war der Klang ganz hell: ein Material hart wie Diamant.

Leider gab es nichts, was man als Verschluss hätte deuten können, keinen Riegel, kein Schloss, nicht einmal einen schmalen Spalt für eine Magnetkarte. Auch in der Umgebung war nichts dergleichen zu finden. Mit wachsender Ungeduld suchten sie die angrenzenden Wände ab, irgendwo musste es doch eine Schalttafel oder eine Reihe von Knöpfen zum Eintippen eines Zifferncodes geben!

Wenn es nicht mit zivilisierten Methoden ging, dann eben mit Gewalt. Alf hatte das Lasergerät mitgenommen, als Mittel der Verteidigung, doch nun konnte es als Werkzeug dienen. Er löste das keulenförmige Metallgehäuse von der Lasche, schaltete das Gerät ein und richtete den blendend weißen Lichtstrahl auf die Metallplatte ... Der Effekt war geradezu lächerlich, alles, was entstand, war eine leicht verfärbte Spur, dort, wo der Strahl über das Metall strich. Das hätte zur Not gerade noch dazu gereicht, den eigenen Namenszug auf der Platte zu verewigen, doch das war auch schon alles. Unwillkürlich dachte Alf an eine Grabinschrift, die er hier, als Zeichen enttäuschter Hoffnung, hinterlassen könnte. Doch noch war es nicht so weit – so schnell gab er nicht auf.

Sollte es vielleicht an einer anderen Stelle eine Möglichkeit zum Durchkommen geben? Sie durchstreiften die Halle, sahen sich die Wände an, doch diese bestanden aus massivem Naturgestein – kein Tor, keine Pforte, nicht der kleinste passierbare Durchschlupf. Schließlich gingen Alf und Sylvie auf dem Weg, über den sie gekommen waren, noch ein Stück zurück – dorthin, wo sich mehrere Schlote in der Decke öffneten. Alf wollte sich vergewissern, ob es nicht doch eine Möglichkeit gab, dort hinaufzukommen. Doch selbst das wäre vermutlich sinnlos gewesen, denn, soweit man es abschätzen konnte, waren die Röhren zu eng, um einen menschlichen Körper aufzunehmen. Schade! Im Licht der Lampe waren dort oben dünne Nebelsträhnen zu erkennen – wahrscheinlich stieg die schwache Strömung der Atmosphäre, die sie auf ihrem Weg begleitet hatte, durch diese Röhren in höhere Regionen der Höhle auf und mündete wohl früher oder später an der Oberfläche – ein Weg, der für Menschen unpassierbar war...

Sie machten sich schweigend auf den Rückweg in die Halle, und immer noch bemühten sie sich um eine Lösung des Problems. Schließlich sagte Sylvie: »Vielleicht gibt es dort drinnen einen Empfänger, der die Funkwellen unserer Sprechanlage aufnimmt.«

Das hörte sich zwar verheißungsvoll an – im Inneren des Bauwerks gab es zweifellos Funkanlagen, aber von diesen waren sie durch massives Gestein getrennt. Und dieses war für die Frequenzen, mit denen der Sprechfunk arbeitete, undurchdringlich, das hatten sie in den letzten Tagen festgestellt.

»Und wie steht es mit der Tür?«, fragte Sylvie. »Es sind doch nur ein paar Zentimeter Metall.«

Alf schüttelte den Kopf. »Das hat keinen Sinn, auch hier geht nichts durch.«

Sylvie mochte sich immer noch nicht geschlagen geben. »Wollen wir es nicht doch versuchen?«, fragte sie.

Alf blickte sie an, ihre Stimme klang so traurig, so enttäuscht. Nun gut, dachte er, warum auch nicht?

So sprachen sie in ihre Mikrofone, die auf maximale Intensität geschaltet waren. Sie begannen mit normaler Lautstärke, und zuletzt schrien sie aus voller Kehle, als ließe sich so der Empfangsradius erhöhen. Ein verzweifelter Versuch, Verbindung aufzunehmen, den Kontakt zu erzwingen ...

Alles Bemühen blieb vergeblich, und als sie nur noch heisere Laute ausstoßen konnten, ließen sie von diesen enttäuschenden Versuchen ab.

In einem Ausbruch von Wut stellte sich Alf vor die Platte und trat mit den Füßen dagegen, wieder und wieder, bis ihn der Schmerz zur Besinnung brachte. Dann drehte er sich um und ging zu Sylvie, die ihm mit leerem Gesichtsausdruck zugesehen hatte. Sie legte ihm die Arme um den Hals, lehnte sich an ihn, und auch er hielt sie fest an sich gedrückt. Jetzt war es die Enttäuschung, die die beiden verband. So kurz vor dem Ziel ...

Schließlich lösten sie sich von einander, und Alf deutete auf einen Haufen an der Wand, ein Material, das wie Glaswolle aussah. Er nahm Sylvie an der Hand und führte sie dorthin, und sie ließen sich erschöpft in die weichen Massen fallen.

Sie brauchten eine Weile, um zu begreifen, dass jetzt kein anderer Ausweg blieb, als sich zum Rückzug zu entschließen. Es würde ein Weg in die absolute Trostlosigkeit werden. Doch im Moment fehlte ihnen die Kraft zum Aufbruch, zunächst einmal mussten sie sich beruhigen, mit der Einsicht fertigwerden, dass sie verloren hatten.

Um Energie zu sparen, hatten sie die Lampen abgedreht, sie lagen auf dem Rücken, hielten sich an den Händen und warteten ab, wie ihr Bewusstsein auf die neue Lage reagieren würde. Sie hofften auf eine letzte Phase der Erholung, ein letztes Aufbäumen gegen das Unabwendbare, doch genauso gut konnten sie sich hier und jetzt in ihr Schicksal fügen.

Es war absolut still und stockfinster. Ihre Körper waren leicht, allmählich stellte sich das Gefühl des Schwebens ein. In ihrer Bewegungslosigkeit hatte der Tastsinn keine Signale mehr zu registrieren; wo sich nichts verändert, dort steht die Zeit still, und jede Art von Existenz löst sich in Nichts auf ...

Mars, zehnter Tag

Erst nach Stunden regte sich Alf wieder, irgendetwas hatte ihn geweckt.

Er spürte eine Berührung, hörte Sylvies Stimme. »Lass dich nicht stören. Schlaf weiter, ruh dich aus. Mach dir keine Sorgen, alles wird gut werden. Irgendjemand wird uns helfen. Wir werden ins Innere kommen, diese Barriere kann uns nicht aufhalten. Nur noch kurze Zeit, dann werden sich alle Probleme lösen ...«

Alf wollte sich aufrichten, wollte Fragen stellen, doch Sylvie drückte ihn sanft auf sein Lager zurück. »Sag jetzt nichts. Stell dir vor, wie glücklich wir sein werden, wenn wir endlich am Ziel sind. Da können wir die Anzüge ablegen, da können wir frei atmen ... denk an nichts anderes, entspann dich ...«

Es war angenehm, wenn jemand angab, was zu geschehen hatte. Und was sie ihm riet, sollte ihm leichtfallen ... Sylvies Rat folgen, noch etwas schlafen ...

Wie viel Zeit war vergangen? Noch immer diese lähmende Müdigkeit ... alle Energiereserven restlos versiegt – Alf konnte sich zu keiner Bewegung aufraffen.

Er lag auf nacktem Fels, der hart war und eiskalt.

Im Schein seiner Helmlampe sah er weiße Flocken wirbeln, dahinter lag ein schwarzer Abgrund. Er war allein, auf einem schmalen Vorsprung an der Felswand, und er wusste, dass er hier ohne fremde Hilfe abstürzen oder erfrieren würde.

Er hatte schon vorher um Hilfe gerufen, und er versuchte es wieder. »Hilfe! Ich brauche Hilfe. Lasst mich ein, öffnet die Tür!«

Da gab es doch irgendwo eine Tür, und dahinter geheizte Räume und Licht!

Er tastete die Felswand ab – da war keine Tür.

Alf musste weiter warten, ohne Hoffnung, ohne Sinn …

Blendender Lichtschein glitt über ihn, die gleißende Helligkeit zwang ihn, die Augen zu schließen. Etwas griff nach ihm, packte ihn … Er fühlte sich emporgehoben, kein Boden mehr unter den Füßen. Ein Wiegen und Schwanken, das ihn schwindlig machte.

Wo war er? Was war geschehen? Er zwinkerte mit den Augenlidern, und das war die erste Regung seines Körpers, die er wieder veranlassen konnte. Doch es nützte nicht viel … als ob sich eine diffuse Masse auf seine Netzhaut gelegt hätte …

Jetzt spürte Alf wieder sein eigenes Gewicht, und er vermochte seine Position im Raum festzustellen: Er befand sich in Schieflage, in unregelmäßiger Folge wurde er ein Stück angehoben, um dann gleich darauf wieder tiefer zu sinken … man trug ihn, ja, anders war es nicht zu deuten.

Die Sicht war noch immer trüb, doch das gleichmäßige Grau differenzierte sich, nun traten helle und dunkle Flecken auf, sie bewegten sich, sie verrieten ihm, in welche Richtung es ging, horizontal, aufwärts, abwärts … Ein leises Holpern, ein Schnattern ganz in der Nähe, und nun nahm einer der dunklen Flecken Profil an, mit verschwommenen Rändern zwar, doch deutlich genug: Es war ein unheimliches Wesen, er musste es schon irgendwo gesehen haben. Ein Tier … allem Anschein nach ein Tier. Und da waren noch andere.

Eines dieser Tiere trug ihn, er war in einem Kokon eingeschlossen, einem Kokon aus einer zähen, nachgiebigen, klebrigen Masse.

Jetzt ein Wechsel in seiner Wahrnehmung: Änderung im Geräuschhintergrund, Erschütterungen, man brachte ihn in horizontale Lage, der Kokon wurde abgelöst. Er lag auf einer weichen Unterlage, war jedoch noch immer zu keiner selbstständigen Regung fähig, und das war verständlich, denn über seine Brust war ein Bügel gelegt, ebenso über sein Becken, und auch die Arme und Beine steckten in wattegefütterten Schellen.

Das Erste, was er deutlich erkennen konnte, war eine Lampe, die sich auf sein Gesicht richtete. Rund um ihn herum Menschen mit Chirurgenmasken, die sich zu ihm hinunterbeugten. Eine Hand hob seinen Kopf an, und ein Ring aus kaltem Metall wurde auf seinen Schädel gesetzt. Er hörte ein Surren ... eine Bohrmaschine? – eine Knochensäge? Alf wollte etwas sagen, etwas fragen, aber seine Stimmbänder gehorchten ihm nicht. Er wollte um sich schlagen, doch er war gelähmt. Er hatte schreckliche Angst.

Er hörte ein Surren, spürte, wie etwas über seine Kopfhaut glitt, und er sah, dass Haare vor seinen Augen hinunterfielen. Dann machte sich jemand an seinem Arm zu schaffen, und er spürte einen Einstich. Das Letzte, was er sah, war das Licht, das schwächer und schwächer wurde ... Dann nichts mehr.

Als er erwachte, befand er sich in einer Kammer mit gelben Wänden, er lag auf einem Bett, an der Kopfseite hinaufragende Streben, und daran eine Tafel mit chinesischen Schriftzeichen.

Jemand, der hinter ihm stand, stützte ihn, und jemand vor ihm versuchte, ihm eine warme, fade schmeckende Flüssigkeit einzuflößen. Dann erschien in seinem Blickfeld das Gesicht einer Frau, asiatische Gesichtszüge, ein paar schwarze Strähnen, die unter einem am Kinn festgebundenen Häubchen hervorragten.

Jetzt konnte er wieder sprechen. »Wo bin ich?«, fragte er.

Die Frau schüttelte den Kopf, sie lachte und sagte etwas zu ihm, es mochte Chinesisch sein oder sonst etwas, und er verstand nichts davon. Doch sie löste seine rechte Hand aus der Umklammerung und drückte ihm eine Tasse in die Hand ... – ob er nicht selbstständig trinken mochte, sollte das bedeuten. Das Angebot war verlockend. Alf sehnte sich nach Bewegungsfreiheit, und jetzt war sie ihm wiedergeschenkt. Er ergriff die Tasse, führte sie an den Mund und trank. Die Flüssigkeit schmeckte mehlig, kleine Bröckchen schwammen darin, vielleicht Teigknöllchen oder Reis. Jedenfalls fühlte er sich durch das Getränk auf angenehme Weise gestärkt, und er deutete an, dass er mehr davon wollte.

Nun kam auch die andere Krankenpflegerin in sein Gesichtsfeld, sie trug einen blau glänzenden, mit eingestickten Singvögeln verzierten seidenen Mantel. Sie wandte sich ihm zu, sprach einige Worte, und an der abwehrenden Bewegung merkte er, dass man ihm nichts mehr geben wollte. Er lächelte sie trotzdem an, und die beiden Frauen verließen den Raum.

Waren Stunden oder Tage vergangen? Es gab keinen Wechsel von Licht und Schatten und somit keine Möglichkeit, die ablaufende Zeit einzuschätzen. In unregelmäßigen Abständen wurde er versorgt, bald gab es auch feste Nahrung, und außerdem waren die Schwestern bemüht, ihn zu waschen, ihm die Zähne zu putzen und auch alle weiteren hygienischen Anforderungen zu erfüllen.

Natürlich versuchte Alf, Fragen zu stellen, er deutete an, dass er aufstehen und den Raum verlassen wollte, doch ob sie ihn nun verstanden oder nicht – lange Zeit geschah nichts, und seine Ungeduld stieg bis zu gelegentlichen Anfällen von Wut. Die Schwestern beobachteten es mit Interesse, sie lächelten und tuschelten, sie schüttelten die Köpfe und verließen das Zimmer – das war der einzige Erfolg seiner Ausbrüche.

Endlich schien sich eine Änderung seiner Lage anzudeuten, denn ohne jede Vorankündigung ertönte eine Stimme aus dem Lautsprecher, zuerst wieder auf Chinesisch, doch dann auf Basic-Englisch; es klang zwar ein wenig fremdartig, war aber zu verstehen: »Die Quarantäne ist heute um vier Uhr Nachmittag beendet. Die Pflegerinnen haben dir einen Schlafanzug bereitgelegt, du kannst dann das Zimmer verlassen. Geh in den Kommandoraum, zur Aufnahme der Personalien. Ausweise und Zeugnisse sind mitzubringen.«

Als Alf, wie schon so oft, an den Bügeln zerrte, fühlte er keinen Widerstand mehr und konnte sich von seinem Lager erheben. Plötzlich wurde er von Schwindel erfasst, er musste sich mit den Händen an der Bettkante abstützen, um sich ein wenig zu erholen.

Jetzt fühlte er sich schon besser. So wie die Stimme mitgeteilt hatte, lagen Kleidungsstücke bereit, er zog sich zunächst Socken und Hose an. Er war neugierig, und in seine Neugier mischte sich Ungeduld. Er ging zur Tür, drückte die Klinke nieder... doch die Tür war immer noch verschlossen. Vier Uhr, das hatte man ihm mitgeteilt, aber er wusste ja nicht, wie spät es war.

So trat er zunächst an ein Waschbecken, das in eine Nische in der Wand eingelassen war. Als er den Drehknopf am Hahn betätigte, kam nur ein schwacher Strahl von lauwarmem Wasser heraus, aber er war doch froh darüber, sich wieder selbst waschen zu können. Und neben der Waschgelegenheit gab es sogar eine winzige, vom übrigen Raum abgetrennte Toilette.

Als Alf sich gereinigt hatte, fühlte er sich wieder müde. Nun zog er noch die Jacke an und setzte sich aufs Bett, eine graue Matratze auf einem Bambusgestell. Er wartete mit unterdrückter Ungeduld. Immer wieder stand er auf, versuchte die Tür zu öffnen, aber vorderhand ohne Erfolg. Doch als nach einer Zeitspanne, die ihm unbarmherzig lang vorkam, ein Gongschlag ertönte, nahm er das als Zeichen für das Ende seiner Isolation. In wenigen Sätzen war er an der Tür... sie ließ sich öffnen.

Er trat hinaus, stand auf einem Gang, wandte sich willkürlich nach rechts... Das Gehen bereitete ihm Mühe, er war schwächer, als er es selbst eingeschätzt hatte, und auch sein Bewusstsein war längst noch nicht frei – selbst die wenigen Eindrücke, die er im Gang gewinnen konnte, die Lampen, weitere Türen zu beiden Seiten, Schrifttafeln auf den Türrahmen, genügten, um ihn zu verwirren, und er hatte Mühe, weiterzugehen.

Da stand eine Tür offen, er blickte kurz hinein: Zwei Männer in goldglänzenden, bis über die Hüften reichenden Jacke standen einander gegenüber. Sie hatten Schwerter in den Händen, die sie gerade senkten; dann verbeugten sie sich, ohne ein Wort zu sprechen, tief und ehrfurchtsvoll voreinander.

Hinter Alf ein Geräusch, er blickte sich um ... da stand Ramses.

»Rasch weg von hier«, sagte er aufgeregt. Er packte Alf am Ärmel und zog ihn mit sich fort. Inzwischen waren die Chinesen auf die beiden heimlichen Zuschauer aufmerksam geworden, sie hoben ihre Schwerter und liefen den Flüchtenden hinterher.

Alf und Ramses kamen durch lange Gänge, liefen eine Treppe hinunter, gerieten in ein Gewölbe und wieder in einen Gang ... Es wurde immer dunkler, das Licht ihrer Helmlampen war zu schwach, um die Räume auszuleuchten. Da und dort blinkte es – wahrscheinlich Tropfsteine an der Decke.

An einer Biegung blieben sie stehen, verschnauften kurz, horchten ... Von den Verfolgern war nichts mehr zu hören. »Wir haben sie abgeschüttelt«, stellte Ramses fest. »Wir sind in Sicherheit.«

»Ja«, antwortete Alf. »Aber wir sind in die Höhle geraten. Wie kommen wir wieder heraus?«

Ramses leuchtete rundum, da und dort tauchten vage Umrisse von Felsformationen auf, dahinter eine tintige Schwärze. Schließlich richtete er den Lichtkegel nach oben, und da bemerkten sie mehrere Öffnungen an der Decke.

Ramses deutete hinauf. »Das sind Lavaröhren, sie führen direkt ins Freie«, meinte er. »Das könnte die Rettung sein. Aber wie kommen wir da hinauf?«

»Keine Chance«, bemerkte Alf. »Diese Röhren sind zu eng.

Selbst wenn wir irgendwie hinaufklettern könnten ...« Er führte den Satz nicht zu Ende.

Ramses setzte sich auf einen Lavablock, und Alf ließ sich neben ihm nieder.

Sie schwiegen. Es gab nichts mehr zu sagen.

Das Licht der Lampen wurde allmählich schwächer, und um Energie zu sparen, schalteten sie die Lampen aus. Und als sich ihre Augen an die Dunkelheit gewöhnt hatten, sahen sie über sich einen weit gewölbten Himmel voller Sterne. Er war von einer Zackenlinie begrenzt, unter der sich tiefes Schwarz ausbreitete. Auf einer Seite war das charakteristische Profil der Sternwarte zu erkennen, daneben der Schirm, mit dem der Funkverkehr fremder Intelligenzwesen aufgefangen werden sollte ...

Alf merkte, dass sich seine Sinne verwirrten. Wo befand er sich? Rasch tastete er nach seiner Helmlampe, aber er fand sie nicht.

Dann erinnerte er sich: Er war in der Höhle.

Aber wo war Sylvie? Und er fragte, zuerst leise, dann laut: »Wo ist Sylvie?«

Da rührte sich etwas. Ein trüber Schein tauchte neben ihm auf, eine diffuse Wolke, greifbar nahe. Ein Gesicht. Sylvies Gesicht. Ihr Anblick war beruhigend. Sie lächelte ihn an. Was war geschehen?

Er erkundigte sich: »Wo bin ich? Was ist passiert?«

Alf fühlte Sylvies Hand auf seinem Arm. Es hatte etwas ungemein Beruhigendes.

»Nichts ist geschehen. Du hast geträumt. Ich habe dich im Schlaf beobachtet. Erst warst du unruhig, musst einiges erlebt haben. Was hast du geträumt, Alf? Bitte, erzähl es mir ...«

Es hörte sich drängend an. Und plötzlich verstand er – Sylvie hatte es mit einer Traumanalyse versucht: vergessenes Wissen wiederbeleben, die Chancen zur Rettung vergrößern ... Sie hatte ihm zugeredet, hatte ihn beobachtet. Sie hatte zugesehen, wie seine Augen zuckten, wie sein Gesichtsausdruck wechselte, wie sein Körper Bewegungen andeutete – die unwillkürlichen Reaktionen des Miterlebens ...

Hatte sich dabei etwas Brauchbares ergeben? Er dachte angestrengt nach, und da tauchten Bilder auf ...

»Sylvie«, rief er. »Ja, ich habe geträumt – wirres Zeug, unlogisch, verrückt. Aber warte einen Augenblick – es fällt mir wieder ein ...«

»Lass dir nur Zeit«, sagte Sylvie, aber Alf brauchte nicht mehr lange nachzudenken – die Erinnerungen stellten sich nun von selbst ein.

»Stell dir vor«, sagte er. »Ich war dort drinnen, in der Festung der Chinesen. Da waren die Heuschrecken, die mich gerettet haben. Und später Ärzte, die mich operieren wollten. Dann haben mich chinesische Krankenschwestern betreut. Zuletzt habe ich Ramses getroffen, wir mussten vor chinesischen Schwertkämpfern fliehen ...«

Er war ihm eine Genugtuung zu beobachten, wie der Ausdruck der Enttäuschung aus Sylvies Gesicht wich, wie sie ihn erwartungsvoll ansah.

Dann konzentrierte sich Alf voll und ganz auf die Aufgabe, das Geschehen seines Traums zu rekapitulieren. Er berichtete, er kommentierte, er beschrieb alles, was ihm einfiel, so gewissenhaft, ausführlich und präzise wie möglich.

Erst als er geendet hatte, wurde er wieder unsicher. Sollte in diesem bizarren Produkt seiner Phantasie wirklich ein brauchbarer Anhaltspunkt zu finden sein?

»Ich fürchte, mit diesem Unsinn ist nicht viel anzufangen«, setzte er hinzu.

Sylvie ging nicht darauf ein. Sie schien angestrengt nachzudenken.

Doch bald darauf rief sie: »Da fällt mir etwas ein!« In ihrer Stimme schwang Hoffnung mit.

Alf nickte ihr zu. »Wirklich? Etwas, was uns hilft?«

Sylvie zögerte ein wenig, sie schien selbst nicht ganz sicher zu sein. »Ich weiß nicht, ob es uns hilft«, erklärte sie. »Man darf von der Traumanalyse keine gebrauchsfertige Lösung erwarten. Aber sie kann Anregungen geben, und danach suche ich.«

»Und hast du schon eine Idee?«

»Wir sollten es noch einmal mit Funksignalen versuchen«, sagte Sylvie. Sie stockte wieder, denn Alf schüttelte den Kopf.

»Das haben wir doch schon probiert. Es führt zu nichts, die Funksignale aus dem Helm können die Felsenschicht nicht durchdringen.«

»Das ist es ja eben«, erwiderte Sylvie. »Diese Szene in der Höhle ... der Platz unter den Röhren, die hinaus ins Freie führen. Hier ist die Felsschicht nicht geschlossen, sondern es gibt Verbindungen zur Außenwelt. Und die überdeckende Schicht ist dünn – das hast du mir selbst erklärt. Kurz und gut: Wenn wir uns unter die Röhren stellen, dann sollte doch immerhin so viel von den Funkwellen nach außen dringen, dass man sie empfangen kann.«

Es entstand eine Pause, denn Alf ließ sich den Gedanken durch den Kopf gehen.

»Und wer sollte die Signale aufnehmen?« Die Frage klang jetzt nicht mehr so skeptisch wie seine früheren Einwände.

Sylvie zögerte ein wenig mit der Antwort. Dann sagte sie: »Ich denke an diese seltsame Vision, die du beschrieben hast: das Bild des Sternenhimmels, und der Gedanke an die Antenne, mit der Signale von Aliens aufgefangen werden sollen ... Diese Anlage fängt doch die schwächsten Signale aus den Fernen des Weltraums auf ... da müsste sie doch auch unsere Funkwellen empfangen.«

Alf überlegte kurz, dann sagte er: »Das ist ein fantastischer Gedanke. Aber er ist einen Versuch wert. Immerhin gibt es draußen auch noch andere Radiostationen, beispielsweise jene für den Nachrichtenaustausch mit der Erde. Ich bin dafür –

ich glaube, wir haben eine Chance. Komm, bis zum Platz mit den Deckenlöchern ist ja nicht weit.«

Sie standen auf. Jetzt sahen sie wieder eine Möglichkeit zu handeln, etwas für ihre Befreiung zu tun. Hunger und Müdigkeit waren vergessen.

Nach wenigen Minuten waren sie angelangt.

»Was sollen wir senden?«, fragte Alf. »Es muss etwas sein, was das automatische Auswertesystem verstehen kann.«

Sie überlegten kurz, dann trat Sylvie vor und legte Alf eine Hand auf die Schulter. »Gab es da nicht einmal ein Zeichen, das man im Funkverkehr verwendete, um nach Hilfe zu rufen? Ich erinnere mich dunkel, es kam mehrfach in den alten Filmen vor. Wenn es um Seefahrer ging, aber mir ist so, als hätte ich es auch schon in Verbindung mit Raumfahrt gehört ...«

»War das nicht das Funksignal SOS? Drei Buchstaben: ›Save Our Souls‹ – es stammt aus der Zeit der Telegraphie, als man sich mit Morsezeichen verständigte, und es war später, zur Zeit des Sprechfunks, immer noch in Gebrauch, da es durch seinen Rhythmus leicht erkennbar war: dreimal kurz, dreimal lang, dreimal kurz.«

»Genau«, rief Sylvie, und ihre Stimme klang hoffnungsvoll. »Das kriegen wir schon irgendwie hin.« Und sie versuchte, die langen und die kurzen Zeichen mit Pfiffen zu imitieren.

...---... ...---... ...---...

Auf einmal knackte es in den Lautsprechern, und kurz darauf kam eine leise, aber deutliche Antwort, die nur einen Schönheitsfehler hatte: Sie war in einer fremden Sprache formuliert, sicherlich Chinesisch, und so konnten sie den Sinn nicht erfassen. Aber das spielte im Moment keine Rolle, sie waren überglücklich, den Kontakt hergestellt zu haben, und dann versuchte es Sylvie auf Basic-Englisch, das derzeit die einzige in praktischem Gebrauch stehende Sprache war, doch auch schon früher, für internationale Kommunikation, verwendet worden war.

»Wir brauchen Hilfe. Wir befinden uns im Bereich der Kellerräume, im Höhlenraum vor dem Durchgang. Er ist durch eine Metallplatte verschlossen. Unsere Vorräte sind fast aufgebraucht, bitte rettet uns.« Sie sprach mit fester Stimme, langsam und deutlich, und nach einer kurzen Pause wiederholte sie ihre Bitte um Hilfe.

Nun lauschten beide gespannt, und schon kam die Furcht wieder auf: dass auch diesmal wieder alles vergeblich war... Sie erhielten keine Antwort.

Doch da gab es ein Geräusch, es war leise, kam aus der Ferne... Es war nur ein kurzer metallisch klingender Schlag – so wie wenn etwas einrastet...

Wie auf ein unhörbares Kommando hin setzten sie sich in Bewegung, liefen den Weg wieder zurück. Und sie trauten ihren Augen nicht: Der Eingang stand offen, die Metallplatte war irgendwo in der Wand verschwunden.

Jetzt dachte sie nicht mehr an feindlich gesinnte Marswesen oder bewaffnete Roboter. Sie nahmen ihr Gepäck auf und traten ein...

Sie befanden sich im Inneren einer horizontalen, mannshohen Röhre, die Wände aus matt schimmerndem Metall, die gegenüberliegende Seite wieder mit einer Panzerplatte verschlossen. Es war eine Schleuse!

Das war ein gutes Zeichen, deutete es doch darauf hin, dass sie in den anschließenden Räumen mit menschenfreundlichen Bedingungen rechnen durften: mit atembarer Luft, mit dem Druck einer Atmosphäre und mit erträglicher Temperatur – Voraussetzungen dafür, dass sie wirklich gerettet waren. Eine himmlische Vorstellung: die lästigen Hüllen abzulegen, frei zu atmen, unbehindert zu essen und zu trinken und den hygienischen Anforderungen Rechnung zu tragen.

So weit war es noch nicht, noch hatten sie ihre lästigen Anzüge an, und doch änderte sich etwas, was sie nicht gleich definieren konnten ... es waren die Geräusche, die nun von außen zu hören waren, die sie von der Luft getragen erreichten und, wenn auch noch durch den Stoff der Anzüge gedämpft, zu ihren Ohren drangen.

Kurze Zeit darauf glitt auch die innere Metallplatte beiseite, und schon während sie hindurchtraten, nestelten sie an den Helmabdichtungen, die wie ausgestülpte Krägen ihre Hälse umschlossen. Keinen Moment zweifelten sie daran, dass sich ihre Erwartungen erfüllen würden. Und sie behielten Recht: Die Temperatur war angenehm, ein wenig kühl vielleicht, aber erträglich! Jedenfalls war es etwas wohltuend anderes als das, was sie in den letzten Stunden eingeatmet hatten. Und sie sogen gute Luft in die Lungen, eine Luft, die vielleicht ein wenig muffig roch, sich aber mühelos einatmen ließ – sie regte ihre Lebensgeister merklich an. Nach einer unendlich lang scheinenden Zeit waren sie wieder in eine menschenfreundliche Umgebung gekommen, und sie empfanden es als Befreiung.

Eine Insel menschlicher Behaglichkeit inmitten der lebensbedrohenden Umgebung des fremden Planeten ... dieser Szenenwechsel hatte sie in den ersten Minuten ihres Aufenthalts in der Festung voll beansprucht. Allmählich beruhigten sich ihre Gemüter, sie blickten sich um. Genau genommen sah die Örtlichkeit, in der sie sich nun befanden, nicht gerade einladend aus, aber auch das war im Grunde genommen nebensächlich.

Ein langgestreckter Raum von unregelmäßiger Form – an den Wänden buckelartige Ausbeulungen, an den Decken Rippen und dazwischen glatte Flächen, einige eben, andere sattelförmig ... das Material hatte keine Ähnlichkeit mit technisch bekannten Baustoffen, es war trüb-durchsichtig und wies einen matten Glanz auf. In jenen Bereichen, wo die Wände in die Decken übergingen, liefen gelbgrüne Leuchtbänder dahin, die nicht gerade strahlende Helligkeit hervorriefen, aber doch für eine ausreichende Beleuchtung sorgten.

Sylvie und Alf hatten genug gesehen, sie fassten sich an den Händen und brachen auf, um auch die weiteren Teile der Anlage in Besitz zu nehmen – so empfanden sie es in ihrem Überschwang.

Erst nach und nach erwachte ihr Kritikvermögen und mahnte zur Vorsicht. Trotz aller Begeisterung befanden sie sich in einem unbekannten, unter Umständen sogar feindlichen Territorium, und so meldeten sich wieder solche Gefühle, die der Situation besser angemessen waren als vorbehaltlose Begeisterung. Nun war die Zeit der Träume endgültig vorbei – die Realität hatte sie wieder erfasst.

Als sie weitergingen, war ihnen nicht mehr ganz so wohl wie vorher. Sie sprachen es nicht aus, aber beide hatten das Gefühl, dass ihnen hinter jeder Ecke etwas auflauern könnte, eine Schar bewaffneter Chinesen, ein Schwarm von Androiden mit Stelzbeinen und Kugelaugen oder Kampfmaschinen mit Giftschleuder und Laserschwert. So bewegten sie sich ein wenig zaghaft, und schon ein Anflug von Stimmen oder ein bewegter Schatten hätte sie in Panik versetzt. Indem sie die uralten Schreckgespenster der Horrorfilme hervorholte, ging ihre Phantasie zweifellos zu weit, aber in gewissem Sinn war das, dem sie nun ausgeliefert waren, weitaus bedenklicher als hinter Ecken lauernde Ungeheuer: ein automatisch gesteuertes, unmenschliches System. Es war bedenklich, weil sie keine Vorstellung davon hatten, wie es auf ihr Eindringen reagieren würde.

Auch zu der Zeit, als diese Anlage gebaut worden war, hatte es schon Automaten gegeben, die mit den Programmen der künstlichen Intelligenztechnologie gesteuert wurden, vernetzte Telesysteme, von flexiblen Zentren gesteuert, künstliche Intelligenz von beachtlicher intellektueller Potenz. Damals hatte sich ja gerade der Übergang vollzogen, der aus einer zweigeteilten Welt mit zwei einander feindlich gegenüberstehenden Hälften eine schicksalhaft verbundene Gemeinschaft gemacht hatte, die einträchtig den Übergang zum Glücklichen Zeitalter vollzog. Dieser Automat, dem man hier die Organisation überlassen hatte, war sicher noch nicht so modern wie Barbie Brain, das System, dem derzeit auf der Erde die Regierungsaufgaben oblagen, aber zur Verwaltung dieses Bunkers schien es durchaus zu reichen. Und überdies gab es ein Gefühl der Sicherheit, sich wieder in der Obhut einer übergeordneten Intelligenz zu befinden.

Die Räume, die sie jetzt durchquerten, hatten nur beschränkte Ähnlichkeit mit Kellerräumen, wie sie normalerweise im untersten Geschoß eines Gebäudes zu finden waren. »Offenbar sind wir in der Fortsetzung des Ganges, durch den wir gekommen sind«, meinte Alf. »In der Pionierzeit hat man die Höhlenräume durch eine ganz einfache Maßnahme für Menschen erträglich gemacht ... man brauchte dazu nur lange, sackartig geformte Folien, die dann mit Luft gefüllt wurden. Dabei schmiegten sie sich von selbst an die Wände der Hohlräume an. Das genügte, um den Aufenthalt von Menschen zu ermöglichen. So ähnlich ist man auch hier vorgegangen, nur mit etwas verbesserten Mitteln.«

»Und hier, schau ...« Alf zog Sylvie am Arm zu sich und deutete auf die Folie. »Diese Lamellen ... ich wette, es sind Heizdrähte.« Er legte die Hand darauf, nickte, dann nahm er Sylvies Hand und drückte sie an den glatten Stoff ...

»Ja, ich spüre die Wärme«, konstatierte sie.

Auch der Boden war der menschlichen Bewegungsart notdürftig angeglichen worden, Vertiefungen waren mit Schaumstoff aufgefüllt, in der Mitte ein grauweißer, mehrfach geschlängelter Streifen, der von einer leicht gewellten Matte überzogen war.

Die hintersten Räume, durch die sie diesen Bereich betreten hatten, waren leer gewesen, doch nun schienen sie sich den ehemals häufig genutzten Teilen der Anlage zu nähern. An der Wand aufgereiht standen einige Gyroschlitten für den Transport schwerer Lasten. Im nächsten, etwas erweiterten Gangabschnitt stießen sie auf Gegenstände des täglichen Gebrauchs. Da gab es Blechkanister, wie man sie für die Aufbewahrung von Chemikalien oder technisch verwendeten Flüssigkeiten einsetzt, übereinandergestapelte Kisten, dann wieder Regale, in denen Stapel von Dämmplatten und Metallgittern bis zur Decke aufgeschichtet waren. Depoträume, wahrscheinlich selten betreten, aber von bestürzender Trivialität – nicht viel anders sah es in Kellergeschossen auf der Erde aus.

Endlich trafen Alf und Sylvie in einer Halle ein, die sich von den vorhergehenden Räumen deutlich unterschied. Sie endete mit einem riesigen, schlecht beleuchteten Dom. In etwa fünf Metern Höhe war dort eine Terrasse zu erkennen, die man über eine freitragende Treppe erreichen konnte. Und darüber waren weitere Decken eingezogen, von dünnen Säulen gestützt.

Das, was sie von unten für eine Terrasse gehalten hatten, war nur eine schmale Plattform, von der es weiter aufwärts ging. Infolge der Größe des Raums reichte das Licht der an den Wänden angebrachten Leuchtbänder nur noch gedämpft hierher, und sie gerieten in eine dunkle Zone, in der sie die Treppenstufen und das Geländer kaum noch sahen, sondern sich tastend orientieren mussten. Schon bei leichten Berührungen begann das Gestänge bedenklich zu schwanken ... Alles zusammen rief bei beiden ein unangenehmes Schwindelgefühl hervor. Sie mochten 20 oder auch 30 Meter aufgestiegen sein, ehe sie wieder den festen Boden eines Stockwerks unter den Füßen hatten.

Da war es hinreichend hell: Die Leuchtbänder, die auch hier als Lichtquellen dienten, waren breiter und spendeten ein intensives blaustichiges Licht. Es folgten Räumlichkeiten, die für eine normale Benutzung durch Menschen vorgesehen schienen. Von Reminiszenzen an Kellerräume oder Höhlen war hier keine Rede mehr – Wände und Decken aus Beton, auf dem Boden ein dunkelblauer, weicher Belag. Nur eine Seite war offen und mit einem Geländer abgeschlossen. Ein Blick hinunter, zur Bodenpartie des Doms, unterstrich die Höhe, die sie erreicht hatten, und von da aus war auch zu erkennen, dass sich der hochstrebende Raum, aus dem sie gekommen waren, noch ein ganzes Stück weiter nach oben fortsetzte, ehe er sich im Dunkeln verlor. Offenbar befanden sie sich noch unterhalb der Marsoberfläche, in den tieferen Teilen der Festung, aber die Anlage setzte sich zweifellos auch noch ein ganzes Stück nach oben, über die Oberfläche hinaus, fort. Alf und Sylvie atmeten auf: Vieles war anders verlaufen, als sie es sich vorgestellt hatten, aber immerhin waren sie am Ziel angelangt.

An der Wand standen einige Stühle, und in stillem Einverständnis nutzten sie die Gelegenheit, ihre Rucksäcke mit den zusammengelegten Schutzanzügen abzustellen und sich ein wenig zu erholen. Und bald meldete sich auch der Hunger, sie hatten ja einen Tag lang nichts Festes mehr zu sich genommen, und so öffneten sie eines der mitgebrachten Lebensmittelpakete und aßen mit wachsendem Appetit.

Es war ein angenehmes Gefühl, sich in einer annähernd normalen Umgebung zu befinden, doch immer wieder erinnerten sie sich an ihre ungeklärte Situation, und dann blickten sie sich unruhig um. Noch konnten sie sich nicht von dem Gedanken an eine unangenehme Überraschung lösen.

Als sie ihre Mahlzeit beendet hatten, waren sie zur Fortsetzung ihrer Bestandsaufnahme bereit – trotz der noch keineswegs überwundenen Müdigkeit spürte keiner von ihnen das Bedürfnis, sich hier länger aufzuhalten, dazu war ihre Unruhe zu groß.

Ihre Uhren zeigten vier Uhr Nachmittag, doch was bedeutete das schon? Durch die lange Periode der Dunkelheit, die sie hinter sich hatten, war ihr Tag- und Nachtrhythmus durcheinandergekommen.

Sich nach allen Seiten umsehend gingen sie Schritt für Schritt vorwärts. Doch schon bald hielten sie in einem quadratischen Raum, von dem mehrere Gänge abführten. Auf der rechten Seite war eine Schiebetür zu erkennen, daneben, an der Wand, ein Schild mit chinesischen Schriftzeichen; darüber befanden sich zwei Druckknöpfe, der eine mit einem Pfeil nach oben, der andere mit einem Pfeil nach unten gekennzeichnet. Endlich deutete sich ein wenig Komfort an, denn zweifellos war das die Rufanlage für einen Lift.

Alf überlegte kurz, dann sagte er: »Ich schlage vor, wir bleiben zunächst in dieser Etage. Nehmen wir uns doch gleich diesen Gang vor«, er zeigte in die vor ihnen liegende Fortsetzung. »Er ist etwas geräumiger als die anderen.«

Auch hier Lichtbänder an der Decke, sonst war der Gang leer. Er führte mit einer leichten Krümmung nach links weiter. Von Zeit zu Zeit kamen sie an Türen vorbei, die mit altmodischen Klinken versehen waren und sich als verschlossen erwiesen. Noch einige Schritte, dann eine Biegung nach links, und dann noch eine. Auch hier wieder verschlossene Türen ...

Und dann standen sie plötzlich wieder in dem Raum mit dem Zugang zum Aufzug.

»Nirgends eine Treppe«, konstatierte Sylvie, doch als sie weitersprechen wollte, hinderte sie Alf mit einer Handbewegung daran.

Es war ein leises Rauschen, das aus der Lifttür zu kommen schien, und als sie sich hinwandten, sahen sie dort ein Lämpchen blinken ... Unwillkürlich traten sie einige Schritte zurück – stand ihnen nun die Begegnung mit den Bewohnern der Festung bevor, mit der sie schon die ganze Zeit gerechnet hatten?

Das Rauschen verstärkte sich ... und wurde wieder leiser.

Und kurz darauf war ein leises, dumpfes Geräusch zu hören, diesmal kam es aus dem Verbindungsgang zum Dom, aus dem sie zuvor gekommen waren. Da hatte sich jemand zur untersten Etage bringen lassen und dort den Lift verlassen.

Wie auf ein Zeichen hin liefen sie los, sie bemühten sich, leise zu sein. Mit höchster Vorsicht traten sie an das Geländer heran und spähten hinunter. Und da: eine Gestalt, die den Raum durchquerte ... trotz der spärlichen Beleuchtung war zu erkennen, dass es ein Mensch war, der eine graue oder gelbe Uniform trug, wobei ihnen insbesondere die große Ballonmütze auffiel. Er trug etwas Blinkendes in der Hand, das er wie eine Lampe vor sich hielt, das aber keinen Schein erzeugte.

»O du lieber Himmel«, flüsterte Sylvie, »ein Chinese!«

Alf bedeutete ihr, still zu sein ... er antwortete erst, als die Gestalt in einem Gang verschwunden war. Dann sagte er: »Was er da in der Hand hat, ist eine Schockpistole!«

»Also gibt es hier doch noch Chinesen!« – Sylvie konnte es kaum glauben. »Und er trägt eine Waffe. Vielleicht sucht er uns.«

Alf wiegte den Kopf ... »Ein Chinese, das ist unglaublich genug. Aber irgendetwas scheint nicht zu stimmen ...«

»Was meinst du?«

»Wieso ist er allein? Das widerspricht allen Regeln, wie sie für Soldaten oder Polizeibeamten gelten – bei solchen Gelegenheiten müssen sie mindestens zu zweit sein. Höchst unwahrscheinlich, dass er hier allein lebt.«

Sylvie wiegte nachdenklich den Kopf. »Und was sollen wir jetzt tun?«

»Solange er dort unten herumwandert, kann er uns nicht gefährlich werden. Ich halte es nach wie vor für wichtig, dass wir uns hier einen Überblick verschaffen.«

Sie gingen in den Raum mit dem Aufzug zurück, und Alf trat an die Tafel und drückte den herausragenden Knopf neben dem Lämpchen.

»Willst du wirklich den Lift benutzen?«, fragte Sylvie. »Damit verraten wir doch unseren Standort.«

»Warum nicht? Erstens sehe ich nirgends eine Treppe, also bleibt uns nichts anderes übrig. Und außerdem: Solange der Lift oben ist, kann niemand heraufkommen. Es gibt nur einen Aufzugsschacht. Wir fahren hinauf, und dann klemmen wir etwas in die Tür – was meinst du? So sitzt er unten fest.«

Alf hatte selbst ein wenig daran gezweifelt, ob man sich dem Lift anvertrauen durfte – doch gleich darauf war wieder das Rauschen zu hören, und schon schoben sich die beiden Metalltüren auseinander. Alf nickte Sylvie zu. Sie traten ein, der Innenraum war geräumig – ein Aufzug für den Transport von Lasten oder mehreren Menschen. Die Tür schloss sich hinter ihnen – was etwas Abschließendes hatte, und nun zögerte Alf doch.

Diesmal war es Sylvie, die sich über alle Bedenken hinwegsetzte.

»Fahren wir los?« Sylvie wartete die Antwort nicht ab und drückte den Knopf mit der Null. Die Kabine ruckte kurz und setzte sich in Bewegung. Sie lasen die auf dem Display aufleuchtenden Nummern ab. Die Skala begann bei –7 und setzte sich bis +4 fort, doch der Lift hielt wie gewünscht im Geschoss mit der Nummer Null. Die Türen öffneten sich, und sie traten hinaus.

Bevor sich die Türen wieder schlossen, stellte Alf schnell einen Fuß dazwischen, und Sylvie sah sich nach etwas um, mit dem man sie offen halten konnte.

»Das müsste passen!« Sylvie reichte Alf ihre Handlampe. »Hier ist alles beleuchtet, wir brauchen sie nicht mehr.«

Er schob sie in die Mitte zwischen die beiden Flügel der Schiebetür, und tatsächlich genügte das kleine Objekt, um zu verhindern, dass sich die Kontakte schlossen. Der Lift steckte fest.

Nun erst blickten sich die beiden um, und wie erwartet hatten sie die zentrale Etage erreicht. Hier deuteten sich zum ersten Mal Aktivitäten an: ein leises, auf- und abschwellendes Rauschen, ein leichtes Vibrieren des Bodens ... An der Wand gab es mehrere Tafeln mit Hinweispfeilen und dazu eine unverständliche Beschriftung. Nach einer Seite öffnete sich der Gang zu einer großen Halle. Die Geräusche wurden lauter.

»Das scheint ein zentraler Ort zu sein«, stellte Alf fest. »Hierher können wir jederzeit zurückkehren. Ich schlage vor, wir stellen unsere Rucksäcke hier ab. Ich habe genug davon, den Kram weiter herumzuschleppen. Ich nehme nur ein paar Dinge in der Umhängetasche mit. Wenn du willst, kann ich etwas für dich einstecken.«

Sylvie nahm seinen Vorschlag dankbar an. Vorsichtig wandten sie sich in die Richtung, in der sie den Ursprung der Geräusche vermuteten. Sie unterdrückten jeden Laut und schlichen durch das kurze Gangstück, dann standen sie an der Mündung eines großen Gewölbes. Es schien eine Art Fabrikhalle zu sein, ein unübersichtlicher Raum, durch hüfthohe Mauern in Parzellen unterteilt. Es war auffällig warm, in der Luft hing ein Geruch nach Seife.

In den Abteilen standen Maschinen mit Kolben und Rädern, metallene Gehäuse mit herausragenden Hebeln und vertieft angebrachten Anzeigen, die keinen Blick ins Innere zuließen, Schaltpulte mit Monitoren, Tastaturen und Messgeräten und vieles andere. Das alles dicht gedrängt, miteinander verschachtelt, unübersichtlich ... Anscheinend war hier mit Platz gespart worden. Nirgends ein Mensch oder irgendein anderes Wesen.

Das Rauschen entsprang der Tiefe der Halle, und als sich Alf und Sylvie wieder in Bewegung setzten, kamen sie in einen Bereich, in dem graue Stellwände den Zugang zu den Maschinen versperrten. Als Sylvie zu nahe an eine davon herankam, brach ein Stück ab und fiel zu Boden. Was fest ausgesehen hatte, war aus porösem Material gefertigt, Schaumstoff – was ja die einfachste Methode war, mit wenig Rohstoff auszukommen und dennoch Volumen zu erzeugen. Sie hatten wenig Zeit, weiter über technische Finessen nachzudenken, denn nun standen sie vor einer Anlage, die sich in Betrieb befand. In die Verkleidung waren Signallämpchen eingelassen, die rot und grün blinkten, hinter Glas flackerte Licht auf, das darunterliegende Gegenstände zu violetter Fluoreszenz anregte.

»Sieht aus wie eine Mikrowelle«, meinte Sylvie – immer noch mit gedämpfter Stimme.

»Eher wie eine Legebatterie«, gab Alf zurück, und damit schien er der Sache schon näher zu kommen, denn offensichtlich wurde hier etwas produziert. Das, was am linken Ende der Maschinerie aus einem Spalt herausrollte, waren weiche, braune Bälle, die auf einem wattierten Förderband zur nächsten Station gebracht wurden. Dort wurden sie mittels Greifzangen geöffnet und entfaltet – ein chirurgisch anmutender Vorgang. Mit etwas Phantasie konnte man Skelette erkennen, und als diese in der nächsten Station mit Anhängseln und Füllmaterial verkleidet wurden, verwandelten sich diese Gebilde Schritt für Schritt in jene absonderlichen Wesen, die sie als Heuschrecken bezeichnet hatten. Am Ende der Strecke, fein säuberlich aufgereiht, lagen rund ein Dutzend Ausfertigungen in Glasgefäßen, die ihren Körperformen angepasst waren.

Unwillkürlich blickten sich die beiden um – ob nicht aus dunklen Ecken lebendige Exemplare dieser Spezies auf sie zukämen, um sie in ihre Kokons einzuwickeln und zu entführen –, doch sie blieben unbehelligt, außer ihnen befand sich nichts Lebendiges im Raum, und die bionischen Körper in den Gefäßen wiesen noch keine Anzeichen von Leben auf.

Nun hatten sie eine Erklärung für die zunächst so unheimlichen Marswesen gefunden: Es waren künstliche Tiere, Zooide, in denen sich das Prinzip des Organischen mit jenem der Elektronik vereinte.

»Ich vermute, sie werden gelagert und bei Bedarf zum Leben erweckt«, sagte Alf leise, als hätte er ein Geheimnis aufgedeckt, das man nicht laut aussprechen durfte. »Das dürfte irgendwo in der Nähe geschehen. Ich werde nachsehen ...«

»Wir sollten uns hier nicht länger aufhalten«, sagte Sylvie, um den Wissensdrang von Alf ein wenig zu dämpfen. »Es muss doch irgendwo eine Zentrale geben, die wäre für uns wichtiger.«

»Du hast Recht«, bestätigte Alf. »Falls es überhaupt eine Zentrale gibt, dann sollte sie in diesem Geschoss sein.«

Sie verließen die schwüle Halle und wandten sich den ihnen noch unbekannten Gängen zu. Dabei stießen sie auf viele verschiedene Einrichtungen, deren Sinn sich ihnen nicht immer erschloss, aber darauf kam es im Moment ja nicht an. Jedenfalls gewannen sie allmählich eine gewisse Übersicht über die Örtlichkeit.

Schließlich wurden sie für ihre Ausdauer belohnt: Eine schmale Tür führte in einen Raum von halbkreisförmigem Grundriss, und hier fanden sie alle Ausstattungsstücke einer Zentrale: Schalttafeln, Monitore, Scanner, Drucker und so fort. Das alles sah ein wenig altmodisch aus, doch war ohne weiteres zu erkennen, welchen Zweck es erfüllte. An einer Korkwand waren einige Ansichtskarten festgepinnt, sie zeigten exotisch wirkende Städteansichten und Landschaften mit Menschen in chinesischer Tracht.

Wenn irgendwo eine Chance bestand, Verbindung mit einer leitenden Instanz aufzunehmen, dann hier. Zuerst versuchte es Alf über ein Mikrofon: »Ich wende mich an die Leitung dieser Station ... hört mich jemand? Hier sind zwei Menschen von der Erde, wir haben eine lange Fahrt hinter uns und sind dabei mit unserem Fahrzeug verunglückt. Wir danken dafür, dass man uns Einlass gewährt hat, und wir wären dankbar, wenn man mit uns Verbindung aufnehmen würde. Es gibt sicher einiges, was wir wissen sollten, wenn wir uns hier noch einige Zeit aufhalten dürfen ...«

Und tatsächlich war jetzt eine Stimme zu hören: »Die Station ist nicht besetzt, bitte folgen Sie den Regeln für Notfälle, zu finden in den Paragraphen 3716 und 3718 ... ich wiederhole: 3716 und 3718.« Die Antwort war in der internationalen Einheitssprache gekommen, derer sich auch Alf bedient hatte.

Inzwischen begutachtete Sylvie die Einrichtungen, und als sie die unbefriedigende Antwort gehört hatte, drückte sie auf einen Knopf und schaltete den Monitor ein. Er wurde hell, und zwar so langsam, als kostete es Mühe, die Pixel aufzuheizen. Das Ergebnis war eine trübe Ansicht, und man brauchte einige Sekunden, um wahrzunehmen, um was es sich handelte. Es war einfach ein Stück des Gangs, erkennbar an den die Decke entlanggeführten Lichtbändern.

Sylvie hatte neben der Eingabetastatur einen Joystick entdeckt, den sie nun ergriff und probeweise in verschiedene Richtungen bewegte ... sie bekam Ansichten von weiteren Gängen zu sehen, doch zwischendurch blinkten kurzfristig auch andere Bilder auf: Einblicke in verschiedene Räume. Da erschien ein chemisches Labor – darin mit Röhren verbundene Gefäße, in einem Kessel brodelte eine trübe Flüssigkeit. Dann war eine Küche zu erkennen, die aber nicht in Betrieb zu sein schien. Auch das war nicht sehr aufschlussreich, und so setzte sie ihre Suche fort. Sie geriet in einen Schlafsaal; die Betten schmal, platzsparend aneinandergerückt, sie mochten für eine Mannschaft von 20 Personen reichen. Die Bettwäsche sorgfältig zusammengelegt, mit einer dünnen Staubschicht bedeckt. Vermutlich war die Einrichtung seit langem unbenutzt.

Während Sylvies optischen Wanderungen wechselten Zahlenangaben auf einem kleinen Display, das neben dem Steuergerät ins Pult eingebaut war. Zuerst hatten Alf und Sylvie nicht darauf geachtet, doch dann stellte Alf fest, dass es sich um Ortsangaben handelte, wobei die erste Zahl, durch einen Schrägstrich von den anderen, dahinterliegenden getrennt, offenbar die Etage kennzeichnete. Diese Entdeckung ermöglichte es ihnen, von nun an gezielt vorzugehen.

Sie blieben noch eine Weile in der mittleren Etage und gingen dann zum nächsthöheren Geschoss über. Dort war ein ganzer Trakt der Versorgungstechnik gewidmet, ein durch eine Doppeltür verschlossener Raum enthielt den Fusionsreaktor – eher durch die Vielzahl von Warntafeln zu erkennen als durch die Form: ein relativ unscheinbarer Kessel hinter einer dicken Glaswand. In den Nebenräumen schien es um die Aufbereitung der Luft und verschiedene Recyclingprozesse zu gehen, und auch hier standen die Geräte ungewöhnlich dicht aneinander – die freigehaltenen Durchgänge reichten gerade noch für kleingewachsene Asiaten.

Und dann gelangten sie in einen langgestreckten Raum, den sie – weil er einen etwas düsteren Eindruck machte – zunächst für eine Vorratskammer hielten ... schon wollte Alf zur nächsten Station übergehen, als ihn Sylvie zurückhielt und auf eine flache Wanne wies. Darin lag etwas, das wie ein schlampig zusammengerollter Stoffballen aussah.

»Geh ein wenig näher heran«, bat Sylvie, und Alf betätigte den Zoom. Aus der Nähe war zu erkennen, dass der weißgraue Stoff ein wenig durchsichtig war und dass sich im Inneren des Bündels eine längliche, dunkle Gestalt abzeichnete ... »Das ist Henrich! Hier ist der Kopf, geh noch etwas näher heran!«

Alf hatte den Zoomfaktor noch ein wenig erhöht, und da fanden sie bestätigt, was Sylvie noch mit gewissen Zweifeln gemeldet hatte: Es war der Körper von Henrich, der mit durchsichtigen Bandagen umwickelt war ...

Durch diesen überraschenden Fund aufgewühlt, starrten Alf und Sylvie auf den Bildschirm ...

»Da ist eine weitere Wanne«, rief Sylvie aufgeregt. »Ich kann nicht erkennen, wer darin steckt.« Von der seitwärts bewegten Kamera erfasst, rückte ein anderer Sockel mit einer darauf abgestellten Wanne langsam ins Blickfeld, darin ein ähnlicher Kokon. Diesmal war es Gijon, der sich unter den Hüllen abzeichnete.

»Sind sie tot?«, fragte Sylvie mit erstickter Stimme, in der Angst und Hoffnung mitschwangen.

»Sie sind nicht tot!«, rief Alf erregt. »Schau dir die Behälter an – darin ist eine Flüssigkeit. Und dort oben, über dem Kokon, kann man etwas sehen, was wie eine Parabolantenne aussieht. Daneben, an der Seite, siehst du das rote Lämpchen? Das Ding ist also in Funktion. Was hätte das für einen Sinn, wenn sie tot wären? Nein, nein, Sylvie, die sind noch am Leben. Wir müssen versuchen, sie dort herauszuholen!«

Am Rande des Blickfelds war noch eine dritte Wanne zu erkennen, doch sie stand halb hinter einer Mauerecke verborgen – ob sich dort weitere Wannen befanden, ließ sich von hier aus nicht feststellen. Alf überlegte kurz, dann stellte er die Koordinaten auf den höchstmöglichen Wert: 99 99 99. Er war einem spontanen Einfall gefolgt, doch er hatte damit Erfolg. Anstelle der Einblicke in die Räume erschien ein Plan, eine Lageskizze mit eingetragenen Nummern. »Hier, das ist der bewusste Raum ... diesen Gang entlang, und dann dort um die Ecke ... Komm, Sylvie, das ist der Weg ...«

Sie liefen los, als wäre besondere Eile geboten; da war auch schon der Gang, den sie soeben auf dem Monitor gesehen hatten, und Sekunden später standen sie vor der Tür... »Hoffentlich nicht verschlossen«, sagte Alf, ein wenig atemlos, weil sie gelaufen waren ... er versuchte den Riegel umzulegen ... doch dieser bewegte sich nicht.

Jetzt war es Alf gleichgültig, ob er irgendwo ein Alarmsignal auslöste oder nicht. Er hob seinen Laser aus der Umhängetasche und setzte ihn am Einschnitt zwischen Tür und Rahmen an, wo er die Sperre vermutete. Es zischte, Funken sprühten, glühendes Metall tropfte zu Boden, dann hörte man ein leises Klicken, und nun ließ sich die Schiebetür tatsächlich beiseiteschieben. Sie traten ein.

Vor ihnen lag ein Raum, aus dem ihnen ein Schwall septisch riechender warmer Luft entgegenschlug. Er erinnerte an ein Krankenzimmer mit Einrichtungen für Intensivbehandlung. An einer der Wände standen Apparaturen, von denen Kabel und Schläuche ausgingen. An ihren Enden Düsen, Injektoren, Inhalatoren und andere Instrumente, deren Zweck nicht so einfach deutbar war. An der Decke Leuchtstreifen, die ein leicht rosa getöntes Licht verbreiteten.

Sylvie und Alf eilten zur nächstliegenden Wanne, sie war mit einer öligen Flüssigkeit gefüllt, darin lag ein Kokon. Er bestand aus der elastischen, klebrigen Masse, die sie als Ausscheidungsprodukt der Heuschrecken erkannt hatten. An einigen Stellen waren die Hüllen mattweiß, an anderen, die dunkler wirkten, durchsichtig trüb. Da und dort zogen sich Adern hindurch. Dort, wo über der Haut nur dünne Schichten der Substanz lagen, konnte man in das Innere blicken, so dass die Gesichter gut zu erkennen waren. Vor ihnen lag Gijon, so wie sie ihn mit Hilfe der Überwachungskamera identifiziert hatten. Durch dichtere Schichten war die Sicht erschwert, der Körper war nur verschwommen wahrzunehmen, man hatte den Eindruck, dass der Eingeschlossene unbekleidet war. Tatsächlich – auf dem Boden, etwas beiseitegeschoben, lag ein Trainingsanzug.

»Vielleicht ist er eingefroren?«, fragte Sylvie besorgt.

Der Aufgebahrte lag völlig ruhig da, auch Atemzüge waren nicht erkennbar, doch die Haut wirkte frisch und gesund. Alf hob seine Handlampe und richtete sie auf Gijons Gesicht. Als der helle Schein hineinfiel, lief ein Zittern über die Haut, die Augenlider bewegten sich.

»Er wacht auf«, flüsterte Sylvie.

Zu ihrer Überraschung wurden die Bewegungen heftiger, der ganze Körper begann sich zu winden, als wollte er sich von den zähen Fesseln befreien.

Sylvie ergriff Alfs Hand, mit der er die Lampe hielt. »Vorsicht – vielleicht schadet es ihm!«

Alf zog die Lampe zurück und schaltete sie ab, und Gijon wurde fast schlagartig ruhig. Bestimmt war es angeraten, mit höchster Vorsicht vorzugehen.

So traten sie von Gijon zurück und wandten sich der zweiten Wanne zu – jener, die sie vom Überwachungsraum aus halb hinter dem Mauervorsprung verborgen gesehen hatten. Die Anordnung glich jener, in der Gijon eingebettet lag. Sie erkannten Gilbert.

Während sich Sylvie dort noch etwas genauer umsah, ging Alf ein Stück weiter, in den hinteren Teil des Raumes. Er hielt sich nicht lange auf, sondern kam rasch zu Sylvie zurück. »Dort hinten sind noch vier Wannen«, sagte er, »dort liegen Henrich und Cassius. Die beiden anderen sind leer!«

Ein paar Schritte, dann standen sie vor den Behältern. Hier war es merklich dunkler als vorn und fast ein wenig unheimlich.

Alf fiel etwas am Boden auf, er bückte sich und griff danach. »Da liegen Fetzen herum, es sind Teile von zerschnittenen Kokons ... Ramses und Linette fehlen uns noch – vielleicht haben sie sich davongemacht!«

»Konnten sie sich selbst befreien? Oder hat ihnen jemand geholfen? Und wenn ja: warum nur die beiden und nicht auch die anderen?«

Wer sollte diese Frage schon beantworten?

Sie traten an den Behälter von Cassius heran, auch dort lag Kleidung herum, Teile des Schutzanzugs, die stark beschädigt waren, sowie an mehreren Stellen zerrissene oder zerschnittene Unterwäsche. An einer Stelle waren Blutkrusten zu erkennen. Die Schäden waren zweifellos auf den Kampf zurückzuführen, den Cassius mit den Heuschrecken ausgetragen hatte ... Wenn er lebendig davongekommen war, was nun wahrscheinlich schien, dann musste er mehrere Wunden haben.

Sie beugten sich über den Behälter, Alf musste wieder die Lampe zu Hilfe nehmen ... Das Gesicht schien unversehrt und gesund, durch die Hüllen hindurch waren keinerlei Verletzungen zu erkennen.

»Das ist merkwürdig«, ließ sich Sylvie hören. »Schau dir seine Trainingsjacke an – da läuft ein Schnitt quer über die Schulter. Und beim Schutzanzug ist von der rechten Schulterseite überhaupt nichts mehr übrig.« Sie hatte Alf die betreffenden Stellen gezeigt und drehte sich nun zu Cassius herum. »Und hier, es ist kaum zu glauben, seine Schulter ist nahezu unversehrt, nur eine schmale Narbe ist zurückgeblieben.«

Alf zuckte mit den Schultern. »Und wie erklärst du dir das?«

Sylvie runzelte nachdenklich die Stirn. »Das Ganze erinnert mich an etwas, was ich vor längerer Zeit gelesen habe. Es ging um ein Gewebe aus lebenden Zellen, mit dem man Wunden heilen kann. Da hat es einige Experimente gegeben ... Genaueres weiß ich nicht mehr.«

Noch wichtiger aber war eine andere Frage: Konnte man es riskieren, die Gefährten einfach aus den Hüllen herauszuschneiden?

Vorsichtig legte Alf eine Hand auf das Material, drückte leicht. Es fühlte sich wie Gelatine an, nachgiebig, weich, aber doch widerstandsfähig. Wenn er etwas Kraft anwandte, konnte er die Masse verformen, und schließlich versuchte er, jenen Teil des Kokons, der die Beine von Cassius umhüllte, anzuheben. Dazu musste er in die Wanne greifen, wobei er mit Händen und Ärmeln in die dicke, leicht erwärmte Flüssigkeit eintauchte. Er vermochte den Körper ein Stück anzuheben, und es war zu sehen, dass er nicht starr, sondern beweglich war und nur durch den Kokon in gestreckter Position gehalten wurde: Der Rücken bog sich durch, die Beine knickten in den Kniegelenken ein …

Alf ließ den Körper wieder auf die Unterlage zurücksinken. »Was meinst du?«, fragte er. »Du kennst dich doch mit medizinischen Fragen aus.«

»Im Prinzip läuft es darauf hinaus, einen Verband zu entfernen«, antwortete Sylvie, »aber wir haben keine Instrumente dafür.«

»Ach was«, sagte Alf. »Du hast doch die Reste der Umhüllung gesehen, dort hinten in der Ecke. Wer da auch geholfen hat – er hat ein Messer oder eine Schere benutzt und die Hüllen zerschnitten.«

Sylvie nickte. Dann fragte sie: »Bei wem fangen wir an?«

Sie besprachen sich kurz, und schließlich sagte Alf: »Bleiben wir doch bei Cassius. Er ist der Kräftigste, er hat die größte Chance.«

Alf holte sein Universalmesser aus der Tragetasche und ließ die Klinge herausspringen. Vorsichtig setzte er die Spitze an die Oberfläche der Hülle und stellte fest, dass sie ohne großen Widerstand eindrang. Er vollzog einen tiefen Schnitt in Richtung der Längsachse des Körpers, und dann nahm ihm Sylvie das Werkzeug aus der Hand. »Sei nicht so grob«, mahnte sie. »Ich habe mit so etwas ein wenig mehr Übung, lass mich das machen.«

Behutsam vertiefte sie den klaffenden Schnitt und drang mit der Messerspitze vorsichtig bis zur Haut vor.

Es war eine heikle Arbeit, und Sylvie nahm sich Zeit. Sie führte das Messer mindestens so geschickt wie ein Schneideautomat, und es gelang ihr, den Leib unter der weichen Masse nach und nach freizulegen.

Plötzlich hielt sie inne. »Er hat sich gerührt«, sagte sie. »Es sind unkoordinierte Bewegungen, er ist noch nicht bei Bewusstsein.« Sylvie tastete nach dem Puls. »Sehr schwach, aber fühlbar«, kommentierte sie.

Alf versuchte, Cassius anzusprechen, doch er erhielt keine Antwort.

»Er ist noch nicht so weit«, sagte Sylvie. Sie nahm ihre Arbeit wieder auf und legte das Messer erst weg, als sie den Körper von Cassius mit Alfs Hilfe herausheben konnte.

Sie legten den Reglosen auf den Boden.

Wieder prüfte Sylvie den Puls. »Das Herz schlägt schon nahezu normal«, sagte sie, »doch der Atem ist noch schwach.« Sie begann, seine Arme so zu bewegen, wie sie es als Maßnahme für Wiederbelebung im Unterricht gelernt hatte.

»Er reagiert schon deutlich – ich spüre leichten Widerstand, wenn ich seine Arme anhebe. Vielleicht könntest du ihn am Rücken etwas stützen?« Die beiden bemühten sich noch ein paar Minuten, dann stieß Cassius einen Seufzer aus und öffnete die Augen. Eine Weile blickte er wie blind vor sich hin, dann löste sich sein Gesichtsausdruck aus der Starrheit ... er war wach.

»Wo bin ich?«, fragte er. Und dann – Alf und Sylvie glaubten es kaum – lächelte er ein wenig verlegen und sagte: »Ein klassischer Knock-out. Wer hat mich niedergeschlagen?«

Er war noch ein wenig verwirrt, konnte sich nicht erklären, was mit ihm geschehen war, doch dann fiel ihm auf, dass er nackt war, und er blickte sich peinlich berührt nach seinen Kleidern um.

Alf reichte ihm die Wäsche und sagte: »Im Moment musst du damit auskommen«, er wies auf die Löcher im Stoff, »doch wir werden schon etwas für dich auftreiben.«

Alf musste lachen, als er Cassius in den zerfetzten Kleidern sah, mit denen dieser einer etwas groß geratenen Vogelscheuche glich.

Sylvie hatte sich inzwischen an einem anderen Behälter zu schaffen gemacht und war nun wieder zu den anderen gekommen. Sie versuchte, Cassius die Situation zu erklären ... Diesem war anzusehen, dass ihm noch vieles unverständlich blieb, doch er sah davon ab, Fragen zu stellen – immerhin begriff er, dass jetzt keine Zeit für lange Unterhaltungen war.

Es war erstaunlich, wie schnell er sich erholte. Er setzte sich ohne fremde Hilfe auf, und ein wenig später versuchte er sogar aufzustehen. Und es gelang ihm, wenn er auch noch ein wenig schwankte und nach einem Halt suchen musste.

Alf, der die Zeit nicht ungenutzt verrinnen lassen wollte, stand bereits am Lager von Henrich und suchte nach der Stelle, an der er seinen Schnitt ansetzen wollte, als von der Tür her eine Stimme kam: »He, was ist hier los?«

Die drei hatten nicht auf ihre Umgebung geachtet und waren tief erschrocken, als sie sich umblickten und an der Tür einen chinesischen Offizier stehen sahen. Doch dann hob dieser die Hände und rief: »Oh, ich kann es nicht glauben ... Alf! Und Sylvie! Wie schön, dass ihr wohlauf seid!«

An der Stimme erkannten sie ihn: Es war Ramses, er trug eine grüngelbe Uniform, die ihm viel zu klein war, und eine Ballonmütze. In der Hand hielt er die Schockpistole – es war jener Mann, den sie vom oberen Geschoss aus im großen Dom beobachtet hatten: der dann im Gang zur Schleuse verschwunden war.

»Wir haben dich für einen Chinesen gehalten«, sagte Sylvie.

»Ach so, die Uniform? Als wir uns hier umsahen, sind Linette und ich in eine Art Kleiderkammer geraten, und da haben wir uns bedient. In diesen Räumen ist es ein wenig kühl – im Trainingsanzug wird einem rasch kalt. Und im Übrigen sieht Linette in der chinesischen Uniform recht attraktiv aus.« Er lachte, was bei ihm nicht so oft vorkam. Die merkwürdigen Umstände ihrer Situation schienen ihn nicht zu stören

»Wo ist Linette?«

Ramses deutete mit der Hand ins Ungewisse. »Es gibt da einen Gemeinschaftsraum, in dem wir Getränke und Nahrungsmittelvorräte gefunden haben. Sie wartet dort auf mich.«

»Wie hast du uns gefunden?«

»Linette und ich hielten uns gerade in einem der Vorratsräume auf und sahen uns nach Lebensmitteln um, als schrille Sirenentöne erklangen. Es hörte sich wie ein Alarm an und war wohl auch einer. Wir liefen in die Zentrale, dort ließ sich noch am ehesten etwas über die Ursache herausfinden, und da merkte ich, dass auf dem Monitor zwei menschliche Gestalten zu erkennen waren, die offenbar von den Überwachungskameras verfolgt wurden. Und dann haben wir erkannt, wer sich da eingefunden hat – nämlich ihr beide. Es ist mir gelungen, das Alarmsignal auszuschalten, damit war aber auch die Wiedergabe auf dem Monitor gelöscht. Da habe ich mich auf den Weg gemacht, um euch zu suchen. Es dauerte eine Weile, bis ich euch fand – die Kellerräume hattet ihr inzwischen verlassen, und als ich in die oberen Geschosse zurückkehren wollte, war der Aufzug blockiert.«

»Das haben wir uns einfallen lassen«, erklärte Sylvie, »wir wussten ja nicht, dass du der Chinese in der Uniform warst.« Sie konnte ein Schmunzeln nicht unterdrücken.

»Ich weiß«, antwortete Ramses und drohte ihr scherzhaft mit dem Zeigefinger.

»Offenbar waren wir es, die den Alarm ausgelöst haben«, sagte Alf und berichtete, wie es ihnen ergangen war und wie sie sich schließlich über Funk bemerkbar gemacht hatten.

Ramses nickte. »Hier gibt es ein gut funktionierendes automatisches Überwachungssystem. Zweifellos wurden eure Signale aufgefangen und auch als Hilferuf verstanden – sonst hätte man euch nicht hereingelassen.«

Sie unterhielten sich noch kurz darüber, ob dieses Eingreifen einer unbekannten Instanz – wahrscheinlich eines intelligenten

Automaten – noch ein Nachspiel haben könnte, doch da niemand Näheres darüber wusste, wechselten sie das Thema.

»Und wie konntest du dich befreien?«, wollte Sylvie wissen.

»Ich hatte Glück«, antwortete Ramses. »Die Heuschrecken, die uns überfielen, haben mich erwischt, als ich versuchte, ein Loch in den Boden zu brennen, um die Zeltstange zu befestigen. Ich hatte den Laser in der Hand, als sie mich mit diesen ekelhaften klebrigen Massen erfassten. Verzweifelt versuchte ich mich gegen die Umklammerung zu wehren, doch die Fäden schlangen sich um mich herum, und ich fiel hin. Ich war noch bei Bewusstsein, als ich als wehrloses Bündel abtransportiert wurde – auf dem Rücken eines ungewöhnlich großen Exemplars. Durch die trüben Hüllen hindurch konnte ich nicht viel erkennen, aber es genügte, um mich schwindelig zu machen. Es ging in großen Sprüngen über steile Stufen hinauf und hinunter, ich wurde hin und her geworfen, einmal blickte ich in das rosarote Licht des Himmels, dann wieder in einen bodenlosen schwarzen Abgrund ... Es war wie auf einer Achterbahn, und ich musste mich sehr zusammennehmen, damit mir nicht schlecht wurde – das wäre mir in meinem Anzug nicht gut bekommen. Später hat mir Linette erzählt, dass sie schon früher ohnmächtig wurde – so blieb ihr das erspart.«

Er machte eine kleine Pause und lehnte sich an die Wand.

»Und weiter!«, drängte Sylvie.

»Nun ja – man hat uns hierhergebracht, in diese Wannen gelegt. Wegen der mangelnden Beleuchtung konnte ich nicht viel mehr sehen als Licht und Schatten – ich war noch immer bei Bewusstsein. Aber die Müdigkeit wurde immer stärker, die Luft, die ich atmete, schien aus der Gallerte zu kommen. Sie hatte einen fremdartigen, betäubenden Geruch, und ich wehrte mich ganz verzweifelt dagegen, das Bewusstsein zu verlieren. An den Geräuschen hatte ich gemerkt, dass ich mich in einem lufterfüllten Raum befand, und als es dann plötzlich still wurde, vermutete ich, dass die Heuschrecken den Raum verlassen hatten. Da fühlte ich in meiner Hand den Laser, meine Finger waren darum herum geschlossen, und einer davon lag noch am Abzughebel. Da habe ich in meiner Verzweiflung einfach daraufgedrückt, und schon Sekunden später drang frische Luft zu mir herein, die mich wunderbar belebte. Ich kam wieder zu Kräften und konnte bewusst handeln. Glücklicherweise konnte ich meine Hand ein wenig bewegen. So war es natürlich das Erste, aus dem Inneren heraus die Hüllen des Kokons aufzuschneiden, so dass ich mich herausschälen konnte. Und dann habe ich Linette befreit. Sie war zwar ohnmächtig, aber ich habe sie rasch wieder zur Besinnung gebracht.«

»Und warum hast du die anderen nicht herausgeholt?«, erkundigte sich Alf.

Ramses zog bedauernd die Schultern hoch. »Ich hörte Geräusche von draußen, das Schnattern, mit dem sich die Heuschrecken verständigen. Als es dann wieder ruhig wurde, waren wir der Ansicht, wir sollten diesen unsicheren Ort so rasch wie möglich verlassen – unsere Gefährten könnten wir ja immer noch befreien. Das erschien uns wichtiger als alles andere – hätte man uns hier überrascht, dann hätten wir wohl nicht so rasch eine zweite Chance bekommen.«

»Dann wollen wir doch die anderen jetzt gleich aus den Hüllen schneiden«, schlug Alf vor, »außer uns scheint sich ja niemand sonst hier aufzuhalten.«

Ramses stieß sich von seinem Tischchen ab, er schüttelte den Kopf und sagte: »Ich bin dafür, dass wir sie zunächst einmal in den Kokons lassen, und zwar einfach deshalb, weil wir nur dürftige Vorräte an Wasser und sonstigen Getränken haben. Wenn nichts Außergewöhnliches geschieht, können wir sie immer noch befreien.«

Offenbar hatte sich Ramses bereits einen ganz guten Überblick über die Situation verschafft, und so folgten die anderen seinem Rat. Und als er noch hinzufügte, dass Linette im Aufenthaltsraum, an den sich auch eine Küche anschloss, eine Mahlzeit vorbereitete, da empfanden sie die Aussicht auf eine physische und psychische Ruhepause als recht verlockend und folgten ihm, als er ohne lange zu fragen voranging. Beim Essen konnten sie dann auch alles Weitere besprechen.

Wenige Minuten später trafen sie Linette, die ihren Augen nicht trauen mochte, als Alf, Sylvie und Cassius unversehrt vor ihr standen. Sie hatte keinen Grund, ihre Freude zu verbergen, und umarmte jeden von ihnen. Zuletzt trat sie auf Ramses zu und lehnte sich an ihn.

»Ich bin so froh, dass wir nicht mehr allein sind«, sagte sie. Ramses lächelte ihr zu, doch Alf hatte den Eindruck, dass sich seine Freude in Grenzen hielt.

Linette hatte den Tisch schon für zwei Personen vorbereitet – recht nobel: mit verzierten Porzellantellern, Gläsern und mehreren Schälchen mit Gewürzen. Alf und Cassius zeigten etwas skeptische Mienen, als sie statt der üblichen Bestecke Stäbchen neben den Tellern liegen sahen, doch Sylvie lachte und sagte: »Mit einiger Mühe geht das schon – es dauert nur etwas länger.«

Ramses bat Linette, nun auch für die drei Neuangekommenen zu decken, und Linette holte Geschirr, Gläser und Flaschen aus einem Wandschrank. Als Alfs Blick einmal zufällig dorthin fiel, stellte er fest, dass die Regale gut mit Vorräten gefüllt waren: In den oberen Fächern lagen in Silberfolie eingehüllte Packungen mit Fertiggerichten für die Mikrowelle, in den unteren waren Schachteln mit Zwieback und Kuchen aufgereiht, und der Schrankboden mit eingebauter Kühlplatte war voll mit Dosen und Flaschen – der von Ramses beklagte Mangel an Nahrungsmitteln und Getränken konnte nicht allzu groß sein. Andererseits hing das natürlich letztlich von der Frage ab, wie lange sie sich in der Festung aufhalten würden.

Sie genossen ihre Mahlzeit, wenn es auch wegen der ungewohnten Esswerkzeuge etwas mühsam war, und wurden so ein wenig von den anstehenden Fragen abgelenkt. Als sie sich gestärkt hatten, wollten sie sich aber nicht länger gedulden, und Ramses schob den Teller beiseite und stützte sich auf den Tisch, als hätte er eine Last zu tragen.

»Ich kann mir denken, dass ihr schon gespannt seid«, sagte er, »und ich habe euch ja tatsächlich einiges zu berichten.« Er lächelte ein wenig, als er die Erwartung in den Gesichtern der anderen bemerkte, und fuhr nach kurzer Pause fort: »Zunächst ein paar Worte über die Versorgung. Ich schätze, dass sich hier maximal 20 Menschen aufgehalten haben – die Vorräte, die ich vorgefunden habe, mögen auch für einige Wochen reichen. Das ist nicht viel, wir müssen sparsam damit umgehen. Ich habe mich darüber informiert, wie hier die Versorgung funktioniert. Offenbar hat man versucht, die Anlage so einzurichten, dass sie auch ohne Nachschub von der Erde bestehen kann. Das gilt vor allem für die Recyclinganlage, insbesondere für Nahrungsmittel. So könnte das, was hier an Vorräten verfügbar ist, gut 50 Jahre reichen. Der Haken ist nur, dass ich noch nicht weiß, wie man die Anlage für das Recycling der Lebensmittel in Betrieb setzt.«

Die Vorstellung, sich hier 50 Jahre aufhalten zu müssen, rief ein gewisses Unbehagen hervor, doch Ramses sprach, ohne es zu beachten, weiter.

»Für die Energieversorgung gibt es einen altmodischen Fusionsreaktor, der aber offenbar intakt ist. Ebenso wichtig ist die Versorgung mit Wasser, das man – so wie wir es getan haben – von der Oberfläche aus gewinnen kann. Eigentlich sollte es hier auch eine automatische Förderungsanlage für das Wasser geben, aber diese habe ich noch nicht gefunden.«

Cassius nickte, und in der Tat schien es überflüssig, irgendwelche Einwände anzubringen. Alf freilich erwies sich nicht als so gefügig. Zurzeit interessierte er sich nicht so sehr für die Lebensmittel und das Wasser – er wünschte mehr darüber zu erfahren, was ihr weiteres Schicksal betraf. Vor allem eine Frage beschäftigte ihn: »Weißt du schon Näheres über den Asteroiden? Wann ist es so weit?«

»Du hast Recht, das müssen wir in Erfahrung bringen. Leider kann ich dazu noch nichts Definitives berichten«, antwortete Ramses. »Aber mit diesem Problem werde ich mich in den nächsten Stunden befassen. Es gibt sogar eine gute Chance dafür, den Zeitpunkt des Einschlags genau zu bestimmen. Wie ihr wisst, ist diese Anlage seinerzeit auch als Forschungsstation benutzt worden. Es ging dabei um astronomische Fragen – fragt mich nicht, was für Vorteile man sich davon versprochen hat. Jedenfalls, liebe Freunde ...«, Ramses blickte in die Runde – ein Zeichen, dass er etwas Wichtiges zu verkünden hatte, »... ergibt sich daraus eine besondere Gelegenheit für uns. Denn neben anderen Instrumenten gibt es hier auch ein Teleskop. Normalerweise ist es in die Weiten des Alls gerichtet, aber wir werden es auf andere Weise benutzen: Wir werden es auf die Erde richten. Und so werden wir zum gegebenen Zeitpunkt den Einschlag des Asteroiden beobachten können.«

Nach einer Weile sagte Linette mit kraftloser Stimme: »Wir dürfen also zusehen, wie die Erde vernichtet wird. Ist es das, was du uns sagen willst?«

»Das ist immer noch nicht entschieden«, beschwichtigte sie Ramses. »Die Wahrscheinlichkeit dafür, dass der Asteroid an der Erde vorbeigeht, liegt meiner Schätzung nach immerhin noch bei 20 Prozent – bis wir Genaueres in Erfahrung bringen.«

»– und bei 80 Prozent für den Untergang«, ergänzte Cassius, und ihm war anzumerken, wie unbehaglich er sich fühlte. »Angenommen, dieser schlimmstmögliche Fall tritt ein – was bleibt uns dann noch für eine Chance? Ist denn das ein zufriedenstellendes Leben – den Rest seiner Tage hier oben zu verbringen?« Er blickte in die Runde, und er sah in Gesichter, die Unsicherheit und Bestürzung verrieten.

Sylvie war kurz zuvor aufgestanden und kehrte nun mit einem Bündel Räucherstäbchen an den Tisch zurück. Sie entzündete sie mit Streichhölzern und steckte sie in ein paar unbenutzte Gläser. Dünner Rauch stieg von ihnen auf, verbreitete sich und füllte den Raum mit einem seidigen Nebel.

»Ein uraltes Mittel, um Ruhe zu finden«, sagte Sylvie und setzte sich wieder. Gemeinsam mit den anderen atmete sie die mit aromatischem Duft geschwängerte Luft ein. »Wir sollten uns nicht von unseren trüben Befürchtungen lähmen lassen«, sagte sie leise, aber eindringlich. »Wir dürfen noch lange nicht aufgeben. Solange eine Chance besteht, dürfen wir nicht aufgeben. Lasst uns erst zur Ruhe kommen.«

Wieder war es still im Raum. Nichts war zu hören als die tiefen Atemzüge, mit denen sie Zuversicht, Lebenswillen und Mut in die Lungen sogen.

Nach einer Weile sagte Ramses: »Gut, dass du uns darauf aufmerksam gemacht hast: In der Tat – wir haben eine Chance. Auf diese Chance wollen wir trinken!« Er griff nach einer Flasche mit Reiswein, die Linette schon während der Vorbereitungen für das Essen auf den Tisch gestellt hatte, und goss die wasserklare Flüssigkeit in die Gläser.

An Reiswein herrschte kein Mangel, die Chinesen hatten sich reichlich damit eingedeckt. Die Besucher tranken das ungewohnte alkoholische Getränk, das zweihundert Jahre lang für sie bereitgestanden war. Es erzeugte ein körperliches Wohlbehagen, und damit verbesserte sich auch die Stimmung, der letzte Rest einer unterschwelligen Angst verflog.

»Morgen werden wir uns auf die Rückreise vorbereiten – für den Fall, dass es eine Rückreise geben wird«, sagte Ramses, und die anderen nickten. So war es – sie waren fest dazu entschlossen. Doch zunächst genossen sie das Zusammensein und gaben sich einigen unbeschwerten Stunden hin.

Mars, elfter Tag

Alf hatte gefürchtet, dass der Wein, der ihnen am gestrigen Abend zur guten Laune verholfen hatte, bei den Menschen, die in ihrem bisherigen Leben lediglich alkoholarme Fruchtgetränke kennen gelernt hatten, zu unangenehmen Nachwirkungen führen würde. Doch außer einer leichten Benommenheit gab es nichts zu beklagen. Er zweifelte nicht daran, dass Sylvie wieder eingegriffen und sie vor einem Kater bewahrt hatte.

Auch Alf und Sylvie fühlten sich relativ wohl, als sie am Morgen erwachten. Gegen Mitternacht hatten sie den Schlafsaal aufgesucht, der ihnen genügend Platz bot, um sich einen privaten Bereich zu sichern. Zum ersten Mal nach langer Zeit hatten Alf und Sylvie wieder in normalen Betten schlafen können, und die Tatsache, dass man sich nun nach dem Aufwachen räkeln und strecken konnte, war ein neues, wohltuendes Erlebnis. Trotz allem dauerte es eine Weile, bis sie in die Wirklichkeit zurückfanden und ihnen bewusst wurde, was es an diesem Tag alles zu erledigen galt. Offenbar wollte keiner den Anfang machen – die Wärme der Decken, die Weichheit der Matratzen, die frische Luft, die sie atmen durften ... Es war schwer, sich davon zu lösen, sich dieser irritierenden Umgebung mit all ihren Unwägbarkeiten und Problemen wieder auszusetzen.

Heute war der Tag, an dem sich ihr Schicksal entscheiden würde. Ramses hatte den genauen Zeitpunkt bestimmen können – am späten Nachmittag sollte das Ereignis stattfinden. Alle wollten dabei sein, wenn Ramses das Fernrohr auf die Erde richtete. Also noch ein paar Stunden bis zur Gewissheit, der Entscheidung: so oder so ... aber was dann?

Es wurde Mittag, bis sie sich wieder im Speiseraum zusammengefunden hatten. Nur einer fehlte: Ramses. Linette und Sylvie wärmten Crêpes auf, die sie aus der Silberfolie geschält hatten. Von der Mikrowelle aus verbreitete sich ein appetitanregender Geruch. Wenig später begannen sie ihre Mahlzeit.

Dann kam auch Ramses herein. Er zögerte einen Moment, als er die Gefährten beisammensitzen sah, und ging dann doch die paar Schritte weiter, die ihn zum Küchenschrank führten. Er holte die Flasche mit dem Reiswein heraus und goss sich ein Glas ein, das er mit einigen kleinen Schlucken austrank. Dann wandte er sich um und sagte: »Pardon, ich wollte euch nicht stören. Doch der heutige Tag ... er wird für uns entscheidend sein. Wir dürfen uns keine Illusionen machen. Es sind zwei Wege, die in völlig verschiedene Richtungen führen. Der eine bringt die Rettung, der andere liefert uns dem Untergang aus.«

Die Art, wie er sich ausdrückte, der Sinn dessen, was er andeutete – alles das wirkte pathetisch und überzogen, zugleich aber auch in erregender Weise realistisch. Hatte er zu viel getrunken?

Nun ließ er sich neben Alf auf die Bank sinken und stützte den Kopf in die Hände. »Ich darf keine Fehler machen«, murmelte er. »Es geht um Entscheidungen ... und diese sind schwer. Sie betreffen auch euch ...«

Was wollte er damit sagen? Alf und Sylvie wollten die besondere Stimmung, in der er sich befand, nicht stören und stellten keine Fragen. Doch die Zeit verrann, ohne dass etwas geschah.

Nach einigen Minuten stand Sylvie auf, trat an den Schrank mit den Lebensmitteln und Getränken. In einem Shaker mischte sie ein Getränk, goss es in ein Glas und warf ein paar Eiswürfel darüber. Sie stellte das Getränk vor Ramses und forderte ihn auf: »Trink das! Es wird dich erfrischen.« Das Glas hatte sich mit Tröpfchen beschlagen, die blassgelbe Flüssigkeit sah appetitlich aus. Ramses griff danach, doch nach kurzem Zögern schob er das Glas zurück, stand auf und strich sich über die Stirn – es sah so aus, als hätte er seine Anwandlungen überwunden.

Für die Menschen, die sich in der alten chinesischen Festung eingenistet hatten, hätte es eigentlich eine Menge zu tun gegeben, doch keiner von ihnen brachte es fertig, sich mit alltäglichen Verrichtungen zu beschäftigen, und so hingen sie tatenlos herum. Nur Ramses schien irgendwo mit wichtigen Arbeiten beschäftigt zu sein, denn man sah nichts von ihm; vielleicht bereitete er die für den Nachmittag geplante Demonstration vor.

Auch Alf und Sylvie hatten keine Lust zu arbeiten.

»Ich möchte dir etwas erzählen«, sagte sie zu Alf, als die Mahlzeit beendet war, »es wird doch ein Plätzchen geben, an dem wir ungestört sind.«

Sie zogen sich in den Schlafraum zurück und machten es sich bequem.

»Was gibt es Neues?«

»Es geht um einen Traum«, sagte Sylvie, »meinen Traum von heute Nacht. In den letzten Tagen sind mir immer wieder die Heuschrecken in den Sinn gekommen, und ich wollte all das, was ich früher einmal darüber erfahren hatte, aktivieren.«

»Ein Erlebnistraum?«, fragte Alf.

Sylvie nickte. »Deine Träume haben mich auf die Idee gebracht. Natürlich sind es nur zufällige Assoziationsketten, aber sie können zu bisher unberücksichtigten Zusammenhängen führen.«

»Wer hat dir die Stichworte gegeben?«, fragte Alf.

»Ich kann mich selbst auf ein Thema konzentrieren, ich habe es schon vor Jahren geübt, als ich mich mit Lernprogrammen beschäftigte. Da kommt es ja auch darauf an, unterschwellig Erfahrenes in verborgenen Winkeln des Gehirns aufzustöbern und herauszuholen.«

Sie dachte kurz nach, um ihre Erinnerungen zu ordnen.

»Es war Nacht, und ich befand mich irgendwo in diesen Gängen und Hallen. Ich war auf der Suche nach etwas, was meiner Überzeugung nach da sein musste: Ich suchte den Ältesten unter ihnen, den Stammvater der jetzigen und vielleicht auch der Generationen, die sich später daraus entwickeln könnten. Aber irgendwo musste der Funken doch angefacht worden sein, irgendwo musste es ein Wesen geben, das körperlich den anderen entspricht, so ein Wesen mit Kugelaugen und dicken Sprungschenkeln, aber mit einem Gehirn, das dem der anderen weit überlegen ist. Kurz und gut: Ich suchte das Wesen, das die Vergangenheit kennt und das Bild der Zukunft in sich trägt.«

Sylvie schwieg ein wenig, vielleicht wartete sie darauf, dass Alf etwas fragte, doch dieser bat sie schließlich nur fortzufahren. Und als sie immer noch nicht antwortete, drängte er: »Und du hast den einsamen Weisen gefunden?«

»Ja, in meinem Traum habe ich den Urvater dieser Lebensform gefunden. Ich musste die hintersten Winkel des Bauwerks aufsuchen, ich kam in Gänge, die immer düsterer und immer enger wurden, in eine Gegend, wo die Luft dünn zu werden schien und die Kälte wie Glas in den Räumen lag. Und im hintersten Winkel, in einer Art Höhle, fand ich ihn. Uralt, gebrechlich und kraftlos – an allen Teilen seines Körpers, den technischen wie auch den organischen, Anzeichen des Verfalls.«

Wieder schwieg sie, und Alf hatte zeitweise den Eindruck, dass es ihr darum ging, die Spannung zu erhöhen, doch dann sah er ein, dass sie nach Worten suchte, um etwas schwer Beschreibbares begrifflich zu fassen und ihm zu verdeutlichen. Mehrmals sah es aus, als ob sie zum Sprechen ansetzte, doch dann stockte sie immer wieder.

Alf musste an die beiden Erlebnisträume denken, wie schwer es ihm gefallen war, das auszudrücken, was geschehen war. Er verstand die Schwierigkeiten, die Sylvie bei ihrer Schilderung hatte. »Du kannst es nicht beschreiben?« – Es klang wie eine Frage, war aber eigentlich eine Feststellung. »Vielleicht lässt es sich eben nicht mit Worten ausdrücken? Du hast doch gesagt, es sei ein Traum, und Träume sind etwas anderes als Wissen aus den Lehrmaschinen. Sie haben nun einmal diese Eigenschaft, dass sie uns etwas Irrationales erleben lassen, etwas, das sich unserem Zugriff entzieht. Du brauchst es mir nicht zu sagen, Sylvie, bemühe dich nicht, aber ich bin dir dankbar dafür, dass du es mir anvertrauen wolltest.«

Sylvie antwortete nicht, doch sie ergriff seine Hand, und so saßen sie längere Zeit schweigend beisammen, jeder sich der Gegenwart des anderen bewusst und auch des Verständnisses, das sie füreinander hatten.

Doch dann begann Sylvie wieder zu sprechen. »Es war nicht alles irrational, im Gegenteil, einiges war sehr konkret. Ich habe mich mit dem weisen Alten unterhalten, und er hat mir vieles erzählt. Als ich zuhörte, schien es mir ganz einfach, mühelos konnte ich seinen Gedankengängen folgen. Doch jetzt entziehen sie sich mir ...« Es war Sylvie anzusehen, wie sehr sie sich bemühte.

Dann schien sie zu einem Ergebnis gekommen zu sein. »Trotzdem will ich es versuchen. Ich fange noch einmal von vorn an. Ich will nicht die geringste Einzelheit übersehen. Wie gesagt: Es begann mit einem Irrweg. Ich wanderte durch endlose Räume, halb menschliche Behausungen, halb Höhlen – ich glaube, es war das Erlebnis unserer Höhlendurchquerung, das diese Spuren hinterlassen hat. Jedenfalls war das Gefühl der Verlorenheit ganz stark, die Furcht, vom Weg abzukommen, das Bewusstsein der Orientierungslosigkeit. Schließlich kam ich in eine Gegend, die an eine unterirdisch angelegte Brutstätte erinnerte, eiförmige Gebilde, gelblich und grau, kopfgroß, und erst als ich schon mitten in den dichtbelegten Feldern war, fielen mir Gestalten auf, Wächter, die an den Rändern der Areale saßen, regungslos; doch als ich einem von ihnen nahe kam, senkte er seinen Stock und versperrte mir den Weg. Er fragte mich, was ich hier zu suchen hätte, und ich fragte nach dem Alten, der mich gerufen hatte. Da deutete er eine Richtung an, die weiter ins Innere führte und mich in ein niedriges Gewölbe brachte. Irgendjemand, ich weiß nicht mehr, wer es war, wies mich an weiterzugehen, und dann stand ich vor ihm. Und er war milde, verständnisvoll und bereit, mit mir zu sprechen.

Ich kann unsere Unterhaltung nicht wiedergeben, aber er hat mir bereitwillig Auskunft gegeben, als hätte er Freude daran, sich jemandem zu offenbaren. Ich kann das Gespräch nicht wörtlich wiederholen, aber ich erinnere mich an das, was ich erfuhr.

Der Alte erzählte mir einiges über die Androiden. Sie entstanden in koreanischen Laboratorien, als wunschlos gehorsame Hilfstruppen des Staats. Doch als man sie auch für anspruchsvollere Aufgaben einsetzen wollte, wie zum Beispiel hier auf dem Mars, wo die Fernsteuerung versagt, da merkten die Wissenschaftler bald, dass das nicht ohne eine gewisse Selbstständigkeit der Kreaturen möglich ist – sie benötigten so etwas wie Intelligenz. Eigenmächtig operierende Intelligenzwesen – und wenn diese Intelligenz auch noch recht dürftig ist – brauchen einen Kodex, der ihnen Regeln für ihr Verhalten vorschreibt. Damit sind keine physikalischen oder chemischen Gesetze gemeint, sondern Regeln der Ethik und Moral. An erster Stelle stand dabei das Gebot, dass sie keine Menschen verletzen durften. Dieses Gebot wurde später ein wenig aufgeweicht: Wenn sie angegriffen wurden, hatten sie das Recht, sich zu verteidigen. Auf diese Weise machten die neugeschaffenen, künstlichen Wesen eine Entwicklung durch, sie sie immer autonomer werden ließ, und damit erhöhte sich natürlich auch ihre Intelligenz. Hier, auf dem menschenleeren Planeten, auf dem sich kein organisches Leben halten konnte, bietet sich ihnen eine einmalige Chance: Sie könnten sich weiterentwickeln, diesen Planeten besiedeln und eine Kultur entwickeln. Was spielt es schon für eine Rolle, auf welche Weise sie entstanden sind und aus welchen Gründen sie hierherkamen – Erinnerungen daran könnten später in ihrer Religion und in ihren Mythen ihren Niederschlag finden.«

Alf nickte, diese Erklärung erschien ihm plausibel. »Was für Aufgaben haben die Heuschrecken? Weißt du etwas darüber?«

»Ganz einfach: Sie sollten die Menschen auf dem Mars beschützen, sie vor allem in Sicherheit bringen, wenn sie in Notlagen gerieten.«

»Aber sie haben sich doch uns gegenüber nicht gerade freundlich benommen«, wandte Alf ein.

»Denk daran, dass sie sich nur aggressiv gezeigt haben, wenn sie von uns angegriffen wurden. Das Einspinnen in die Kokons war geradezu das Gegenteil: eine lebensbewahrende Maßnahme – Schutz vor Kälte und Versorgung mit Sauerstoff ... Ich glaube, dass sie vorhatten, uns zu retten.«

War Sylvie ans Ende ihres Berichts gekommen? Sie schien immer noch nachzusinnen, dann jedoch entspannte sich ihr Gesichtsausdruck, und sie sagte: »Vielleicht fällt mir später noch das eine oder andere ein, aber ich glaube, dass du jetzt doch eine Vorstellung davon hast, was für Andeutungen sich aus meinem Traum ergeben haben.«

Alf schien ein wenig geistesabwesend. Sylvies Bericht hatte ihn von den aktuellen Problemen abgelenkt. Es war eine Vision, und sie war umso bemerkenswerter, als sie nicht die menschliche, sondern eine ganz andersartige Lebensgemeinschaft betraf. Es war ihm klar, dass er selbst nur ein unbedeutendes Element in diesem Geschehen war, ihm ausgeliefert ohne die Möglichkeit, etwas daran zu ändern. Und doch: In irgendeiner Weise fühlte er sich einbezogen in diese Prozesse, die an die Grenzen seines Begreifens heranreichten. Er gehörte nicht zu jenen Ahnungslosen, die nicht wussten, wie ihnen geschah. Er gehörte zu den Auserwählten, die wenigstens eine Vorstellung von der Größe und der Mächtigkeit des Geschehens hatten. Und dieses Geschehen betraf nicht nur die Entwicklung einer neuen Art von lebendigen Wesen, sondern reichte viel weiter, in astronomische Dimensionen. Ein merkwürdiger kausaler Zusammenhang: Der Asteroid, der seine Spuren auf der Erde hinterlassen würde, und die kleine Gruppe von Menschen, die auf einen fremden Planeten geflüchtet waren und nun erfahren würden, ob sie auf ein unausweichliches Ende zutrieben oder auf einen neuen Anfang.

Sylvie schien zu erraten, was Alf jetzt bewegte. »Ich hatte gehofft, dass uns der Traum auf irgendetwas bringen könnte, was uns nützlich sein könnte. Er war interessant und anregend, aber er hilft uns nicht. Wir sollten an das denken, was im Moment am wichtigsten ist.«

Alf brauchte eine Weile, um in die Gegenwart zurückzufinden. Er blickte auf die Uhr: Ja, sie sollten die paar Stunden, die ihnen noch verblieben, nutzen, um sich den unmittelbar anstehenden Problemen zu widmen.

Damit kamen sie wieder auf die bevorstehende Entscheidung zurück. Was war zu tun, wenn sie zu einem lebenslangen Aufenthalt auf dem Mars verurteilt wurden? Aber selbst bei einem positiven Ausgang des Experiments – falls die Erde verschont bleiben würde – gäbe es schwierige Fragen zu lösen. Was war zu tun, um zur Erde zurückzukehren? Ihr eigenes Vehikel steckte ja kaputt und bewegungslos irgendwo in den Bergen des Planeten.

Alf erinnerte Sylvie an etwas, was Ramses angedeutet hatte: dass man beim Bau dieser Anlage mit der Möglichkeit eines Zwischenfalls gerechnet hatte, der die auf dem Mars anwesenden Menschen zu einer unverzüglichen Flucht zur Erde zwingen würde. Und dass zu diesem Zweck ein Raumschiff bereitgestellt worden war, mit dem sich die Besatzung jederzeit kurzfristig auf die Reise zur Erde machen und sich in Sicherheit bringen könnte. Nach den Angaben von Ramses sollte sich dieses Raumschiff irgendwo auf dem Gelände der Festung befinden; bisher hatte dieser verschwiegen, ob er den Ort kannte oder nicht.

»Wir sollten uns selbst danach umsehen«, schlug Sylvie vor. »Es wäre gut zu wissen, wo es versteckt ist. Komm, wir brechen gleich auf, das ist vernünftiger, als die Zeit zu vertrödeln. Aber wo sollen wir beginnen?«

Alf überlegte kurz, dann sagte er: »Ich zweifle nicht daran, dass Ramses den Standort kennt. Vielleicht will er ihn uns nicht verraten. Sollten wir nicht Linette danach fragen? Vielleicht hat sie etwas von Ramses gehört, vielleicht war sie sogar schon dort.«

Sie machten sich also zuerst auf die Suche nach Linette.

Kurze Zeit später wurden sie fündig – Linette war im Gemeinschaftsraum, in der Ecke mit der Küche, anscheinend ihrem liebsten Aufenthaltsort. Sie hatte einige Gläser auf der Theke bereitgestellt und hielt ein Tuch in der Hand – als wollte sie sie reinigen. Doch das schien eher eine Geste zu sein als eine Absicht. Sie saß auf einem der Barhocker, die hinter dem Tresen standen, die Arme auf die Tischplatte gelegt und den Kopf darauf gestützt, und starrte vor sich hin. Ramses war nicht zu sehen.

Sylvie trat an Linette heran. Schlief sie?

»Hallo, Linette …« Sylvie berührte die junge Frau an der Schulter, und diese blickte verwirrt auf.

»Wir wollen dich etwas fragen«, sagte Alf. Auf einen erstaunten Blick von Linette hin teilte er ihr mit, dass sie auf der Suche nach dem Rettungsschiff seien. »Warst du dort, oder hat dir Ramses etwas darüber gesagt?«

Linette schien aus einem Tagtraum zu erwachen. »Ramses sagt mir nur wenig davon, was er tut und was er vorhat«, antwortete sie ein wenig traurig. »Er gibt mir nur Anweisungen. Scheint mich als sein Eigentum zu betrachten. Ich hätte mich nicht mit ihm einlassen dürfen ...« Als sie Sylvies erstaunten Blick bemerkte, fügte sie hinzu: »Warum soll ich es dir nicht sagen? Alf weiß es ja sowieso schon. Ich kenne Ramses von früher. Es war bei einer Preisverleihung, einer Misswahl. Er hat mir eine Urkunde überreicht und mich dann zum Essen eingeladen. Damals war er sehr nett zu mir... heute weiß ich es besser – ich war einfach zu leichtsinnig.«

Alf zog einen der Hocker zu sich heran, und Sylvie hatte sich neben Linette auf den Tresen gesetzt – es schien eine längere Unterhaltung zu werden. »Dann war es also kein Zufall ... ich meine, dass du an dem Lebensspiel teilgenommen hast?«

»Nein, Ramses hat es irgendwie eingerichtet ...« Sie lächelte etwas verlegen. »Schließlich hatte er ja mit Unterhaltungsspielen und solchen Sachen zu tun. Er meinte, die Teilnahme bei einem solchen Spiel würde mich bekannter machen. Aber ich hatte keine Ahnung, dass er mit dabei sein würde. Und er meinte, nun ja, ich müsse ihm dankbar sein ...«

Nach einer Weile fuhr sie fort: »Heute hat er mich daran erinnert, dass er mich gerettet hat und dass ich ihm verpflichtet bin. Er erwartet, dass ich bei ihm bleibe. Ich weiß nicht, was er damit gemeint hat. Jedenfalls möchte ich es nicht. Ich habe Angst vor ihm, ich gehöre nicht zu ihm, ich gehöre zu euch.«

Die letzten Worte hatte sie leise ausgesprochen, die Stimme versagte ihr; Sylvie legte ihr die Hand auf die Schulter und versuchte sie zu beruhigen. »Du brauchst doch keine Angst zu haben, wir würden nicht zulassen, dass er dir etwas Böses tut. Ich habe das Gefühl, du hast dich da in eine Panik hineingesteigert und siehst alles übertrieben schwarz. Wovor hast du denn Angst? Es versteht sich doch von selbst, dass wir zusammenbleiben.«

Linette verbarg das Gesicht in den Händen – es sah aus, als schäme sie sich. Doch dann versuchte sie das, was sie empfand, zu erklären. »Es ist alles so schrecklich ... glaubt ihr, dass die Erde vernichtet wird? Wir können doch nicht ewig hier bleiben.«

»Es ist noch längst nicht sicher, dass sie vernichtet wird«, warf Alf ein. »Du hast es ja gehört: Wir haben noch eine Chance. Warum sollte der Asteroid ausgerechnet die Erde treffen? Wahrscheinlich machen wir uns unbegründet Angst, und er geht an der Erde vorüber. Es wird sich heute Nachmittag entscheiden, und bis dahin besteht doch kein Anlass aufzugeben. Ganz im Gegenteil: Jetzt müssen wir ganz fest an unsere Rettung glauben.«

Alf hatte in überzeugendem Ton gesprochen, doch Linette rührte sich nicht, und es war nicht klar, ob sie verstanden hatte.

»Wenn alles gutgeht«, sagte Sylvie, und sie bemühte sich, Alf zu unterstützen, »wenn alles gutgeht, können wir schon in kurzer Zeit zur Erde zurückkehren. Dann wird alles vorbei sein wie ein böser Spuk. Alf sieht das ganz richtig: Auf diese Möglichkeit stellen wir uns ganz fest ein ...«

»... und das ist auch der Grund dafür, dass wir uns das Raumschiff ansehen wollen«, fügte Alf hinzu. »Weißt du etwas darüber?«

Jetzt hob Linette den Kopf. Es sah aus, als hätte sie sich ein wenig beruhigt und bemühe sich, Alfs Frage gewissenhaft zu beantworten. Sie sagte: »Ich war noch nicht dort, aber ich weiß, wo es ist. Wenn ihr durch den linken Gang geht, dann kommt ihr in die Halle mit den Fitnessgeräten und den Tischtennisplatten ... dann geht ihr ein Stück weiter, bis zu einem Tor, das mit einer Metallplatte verschlossen ist. Bis zu dieser Stelle bin ich mitgekommen. Er hat das Tor geöffnet und ist in einer Gangfortsetzung verschwunden. Mich hat er zurückgeschickt. Ich habe ziemlich lange warten müssen, und als er zurückkam, schien er recht zufrieden. Er sagte, unsere Rückkehr sei gesichert – damit kann er ja eigentlich nur das Raumschiff gemeint haben.«

»Hast du ihn denn nicht gefragt?«

Linette zog eine Grimasse. »Er ist immer so eklig zu mir, wenn ich etwas wissen will.«

»Wir gehen jetzt los«, sagte Alf, und er versprach Linette, sie über das Ergebnis ihrer Suche zu informieren. Sie wollte nicht mitkommen, vermutlich hatte sie Angst, Ramses zu begegnen.

Nun hatten Alf und Sylvie ein Ziel vor Augen. Sie folgten dem von Linette beschriebenen Weg und stießen bald auf das von ihr angekündigte Tor. Es war verschlossen, doch in einem Kästchen an der linken Seite in Kopfhöhe lag ein Werkzeug, das einem Schraubenschlüssel ähnelte, jedoch in einen Stiel mit einer komplizierten Anordnung von Zähnen auslief. Früher war es offenbar durch eine Glassscheibe gesichert gewesen, doch diese war eingeschlagen. »Da hat Ramses seine Spuren hinterlassen«, vermutete Sylvie.

»Ein altmodischer mechanischer Schlüssel«, sagte Alf. Er holte ihn aus dem Behälter, steckte ihn in das rot umrandete Schlüsselloch und drehte ihn nach rechts – und wie erhofft glitt die Platte zur Seite. Sie erinnerte ihn an den Eingang zur Schleuse, und der Gang, den sie nun betraten, war in der Tat wieder ein naturbelassener Höhlengang – einer von jenen, die durch eine unter Druck stehende Folie ausgekleidet waren. Im Gegensatz zu den anderen Räumen bestand hier der Boden aus Beton, und es gab sogar eine kurze Strecke, die von einem Geländer gesäumt war, welches offenbar verhindern sollte, dass man in einen angrenzenden Graben geriet. Im trüben Licht der zur Beleuchtung montierten Lumineszenzbänder gingen sie etwa 40 Meter geradeaus, dann erweiterte sich der Raum nach allen Richtungen, also auch nach oben und unten, zu einem gigantischen Gewölbe ... Und das, was sich einem Denkmal gleich in der Mitte erhob, war zweifellos ein Raumschiff. Es war von einem anderen Kaliber als jenes Museumsstück, das sie auf den Mars gebracht hatte.

»Ein Frachter«, sagte Alf. »Mit solchen hat man die hier geförderten Metalle zur Erde gebracht. Dann steht ja unserer Rückkehr nichts mehr im Wege.«

Sylvie fasste Alfs Hand und fragte: »Rückkehr? Rechnest du so sicher damit?«

Alf blickte sie mit aufmunterndem Lächeln an. »Sylvie, das ist alles, was wir jetzt noch tun können. Wir müssen uns darauf einstellen, zumindest so lange, bis wir Gewissheit haben, so oder so. Komm ...«, er schob Sylvie sanft nach vorn, auf eine schmale Brücke zu, die hinüber zum Raumschiff führte, »wir sehen uns das einmal von innen an.«

An der Wand des Schiffs zeichnete sich der Umriss einer Tür ab, die sich selbsttätig öffnete, als sie näher herankamen.

Alfs Vermutung erwies sich als richtig: Es war ein Frachtschiff, die unteren Räume mit festgezurrten Metallblöcken gefüllt, offenbar hellsilbernes Palladium. Oben fanden sie einen Raum, der für den Aufenthalt von Menschen bestimmt war – Sitzgelegenheiten mit ausklappbaren Tischen, auf einen großen Bildschirm gerichtet, und rechts und links die üblichen Liegeplätze für den Kälteschlaf. Alle Einrichtungsgegenstände waren so eng zusammengedrängt, wie es gerade noch erträglich schien. Es hatte den Anschein, als sei das Raumschiff erst nachträglich für den Transport von Personen eingerichtet worden.

Das einsatzbereit vorgefundene Schiff führte ihnen die Möglichkeit einer Rückkehr zur Erde konkret vor Augen. Was ihnen noch vor kurzer Zeit als kaum erfüllbarer Traum erschienen war, wurde zur greifbaren Wirklichkeit. Es war ihnen, als wären sie damit ihrer Rettung schon ein ganzes

Stück näher gekommen. Es schien nur eine Kleinigkeit zu fehlen, um ihnen Sicherheit zu geben.

Als sie sich auf den Rückweg machten, fühlten sie sich so zuversichtlich wie schon lange nicht mehr. Alf blickte auf das im Ärmel eingelassene Display mit der Datums- und Zeitangabe ... »Wir müssen uns beeilen«, sagte er, »der Asteroid wartet nicht auf uns. Und wir haben noch keine Eintrittskarten für die Vorführung.« Es war ein gutes Zeichen, dass er nun schon darüber scherzen konnte, aber die Skepsis lag noch nahe an der Oberfläche seines Denkens. Kann man etwas erzwingen, wenn man nur fest genug daran glaubt? fragte er sich.

Sie betraten den Speisesaal, der zum Zentrum ihres Aufenthalts in der Festung geworden war. Cassius hatte es sich in einer Ecke bequem gemacht, und Linette hatte Getränke ausgegeben, zum Essen hatte keiner besondere Lust. Ramses wartete schon ungeduldig auf die letzten Ankömmlinge.

»Nun sind wir vollständig. Dann lasst uns zur Sternwarte aufbrechen!«, forderte er.

Er ging voran, und die anderen folgten. Sie unterhielten sich über die Frage, wie genau sich die Zeit für das Ereignis, das sie mit Hoffen und Bangen erwarteten, voraussagen ließ, und Ramses vertrat die Ansicht, dass eine mögliche Abweichung von dem berechneten Zeitpunkt nur Bruchteile von Minuten betragen konnte.

Mit dem Lift fuhren sie ins höchste Stockwerk, hier oben befanden sich die Arbeitsräume der Astronomen und der Zugang zur Kuppel für das Teleskop.

Cassius hatte wohl noch irgendwelche historischen Vorbilder im Kopf, denn er fragte: »Wo muss man nun hineinblicken?«

»Setzt euch dorthin«, sagte Ramses und wies auf eine Reihe von Stühlen. »Auf das Okular sind wir längst nicht mehr angewiesen – alles, was das Fernrohr einfängt, erscheint auf diesem Bildschirm.«

Das ist eine weitere Absurdität dieses Abenteuers, dachte Alf, wir erwarten den Weltuntergang und benehmen uns so, als wären wir zu einer Fernsehsendung eingeladen. Wenn es auch um das Ende der Erde geht, so wollen wir doch wenigstens gute Plätze haben.

Dann aber wurde seine Aufmerksamkeit voll von dem Bild beansprucht, das auf dem großformatigen Bildschirm auftauchte. Ein fahlblau und grün gesprenkelter Ball, jener Himmelskörper, der ihre Heimat war und den man in dieser Weise nur sehen konnte, wenn man sich weit davon entfernt hatte. Allerdings täuschte die bildfüllende Ansicht der Kugel Nähe vor, und wenn der eine oder andere von ihnen mit einem schwindelerregenden Anblick gerechnet hatte, so sah er sich nun enttäuscht: Das Bild strahlte Ruhe, Festigkeit und Sicherheit aus, und der Gedanke, dass sich dieser Körper in eine explodierende Wolke von Trümmern verwandeln könnte, erschien absurd.

»Wie lange noch?« Es war eine Frage, die jeden bewegte, doch nur einer hatte sie zögernd ausgesprochen, als hätte es einer besonderen Überwindung bedurft, sich nach der Vollzugszeit seines eigenen Todesurteils zu erkundigen.

Ramses saß vor einer Apparatur, an der ihm verschiedene Geräte für die Justierung zur Verfügung standen, Angaben für die Richtung, den Maßstab, den Ausschnitt, die optische Umsetzung verschiedener Frequenzen in Farben ... er schien ein wenig nervös, seine Finger spielten hier an einem Rädchen, dort an einem Schieberegler, aber es gab eigentlich nichts mehr einzustellen, nichts mehr zu verändern ...

»Noch eine Minute«, verkündete Ramses mit gepresster Stimme.

Mit Bestürzung wurde den Zuschauern auf ihren Stühlen klar, dass es nur noch Sekunden waren, die sie von jenem Ereignis trennten, das über ihr Schicksal entscheiden würde.

»Noch 30 Sekunden ... 25 ... 20 ...«

An der Ansicht auf der Bildwand hatte sich nichts geändert. Die blaugrüne Fläche auf der rechten Seite, mondförmig, daneben eine Zone des Schattens – kein Anzeichen einer Gefahr, einer Katastrophe.

»Noch zehn Sekunden, neun, acht, sieben ... – jetzt ist es so weit.«

Insgeheim hatten sie gehofft, dass sich alles Vorhergesagte als Irrtum erweisen würde, ein Rechenfehler, ein Missverständnis. Doch da veränderte sich plötzlich etwas ... Mit grausamer Langsamkeit verwandelte sich das, was vorher noch festgefügt erschienen war: In kurzen Abständen tauchten gleißende Punkte auf, die sich zu Feuerherden aufblähten. Die davon ausgehenden Fronten glühender Massen rollten wie Feuerwalzen über das Terrain und ließen schwarze Flächen zurück ...

Noch gab es zwischen den Einschlagstellen blaue und grüne Bereiche, die die Welle des Verderbens verschont hatte, doch die Halden schwarzer Asche wurden immer größer. Innerhalb weniger Minuten entstand eine schwarze Wolke, die sich langsam ausbreitete.

Kraftlos hockten sie auf ihren Stühlen, das Entsetzen hatte ihre Gesichter erstarren lassen. Einige hielten die Augen geschlossen, weil sie den Anblick nicht ertrugen.

Jetzt war es entschieden: Das Unvorstellbare war eingetreten. Sie waren Zeugen eines astronomischen Ereignisses geworden, das sich in weiter Entfernung vollzogen hatte. Etwas, das sie wenig berührte, Abläufe auf einem Screen, elektronisch erzeugte Bilder, Ansichten von Katastrophen, von einschlägigen Filmen hinreichend bekannt ...

Es dauerte lange, bis die im Kuppelraum versammelten Menschen die Konsequenzen, die dieses Ereignis auch für sie selbst hatte, zu begreifen begannen. Noch eine Viertelstunde zuvor hatten sie sich zwar davor gefürchtet, aber keiner hatte sich vorstellen können, dass es wirklich geschehen würde.

Keiner hatte es für möglich gehalten, und jetzt war das Unfassbare Realität.

Doch da ertönte von vorn ein hysterisches Lachen.

Da stand Ramses vor ihnen, er gestikulierte mit den Händen, sein Gesicht war verzerrt, doch der Ausdruck schwer zu deuten, jedenfalls keine Betroffenheit, keine Trauer ...

»Schaut auf den Bildschirm! Seht doch, was da geschieht!«

Er hatte Mühe, die Aufmerksamkeit auf sich zu ziehen, die Reaktionen waren nur abweisende, müde Blicke. Er lief auf die Sitzenden zu, gestikulierte ... Jetzt stand er vor Alf, er beugte sich zu ihm herab, umklammerte seine Arme ... »Du musst es doch beobachtet haben – hast du nicht richtig hingesehen?«

Alf wich ein wenig zurück. »Ich weiß nicht, was du meinst.«

»Da ist etwas anders verlaufen, als die Sachverständigen erwartet haben ... etwas, was keiner voraussehen konnte. Es war nicht ein Einschlag, es waren mehrere.«

Mehrere Einschläge ... Alf begann etwas zu ahnen. Trotzdem fragte er: »Und was ist daran so erfreulich?«

Ramses bemühte sich um Fassung. »Das war nicht die Katastrophe, wie wir sie erwartet haben. Da wäre nichts mehr von der Erde übrig. Nicht der ganze Asteroid hat die Erde getroffen – es waren nur Teile von ihm. Vor dem Einschlag ist er zerbrochen. Das ist übel, das ist schlimm – aber die Erde ist nicht untergegangen, davon kann sie sich erholen!«

Dann trat er zurück, wandte sich nun auch wieder an die anderen – an Sylvie, Linette und Cassius. »Mir ist schon vorher, während der Einschlagphase, etwas aufgefallen, aber ich habe es nicht gleich begriffen. Es war nicht der erwartete umfassende Akt der Zerstörung. Nicht ein Zentrum der Zerstörung, sondern eine Reihe kleinerer Einschläge. Hat denn keiner richtig hingeschaut?«

Alf hatte sich keinen falschen Hoffnungen hingeben wollen, in der Tat hatte er den Lichtrand an der Seite des Erdballs bemerkt, aber er hatte sich geradezu gegen diese neue Sicht gewehrt. Nun verschwanden die letzten Zweifel. Unglaublich, aber wahr: Ramses hatte richtig beobachtet. Er war der Einzige gewesen, der einen kühlen Kopf bewahrt hatte.

Eine belebende Welle der Zuversicht erfasste Alf, und er versuchte, die Gefühle, die so leicht zu falschen Ängsten oder auch falschen Hoffnungen führen konnten, zu unterdrücken und wieder sachlich zu denken. Mehrere Einschläge ... immer noch eine Naturkatastrophe, aber eben doch keine völlige Vernichtung ...

Nun lauschte er wieder auf Ramses' Worte. »Ich konnte es selbst nicht glauben ... ich habe auf ein Anzeichen gewartet, auf einen Beweis. Und nun – dieser helle Rand, der da zum Vorschein kommt. Er ist grün. Die Erddrehung, versteht ihr. Sie führt uns die unversehrten Teile der Erde vor. Nur eine Seite ist betroffen. Die andere ist verschont geblieben.«

Für Cassius und die beiden Frauen war es schwer, diesem jähen Wechsel der Gefühle zu folgen. Dort, vor ihnen auf dem Bildschirm, immer noch dieses konturlose Schwarz ... bis auf einen schmalen hellen Rand.

Ramses erholte sich rasch, er wurde zusehends sachlich, kühl und locker. Er setzte sich auf einen freien Stuhl zu den anderen und versuchte, die neue Situation zu beurteilen. »Es ist schlimm genug: Derzeit ist die Erde von einer Aschenwolke umgeben. Das wird noch eine Weile so bleiben. Doch die Asche wird sich auf den Boden senken, und vielleicht wird dadurch sogar manche Wüste zu fruchtbarem Land. Ein paar Wochen oder Monate Dunkelheit, die sich über die ganze Erde breitet, aber sie wird vorübergehen. Gewiss: In großen Teilen der Erde wurde zweifellos alles Leben zerstört, aber in anderen dürfte sich nicht allzu viel geändert haben. Die Menschen mit ihren technischen Hilfsmitteln sollten imstande sein, auch Perioden der Dunkelheit und Kälte zu überleben.

Also – und darin liegt die Chance, die wir haben: Nichts hindert uns daran zurückzukehren. Bis wir auf der Erde ankommen, ist das Schlimmste vorüber. Wir können dort leben, nicht viel anders als vorher.«

Ramses hatte ruhig gesprochen, fast ein wenig eintönig. Trotz seiner Selbstbeherrschung war ihm anzumerken, wie mitgenommen er war. Er schwankte ein wenig und stützte sich auf das Pult, dann ging er mit unsicheren Schritten um die Sitzreihe mit seinen Gefährten herum, zur Tür und zur Tür hinaus ... es sah aus, als müsse er jetzt allein sein.

Die Zuhörer waren ein wenig betäubt, es war schwer, sich auf die veränderte Sachlage einzustellen, wenn es auch eine Wendung zum Guten gewesen war. Noch vor wenigen Minuten den Untergang vor Augen, und dann die Verheißung der Rückkehr zur Erde, mit der Aussicht, bald wieder ein normales Leben führen zu dürfen ...

Sylvie fasste sich zuerst. Sie wandte sich an Alf. »Was ist deine Meinung: Hat Ramses unsere Aussichten nicht ein wenig zu rosig geschildert?«, fragte sie. »Glaubst du wirklich, dass es möglich ist, auf der Erde wieder Fuß zu fassen? Wie wollen wir die Plätze finden, an denen noch menschliches Leben möglich ist? Und wie kommen wir dorthin? – Wahrscheinlich gibt es keine Straßen mehr, keine Verkehrsmittel?«

Alf saß noch immer tief in Gedanken versunken auf seinem Stuhl, und zunächst hatte es den Anschein, dass er Sylvies Fragen nicht gehört hatte. Doch dann richtete er sich ein wenig auf.

»Ich versuche mir diese vom Schicksal gezeichnete Erde vorzustellen. Die aufgerissenen Wunden in der Oberfläche. Im Meer Reihen junger Krater, heiße Ströme aus dem Erdinneren, die das Wasser zum Sieden bringen, so dass es noch geraume Zeit kochen wird. Riesenhafte, von den Einschlägen ausgelöste Wellen haben manche Küstenbereiche bis weit ins Land hinein zerstört. Weite Regionen, früher grünes Land, das nun verbrannt ist und unter einer Ascheschicht liegt. Alles Lebendige, was darauf zu finden war, wurde vernichtet, und damit die menschliche Zivilisation, die Technik, die Wohnsiedlungen, die Verkehrsmittel, und natürlich auch das Netz mit seinen empfindlichen Schaltungen. Die Speicher zerstört, die Daten gelöscht und keine Kommunikation mehr, keine Nachrichten, keine Fernsehsendungen, keine Spiele. Ja, das Netz, das die Herrschaft über die Menschheit gewonnen hat, ist nun tot.«

Er schwieg, doch als keiner mehr eine Fortsetzung seiner Ausführungen erwartete, setzte er wieder zu sprechen an. »Aber vielleicht irre ich mich – es kann auch ganz anders sein. Schließlich hatten wir nur eine einseitige Sicht des Geschehens. Als der Einschlag erfolgte, hatten wir jene Seite der Erde vor Augen, in die die Bruchstücke des Asteroiden einschlugen. Es gab aber noch eine andere, nämlich die uns abgewandte Seite. Es war die Masse der Erde selbst, die sie vor dem Verderben schützte. Freilich, die Schäden dürften sich auch dort bemerkbar machen, die Erschütterungen und Beben, die um den Erdball laufenden Meereswellen, die Wolken aus Asche und Staub. Zweifellos hat sich auch dort einiges verändert – aber dort sollte nicht alles vernichtet sein. Pflanzen, Tiere und Menschen – viele sollten die Katastrophe überstanden haben. Ja, wenn wir diesen Teil der Erde erreichen, haben wir eine gute Chance, neu anzufangen – und zu überleben.«

Er hatte die negativen und die positiven Seiten der Situation geschildert. Im Grund genommen hatte er nur das wiedergegeben, was sich ihm an Bildern als Reaktion auf das erlebte Schauspiel hin aufdrängte. Wie nahe er damit der Wahrheit kam? ... er selbst hatte keine Ahnung.

Und dann klang ein Ruf durch den Raum, unterdrückt, aufgeregt, unverständlich. Es war nicht klar, wer ihn ausgestoßen hatte ... Wahrscheinlich war es Alf gewesen, der dastand wie gelähmt und fassungslos auf den Bildschirm starrte – und die anderen taten es ihm nach ...

Wie viel Zeit war seit dem Spektakel verstrichen? Eine Stunde, zwei Stunden? Die Erde hatte sich ein Stück weitergedreht, und dabei war ein Teil ihres Kugelkörpers, der vorher verdeckt gewesen war, zum Vorschein gekommen. Und genau in diesem Randbereich hatte sich etwas verändert, er selbst hatte sich vergrößert, er war zu einem ansehnlichen Streifen geworden, und darauf lag der Schein von reflektiertem Sonnenlicht. Er kam nicht von einer diffusen dunklen Wolkenschicht, sondern von einer Zone, in der die Wolken so dünn waren, dass man durch sie hindurchblicken konnte. Dort unten gab es etwas Helles, Farbiges, das gewohnte Grün und Blau – das Mosaik aus Festland und Wasser. Und da und dort gab es Löcher in der Wolkendecke, die den Blick auf darunterliegende Gebiete freigaben, und je länger sie warteten, während sich die Erde unbeirrt weiterdrehte, umso größer wurden diese Einblickfenster. Da unten lag unversehrtes Land, da waren Grünflächen, Gebirge, Meere und Seen ...

Die optimistische Variante von Alfs Visionen hatte sich erfüllt. Die andere war schon vergessen.

Eine Stunde später saßen sie alle wieder im Speisesaal, und eine zunehmende Erleichterung verdrängte alle noch bestehenden Unsicherheiten und Zweifel. Nur Ramses zeigte sich wortkarg und mürrisch – er schien noch unter dem Eindruck des Erlebten zu stehen, und vielleicht war er ja auch der Einzige unter ihnen, der die volle Tragweite dessen begriffen hatte, was ihnen noch vor wenigen Stunden gedroht hatte und was ihnen noch bevorstehen mochte.

Sie hatten lange nichts gegessen, keinen Appetit gehabt, ihr Sinnen und Trachten hatte sich auf Fragen von Leben und Tod konzentriert, auf Sein oder Nichtsein, auf eine erfüllte oder verlorene Zukunft. Jetzt aber hatte sich die Erwartung drohenden Unheils aufgelöst und war aus dem Bewusstsein getilgt.

Allmählich stellte sich wieder ein gesunder Appetit ein, und diesmal halfen alle zusammen, um für eine wohlschmeckende Mahlzeit zu sorgen, ohne dass man sie hätte bitten müssen. Es fiel gar nicht auf, dass Ramses wieder verschwunden war. Er fand sich erst später ein und setzte sich schweigend zu den anderen.

Es war ein ereignisreicher, anstrengender Tag gewesen, und bald meldete sich die Müdigkeit, die langsam in Erschöpfung überging. So beschlossen sie, schlafen zu gehen; nur Ramses kümmerte sich nicht darum und blieb reglos und stumm zurück.

Mars, zwölfter Tag

Wie viel Zeit war nötig, um das Rettungsschiff startklar zu machen? Das war die Frage, die sie am nächsten Tag während des Frühstücks beschäftigte. Die Zeit der Lethargie, die sich gestern noch breitgemacht hatte, war verflogen – sie hatten den Übergang zu einem neuen Lebensgefühl vollzogen, das auf eine Zukunft auf der Erde ausgerichtet war. Jetzt hatten sie es eilig, wollten keine Minute vergeuden, um möglichst bald zur Erde zurückzukehren. Vergeblich versuchte Ramses ihre Erwartungen zu dämpfen; er wies darauf hin, dass der Aufenthalt auf der Erde derzeit und wohl auch noch Monate und Jahre später alles andere als angenehm sein würde. Im Übrigen gab es keinen, der das bezweifelte, und doch ließen sie von ihren Vorbereitungen nicht ab – das Heimweh war stärker als unangenehme Gedanken an eine zerstörte Erde; es überwog die Hoffnung darauf, all das wieder in Besitz zu nehmen, was sie schon verloren geglaubt hatten.

Wahrscheinlich hätte Ramses am besten Auskunft über die Startvorbereitungen für die Rückkehr geben können, doch er wollte sich nicht äußern, und als die anderen weiterdiskutierten, verließ er den Saal. Nun richtete sich die Aufmerksamkeit der drei anderen auf Alf. Er hatte sich schon aus eigenem Antrieb mit den Problemen befasst, die die Rückfahrt aufwerfen würde, und konnte manche Fragen vernünftig beantworten.

»Ich habe mich heute früh ans Informationssystem im Überwachungsraum gesetzt, ich wollte herausfinden, was zu tun ist, um das Raumschiff zu starten. Nach einigem Herumsuchen habe ich auch einen lesbaren Text gefunden – in altmodischem Englisch, aber ganz gut verständlich ...«

Er merkte, dass er abschweifte, und wandte sich den aktuellen Fragen zu: »Kurz und gut – bei den Vorbereitungen dürfte es keine Probleme geben. Das Schiff war ursprünglich ein Frachter und ist speziell für Rettungstransporte von Menschen umgebaut worden, die sich aus irgendeinem Grund rasch in Sicherheit bringen müssen. In den Frachtraum wurden die Kabinen für den Kälteschlaf und ein hinreichend großes Überlebenssystem eingebaut. Um den Countdown für den Start einzuleiten, genügt es, ein dafür vorbereitetes Programm im Bordcomputer zu aktivieren. Dann läuft alles automatisch ab. Für uns bleibt lediglich die Aufgabe, die Vorräte an Essen und Trinken zu kontrollieren, die Funktionsfähigkeit einiger wichtiger Instrumente zu prüfen und schließlich den Start freizugeben. Dann läuft das Triebwerk an, und nach etwa zwölf Minuten sollte sich das Ding in die Luft heben ... na ja, Entschuldigung – in die dünne Atmosphäre des Mars.«

Seine drei Zuhörer schienen zufrieden und gingen zu praktischen Fragen über: wie viel Zeit ihnen noch blieb, bis wann alles Notwendige ins Schiff gebracht werden musste, um möglichst bald starten zu können.

Alf beteiligte sich nicht daran, sondern kündigte an: »Ich werde mir noch ein paar Auskünfte aus dem Informationssystem holen, ich möchte mich vergewissern, dass ich nichts übersehen habe.« Cassius murmelte etwas von Werkzeugen, die sie brauchen würden, und verließ ebenfalls den Raum.

Als die beiden Frauen allein waren, wandte sich Linette mit gedämpfter Stimme, als könnte sie belauscht werden, an Sylvie: »Und was ist mit Henrich, Gilbert und Gijon?«

Sylvie gestand sich ein, dass sie in der Tat nicht mehr an die drei Leute in den Wannen gedacht hatte, doch Linette sprach weiter: »Ich habe mit Ramses darüber gesprochen, und er weigert sich, sie zu befreien. Er hat mir verboten, darüber zu reden.«

»Natürlich müssen wir sie befreien«, rief Sylvie, »da gibt es doch nichts zu überlegen. Und Ramses wird mich nicht davon abhalten. Ich gehe gleich hin ... kommst du mit?«

Linette machte einen verängstigten Eindruck. »Meinst du denn, dass Ramses das zulassen wird?«

»Was kann er schon dagegen tun? Komm, wir lassen uns nicht länger aufhalten!«

Während sie sprach, suchte Sylvie in einer Lade unter dem Tresen nach Werkzeugen, die sie beim Öffnen der Hüllen brauchen könnten. Schließlich wählte sie drei Messer verschiedener Größen und eine Tranchierschere aus und schubste Linette aufmunternd an – es konnte losgehen.

Als sie kurze Zeit später in dem nach Desinfektionsmitteln riechenden Raum ankamen und sich dem schlecht beleuchteten rückwärtigen Teil zuwandten, mochten sie kaum ihren Augen trauen: Was da in den Wannen lag, sah anders aus, als sie erwartet hatten. Die glasigen Hüllen waren zusammengeschrumpft, nur noch dünne graue Krusten umhüllten die Körper, und als Sylvie näher trat, stellte sie fest, dass sich auch das Aussehen der Eingeschlossenen verändert hatte. Die eingetrockneten Hüllen ließen kaum noch einen Blick auf die Körper frei, doch war nicht zu verkennen, dass die Gesichter die Farbe verloren hatten und zudem in erschreckender Weise verzerrt waren: so, als hätte sich ihnen in den letzten Momenten ihres Lebens ein unbeschreiblicher Schrecken aufgeprägt.

Sylvie musste sich überwinden, um vor einem von ihnen – es war Gijon – niederzuknien und die Hülle in Höhe der Stirn zu durchschneiden. Sie zog den trockenen Überzug beiseite und legte ihm die Hand auf die Wange ... die Haut war kalt und fühlte sich an wie zerknittertes Papier. Sylvie erhob sich mühsam, als hätte sie keine Kraft mehr in den Beinen. »Gijon ist tot.« – Die Worte kamen nur flüsternd von ihren Lippen.

»– und die anderen auch«, sagte Linette ebenso leise.

Die beiden Frauen fühlten sich wie betäubt, sie wussten nicht, was sie tun sollten. Dann sagte Linette: »Das ist entsetzlich. Was sollen wir tun?«

»Ich muss es Alf sagen«, meinte Sylvie. »Ich gehe zu ihm in die Zentrale.«

»Lass mich nicht allein«, bat Linette. Ohne eine Antwort abzuwarten, schloss sie sich Sylvie an.

Alf wollte nicht glauben, was er von Sylvie erfuhr. Er bestand darauf, sich selbst davon zu überzeugen, und so kehrte er mit Sylvie in den Saal mit den Wannen zurück. Linette hatte sich geweigert, noch einmal dorthin zu gehen, und wollte in der Zentrale warten.

»Was mag da nur geschehen sein?«, fragte Sylvie. »War es ein Unfall? Wir haben sie zu lange in dem eingesponnenen Zustand liegen lassen – wir hätten sie befreien müssen.«

Alf hatte Mühe, mit dem, was da geschehen war, fertig zu werden. Trotzdem machte er sich ohne Zögern daran, nach Anzeichen dafür zu suchen, die auf die Ursache des Unglücks hinwiesen.

Er brauchte nicht lange zu suchen. »In den Wannen ist keine Flüssigkeit mehr«, stellte er fest.

»... totaler Feuchtigkeitsverlust, sie sind verdurstet«, stellte Sylvie fest.

»Damit hätten wir die Ursache –«, folgerte Alf, »– ein Defekt in der Apparatur ...«

Sylvie schien angestrengt nachzudenken, dann schüttelte sie den Kopf. »... oder auch etwas ganz anderes«, sagte sie. »Ich habe ein sehr unangenehmes Gefühl ... einen Verdacht ... könnte Ramses dahinterstecken?«

Als sie den ungläubigen Blick von Alf bemerkte, fuhr sie fort: »War er nicht dagegen, die Betäubten aufzuwecken?«

»Das ist eine schlimme Beschuldigung«, sagte Alf. »Ramses – ein Mörder? Er benimmt sich zwar ein wenig eigenartig, aber ... Und was für einen Grund sollte er für ein solches Verbrechen haben? Ich kann es einfach nicht glauben. Wir müssen das aufklären.«

»Wie willst du das herausfinden?«, fragte Sylvie. »Wir haben doch anderes zu tun, als Detektiv zu spielen.«

»Ich will sehen, ob ich Ramses aufspüren kann«, kündigte Alf an. »Diese Sache muss geklärt werden. Kommst du mit?«

Die beiden kehrten in die Zentrale zurück. Linette war verschwunden und hatte auch keine Nachricht hinterlassen.

Wenig später saß Alf mit Sylvie vor dem Monitor des Überwachungssystems, doch es dauerte lange, bis sie Ramses entdeckten.

»Da, schau her!« Er wies auf das Bild: Ramses war mit einem Gyroschlitten unterwegs, der mit Paketen oder Bündeln beladen war – genauer war es nicht auszumachen. Der Schlitten war voll beladen, und trotz der suprakalten Gleitflächen an den Kufen schien sich Ramses anzustrengen. Er musste sich mit dem ganzen Körper gegen den Schlitten stemmen, um ihn in Fahrt zu halten. »Das ist der Gang, der zum Raumschiff führt. Komm, wir gehen dorthin und sprechen mit ihm.«

Erst sah es so aus, als wollte ihm Sylvie folgen, doch dann blieb sie stehen. »Willst du nicht noch ein bisschen warten? Ich glaube, es wäre gut, wenn Cassius mitkäme. Ich will sehen, wo er sich aufhält.«

Alf schien einverstanden. Er wartete eine Weile, während Sylvie die Ansichten verschiedener Örtlichkeiten aufrief – zunächst ohne Erfolg.

Alf wurde bald ungeduldig. »Ich gehe jetzt los«, sagte er. »Sonst finde ich ihn nicht mehr – in den außen liegenden Gängen sind keine Überwachungskameras. Cassius kann ja nachkommen.«

»Soll ich nicht doch lieber mit dir gehen?«, fragte Sylvie.

»Es ist besser, du bleibst hier«, antwortete Alf. Er nickte ihr zu und verließ den Raum.

Er orientierte sich kurz und schlug dann den Weg zum Raumschiff ein. Die Gänge waren still, etwas Bedrohliches lag in der Luft. Ihm war, als könnte er hinter jeder Ecke auf Ramses stoßen, und obwohl er ja auf der Suche nach ihm war, so bereitete ihm diese Vorstellung Unbehagen. Doch er kam ungestört in den Hangar, in dem das Rettungsschiff bereitstand, auch hier hielt sich Ramses nicht auf, und so benutzte Alf die Brücke und kam unmittelbar in den zentralen Raum des Schiffs.

Von Ramses immer noch keine Spur, doch irgendetwas fiel Alf auf, als er seinen Blick über die Liegeplätze für die Insassen gleiten ließ. Er trat an einen heran ... Da blinkte es hinter dem durchsichtigen Deckel, und als er näher kam, stellte er fest, dass auf der Matte ein Stapel mit Klebeband zusammengeschnürter Metallbarren lag, die hier zweifellos nichts zu suchen hatten. Er wandte sich der danebenliegenden Koje zu – auch dort die metallenen Blöcke. Alle Schlafplätze waren mit ihnen belegt.

Wenn Alf auch nicht wusste, was es damit für eine Bewandtnis hatte, so stieg doch Ärger, ja Wut in ihm auf. Was beabsichtigte Ramses mit dem Metall? – Vermutlich war es Palladium – aus den Vorräten, die ja hier irgendwo lagern sollten. Dachte er nicht daran, dass dieses Material ausnehmend schwer war und das Schiff über Gebühr belasten würde? Und warum hatte er es in die Kojen gelegt, die ja für die Menschen gebraucht wurden?

Jetzt hatte er es eilig, Ramses zu suchen und ihn zur Rede zu stellen. Alf wollte schon zur Eintrittsluke zurückgehen, als er etwas hörte, einen leisen Ton, pfeifend, ächzend ... er wandte sich in die Richtung, aus der das Geräusch kam ... Dort waren zwei weitere Schlafbehälter für die Passagiere, einer war leer, doch im anderen lag ein Mensch, es war Linette. Zunächst war er sprachlos, konnte sich nicht erklären, wie sie hierhergekommen war. Er öffnete den Deckel und sah, dass Linettes Mund mit Isolierband verschlossen war. Sie konnte die Lippen nicht bewegen, der Kopf wurde durch die angezogene Nackenstütze festgehalten, und auch die Arme und Beine lagen unverrückbar unter den heruntergeklappten Bügeln.

Alf beeilte sich, Linette zu befreien, und er brauchte auch nicht lange zu fragen, denn kaum dass das Pflaster vom Mund entfernt war, versuchte sie zu reden, zuerst brachte sie nur einzelne schwer verständliche Worte heraus, aber dann ... »Es war Ramses ... Ich war gerade im Schlafraum, wollte mir etwas aus dem Rucksack holen, da tauchte er plötzlich auf und hielt mich fest. Er will euch nicht mitnehmen, ich soll mit ihm allein zur Erde fliegen! Ich bin sicher, er hat Henrich und die anderen umgebracht. Er ist nicht mehr zurechnungsfähig. Mich hat er gepackt und mit sich gezerrt. Und dann in diese Koje gesteckt. Alf, bitte sag mir, was ich machen soll. Ich möchte nicht mehr bei ihm bleiben, ich habe solche Angst ...«

Inzwischen hatte ihr Alf beim Aufstehen geholfen, und er versuchte sie zu beruhigen: »Du kommst jetzt mit mir, ich sorge dafür, dass dir nichts geschieht.«

Zusammen verließen sie das Schiff, überquerten die Brücke, gingen in den Gang hinein ...

Und trafen auf Ramses, als er an einer Kreuzung um die Ecke bog, vor sich einen Schlitten, auf dem Packen hellsilberner Metallbarren lagen.

Alle drei blieben für kurze Zeit überrascht stehen, dann rief Alf in jäh aufsteigendem Zorn: »Was treibst du da! Wozu brauchst du die Barren?«

Ramses hatte sich rasch gefangen. Er stand ruhig da. Ja, er lächelte sogar und sah Alf spöttisch an ...

Die Provokation brachte Alf aber nicht noch weiter in Rage, sondern bewirkte merkwürdigerweise das Gegenteil. Von einem Augenblick zum anderen wurde er ruhig und kühl. »Linette hat mir mitgeteilt, dass du Sylvie, Cassius und mich hier zurücklassen willst. Was denkst du dir dabei? Das werde ich nicht zulassen!«

»Mach dich nicht lächerlich«, sagte Ramses und trat einen Schritt auf Alf zu. Da war etwas in seinem Gesicht, was Alf alarmierte – ein Ausdruck von Entschlossenheit und Grausamkeit. Als Ramses noch ein wenig näher kam, bemerkte Alf eine Bewegung von Ramses' Hand – die sich um den Griff des Lasers geschlossen hatte ... Da warf sich Alf, ohne auch nur eine Sekunde zu zögern, nach vorn und schlug ihm die Waffe aus der Hand.

Ramses war ein wenig größer als Alf, aber Alf war der Jüngere und ihm vermutlich auch körperlich überlegen – ohne Waffe fühlte sich Ramses hilflos. Darum versuchte er, Alf beiseitezustoßen und den Laser zurückzubekommen, der ein paar Meter seitwärts geschlittert war. Doch wieder reagierte Alf mit großer Schnelligkeit, er setzte ihm nach und trat mit dem Fuß nach ihm, ehe der andere die Waffe ergreifen konnte. Dann ging Alf mit geballten Fäusten auf Ramses los, der hinter dem Schlitten Schutz suchte. Als er Alf auf sich zukommen sah, benutzte er das Fahrzeug zur Abwehr. Auf den suprakalten Kufen ließ es sich in jede Richtung bewegen, und die Schwungräder in der Bodenplatte hielten es aufrecht, so dass Alf nicht an Ramses herankam. Da versuchte Alf kurzerhand, über das Hindernis hinwegzuspringen, doch er blieb hängen, und einige Pakete mit den Metallbarren fielen klirrend zu Boden.

Fast wäre Alf zu Fall gekommen, aber er konnte das Gleichgewicht bewahren. Und doch blieb er reglos stehen – irgendetwas hielt ihn auf. Vielleicht war es der Gesichtsausdruck von Ramses, dessen Blick sich auf etwas richtete, was hinter Alf vor sich ging ... Von dort kam ein Geräusch, ein leises Klatschen und Knattern, und dann, wie aus dem Nichts heraus, befanden sich die beiden Männer inmitten eines Gewimmels aus gedrungenen Gestalten – spitze Schnäbel, Kugelaugen, metallisch glänzende Haut: ein Trupp von Heuschrecken.

Unwillkürlich drehte sich Alf zu Linette um, er packte sie und hielt sie fest, so dass sie sich nicht rühren konnte, und auch er selbst blieb reglos stehen. Instinktiv hatte er das Richtige getan, der Reflex hatte eine schnellere Reaktion hervorgerufen als das Gedächtnis, und erst hinterher erinnerte er sich bewusst daran, dass die Heuschrecken nur auf Bewegungen in ihrer Umgebung reagierten und Nichtbewegtes unbeachtet ließen.

Aus dem Augenwinkel heraus konnte er beobachten, wie sich Ramses den anstürmenden Heuschrecken entgegenwarf... Da schnellten aus ihren Düsen weißliche Fäden heraus, schlugen wie Peitschenschnüre auf Ramses' Kleidung und auf die Haut seines Gesichts und seiner Hände. Es schien eine Frage von Sekunden, bis seine Gliedmaßen zusammengeschnürt und sein Körper eingesponnen sein würde...

Doch Ramses war schneller, als man ihm zugetraut hätte. Er besaß die Geistesgegenwart, den Laser aufzuheben und einzuschalten, bevor ihn die klebrigen Streifen daran hindern konnten. Obwohl er den Arm kaum noch zu bewegen vermochte, schnitt der sengende Strahl mit hässlichem Zischen in die Körper der Angreifer hinein, einige blieben mit üblen Verwundungen liegen – tiefe Schnittwunden, abgetrennte Köpfe und Gliedmaßen –, die anderen zogen sich für kurze Zeit zurück, und fast sah es aus, als ob sich Ramses völlig von den noch an ihm klebenden Massen befreien könnte...

Doch dazu reichte die Zeit nicht. Innerhalb von Sekunden hatten sich die unversehrten Heuschrecken vor Ramses aufgebaut, und wie auf ein lautloses Zeichen hin sprangen sie auf ihn zu. Diesmal waren es nicht die Spinndüsen, die sie einsetzten, sondern die Schnäbel, mit denen sie auf ihn einhackten. Und obwohl er noch einige mit seiner Laserwaffe verwundete, blieben genug von ihnen übrig, um ihn endgültig zu überwältigen, zu Boden zu strecken und hemmungslos weiter auf ihn einzuhacken, bis nur noch eine unförmige blutende Masse übrig blieb.

Als Alf das Ergebnis ihrer Aktionen sah, die traurigen Überreste des getöteten Menschen, die da auf dem Boden lagen, überfiel ihn plötzlich eine unbeschreibliche Angst: dass die Marswesen nun auch ihn und Linette umbringen würden. Er stand noch immer wie erstarrt, die Arme um Linette geschlungen, und auch die Heuschrecken hielten still. Und dann, als hätten sie einen Befehl erhalten, setzten sie sich alle gleichzeitig in Bewegung, zogen sich in schnellen Sprüngen zurück, in den Gang hinein, und waren auch schon hinter einer Ecke verschwunden ...

Alf empfand eine merkwürdige Leere, es war ein unglaubliches Geschehnis gewesen; es hatte sich in kürzester Zeit vollzogen, und nun war es vorbei ... Ein Alptraum? Doch Alf war keiner Halluzination erlegen, der tote Körper von Ramses bewies es. Er drehte sich zu Linette um, deren Gesichtsausdruck auf Nichtverstehen, auf Ratlosigkeit hindeutete. Es sah aus, als befände sie sich in einem somnambulen Zustand, als könnte sie jeden Moment das Gleichgewicht verlieren, zu Boden stürzen. Alf hielt sie immer noch fest. Er streichelte ihren Rücken und flüsterte ihr beruhigende Worte ins Ohr, über deren Sinn er sich selbst nicht im Klaren war.

Und dann hörte man Schritte, die sich rasch näherten. Noch immer benommen drehten sich Alf und Linette um, und da sahen sie Sylvie, gefolgt von Cassius, heranlaufen. Sylvies Haare hatten sich gelöst und flatterten hinter ihr her. Alf und Linette hörten ihren keuchenden Atem, dann war sie endlich bei ihnen, sie lehnte sich an die beiden und umfing sie mit den Armen.

Cassius war ein wenig abseits stehen geblieben. Er musterte die Spuren der Auseinandersetzung und versuchte sich einen Reim darauf zu machen. Er war der, der sich am schnellsten fing und fragte, was nun geschehen sollte.

Alf löste sich von Sylvie und Linette und suchte nach Worten, um seine Auseinandersetzung mit Ramses zu schildern, doch Sylvie unterbrach ihn und sagte: »Ich habe es auf dem Monitor gesehen, zumindest, wie es angefangen hat. Da sind wir losgerannt. Aber ihr müsst euch zusammennehmen.« Sie erhob die Stimme. »Es gibt eine Neuigkeit. Ihr könnt es noch nicht wissen, aber es ist wichtig: Ramses hat den Countdown zum Start eingeschaltet. Ich habe den Alarm in der Zentrale mitbekommen. Die Automatik läuft und lässt sich nicht mehr stoppen ...«

»Und das heißt ...?«, fragte Linette mit furchtsamen Augen.

Sylvie sah sie vielsagend an: »Es heißt, dass wir nicht mehr zögern dürfen, wenn wir zur Erde zurückkehren wollen.«

Es war eine Nachricht, die sie trotz der eben überstandenen Schockerlebnisse zum Handeln zwang. Es galt, alle körperlichen und geistigen Kräfte zu mobilisieren, um das zu tun, was getan werden musste.

Auch Linette hatte sich so weit erholt, dass sie handlungsfähig war. »Haben wir denn noch genug Zeit, um alles vorzubereiten? Sonst startet das Raumschiff noch ohne uns!« Das war ein schockierender Gedanke – und er war gar nicht so abwegig.

Alf besann sich kurz, dann lief er zum Raumschiff, um an der Schalttafel abzulesen, wie weit der Countdown vorangeschritten war. Wenig später trafen auch Sylvie und Linette ein, die ihm etwas langsamer gefolgt waren: »Noch 56 Minuten bis zum Start«, rief er ihnen entgegen. »Der automatische Check beginnt 20 Minuten vor dem Start. Da müssen wir unsere Plätze eingenommen haben.«

Sie blickten einander betroffen an – das war verteufelt wenig.

Alf brauchte nicht lange zu überlegen. »Jeder muss entscheiden, was er noch an persönlichen Dingen mitnehmen will. Und in einer halben Stunde treffen wir uns vor dem Raumschiff …«

Die Zeit verging schneller als erwartet, es blieben nur wenige Minuten, bis sie abschließend ihre Rucksäcke mit einigen wenigen persönlichen Dingen ins Schiff trugen. Der praktisch eingestellte Cassius hatte noch eine Kiste voll Werkzeug mitgebracht. Die Menge des Gepäcks hielt sich in Grenzen, es ließ sich leicht im Schiff verstauen.

Eine Stimme schreckte sie hoch – sie sprach chinesisch und war nicht zu verstehen, und doch war allen klar, was da verkündet wurde. Es waren die letzten Minuten ihres Aufenthalts auf dem Mars, die nun abzulaufen begannen. Die Uhr zeigte 30 verbleibende Minuten an.

»Der Check wird bald beginnen«, sagte Alf. »Wir wissen, was zu tun ist. Jeder sucht sich einen Liegeplatz.«

Das hörte sich einfach an, wurde aber zum Problem: Es stellte sich heraus, dass nur zwei Plätze frei waren, die anderen waren randvoll mit Metallbarren gefüllt.

»Wozu hat Ramses nur dieses Zeug gebraucht?«, fragte Sylvie, ohne eine Antwort zu erwarten.

Doch Linette hatte es gehört und antwortete: »Ramses sagte, es wäre wertvoller als Gold. Wir müssten es mitnehmen. Man braucht es für die Schaltungen – sonst könnte man das intelligente Netzwerk nicht wieder in Gang setzen …«

»Und dafür wollte er seine Gefährten zurücklassen«, sagte Sylvie mit tonloser Stimme, als müsste sie jede Gefühlsregung ausschalten, um diesen Schluss zu ziehen.

Sie wollte noch etwas hinzufügen, doch sie wurde dabei durch die Stimme aus dem Lautsprecher übertönt, und auf dem Display war nun die Zahl 25 zu lesen.

Alf warf einen Blick darauf und rief: »Rasch – wir müssen noch zwei Kabinen freiräumen – helft mir, die Barren hinauszutragen. Wir sollten sehen, dass wir möglichst viele aus dem Schiff entfernen. Wir können sie hier nicht herumliegen lassen, und zum Verstauen fehlt uns die Zeit.«

Jetzt war das wertvolle Metall nur noch Ballast, dessen man sich so rasch wie möglich entledigen musste. Sie gingen unverzüglich ans Werk. Die Metallbarren waren unerwartet schwer, und sie mussten alle Kräfte zusammennehmen, um diese Stücke, von denen man nur wenige auf einmal tragen konnte, hinauszuschleppen. Währenddessen lief die Zeit unerbittlich weiter...

Was hätte es für Folgen, wenn sie nicht rechtzeitig fertig würden?

Sie stellten gerade den letzten Packen mit den Metallen ab, als sich wieder die Stimme erhob und etwas Unverständliches verkündete. Unmittelbar danach blinkten im Schiff mehrere rote Lämpchen auf.

»Rasch hinein!«, rief Alf. »Lasst alles liegen, wie es ist.«

So hasteten sie ins Raumschiff, das sie vom Mars wegtragen und zur Erde zurückbringen sollte. Sie zogen den Lukendeckel zu, und die automatische Verriegelung rastete hörbar ein.

Über ein Jahr würden sie in diesem engen Verlies verbringen. Nur noch wenige Stunden würden sie wach sein und dann in diesen tiefen Schlaf versinken, der schon nahe an den Tod herankam und doch die einzige Möglichkeit bot, die Abgründe des Weltraums lebendig zu überwinden. Bald würde jeder von ihnen für lange Zeit von der Außenwelt abgeschlossen sein. Und von den anderen getrennt – völlig allein.

Es war wie ein Abschied. Sie umarmten einander, ein letzter Blick, dann krochen sie in ihre Kabinen.

Bis zum Start noch 20 Minuten. Der letzte Check begann.

Eigentlich war es viel mehr als ein Check – die Überprüfung der technischen Funktionen war nur Routine. Für die Menschen war es der Übergang in eine andere Lebensform.

Es war ihnen allen bewusst: Ihre Kabinen waren keine einfachen Schlafplätze, sondern komplexe Aggregate, die eine ganze Menge von Funktionen zu erfüllen hatten – Versorgung mit Luft, Wärme und Nahrung, Verabreichung von Medikamenten direkt in die Blutbahn, Entfernung ihrer Ausscheidungen und das darauf folgende Recycling, der Schutz vor dem Andruck und den Fliehkräften, die Möglichkeit, Signale zu empfangen und abzugeben ...

Es war der Übergang in ein System, das ihre Körper, das Überlebenssystem und das Raumschiff zu einer bionischen Einheit zusammenschloss.

In der ersten Phase, die sie noch bewusst erlebten, wurden ihre Körper für die Reise präpariert, eine Reise, für die der menschliche Körper nicht eingerichtet war und die er nur mit Hilfe von raffinierten medizinischen Eingriffen überstand. Sie spürten, wie der an der Hüfte angesetzte Injektionsspray in Funktion trat, und sie rochen die Veränderung der Luft, die mit neurochemisch wirkenden Mitteln durchsetzt war und auch ihren Geist den besonderen Bedingungen anpassen würde.

Nach und nach entstand bei ihnen der Eindruck, die materielle Welt, die sie bisher eng umfangen hatte, würde sich von ihnen lösen, die Grenzen würden zurücktreten, bis sie in jener absoluten Leere schwebten, die keine schädigenden Einflüsse mehr an sie heranließ.

Am Anfang dieses Prozesses hörten sie noch die sich in regelmäßigen Abständen meldende sonore Stimme, deren Aussage sie zwar nicht verstanden, deren Sinn sie aber immerhin erahnen konnten.

Von Mal zu Mal änderte sich der Ton der Durchsagen. Ohne eine Ahnung von der Sprache zu haben, merkten sie, dass es jetzt keine Anweisungen mehr waren. Es ging um anderes ... Mäßigung, Beruhigung, Entspannung ...

Die Botschaften kamen von weit her, aus einer anderen

Welt, und sie berührten sie immer weniger. Gerade, dass sie die ungeheure Entladung von Energie empfanden, die sie emporhob. Der Raum fing sanft zu vibrieren an. Kraftfelder betteten sie ein, doch für sie war es nicht mehr als eine zärtliche Berührung, ein Reiz, den man als angenehm empfand, als etwas Bekanntes, Vertrautes – etwas, das dem realen Leben weit entrückt war.

Das reale Leben ... Da war sie wieder, die Frage nach Spiel oder Wirklichkeit. Gerade in diesem Zustand zwischen Wachen und Träumen, in ihrer veränderten Existenzform, in der die klassischen Vorstellungsmuster keine Gültigkeit mehr hatten, tauchte sie wieder auf. Und dann folgte die Einsicht, dass die Frage illusorisch war, dass es im Grunde genommen keinen Unterschied gab: zwischen Illusion und Wirklichkeit.

Und dass man diesem Spiel nicht entkommen konnte, ob man wollte oder nicht.

Nachspiel

Das Raumschiff war in die Luftschichten der Erde eingedrungen, die sich auch jetzt noch, viele Monate nach der Katastrophe, in Aufruhr befanden. Im Inneren war wenig davon zu bemerken. Die Insassen waren rechtzeitig geweckt, wiederbelebt und einem Gesundheitscheck unterzogen worden. Dann wurden sie von den Verbindungen, die sie mit der Automatik verbanden, getrennt. Nach langem waren sie wieder autonom – und handlungsfähig. Außer einer leichten Müdigkeit, die den Gebrauch ihrer Gelenke erschwerte, waren sie wohlauf. Nun befanden sie sich auf der Suche nach einem Landeplatz.

Getragen vom Raketenstrahl aus dem Nukleartriebwerk sank das Raumschiff auf dem Feuerstrahl des Bremssystems langsam tiefer und schwenkte dann in eine horizontale Flugbahn ein. Auf dem Bildschirm der Steuerungskanzel war die Projektion der darunter vorbeiziehenden Landschaft zu sehen. Der größte Teil der Oberfläche machte den Eindruck, als sei er von einer riesenhaften Egge umgewälzt worden. Über dem zerfurchten Gelände lag eine mattschwarze Ascheschicht.

Es dauerte lange, ehe sich das Bild veränderte. Erst waren es nur undeutliche Anzeichen von verschont gebliebenem Land, ein bläulichweißes, gleißendes Äderwerk aus Flüssen und Bächen, von dunkelgrünen Rändern gesäumt, und später eine geschlossene Fläche von kräftig wogenden Wipfeln. Mehr und mehr verschwanden die Spuren der Zerstörung, häufig wechselnde Farben deuteten auf tropische Vegetation.

Jetzt senkte sich das Raumschiff behutsam tiefer. Da und dort Zeichen menschlicher Einflussnahme, Wege, Straßen,

Züge von Zäunen, Viehherden. Weiter hinten erschien ein Dorf. Es bestand aus einfachen, mit Blättern gedeckten Holzhütten, wie man sie von den Südseeinseln der Filme her kannte.

Die dunkelhäutigen Bewohner, durch das donnernde Geräusch der Düsen aufgeschreckt, beobachteten den Flugkörper, der auf einer Ackerfläche niederging. Sie sahen, wie der bläulich leuchtende Feuerstrahl flachgedrückt wurde, wie er noch einige Male kurz aufflammte und dann erlosch. Und wie um das Raumschiff herum ein Rauchkranz aufstieg, der sich im lebhaften Wind rasch verflüchtigte. Der silbern blinkende Körper hatte festen Boden gefunden.

Es dauerte noch eine Weile, ehe sich am Schiff wieder etwas rührte. Dann öffnete sich oben eine Luke. Es war zu beobachten, wie sich eine Leiter herabsenkte, wie sich vier in Gold gekleidete Gestalten langsam die Sprossen hinunterbewegten und dann den Boden betraten. Mit seltsam steifer Haltung setzten sie ihre Schritte, gingen auf die Gruppe der in Furcht erstarrten Menschen zu, blieben vor ihnen stehen. Da fielen diese auf die Knie und hoben betend die Hände.

Danksagung

Herrn Dr. Werner Nürnberger, Erlangen, danke ich für wertvolle Ratschläge zu medizinischen Tatbeständen. Ebenso bin ich Herrn Björn Grieger, Max-Planck-Institut für Sonnensystemforschung in Katlenburg-Lindau, für seine Beratung bei allen den Planeten Mars betreffenden Fachfragen dankbar. Wegen ihrer Hilfsbereitschaft bin ich auch der Deutschen Mars Society zu Dank für weiterführende Informationen verpflichtet. Schließlich danke ich meinem Namensvetter, dem Sinologen Prof. Dr. Herbert Franke, für Auskünfte über Fragen aus seinem Fachgebiet.

H. W. F.